Anna Banks
NEMESIS
Verräterisches Herz

DIE AUTORIN

Anna Banks ist die Autorin der *New York Times*-Bestsellerreihe *Blue Secrets.* Nach *Joyride* erscheint jetzt mit *Nemesis – Verräterisches Herz* das Finale ihres neuen großen romantischen Fantasy-Zweiteilers. Sie lebt mit ihrem Mann und ihrer Tochter in Crestview, Florida.

Von Anna Banks ist bei cbj erschienen:

Nemesis
Geliebter Feind (31142)
Verräterisches Herz (31161)

Blue Secrets
Der Kuss des Meeres (30879)
Das Flüstern der Wellen (30915)
Der Ruf des Ozeans (31005)

Joyride (31055)

Anna Banks

NEMESIS

Verräterisches Herz

Aus dem Amerikanischen
von Michaela Link

Sollte diese Publikation Links auf Webseiten Dritter enthalten, so übernehmen wir für deren Inhalte keine Haftung, da wir uns diese nicht zu eigen machen, sondern lediglich auf deren Stand zum Zeitpunkt der Erstveröffentlichung verweisen.

Dieses Buch ist auch als E-Book erhältlich.

MIX
Papier aus verantwortungsvollen Quellen
FSC® C083411

Verlagsgruppe Random House FSC® N001967

1. Auflage 2018
Erstmals als cbt Taschenbuch August 2018

Die Originalausgabe erschien unter dem Titel »Ally« bei Feiwel and Friends, einem Imprint der Macmilllan Publishing Group, LLC, New York.

Aus dem Amerikanischen von Michaela Link
Umschlaggestaltung: Isabelle Hirtz, Inkcraft
Umschlagfotos © ArtOfPhotos/ Shutterstock
kk · Herstellung: eR
Satz: Buch-Werkstatt, Bad Aibling
Druck: CPI books GmbH, Leck
ISBN 978-3-570-31161-5
Printed in Germany

www.cbj-verlag.de

Für G,
der mit mir durch dick und dünn geht

TEIL 1

1

SEPORA

Sethos' Schwertspitze saust mir haarscharf an der Nase vorbei. Ich pralle zurück und schleudere ihm mit dem Fuß eine Ladung Sand ins Gesicht, weil er es gewagt hat, mir so nahe zu kommen. Es ist schließlich nur ein Übungskampf, und wenn er mich damit auf die Probe stellen will, werde ich es ihm mit gleicher Münze heimzahlen. Er gleitet geschmeidig nach links und weicht dabei nicht nur dem Sand, sondern auch der aufgewirbelten Staubwolke aus.

Ich koche vor Wut und bin gleichzeitig wie berauscht.

Ich kann mir nicht vorstellen, dass jemand noch schneller ist als Sethos, Tariks jüngerer Bruder, der gerade sechzehn geworden ist. Ich habe zwar nicht viele der Meistermajai trainieren sehen, da die starken Krieger der Armee des Königs ihre dienstfreie Zeit im Lyzeum verbringen, aber von den Begabten, die ich vom Balkon zum Übungshof aus beobachtet habe, kann keiner mit Sethos' Tempo mithalten. Nicht einmal sein Schatten kann es. Ob sein Vater, der Kriegerkönig Knosi, wohl genauso flink auf den Füßen war?

Sethos lacht. »Bei einem geringeren Krieger könnten deine Tricks funktionieren, Prinzessin, aber ich fürchte, wenn du mit mir gleichziehen willst, wirst du dir mehr Mühe geben müssen.«

Wir wissen beide, dass ich nie so gut sein werde wie er, ganz gleich, wie viel wir trainieren. Und wir wissen beide, dass diese Übungen nicht nur dazu dienen, mich das Kämpfen zu lehren. Unser gemeinsames Training verschafft uns eine Pause von der Illusion, die wir früher Leben genannt haben. Es gab einmal eine Zeit, als es uns beiden freistand, eigene Entscheidungen zu treffen, zu heiraten, wen wir wollten – zumindest bildeten wir uns ein, entscheiden zu können –, und die Palastmauern zu verlassen.

Jetzt fühlt sich Freiheit an wie die festgerostete Angel einer unbenutzten Tür.

Das Verhältnis zwischen Sethos und Tarik ist inzwischen angespannt. Ihre unbefangenen Scherze sind spitzen Bemerkungen und Unaufrichtigkeit gewichen. Wo sie früher gleicher Meinung waren, vertritt Sethos jetzt das Gegenteil von dem, was Tarik sagt, ganz gleich, worum es geht. Manchmal ist es kaum mitanzusehen, wie die Beziehung der beiden Brüder, die einst so eng war, immer schwieriger wird.

Ich schüttele den Kopf und lasse das Schwert sinken. In der drückenden Hitze Theorias Atem zu holen, scheint fast genauso unmöglich, wie Sethos mit dem Schwert zu streifen. Ich wünsche mir so sehr, ihm eine Schramme oder wenigstens einen Kratzer zuzufügen, nur um ihm diesen selbstgefälligen Ausdruck vom Gesicht zu wischen. Aber das schaffen selbst andere Majai nicht, und daher weiß ich, dass er nur mit mir spielt, wenn ich ihm näher komme. »Glaub mir, wenn ich sage, dass ich mein Bestes gebe«, versichere ich.

Er schnalzt mit der Zunge. Ich hasse dieses spöttische, herablassende Geräusch. »Du weißt, dass das nicht stimmt. Du weißt, dass du …«

»Sprich es nicht aus«, zische ich und hebe das Schwert. Ich bin es leid, jedesmal das gleiche Gespräch zu führen. Er will mich unbedingt schmieden sehen, will mir zeigen, wie ich meine Fähigkeit nutzen kann, um mich zu schützen. Wenn ich schnell genug Spektorium herstellen könnte, könnte ich damit meinen Gegner verbrühen, erklärt er mir, und vermutlich hat er recht. Aber selbst wenn ich schmieden wollte, könnte ich es nicht. Nicht hier im Freien. Ich weiß es und Sethos weiß es auch.

Unsere beiden unergründlichen Könige, Tarik und mein Vater, haben beschlossen, dass meine Schmiedefähigkeit vor den Königreichen geheim gehalten werden soll. Dass meine Macht als einzige Schmiedin von Spektorium mich gefährdet. Und dass mein Wohlergehen von äußerster Wichtigkeit ist.

Natürlich. Tarik macht mein Wohlergehen aus Pflichtgefühl zu seinem Anliegen. Aber Vater? Seine Absichten scheinen mir das genaue Gegenteil zu sein. Er wird mit jedem Tag ungeduldiger, was mein »Wohlergehen« betrifft, und droht damit, mich im Kerker in Ketten zu legen (der Palast in Anyar, dem Herzen von Theoria, hat gar keinen Kerker), bis ich für ihn Spektorium schmiede. Wenn wir unter vier Augen sind, steigert er sich in Wutanfälle hinein und verlangt von mir zu schmieden, und wenn wir in Gesellschaft des Falkenkönigs sind, legt er Tarik das Gleiche immer wieder auf diplomatische Weise nahe. Aber aus irgendeinem Grund ist Tarik nicht bereit – zumindest *noch* nicht –, mich dazu zu zwingen. Der Falkenkönig denkt wahrscheinlich, dass ich von selbst einwilligen werde, dass ich nachgeben und ihn irgendwann mit dem Spektorium versorgen werde, das zur Bekämpfung der Seuche gebraucht wird.

Er irrt sich.

Ich werde keins der fünf Königreiche mehr mit Spektorium versorgen. Weder Theoria zur Bekämpfung der Seuche oder als Druckmittel für Tarik, noch Serubel für seine Wirtschaft oder Vaters Ambitionen. Das Eiskönigreich Hemut wird ohne das Element zurechtkommen müssen, genau wie Wachuk und Pelusia, die in der Vergangenheit zum Glück kein Interesse daran gezeigt haben. Das Zeitalter des Spektoriums ist vorbei.

Ich lasse mich nicht länger als Schachfigur in einem Machtspiel missbrauchen. Und ich lasse nicht länger zu, dass andere darüber entscheiden, was gut für mich ist und was nicht.

Was leider auch Sethos einschließen muss. Woher soll ich wissen, ob Sethos nicht insgeheim mit Tarik taktiert und plant, ihm das frische Spektorium zu bringen, das ich während unserer Trainingsstunden schmiede? Sethos ist zwar im Moment einer meiner Lieblingsmenschen, aber er wäre auch intrigant und schlau genug, um einen solchen Verrat durchzuziehen. Vielleicht ist das auch der Grund, warum er mir ständig damit in den Ohren liegt, dass ich schmieden soll – Tarik hat ihn dazu angestiftet. Obwohl das eigentlich unwahrscheinlich ist. Sethos spricht kaum noch mit Tarik, und obwohl ich kein Lingot bin wie Tarik und nicht die Fähigkeit besitze, Wahrheit von Lüge zu unterscheiden, bin ich auch kein Idiot. Es ist nicht zu übersehen, dass Sethos seinen älteren Bruder für einen Tyrannen hält. Dass Tarik ihm befohlen hat, sich mit Prinzessin Tulle aus Hemut zu vermählen, ist dem jüngeren Bruder ein unwiderlegbarer Beweis für diese Anschuldigung. Nein, Sethos versucht nicht, mich zu hintergehen. Nicht für Tarik.

Um die Wahrheit zu sagen, unser gemeinsames Training ist die einzige Zeit, in der Sethos noch der Alte ist. Nach der Stunde, nachdem wir uns völlig verausgabt haben und zu unserem Los im Leben zurückgekehrt sind, geschieht etwas mit ihm. Wenn er zum Abendessen im Palast erscheint – eine weitere Forderung Tariks –, ist er mürrisch und schweigsam und ohne jeden Charme.

Er ist nicht mehr Sethos.

Ich weiß, dass es seine unmittelbar bevorstehende Heirat mit Tulle ist, die ihm den gewohnten Charme raubt und gründlich die Laune verdirbt. Ich kann ihm keinen Vorwurf daraus machen, denn auch mir steht eine Ehe ohne Liebe bevor, und bei der Aussicht darauf vergeht mir der Appetit. Aber Sethos' Situation ist insofern einzigartig, als er seine Verlobte verachtet, während ich mir vorgenommen habe, einfach distanziert zu bleiben. Die Liebe, die Tarik und ich einmal füreinander empfunden haben, ist zu einem Zerrbild aus gutem Benehmen und Diplomatie geraten.

Sethos sind gute Manieren und Diplomatie nie leichtgefallen.

»Warum verabscheust du Prinzessin Tulle so?« Ich bereue die Frage sofort, sie ist mir gedankenlos rausgerutscht. Ich kann zusehen, wie er sich vor mir verschließt. Damit ist die Trainingsstunde wohl vorbei, ich sehe es in seinen Augen. Enttäuschung macht mein Schwert noch schwerer.

Er bedenkt mich mit einem seltsamen Grinsen, als er antwortet: »Keine Sorge, Prinzessin. Tulle empfindet auch keine Liebe für mich. Du kannst dich glücklich schätzen, aus Liebe heiraten zu dürfen.«

Schlagartig wird mir warm im Gesicht, ein Erröten, das ich nicht verbergen kann. Ich sollte nicht so auf Tarik reagieren, nicht nach dem, was er getan hat. Es gab eine Zeit, da hätte ich ihn aus Liebe geheiratet, doch unsere Zeit der Liebe ist vorbei. Genau wie meine Bereitschaft, ihn zu heiraten.

Doch Sethos grinst mich boshaft an. »Du und mein Bruder, ihr glaubt wohl, ich bin blind? Ist dir klar, dass ihr euch allein beim Abendessen nicht weniger als ein Dutzend Mal verstohlene Blicke zugeworfen habt?«

Ich hebe das Kinn. Ich hatte mich bemüht, Tarik nicht anzusehen, seine Anwesenheit überhaupt nicht zu beachten. Anscheinend ohne Erfolg. »Ich versuche lediglich, höflich zu sein. Vielleicht könntest du einen Teil deines ausgefüllten Tages darauf verwenden, über gute Manieren nachzudenken.« Die Andeutung, dass Sethos viel zu tun hat, ist gemein. Er ist mit der Sicherheit des Palastes betraut worden, doch er sagt, der Laden läuft von allein. Seine einzige Ablenkung besteht darin, eine Gruppe von Wachen zusammenzutrommeln, einen Eindringling zu spielen, den sie dann aufspüren sollen und herausfinden, wie er hereingekommen ist und was er wollte. Am Ende läuft es darauf hinaus, dass er maßlos verärgert ist; sein Ego lässt es nicht zu, dass er sich festnehmen lässt, also müssen die Wachen sich mit einer weiteren Übung abfinden, bei der sie versagen und die Schimpfkanonade eines Majaimeisters über sich ergehen lassen müssen. Es tut keinem der Beteiligten gut.

»Höflich?«, sagt Sethos. »Eure Form der ›Höflichkeit‹ ist makellos, Prinzessin. Die meines Bruders zufälligerweise auch.«

Ich schiebe das Schwert in die Scheide, die ich auf theorianische Art über den Rücken gegürtet trage. »Wenn du so geübt darin bist, die Gefühle anderer zu beurteilen, wie kommt es dann, dass du es nicht geschafft hast, Tulles Zuneigung zu gewinnen?«

Sethos spuckt auf den Boden. »Warum bist du so versessen darauf, dass ich an einen so abscheulichen Menschen wie Tulle gekettet bin? Was habe ich dir getan?«

»Nichts, abgesehen davon, dass du mich für den Harem deines Bruders gekauft hast. Warum bist du so versessen darauf, dieses Gespräch zu vermeiden?« Wenn ich ihn schon nicht mit dem Schwert besiegen kann, dann wenigstens mit Worten.

Oder vielleicht auch nicht.

Rasch überwindet er den Abstand zwischen uns und packt mich an den Armen, bevor ich mich wehren kann – bevor ich auch nur daran denken kann, mich zu wehren. »Lauf mit mir weg, Sepora. Lauf heute Nacht mit mir weg.«

Ich versuche, einen Schritt zurückzutreten, mich aus seinem Griff zu winden, aber vergeblich. Seine Hände sind groß, meine Arme sind schmal, und seine Schienbeine und Lenden sind mit einem Panzer aus Kupferplättchen geschützt. So viel dazu, dass ich lerne, mich zu verteidigen.

»Wir könnten uns in Wachuk niederlassen und uns dort ein gemeinsames Leben aufbauen.« Er brüllt jetzt praktisch. »Sag ja, und ich werde dafür sorgen, dass du Nuna mitnehmen kannst, deine prächtige Verteidigungsschlange. Ich werde dich nicht dazu zwingen zu schmieden, nicht einen Tropfen.«

Ich spüre, wie meine Augen groß werden und hektisch den Hof absuchen, teils nach Hilfe und teils, um sicherzugehen, dass niemand diesen Wahnsinn mit anhört. »Sethos, ist dir die Hitze zu Kopf gestiegen?«, zische ich. »Lass mich los!«

»Wir werden wunderschöne Babys machen«, schreit er und zieht mich an sich. Sein Gebrüll ist so laut, dass es die Toten wecken muss, die in den Pyramiden hinter Anyar ruhen. »Ich will ein Mädchen mit deinen Augen.«

Babys! Wenn ich fest genug zutrete, müsste das Kupfer doch eigentlich …

»Falls du tatsächlich jemals Kinder zeugen willst, wirst du sie auf der Stelle loslassen«, ruft eine vertraute Stimme hinter uns. Wir drehen uns zu Tarik um, dessen Zorn auch die goldene Körperbemalung nicht verbergen kann, die ihm die Königspflicht aufzwingt.

Sethos gibt mich frei und lacht herzlich. Es ist kein Wunder, dass er gebrüllt hat. Er hat Tarik kommen sehen und es extra gemacht, dieser Schuft.

»Ich bringe dich um«, beschließe ich, während ich die Worte ausspreche, und greife nach dem Schwert auf meinem Rücken.

Aber Sethos geht bereits weg und gibt sich betont unbesorgt. »Du solltest meinen Bruder auch ruhig mal zum Narren halten, Prinzessin. Wie du siehst, macht es großen Spaß«, sagt er über die Schulter. Als er an Tarik vorbeigeht, würdigt er ihn keines Blickes. Aber Tarik hätte ihn ohnehin nicht bemerkt. Er sieht mich an, als sei ich diejenige, die geplant hatte, in einem heidnischen Königreich heidnische Kinder mit seinem heidnischen Bruder großzuziehen.

Ich verschränke die Arme vor der Brust. »Was machst du hier?« Ich deute mit dem Kopf auf die bronzene Sonnenuhr vor der Hofmauer, obwohl ich nicht erkennen kann, was sie anzeigt. »Meine Stunde ist noch nicht vorbei.«

Tarik zieht eine Braue hoch und blickt vielsagend auf mein in der Scheide steckendes Schwert. »Dein Lehrer scheint das anders zu sehen.«

»Du bist früh dran«, sage ich vorwurfsvoll und hätte fast mit dem Fuß aufgestampft. Die einzige Freiheit, die ich noch habe, ist mein tägliches Selbstverteidigungstraining mit Sethos im Übungshof, obwohl Tarik nicht begeistert darüber ist, mir diese Höflichkeit zu erweisen. Doch er tut es, und so nutze ich jede Minute, dem Treiben im Palast und meinem neuen Platz darin zu entkommen. Wenn der Unterricht vorzeitig beendet wird, verhalte ich mich also mit Absicht aufsässig.

»Deine Mutter ist ebenfalls früh dran«, meint er gedehnt. In letzter Zeit gelingt es ihm sehr gut, seine Gefühle für sich zu behalten. Seinen Gesichtsausdruck, seine Körpersprache. Meisterin Saen hat mich gelehrt, wie ein Lingot auf diese Signale zu achten; Worte sind nicht alles, was wir sagen. Aber Tarik zeigt mir nichts. Ich habe keine Ahnung, ob er aufgeregt ist, meine Mutter kennenzulernen, oder ob ihm davor graut. »Königin Hanlyn ist vor wenigen Augenblicken mit ihrer Serpen hinten im Hof angekommen. Ich dachte, du würdest sie vor dem Essen gern sehen.«

Königin Hanlyn. Meine Mutter. Sie sollte erst morgen kommen; gemeinsam mit meinem Vater wird sie an der königlichen Verlobungsprozession teilnehmen, wie es in Theoria Brauch ist. Tarik und ich werden die Prozession in einem Wagen anführen und Geschenke an die Bürger verteilen, eine prunkvolle Zurschaustellung des Reichtums und der Rechtschaffenheit des Throns und die faktische Besiegelung meines Schicksals mit Tarik. Der Gedanke daran lässt mich trotz der Hitze schaudern. Vielleicht ist es auch der Blick, den Tarik mir jetzt zuwirft, ein Blick voller Neugier – und etwas anderem, was ich nicht recht benennen kann. Gegen meinen Willen halte ich seinem Blick stand. Alles andere wäre zu verräterisch.

Um das mulmige Gefühl in meinem Magen zu beruhigen, versuche ich, mich nicht auf sein Gesicht zu konzentrieren, sondern auf seine Worte. Es ist die erste Begegnung mit meiner Mutter, seit sie mich vor Monaten auf die Reise nach Theoria geschickt hat. Ihr kurzer Besuch hier wird zeigen, ob meine Mission erfolgreich war, und ich bin mehr als neugierig, ob sie auf das, was geschehen ist, mit Lob oder mit Zorn reagiert. Es sollte doch etwas heißen, dass ich mich für eine Heirat mit Tarik opfere. Und es wird eine Erleichterung sein, Mutter die Aufgabe aufzubürden, Vater in Schach zu halten, was meine Schmiedefähigkeit betrifft. Sie wird am besten mit ihm fertig, selbst wenn er sich von seiner schlimmsten Seite zeigt, und wenn nicht, dann kann sie ihn zumindest so lange von seinen Unternehmungen ablenken, bis es ihr gelingt. Doch bevor wir über meinen Vater reden, müssen wir über Tarik reden.

Dass der große Falkenkönig ein Lingot ist und Wahrheit von Lüge unterscheiden kann.

Und dass man ihn deshalb nicht in Schach halten kann.

2

TARIK

Tarik breitet die kleine Schriftrolle vor sich aus, rollt sie wieder zusammen, wickelt sich die Nachricht fest um den Finger und zieht sie so schnell wieder auf, dass sie sich dreht. Er ist stark mit dem Gedanken beschäftigt, dass Sepora in diesem Moment ihre Mutter besucht, die Königin von Serubel. Was mag Sepora ihr erzählen? Welchen Eindruck vermittelt Sepora der Königin, bevor er Gelegenheit hat zu beweisen, dass er ihrer Tochter würdig ist? Und warum bedeutet es ihm so viel, was Königin Hanlyn von ihm hält?

Rashidi, der geduldig auf der anderen Seite des Schreibtischs in Tariks Tagesgemach gesessen hat, räuspert sich leise. Als treuester Ratgeber seines Vaters und nun Tariks engster Freund hat er das Recht, angesichts der Versunkenheit seines Königs eine gewisse Ungeduld an den Tag zu legen. Doch er lässt ihn gewähren, als würde er verstehen, wohin Tariks Gedanken abgeschweift sind.

»Vielleicht könnten wir es ein andermal besprechen, Hoheit«, schlägt Rashidi vor. »Wir haben noch ein paar Tage Zeit, um die Einzelheiten der Verlobungsprozession festzulegen.« Er nimmt die Kajalkreide von der Karte Anyars, auf der er die Strecke der Prozession eingezeichnet hat. Tarik sieht, dass sie von der Halbbrücke in den Palast zurückführen soll. Normalerweise würde sich das von selbst verstehen.

Aber in seinem Leben ist nichts mehr normal.

Tarik schüttelt den Kopf und wappnet sich für den Widerspruch, der unweigerlich kommen wird. »Wir müssen das Viertel der Niedriggeborenen in die Prozession einbeziehen, Rashidi.«

Der alte Ratgeber stöhnt, wirkt aber nicht überrascht. »Ich hatte schon so eine Ahnung, dass Ihr das sagen würdet.«

Tarik grinst. »Ihr habt es gewusst. In diesem Viertel leben die Nachfahren der befreiten serubelanischen Sklaven. Ich muss das Volk meiner zukünftigen Königin teilhaben lassen.«

»Darum geht es nicht bei der Prozession, Hoheit. Und es entspricht nicht dem Brauch.«

»Dann klärt mich auf, Rashidi.« Obwohl er gut vertraut ist mit Brauch und Tradition der Prozession. Rashidi hat ihn schon vor Monaten in beidem unterwiesen, seit er den Beschluss gefasst hatte, dass Tarik sich mit Prinzessin Tulle vermählen sollte. Und wenn er Prinzessin Tulle geheiratet hätte, gäbe es diese Diskussion nicht.

Ach, es gibt so viele Diskussionen, sobald es um Sepora geht!

Sein Freund lehnt sich auf dem Stuhl zurück und legt den silbernen Gehstock an die Brust. Tarik weiß, dass Rashidi seine Worte sorgsam wählt. Mit Worten hat Rashidi Frieden heraufbeschworen, wenn es keinen Frieden gab, hat Ehen arrangiert, wenn es keine Zuneigung gab, und hat Stolz beschwichtigt, wenn nichts anderes als Stolz übrig war. Rashidi und seine Worte sind mächtig. Aber Tarik wird in diesem Punkt nicht nachgeben, ganz gleich, in welche Richtung Rashidis Diplomatie arbeitet. »Bei einer königlichen Verlobungsprozession geht es darum, den Wohlstand und die Macht Theorias zur Schau zu stellen«, beginnt der Ratgeber zu sprechen, »um demjenigen, der in unser Königreich einheiratet, zu zeigen, dass er mit Abstand am meisten von der Heirat profitiert. Wenn er glaubt, dass das nicht der Fall ist, steht es ihm frei, seine eigenen Gebräuche mit einzubringen, um den überlegenen Wohlstand seines Reiches zu präsentieren, Hoheit.« Soweit Tarik weiß, ist es in der Geschichte Theorias noch nie vorgekommen, dass ein Königreich versucht hat, Theoria in den Schatten zu stellen. Und Tarik bezweifelt, dass Serubel dazu in der Lage ist. Doch Rashidis Augen leuchten auf. »Vielleicht könnten König Eron und Königin Hanlyn ein serubelanisches Fest für das ganze Königreich und so auch für ihr eigenes Volk ausrichten. Das würde sicherlich das Viertel der Niedriggeborenen beschwichtigen und natürlich auch Eure Königin.«

»Es würde nicht dazu beitragen, dass die Niedriggeborenen *mir* treu ergeben sind. Und Sepora. Es geht nicht einfach darum, Sepora zufriedenzustellen. Ich will mich darauf verlassen können, dass auch diese Menschen dazu bereit sind, für Theoria zu kämpfen, wenn die Zeit kommt.«

Rashidi runzelt die Stirn. Tarik weiß, dass seine Gedanken zu dem Königreich Hemut wandern, von dem womöglich Krieg droht. »Ein weiser Gedanke natürlich.« Der Ratgeber verzieht das Gesicht, ein Zeichen, dass Tarik nicht gefallen wird, was er zu sagen hat. »Vergebt mir, Hoheit, aber es wäre schwierig für die Einwohner unseres Königreichs, Prinzessin Sepora nach dem, was sie getan hat, treu ergeben zu bleiben. Ich denke, dass selbst die niedriggeborene Klasse daran Anstoß nehmen würde. Schließlich war es das Werk *dieser* Bürger, das sie zerstört hat.«

Aha. Rashidi ist also weniger besorgt um die Tradition, als Tarik gedacht hat. Nein, er möchte Sepora für das bestrafen, was sie getan hat. Oder vielmehr für das, was sie *nicht* getan hat. Tarik bemüht sich, seinen Gesichtsausdruck neutral zu halten. Rashidi grollt immer noch wegen der Tatsache, dass Sepora die ganze Zeit über frisches Spektorium hätte schmieden können, damit Cy der Heiler es zur Bekämpfung der Stillen Seuche einsetzte. Stattdessen hatte sie ihre Fähigkeit verschwiegen. Wenn Tarik ehrlich ist, ist auch er noch verbittert. Er fühlt sich verraten. Aber aus einem unerklärlichen Grund verspürt er trotzdem das Bedürfnis, Sepora zu verteidigen – und ärgert sich gleichzeitig darüber. Doch trotz dieser komplizierten Gefühle, die ihn endlos aufwühlen, weiß er, dass er keinem Diener – nicht einmal Rashidi – erlauben darf, schlecht von seiner zukünftigen Gemahlin zu sprechen, weil das womöglich eine Lawine derartigen Verhaltens auslösen könnte, die schwer zu kontrollieren sein würde. Er und Sepora müssen geeint zusammenstehen, auch wenn ihr das noch nicht klar ist.

»Sie hat eine gefährliche Gabe, Rashidi. Sie wollte sie nur schützen.« Was durchaus der Wahrheit entspricht. Er erinnert sich noch immer an den Ausdruck auf ihrem Gesicht, als sie zum ersten Mal die Explosion von Kratorium im Innenhof mitangesehen hat. Sie kannte es und sie fürchtete es. Sie hatte Angst, dass die Waffe in falsche Hände fallen würde. Und wer könnte ihr daraus einen Vorwurf machen?

Doch ein kleiner Vorwurf stiehlt sich trotzdem in sein Gehirn und wird sich so lange dort einnisten, bis Tarik die Gelegenheit hat, sie wegen ihrer … *Entscheidungen* … zur Rede zu stellen.

»Auf Kosten der Pyramide Eures Vaters?«, zischt Rashidi. »Wenn das Königreich erfährt, dass …«

Tarik springt auf und beugt sich über den Tisch. Er wollte seinen Freund nicht erschrecken, aber vielleicht brauchte dieser eine andere Gangart. Er spricht ein gefährliches Thema an. Wenn die Menschen wüssten, dass Sepora den Abbau der Begräbnisstätte ihres geliebten Königs Knosi hätte verhindern können, würde es einen Aufstand geben. »Und wie soll das Königreich davon erfahren? Ich glaube, ich habe ausreichend klargestellt, dass niemand von Seporas Fähigkeit als Schmiedin wissen darf. Sagt es mir, Rashidi. Habt Ihr die Absicht, dem Volk mitzuteilen, was sich ereignet hat?« Er ist schließlich ein Botschafter des Volkes. Tarik weiß genau, dass das, was er von seinem Freund erwartet, seiner Loyalität zu den Bürgern entgegensteht.

Sein Ratgeber holt tief Luft und stößt seinen Zorn mit einem langen, langsamen Atemzug aus. Rashidi neigt zu Wutanfällen, vor allem, wenn sie beide unter vier Augen sind. Tarik respektiert, dass er versucht, sein Temperament zu zügeln. Dennoch dauert es einen Moment, bis sein Blick Tarik erreicht und ihm zeigt, dass sein Freund sich beruhigt hat. »Nein, Hoheit. Ich würde mich Euch niemals widersetzen.«

Die Wahrheit. Stolz der Pyramiden, es war nötig, das zu hören. Wenn er angesichts dessen, was auf sie zukommt, Rashidis Treue verlieren würde … die Verzweiflung, in die es ihn stürzen würde, wäre nicht auszudenken. Tarik nimmt wieder Platz und legt die Arme auf die Lehnen des Stuhls. »Ihr denkt, ich hätte Sepora verziehen, dass sie mir keine andere Wahl gelassen hat, als die Pyramide meines Vaters abzubauen.« Es ist keine Frage. Sein Vater, der Kriegerkönig Knosi, hat Rashidi viel bedeutet. Es ist nur natürlich, dass der älteste Freund der Familie verbittert ist. Natürlich und loyal, ruft Tarik sich ins Gedächtnis. Rashidis Reaktion ist so, wie sie sein sollte.

»Sie hat Euer Herz erobert, Hoheit, doch ich hatte gehofft, dass sie nicht auch Euren Verstand erobert hätte.«

»Das hat sie nicht.« Selbst er spürt, wie aufgewühlt diese Worte sind. Ist der Verstand nicht immer auf unbequeme Weise mit den Wünschen des Herzens verquickt?

»Wäre ich doch nur ein Lingot, dann wüsste ich, was Ihr wirklich empfindet.«

Tarik trommelt auf die Armlehne. »Ich verstehe. Ihr braucht von mir eine Bestätigung, mein Freund. Und ich habe keine Ahnung, wie ich sie Euch geben soll.«

»Indem Ihr einem Menschen Ehre verwehrt, der Euch schon so oft entehrt hat. Hoheit, wenn Ihr das Viertel der Niedriggeborenen in die Prozession einbezieht, sagt das Eurer künftigen Königin, dass sie auf Eurem Stolz herumtanzen kann und Ihr nichts dagegen unternehmen werdet.«

Tarik seufzt. »Ich kann sie nicht für ein Verbrechen bestrafen, von dem sie nicht weiß, dass sie es begangen hat.«

Rashidi sieht ihn lange an. »Wollt Ihr damit sagen, dass Ihr ihr nichts von der Pyramide Eures Vaters erzählt habt?«

»Nein, das habe ich nicht.«

»Bei den fünf Königreichen, warum nicht?«

Tarik sehnt sich danach, sich mit der Hand übers Gesicht zu streichen, aber das würde die kunstvolle Bemalung zerstören, und er hat keine Zeit, sie vor dem Abendessen neu auftragen zu lassen. »Ich hatte noch keine Gelegenheit. Wir haben kaum Zeit allein miteinander verbracht, und diese Momente sind ungeeignet, etwas zur Sprache zu bringen, was mir so … teuer ist. Ich brauche noch etwas Zeit, um darüber nachzudenken, Rashidi. Im Moment legt sie es darauf an, sich mir in jeder Hinsicht zu widersetzen.«

»Ihr habt Angst, dass sie nicht den gebührenden Respekt zeigen wird, den die Situation verdient.«

»Ja.« Und er hat Angst davor, was er dann empfinden wird. Wenn Sepora das Gespräch leichtfertig abwürgt oder sich währenddessen so trotzig gibt wie so oft in letzter Zeit, schaudert er bei dem Gedanken, wie er mit ihr ein ganzes Leben verbringen soll.

Es wäre schlichtweg unmöglich.

»Und was ist, wenn sie sich nicht zusammennimmt? Was, wenn sie vorhat, sich während ihrer ganzen Herrschaft und Ehe mit Euch so aufzuführen?«

»Oh, ich bin mir ziemlich sicher, dass genau das ihre Absicht ist.«

»Was werdet Ihr tun?«

»Sepora und ich werden unser Leben nicht als Fremde leben – das werde ich nicht zulassen. Wenn ich meine eigene Gemahlin noch einmal von Neuem umwerben muss, dann werde ich es tun. Wenn sie mein ist, in jedem Sinne des Wortes, dann werden wir über diese Angelegenheit sprechen. Aber keinen Augenblick früher. Es ist nämlich so, dass ich keinen Streit zwischen uns riskieren kann. Das würde ihr einen Vorwand liefern, um wegzulaufen oder zu versuchen, unsere Verbindung zu beenden. Wir brauchen die Serubelaner, so ungern ich es zugebe, da wir Hemut wahrscheinlich gekränkt haben.« Obwohl er sich, um die Wahrheit zu sagen, mehr darum sorgt, Sepora zu verlieren, als darum, sich den Hemutianern mit Leuten wie König Eron auf seiner Seite zu stellen. Aber das kann er seinem besten

Ratgeber gegenüber nicht zugeben. Denn das allein beweist, dass Sepora ihm wirklich mit seinem Herzen auch den Verstand gestohlen hat.

Rashidi lächelt. »Euer Vater wäre stolz auf Euch, Hoheit. Er hat Euch völlig zu Recht den Falkenprinzen genannt. Ihr seht die Dinge tatsächlich von höherer Warte aus als die meisten Menschen.«

Wenn Rashidi doch nur ein Lingot wäre. Dann würde er mich durchschauen und ich wäre von der Bürde dieser Farce befreit. Tarik greift nach dem Kajalstift, mit dem Rashidi den Verlauf der Verlobungsprozession auf der Karte eingezeichnet hat, und umkreist das Viertel der Niedriggeborenen. »Also gut, wir beziehen das Viertel in unsere königliche Prozession mit ein. Und wir werden die Menschen mit so viel Geschenken überhäufen, wie sie es noch nie gesehen haben.«

3

SEPORA

Mutter wartet allein auf mich und vertreibt sich die Zeit mit einer stillen Besichtigung meines Schlafgemachs. Nichts an ihr hat sich verändert; sie trägt ihr goldbraunes, von grauen Strähnen durchzogenes Haar noch immer in demselben langen dicken Zopf, der ihr über den Rücken fällt. Sie bewegt sich noch immer lautlos und zielgerichtet – niemals ohne Ziel –, und sie trägt noch immer die gleichen altmodischen serubelanischen Gewänder, alle nach demselben Schnitt, aber in mindestens einem Dutzend verschiedener trister Farben. Mutter ist kein Freund von Extravaganz und versucht, keine Aufmerksamkeit auf sich zu ziehen; sie hat mir immer gesagt, dass Männer einer Frau besser zuhören, wenn sie nicht von ihrem Aussehen abgelenkt werden. Ich frage mich, was sie jetzt von meiner theorianischen Kleidung halten wird: einer fließenden, fast durchsichtigen weißen Hose, die an den Knöcheln gerafft ist, und einem dazu passenden, bauch- und schulterfreien Leinenoberteil. Mein Haar ist in viele Zöpfe geflochten und hoch auf dem Kopf aufgetürmt, wo es von silbernen Spangen in Libellenform gehalten wird, deren zarte Flügel bei jeder Bewegung flattern. Anku, meine oberste Dienerin, hat heute Morgen fast eine ganze Stunde gebraucht, um mir die silbernen und schwarzen Schnörkel um die Augen zu malen. Da ich noch keine Königin bin, habe ich beschlossen, mich auch noch nicht am ganzen Körper mit der silbernen Farbe zu schmücken, die die Stellung verlangt. Silber für die Königin und Gold für den König. Tarik ist nicht froh darüber, aber irgendwie käme mir das Tragen der Farbe so vor, als würde ich vor der Zeit meine Niederlage eingestehen und mein Schicksal besiegeln. Wie die Dinge liegen, wird Mutter bemerken, dass ich an Stellen der Sonne ausgesetzt war, die für serubelanische Prinzessinnen unangemessenen sind, aber das ließ sich natürlich nicht vermeiden.

Ich beobachte für eine scheinbare Ewigkeit, wie sie anmutig durch den Raum gleitet, als hätte sie Räder statt Füßen unter ihrem langen Gewand. Beim Anblick ihres Gesichtsausdrucks überkommt mich ein Gefühl des Stolzes. Sie ist zutiefst beeindruckt. So habe ich mich gefühlt, als man mich in meine neuen Gemächer als Königin von Theoria geführt hat, und in jener ersten Nacht in dem silbernen Prunkbett mit den durchsichtigen blauen Seidenvorhängen fand ich trotz der weichen Laken und des beruhigenden Dufts von frischem Lavendel an den Kissen und Decken keinen Schlaf.

Ich habe mich noch immer nicht an den Luxus und die Pracht gewöhnt, die Tariks Mutter für sich – und natürlich für die zukünftigen Königinnen von Theoria – in dem Raum geschaffen hat, den man bescheiden das Schlafgemach nennt. Alles ist mit glänzendem Silber betont, angefangen von den Wandleuchtern, die normalerweise sicher mit Spektorium gefüllt werden, um zu brennen, in denen nun stattdessen Feuer entzündet wird, sobald die Sonne den westlichen Horizont berührt, über die silbernen Ornamente am Bett, bis hin zu den Beinen der Stühle und Tische und selbst den Vasen mit Wüstenblumen, die jeden Tag frisch gefüllt werden. Für eine Königin von Theoria ist nur das feinste Silber gut genug.

Für eine Prinzessin aus Serubel ist es extravagant.

Mutter bleibt vor einer Verzierung aus den Schuppen blauer Seherschlangen stehen, die in die Wand eingefügt ist. Die Schuppen schimmern und schillern und sind mit silbernen Ranken geschmückt, als wären sie die Blütenblätter einer seltenen Wüstenblume. Ich beiße mir auf die Lippe, als Mutter die Stirn runzelt. Ich hatte überlegt, die Schuppen entfernen zu lassen; Seherschlangen sind sanfte Wesen, die mein Volk nur wegen ihres besonderen Sehvermögens einsetzt. Tagein, tagaus an diesem Ornament vorbeizugehen erinnert mich daran, dass Theorianer bloß ihre Riesenkatzen als Haustier schätzen und jede Serpen wegen ihrer schönen Schuppen töten werden. Es ist so sinnlos wie das

Töten eines Kamels wegen eines seiner Hufe. Aber um die Entfernung des Musters zu bitten ist eine heikle Angelegenheit, weil Tariks Mutter es selbst gestaltet hat und die Diener, die mir in diesen Gemächern zugewiesen sind, es so bewundernd gerühmt haben. Sie haben ihrer früheren Königin gedient und sie geliebt. Wenn sie mir von Nutzen sein sollen, dann muss ich ihr Vertrauen und ihre Loyalität gewinnen, und das erreiche ich nicht, indem ich etwas zerstöre, an dem sie so hängen.

»Ich muss es ertragen«, sage ich zu meiner Mutter. »Die Diener lieben es, und es zu entfernen würde ihre Loyalität mir gegenüber gefährden.«

Mutter fährt sichtlich zusammen. Sie dreht sich um, und als ihr Blick von meinem Kopf auf meine nackten Füße fällt, verschwindet ihr Lächeln; ich habe die Schuhe abgestreift, sobald ich den Palast betreten habe. Ich trage nur noch selten Schuhe, und wenn, dann sind es keine geschlossenen Schuhe, wie sie in Serubel üblich sind, sondern mit Edelsteinen besetzte Ledersandalen. Meistens entscheide ich mich aus Bescheidenheit gegen sie, aber manchmal auch, weil sie furchtbar unbequem sind.

Meine Mutter erholt sich fast sofort, nimmt die Schultern zurück und kommt auf mich zu, um mich zu umarmen. Sie drückt mich fest an sich, doch ihre Stimme ist weich. »Du tust recht daran, es nicht entfernen zu lassen«, sagt sie mir ins Ohr. »Die Loyalität der Menschen in deiner nächsten Umgebung brauchst du tatsächlich. Aber darüber reden wir später.« Falls sie entsetzt über meine Aufmachung ist, lässt sie es sich nicht anmerken. Sie weiß sicher, dass ich mich als künftige Königin von Theoria entsprechend kleiden muss.

Dann lässt sie mich los und führt mich zu einem Sitzbereich am Balkon. Ich komme mir dumm vor, Mutter durch mein eigenes Schlafgemach zu folgen, wo ich diejenige sein sollte, die die Gastgeberin spielt. Aber ich tue es, als wäre alles so wie immer. Und in gewisser Weise ist es das auch. Gleich wird sie mir sagen, wie ich diesen Schlamassel beheben soll. Gleich werde ich wieder die Schülerin sein und sie die Lehrerin.

Der leichte Wind aus den gewölbten Eingängen lässt die dünnen Vorhänge im schwindenden Sonnenlicht tanzen, und Mutter betrachtet sie für einen Moment, bevor sie den Blick zu mir wendet. Der Ausdruck ihrer graublauen Augen ist fest, sogar stählern, als sie sagt: »Wir können deinem Vater nicht vertrauen, Magar Sepora. Er wird das Ziel, Theoria zu vernichten, niemals zugunsten einer Vereinigung mit dem Land aufgeben. Er hätte seit Jahrzehnten ein Bündnis mit Theoria haben können, wenn er bereit gewesen wäre, König Knosi auch nur auf halbem Wege entgegenzukommen.«

Magar Sepora ist mein voller Name, und Mutter benutzt ihn nur dann, wenn sie mir etwas einschärfen will. Früher, als ich ein Kind war, bestand dieses Etwas zum Beispiel darin, dass es wichtig war, abends nicht zu viel zu essen, oder dass ich früh aufstehen muss, um für Vater zu schmieden. Jetzt kommt es mir unwirklich vor, ein solches Gespräch mit ihr zu führen – ein Gespräch, bei dem es darum geht, meinen Vater an seinen Plänen zu hindern.

Und sie hat durchaus recht. Ich hatte es so noch gar nicht betrachtet, dass Vater die ganze Zeit über ebenso mühelos ein Bündnis hätte eingehen können wie einen Krieg beginnen. Ich war davon ausgegangen, dass er Frieden wollte, als er von Tariks Macht und Vermögen erfuhr, und dass das Königreich Theoria auf seinen Angriff vorbereitet war. Mutter denkt das ganz offensichtlich nicht.

Aus dem Grund brauche ich sie jetzt hier. Ich kann nicht mit zwei Königen mit unterschiedlichen Interessen jonglieren. Aldon, mein serubelanischer Lehrer, hat mich nicht auf so einen unglücklichen Fall vorbereitet. Er hat sicher niemals damit gerechnet, dass ich einmal die Verlobte des Königs von Theoria sein oder dass Vater das Arrangement gutheißen würde.

Tarik hat bereits gesagt, dass er meinem Vater misstraut, dass Vater mit schwammigen Worten wie »Frieden« und »für den Augenblick« um die Wahrheit herumtanze. Das Einzige, was glaubhaft klingt, ist Vaters Wunsch, dass ich den Falkenkönig heirate. Er meint es ehrlich, wenn er von der bevorstehenden Hochzeit spricht.

»Was könnte er vorhaben?«, frage ich Mutter und bemerke plötzlich, dass sie mich mustert.

»Ich habe noch nicht mit ihm gesprochen. In seinen Briefen hat er mir seit seiner Ankunft hier ein Bild des Glücks und der Zufriedenheit vermittelt. Zufriedenheit liegt nicht im Wesen deines Vaters. Seine Triebfeder war stets der Ehrgeiz, bei allem, was er tut. Du darfst nicht schmieden, Magar. Du darfst ihm diese Macht nicht geben.«

»Das habe ich nicht und ich werde es auch nicht tun. Aber … es gibt da etwas, das du wissen musst. In Theoria herrscht eine Krankheit, die Stille Seuche. Meister Cy, ein Heiler im Lyzeum, hat ein Gegenmittel erschaffen. Und für das Gegenmittel braucht man Spektorium.« Ich atme aus, endlich von der Last dieses Dilemmas befreit. Mutter wird die Antwort haben. Sie hat immer eine Antwort.

Sie schlägt unter ihrem Gewand die Beine übereinander. »Erzähl mir von dieser Seuche.«

»Sie hat König Knosi getötet, er war das erste Opfer. Seitdem wütet sie in Theoria. Sie hat viele Menschen das Leben gekostet, bevor Cy das Gegenmittel fand. Er mischt Spektorium – altes Spektorium, weil ich nicht schmieden will – mit einem Element namens Nefarit, das aus dem Fluss Nefari gewonnen wird. Beides zusammen lässt den Patienten vollkommen genesen. Die Erfolgsrate liegt bei hundert Prozent.«

»Interessant.« Sie tippt sich mit dem Finger an die Schläfe. »Nefarit, sagst du? Das ist ein Element, das alle Königreiche seit Langem begehren. Wie umgeht ihr die Parani?«

Also weiß Mutter vom Nefarit und dass es nur im Nefari vorkommt. Es sollte mich natürlich nicht überraschen. Mutter stammt aus Pelusia, wo der Nefari ins große Meer fließt. Die Parani an der Flussmündung können doppelt so groß werden wie die Parani in Theoria. Aldon hat gesagt, dass Meereswesen immer viel größer sind als Flusstiere.

Ob Mutter weiß, dass die Parani gar keine Tiere sind? Jedenfalls nicht direkt.

»Und woher bekommt er dieses alte Spektorium?«

»Manche Bürger spenden es, wenn ihre Angehörigen krank werden. Aber das meiste stammt aus dem Abriss von Häusern, die daraus gebaut wurden. Früher oder später wird ihnen das Spektorium ausgehen.«

»Raus damit, Kind. Ich höre in deinen Worten, dass dir etwas zu schaffen macht.«

Das war klar. »Falls … wenn Theoria das Spektorium ausgeht, was soll ich dann tun? Ich werde Königin sein. Wie kann ich tatenlos zusehen, wie die Bürger sterben, wenn ich das Heilmittel buchstäblich in Händen halte?« Die Frage ist verräterisch, ich weiß. Sie offenbart, dass mir das Volk von Theoria am Herzen liegt, während man mir von klein auf gesagt hat, dass es mein Feind ist. Aber ich hoffe, dass die Frage ebenfalls offenbart, dass ich fest entschlossen bin, eine gute Königin zu werden, wenn ich muss – und dass ich mich immer noch Mutters Urteil unterwerfe.

Sie denkt lange darüber nach. Ich bin gleichzeitig erleichtert und verärgert, dass sie es so sorgfältig abwägt. Einerseits bedeutet es, dass ihr das Schicksal der Einwohner Theorias nicht gleichgültig ist und sie möchte, dass ich ihnen eine gute Königin werde. Andererseits heißt das, es ist ihr fester Wunsch, dass ich Königin werde, und sie wird mir nicht helfen, dieser Heirat zu entkommen. Ich bin mir jetzt ziemlich sicher, dass Mutter kein Interesse an den emotionalen Grenzverletzungen hat, die Tarik verursacht hat. Dass er eine andere heiraten wollte, bis es günstiger für ihn war, mich zur Frau zu nehmen. In ihrer gegenwärtigen Gemütsverfassung würde sie sagen, dass er getan hat, was jeder gute Herrscher tun würde.

Und doch hatte ich gehofft, in ihr hier eine Verbündete zu finden. Die Enttäuschung ist fast unerträglich.

Schließlich sagt sie: »Dieser Cy, der Heiler im Lyzeum, wie vertrauenswürdig ist er?«

Cy und ich sind Freunde, soviel steht fest. Er hat Tarik und mir gratuliert, als er von unserer Verlobung erfuhr, und wenn er mit uns zusammen ist, ist er nicht mehr förmlich und steif. Aber ich weiß genau, wo Cys Loyalität liegt. »Cy ist Tarik treu ergeben. Wenn er sich zwischen uns beiden entscheiden müsste, würde er den Falkenkönig wählen.«

Mutter nickt. »Es ist so, wie es sein sollte. Und der Knabenkönig? Wie vertrauenswürdig ist er?«

Ich spiele nervös mit den Händen im Schoß, was Mutter nicht entgeht. Ich würde gern sagen, dass Tarik vertrauenswürdig ist. Als König ist er unendlich pflichtbewusst. Aber indem er so pflichtbewusst ist, hat er mich schrecklich verraten. Er hätte Prinzessin Tulle geheiratet, obwohl wir so starke Gefühle füreinander hatten. Anscheinend hat er erwartet, dass ich beiseitetreten würde, wenn er sie in sein Bett holt, um einen Erben zu zeugen – was er selbst niemals geduldet hätte, wenn unsere Rollen vertauscht gewesen wären. Und dann hat er beschlossen, die Waffe Kratorium, eine Mischung aus Spektorium und Brandlinggift, in einem vermeintlich bevorstehenden Krieg gegen meinen Vater einzusetzen. Er hatte beschlossen, meinem Volk Schaden zuzufügen. Ich beiße die Zähne zusammen, recke das Kinn und richte den Blick auf Mutter. »Er würde Spektorium in jeder Weise verwenden, die er für richtig hält.«

»Hmmm«, ist alles, was Mutter dazu zu sagen hat. Dann: »Lass mich darüber nachdenken, Magar. Spektorium darf nicht in falsche Hände fallen. Aber ich bin mir nicht sicher, ob der Falkenkönig eine Blutschuld so tragen könnte wie dein Vater. Meinen Spionen zufolge ist er ein gerechter und entschlossener König.«

Spione? Ich hatte keine Ahnung, dass Mutter Spione hat. Und ich hatte keine Ahnung, dass sie selbst im fernen Theoria sitzen. Ich muss noch viel von ihr darüber lernen, Königin zu sein.

»Dennoch«, fährt sie fort, »Macht ist Macht, und sie neigt dazu, einem Mann zu Kopf zu steigen, sodass selbst sein Herz von ihr getäuscht werden kann. Ja, ich muss darüber nachdenken, Kind. Doch bis dahin darfst du nicht schmieden. Wie hast du es bisher verborgen?«

»Im Baderaum gibt es fließendes Wasser, das in den Nefari mündet. Ich schmiede immer nur kleine Mengen, spätabends, wenn alle anderen fort sind.« Es ist eine Untertreibung zu sagen, die Spektoriummenge sei klein. Früher habe ich mir keine Gedanken darüber gemacht, im Bad in das Loch zu schmieden, das in den Nefari führt, um meine Kraft zurückzugewinnen. Nur wenige Menschen würden sich in den Teil des Flusses wagen, in dem sich das Abwasser sammelt. Außerdem, wenn das Spektorium gefunden worden wäre, hätte man daraus nur schließen können, dass es aus dem Palast gekommen war – aber nicht aus meinem

Gemach. Doch jetzt weiß Vater, dass ich jeden Tag schmieden muss. Er wird wissen, wo er suchen muss. Aber selbst seine forschenden Augen werden nicht sehen, was ich tue. Das Spektorium, das ich jetzt schmiede, besteht nur aus Tröpfchen, so klein wie Schweißperlen; wenn sie es bis zum Nefari schaffen, könnte man ihr Leuchten für das Glitzern der Sonne auf dem Wasser halten oder für das Spiegelbild der Sterne. Sie sind sogar zu klein, um miteinander zu verschmelzen, zu winzig für die bösen Absichten, die Vater vielleicht hat. Diese Art des Schmiedens kostet mich die ganze Nacht, sodass mir die gewonnene Energie durch den Schlafmangel wieder geraubt wird. Selbst jetzt sehne ich mich nach meinem Bett. Aber wir müssen an dem Essen teilnehmen, und es kommt nicht infrage, sich zu entschuldigen. Ich möchte sehen, wie Mutter Tarik unterhält, wie sie mit seiner Fähigkeit umgeht.

In dem Moment öffnet Anku leise die große Tür zum Schlafgemach und schlüpft hinein. Sie trägt eine Anzündfackel bei sich. Der einzige Gruß, den sie uns zuteilwerden lässt, ist ein schwaches Nicken, als sie sich daran macht, die Wandleuchter in der großen Zimmerflucht zu entzünden. Dunkelheit kriecht vom Balkon herein und legt sich über uns, als wäre ein Nebel aus Kajalstaub hereingeweht. Mutter gähnt und hält sich mit dem Handrücken den Mund zu.

Dann erhebt sie sich und sagt: »Mein Liebling, es ist wunderbar, dich wiederzusehen. Jetzt muss ich gehen und mich zum Essen umziehen. Und es sieht so aus, als müsste deine Gesichtsfarbe aufgefrischt werden.« Mit diesen Worten umarmt sie mich erneut, aber so, wie man ein schmutziges Kind umarmen würde – steif und ohne Zuneigung in gespieltem Anstand, obwohl Anku nicht hinsieht.

Vielleicht löst sich jetzt, da Mutter hier ist, die Befangenheit bei den Mahlzeiten. Sie versteht sich darauf, Vater zu unterhalten, und sie ist eine außergewöhnliche Gastgeberin. Aus einem Grund, den ich nicht erklären kann, wünsche ich mir, dass sie Tarik beeindruckt, dass sie ihm zeigt, dass Serubel kein Königreich grober Barbaren mit primitiven Sitten ist. Wenn es einen Menschen gibt, der das beweisen kann, dann ist es meine Mutter.

Oh, da ist noch etwas, fast hätte ich es vergessen. Es ist vielleicht das Wichtigste. Ich halte Mutter am Arm fest, bevor sie die Tür erreicht, die Anku offen gelassen hat. »Mutter, weißt du, was ein Lingot ist?«

4

TARIK

Tarik weiß nicht so recht, was er von Königin Hanlyn erwartet hat, aber das bestimmt nicht. Vielleicht, dass sie so störrisch, unwirsch und förmlich wie König Eron wäre. Oder vielleicht, dass sie still und unterwürfig wäre, nur eine Zierde an der Seite ihres Mannes. Wichtiger noch, er hatte damit gerechnet, dass sie mit jedem Wort verwirrende Unwahrheiten und Lügen von sich geben würde, so wie der König von Serubel es tut – oder dass sie Unaufrichtigkeit zumindest durch ihre Körpersprache vermitteln würde. Er hatte gehofft, weitere Hinweise darauf zu bekommen, was die beiden wirklich für seine Vereinigung mit Sepora geplant haben.

Doch die Körpersprache der Königin ist offen und selbstbewusst, und ihre Worte klingen wahr. Das Einzige, was sie zu verbergen scheint, ist, wie müde sie von ihrer Reise nach Theoria ist. Tatsächlich ist sie so bemüht, es zu verbergen, dass sie das Abendessen übernommen hat, als sei sie die Gastgeberin und er der Gast.

Und er stellt fest, dass es ihm nicht das Geringste ausmacht. Es war anstrengend gewesen, Eron so viele Abende lang zu unterhalten. Der König von Serubel spricht nur von Krieg, von dem Bedarf an Kratorium oder davon, wie wichtig es ist, Sepora zum Schmieden zu zwingen. Er hat zugegeben, sie geschlagen zu haben, wenn sie sich in Serubel widersetzt hat. »Manchmal muss man sie eher bestrafen als ermutigen«, erklärte der König. »Es geht doch nichts über eine scharfe Rute.« Hätte Rashidi Tarik nicht sanft eine Hand auf die Schulter gelegt, hätte er seine Hände um Erons Hals geschlossen, bevor dieser noch einmal hätte Luft holen können. Selbst jetzt schwelgte er in Fantasien, was er dem serubelanischen König antun könnte.

Es ist ein Wunder, dass Sepora ihren Vater nicht früher verlassen hat.

Doch Tarik verspürt ein Gefühl der Erleichterung darüber, dass Königin Hanlyn ein ganz anderer Mensch zu sein scheint. Sie spricht in den höchsten Tönen von Sepora und versichert ihm, dass sie eines Tages eine großartige Königin sein werde. Sie wirft ihrer Tochter ermutigende Blicke zu, wenn sie denkt, dass niemand hinsieht. Sie macht Tarik Komplimente über die Speisen, die Tischdekoration und die gut ausgestattete Schar von Dienern, die ihnen aufwarten.

Sie hat sogar mehr als einmal versucht, Sethos in die Unterhaltung mit einzubeziehen, doppelt so oft wie Tarik. Doch Sethos scheint für Hanlyns Charme unempfänglich zu sein und schiebt das Essen auf dem Teller herum, statt es wie sonst in sich hineinzuschlingen.

Sie erinnert ihn in mehr als einer Hinsicht an ein Mädchen, das einst aus seinem Harem geflohen ist und seinen Palastwachen eine muntere Verfolgungsjagd geliefert hat. Ein Mädchen mit angeborener Tapferkeit und einem Hang zum Lösen von Problemen.

Natürlich sollte es ihn nicht überraschen, dass Sepora ihrer Mutter gleicht. Doch bei all den körperlichen Merkmalen, die Königin Hanlyn ihrer Tochter vererbt hat, wie zum Beispiel ihrer weiblichen Figur und ihren vollen Lippen, sind es die stillen Eigenschaften, die er an beiden Frauen am meisten bewundert, wie ihr gesundes Selbstbewusstsein und ihr strategisches Denken. An diesem Abend hat Königin Hanlyn bereits Rashidi in seine Schranken verwiesen und ist mit Sethos' untragbarer Laune mit einer Mühelosigkeit und einem Lächeln umgegangen, die die Vermutung nahelegen, dass Gastfreundlichkeit für sie eine Kunst ist. Auch entgeht es Tarik nicht, dass Sepora mit stolzem Blick jede Bewegung ihrer Mutter verfolgt und ihr an den Lippen hängt.

Tarik ist dankbar, dass wenigstens Seporas Mutter so ausgeglichen ist, da ihr Vater ziemlich wahnsinnig zu sein scheint.

»Als Sepora damals gelernt hat, Nuna zu reiten, hat sie sich nachts hinausgeschlichen, um zu üben«, erzählt Königin Hanlyn gerade. »Wenn es am nächsten Morgen Zeit für ihren Unterricht war, schlief sie am Tisch ein.« Sie schüttelt in gespielter Verzweiflung den Kopf. »Selbst *ich* würde es nicht wagen, mitten in einer Stunde von Aldon einzuschlafen. Er zwang sie danach, während des Unterrichts zu stehen, und sie hat sehr schnell gelernt, dass mit den nächtlichen Ausflügen Schluss sein muss.«

»Du wusstest, dass sie sich hinausgeschlichen hat, und hast nichts dagegen unternommen?«, wirft Eron mit einem finsteren Stirnrunzeln ein.

Hanlyn sieht ihren Mann lächelnd an – ihre erste unaufrichtige Tat an diesem Abend. »Aber natürlich. Eine Mutter weiß immer, was ihre Tochter gerade macht. Oh, sei nicht böse auf mich, Liebster. Es war nicht wichtig genug, um dich damit zu behelligen. Außerdem habe ich darauf vertraut, dass Aldon sie wieder in die Spur bringen würde, und das hat er getan.« Sie nimmt einen zierlichen Bissen von ihrem Honigkuchen und erstickt damit wirkungsvoll jeden weiteren Kommentar zu dem Thema.

Aha. Die Königin hat ihren König also nicht gern. Das Wort »Liebster« klang in Tariks Ohren vollkommen falsch. Genau wie die Bemerkung, sie habe ihn nicht behelligen wollen. Doch seltsam, dass sie anscheinend über alles Bescheid weiß, was ihre Tochter so treibt, oder zumindest glaubt sie es. Tarik ist neidisch darauf, dass sie aus erster Hand alles erfahren durfte, was es über Sepora zu wissen gibt.

Ihm stellt sich auch die Frage, was Sepora ihr erzählt haben mag, und wie ausführlich. Bei dem Gedanken windet er sich beinahe auf seinem Stuhl. Manche Dinge behält man besser für sich, das ist Sepora sicherlich klar. Eine Reihe ihrer Küsse fallen ihm ein, aber Tarik schiebt die Erinnerungen energisch beiseite. Es geht einfach nicht an, vor seinen Gästen zu erröten.

»Königin Hanlyn«, sagt Rashidi mit diplomatischem Blick. Wie es scheint, ist sein Ratgeber beflissen wie immer. »Prinzessin Sepora sagt, Ihr stammt aus Pelusia.«

Die Königin nippt an ihrem Kelch, und Tarik fragt sich, ob sie Zeit schinden will. Eigenartig, dass sie zögern muss, bevor sie eine so einfache Frage beantwortet. Schließlich sagt sie: »Ja, das stimmt. Mein Vater war Serubelaner, meine Mutter Pelusianerin, aber gelebt habe ich in Pelusia. Natürlich nur, bis ich Eron geheiratet habe.«

»Und korrespondiert Ihr noch mit Eurem Heimatkönigreich?«

Ein weiterer Moment verstreicht, bevor sie nickt. »Ja. Sehr oft sogar.«

Die Wahrheit. Aber Tarik spürt, dass Rashidi auf etwas anderes hinauswill. Der ältere Mann sagt: »Nehmen wir an, es käme aufgrund dieser Heiratsallianz mit Hemut zum Krieg: Haltet Ihr es für möglich, dass Pelusia uns Unterstützung anbieten würde?«

Tarik kneift sich in den Nasenrücken. Die Königin ist gerade erst vor wenigen Stunden hier eingetroffen und jetzt wird sie beim Abendessen einen solchem Verhör unterzogen? Es wird nicht angenehm werden, seinen ältesten Freund später unter vier Augen dafür zu tadeln.

»Natürlich würden sie das«, schaltet Eron sich ein. »Pelusia ist seit der Spaltung der Königreiche unser Verbündeter. Wir hätten seine volle Unterstützung.«

Zu Tariks Erleichterung vertraut der König auf seine Worte. Es ist gut zu wissen, dass Pelusia, per Dekret ein neutrales Königreich, ihre Bemühungen unterstützen würde, sollte Hemut einen Krieg mit ihnen anstreben. Bisher haben sie nichts von diesem Königreich gehört, was bedeuten könnte, dass ein schneller Vergeltungsschlag bereits im Gange ist. Hemut wird Theoria zwar nicht überraschen, könnte es jedoch durchaus ungenügend vorbereitet treffen. Die Majai sind natürlich allzeit bereit, aber Anyars übrige Schutzeinrichtungen befinden sich noch nicht an Ort und Stelle. Es sind Befehle erteilt und Maßnahmen angestoßen worden, aber wird genug Zeit sein, um alles zu vollenden, was begonnen wurde? Tarik weiß es nicht. Sein oberster Kommandant tut gut daran, seinem König mit Worten Treue zu geloben, aber seine Körpersprache lässt vermuten, dass er Eron beipflichtet – sie brauchen Kratorium, und zwar so viel, wie sie bekommen können.

Tarik wirft Sepora einen Blick zu und fragt sich, ob er nicht mit ihr über diesen Druck reden sollte. Sie wird eines Tages Königin werden. Sie muss in der Lage sein, unerfreuliche Situationen objektiv zu betrachten, denkt er. Doch im Moment gilt es vor allem, dafür zu sorgen, dass sie überhaupt Königin wird. So, wie sie miteinander umgehen, kommt es ihm wahrscheinlicher vor, dass sie wieder wegläuft, als ihn zum Mann zu nehmen.

»Pelusia könnte Schiffe bereitstellen«, bemerkt Eron. »Mit Schiffen könnten wir von Norden aus Hemuts Grenze angreifen, wo sie auf Walfang gehen. Wir würden sie völlig überrumpeln.«

Das könnte wahr sein. Wie Pelusia liegt Hemut im nördlichsten Teil der fünf Königreiche und grenzt an das Meer. Aufgrund von Pelusias berüchtigter Neutralität würde Hemut wahrscheinlich nicht mit einem Angriff an seiner nördlichen Grenze rechnen.

Tarik erinnert sich an einen Besuch in Hemut, als er noch sehr jung war und Sethos noch zu klein, um zu reisen. Sein Vater und König Ankor hatten Tarik zum Walfang mitgenommen, und obwohl sie mit leeren Händen ans Ufer zurückkehrten, war es für ihn ein aufregendes Erlebnis gewesen. Er war noch nie zuvor auf einem Schiff gefahren; die einzigen Boote, die er kannte, waren die kleinen schmalen Fischerboote auf dem Nefari. Die Taue und Segel des Walfangschiffs hatten bei jeder kräftigen Welle geknarrt und geächzt. Zuerst war er unsicher auf den Beinen gewesen, aber am Ende der Fahrt kletterte er die Leiter bis ins Krähennest hoch über dem Deck hinauf. Er fragt sich, wie ein pelusianisches Handelsschiff im Vergleich zu einem gewaltigen hemutianischen Walfänger abschneiden würde.

»Ja, nun«, sagt Rashidi, »natürlich hoffen wir, dass wir Ihre pelusianischen Freunde nicht mit einem Krieg belasten müssen. Ich bin zuversichtlich, dass man mit König Ankor vernünftig reden kann. Schließlich sind auch unsere Königreiche schon seit Jahrhunderten starke Verbündete.«

»Ja, nun«, äfft Eron Rashidi nach. »Ihr seid ein ziemlicher Optimist. Ich hoffe nur, Ihr seid nicht so idealistisch, dass Ihr Euch nicht auf das Schlimmste vorbereitet – und soweit ich sehe, tut Ihr es nicht. Das, Freund, ist Torheit.«

Tarik seufzt. Ein weiterer Versuch von Eron, das Gespräch in Richtung Kriegsvorbereitungen zu lenken, und wahrscheinlich wird es wieder damit enden, dass er darum bittet, Sepora zum Schmieden zu zwingen. Tarik ist gespannt, wie Königin Hanlyn mit dieser heiklen Situation umgeht und ob sie die Meinung ihres Gemahls teilt.

Doch Tarik weiß, wie er sich dabei verhalten wird. Sepora betrachtet ihre Heirat mit ihm bereits als Verpflichtung und mehr wird er von ihr im Augenblick nicht verlangen. Vielleicht ist er der Optimist, aber er möchte, dass Sepora ihm genügend vertraut, um aus freien Stücken zu schmieden, und nicht, weil er es von ihr verlangt. Und er ist bereit, noch etwas länger darauf zu warten. Der Bedarf an frischem Spektorium zur Bekämpfung der Seuche ist ohnehin nicht mehr so dringend, seit das Nefarit in Verbindung mit dem zur Neige gehenden Vorrat des anderen Elements so gut wirkt. Und beim Stolz der Pyramiden, wenn es sein muss, wird er jedes aus Spektorium geschmiedete Teil in Theoria abbauen lassen, um Sepora die Zeit zu geben, die sie braucht, um ihm wieder zu vertrauen. Und dann wird er ihr zeigen, wie viel er ihr bereits anvertraut hat; er wird ihr von der Pyramide seines Vaters erzählen.

Ja. Wie die Pyramiden braucht Vertrauen Zeit, um aufgebaut zu werden. Zeit und Geduld.

Und das ist der Grund, warum er König Eron nicht erlauben wird, Sepora weiter zu schikanieren. »Neben der Herstellung von Kratorium gibt es viele Möglichkeiten, um sich auf einen Krieg vorzubereiten, König Eron«, stellt Tarik fest. »Und wir bereiten uns mehr als gründlich vor.« Das taten sie tatsächlich. Erst heute hatte er eine Anordnung für seine Ingenieure unterzeichnet, zehn weitere Schleudern zu bauen. Normalerweise wird der Mechanismus, der in schneller Folge jede Sekunde Dutzende von Pfeilen abschießt, von Spektorium angetrieben, aber sein Oberingenieur hatte ihm einen Entwurf gezeigt, bei dem er von Federn in Gang gesetzt wird, obwohl dann zwei Männer notwendig wären, um ihn zu bedienen, statt einer. Doch eine höhere Zahl an Arbeitskräften ist ein kleiner Preis für die Unabhängigkeit von einem Element, das er vielleicht nie wiedersehen wird.

Das die fünf Königreiche vielleicht nie wiedersehen werden.

Eron macht eine wegwerfende Handbewegung. »Ja, ja. Ihr tut genau das, was Hemut erwartet. Aber wir brauchen das Überraschungsmoment. Und sie werden nicht damit rechnen, dass …«

»Ihr sprecht, als würden wir sie zuerst angreifen, was nicht der Fall ist«, unterbricht Tarik ihn.

»Ich kann Euch versichern, dass Hemut eine böse Überraschung erleben wird, wenn es die Absicht hat, gegen unsere Meistermajai zu kämpfen«, wirft Sethos ein, zweifellos um Seporas willen. Wenn Sepora nicht schmieden will, wird

Sethos ihr Recht auf diese Entscheidung verteidigen, wahrscheinlich bis zum Tode. Bei Sethos geht es immer bis zum Tode. »Die Majai werden sie nämlich nicht mit Mistgabeln kitzeln.«

Tarik verzieht innerlich das Gesicht. Sethos will Serubel beleidigen – ein Königreich, von dessen Armee er oft scherzhaft sagt, sie bestehe aus freiwilligen Bauern. Wenn Tarik näher bei seinem Bruder säße, würde er ihm unter dem Tisch einen Tritt verpassen. Es ist eine Sache, Eron in seine Schranken zu weisen; Seporas Heimatkönigreich zu beleidigen, ist etwas völlig anderes.

»Da wir gerade von den Majai sprechen, wie läuft Euer Palastdienst?«, erkundigt sich Eron hohngrinsend.

»Er läuft gut.« Sethos hebt den Kelch. »Obwohl ich Euch noch sagen wollte, dass es nicht nötig ist, heimlich mitten in der Nacht Boten zu Euren Ratgebern zu schicken. Das hier ist ein Palast, kein Gefängnis. Mein Bruder wünscht sicher, dass Ihr unbeschwert Eurer Korrespondenz mit Euren Männern nachgehen könnt.«

Eron schmettert die Faust auf den Tisch. »Wenn das hier kein Gefängnis ist, warum werde ich dann überwacht?«

Hanlyn führt seine Faust an den Mund und küsst sie sanft. Obwohl Tarik die Königin sehr schätzt, kann er nicht umhin zu bemerken, dass sie mit ihrer Körpersprache eine außerordentlich geschickte Lügnerin ist. Er ist sich ziemlich sicher, dass nur er – und vielleicht auch Sepora – erkennen kann, dass sie den Mann verabscheut, für den sie jetzt solche Verehrung zeigt.

»Liebster, ich bin mir sicher, dass in diesen schwierigen Zeiten jeder überwacht wird, habe ich nicht recht, König Tarik? Es ist eine Vorsichtsmaßnahme, die wir alle einhalten sollten. Wir bewegen uns im Moment auf einem sehr schmalen Grat zwischen Krieg und Frieden.«

Tarik nickt. »Ich bin ganz Eurer Meinung. Und ich versichere Euch, dass Sethos nicht damit beauftragt worden ist, Euch zu überwachen.«

»Nein«, wirft Sethos mit gedehnter Stimme ein. »Ich tue es ausschließlich zu meiner Unterhaltung.«

Sepora, die betont ein stummes Desinteresse zur Schau gestellt hat, kichert jetzt, was ihr einen strengen Blick der Missbilligung von ihrer Mutter einträgt. Um sie zu beschwichtigen, presst Sepora die Lippen zu einem geraden Strich zusammen. Tarik verbirgt sein eigenes Lächeln hinter seiner Serviette, mit der er sich den Mundwinkel abtupft.

»Nun denn«, sagt Rashidi und legt über dem Teller die Fingerspitzen aneinander. Tarik graut davor, was er als Nächstes zur Sprache bringen wird. Aber zu seiner Überraschung will sein Ratgeber nur die Stimmung aufhellen. »Jetzt, da wir über Bündnisse und Schlachtpläne gesprochen haben, könnten wir die Unterhaltung vielleicht auf einen glücklicheren Anlass lenken: Ich spreche natürlich von der königlichen Verlobungsprozession morgen.«

Sepora steht auf. »Ich fühle mich nicht wohl.« Eine Lüge. Und sie macht sich nicht einmal die Mühe, sie vor Tariks wissenden Ohren zu verbergen. Sie hat ein Talent für Ausweichmanöver, wie es ihm noch nie untergekommen ist.

Ihre Schroffheit bringt einfach zum Ausdruck, dass ihr seine Gefühle gleichgültig sind, doch er beschließt, ihr das nicht übelzunehmen.

Als ihre Mutter ebenfalls Anstalten macht, sich zu erheben, hält Sepora sie mit einer Geste auf. »Ich muss mich zurückziehen. Aber bitte, beendet eure Mahlzeit. Ich werde mich in meinem Schlafgemach nur etwas hinlegen.« Nicht die ganze Wahrheit.

Wird sie sich dann heute Nacht wieder mit Nuna hinausschleichen? Es scheint, als sei Sepora in letzter Zeit in alte Gewohnheiten verfallen; man hat ihm berichtet, dass sie fast jeden Abend mit Nuna aus ihrem Stall fliegt. Da sie immer zurückgekehrt ist, hat Tarik nicht eingegriffen. Er hofft, dass er diese Entscheidung heute nicht bereuen wird. Ihn bei seiner eigenen königlichen Verlobungsprozession sitzen zu lassen, wäre eine Beleidigung, der Sepora vielleicht nicht widerstehen kann.

»Ein Diener wird dir den Rest deines Abendessens bringen, falls du dich später in der Lage fühlst, zu essen«, sagt Tarik und steht auch auf. Wenn sie sich zurückziehen will, wird er es ihr erlauben. Wenn sie sich bei der Besprechung der königlichen Verlobungsprozession unbehaglich fühlt, will er sie nicht zwingen zuzuhören. Sollte sie aber die Absicht haben, morgen früh der Prozession fernzubleiben oder die Heirat danach abzusagen, wird er etwas unternehmen müssen. »Es ist gut, dass du dich ausruhst. Ich möchte nicht, dass du während der Prozession Schwäche zeigst, es sei denn natürlich, für mich.«

Seine Worte tragen ihm Gekicher von der Tischrunde ein, aber von Sepora erntet er einen ernsten Blick. »Glaubt mir, wenn ich sage, Hoheit, dass ich niemals Schwäche zeige.« Sie dreht sich um und verlässt den großen Speisesaal, und ihr langer, durchsichtiger Umhang flattert mit der Lüge hinter ihr her.

5

SEPORA

Nuna folgt meinen Befehlen und landet sanft in dem prächtigen Hauptgarten des Palastes, gleitet weich über das Gras, ohne eine allzu sichtbare Spur zu hinterlassen. Der Besuch im Garten ist bittersüß für mich. Hier an dieser Stelle habe ich das erste Mal Dody gesehen, die Seherschlange, die ich für Tarik abgerichtet habe. Der reglose Leib des Tieres hatte neben dem prächtigen Marmorspringbrunnen im Gras gelegen, nachdem Tariks Mauerwache es vom Himmel geschossen hatte. Obwohl Dody die Serpen des serubelanischen Generals Halyon gewesen war, hatte ich sie als meine eigene anzunehmen gelernt. Ich hätte nicht anders gekonnt: Ich habe sie jeden Tag gesehen, bin diejenige gewesen, die sie gefüttert und bewegt hat und ihr Liebkosungen ins Ohr gegurrt hat, bevor ich sie für die Nacht einschloss. Nuna zurückzuhaben hilft mir, den Schmerz über Dodys Verlust zu lindern, doch ab und zu versetzt die Erinnerung an sie mir immer noch einen Stich ins Herz.

Mit Nuna werde ich vorsichtiger sein. Ich werde sie beschützen, so wie ich Dody nicht beschützen konnte, als wir zusammen vom Himmel gefallen sind. Tatsächlich habe ich als Vorsichtsmaßnahme bereits Schritte unternommen, um sicherzugehen, dass Nuna und ich nicht abgeschossen werden, wenn wir uns nachts hinausschleichen. Ich soll zwar laut Befehl des Falkenkönigs die Palastmauern nicht verlassen, aber Sethos hat mir mit Freuden geholfen, diese Regel zu umgehen. Irgendwie hat er die Wachen überredet, mich und Nuna unbehelligt davonfliegen zu lassen, und obwohl er mir nicht versprechen konnte, dass man den König nicht über unsere nächtlichen Fluchten in Kenntnis setzen würde, hat Tarik aufgrund dieser Information bisher nichts unternommen.

Bis jetzt.

Nach meinem Verhalten beim Abendessen sollte ich nicht überrascht sein, als ich Tarik bei unserer Landung auf dem Rand eines Springbrunnens vor einem Zitrusbaum sitzen sehe. Ich wünschte, ich hätte ihn früher von oben bemerkt, aber das hat er sicher sorgfältig vermieden.

Er wird Fragen wegen meines Benehmens beim Abendessen stellen. Aus einem unwiderstehlichen Drang heraus, ihm zu trotzen, werde ich mich weigern, ihm zu antworten. Er lässt mir keine andere Wahl. Ich werde die Kontrolle über unsere zwanglosen Gespräche nicht aufgeben. Wenn er begriffen hat, dass ich nicht nachgebe, wird er nachdenklich werden und mich allein lassen, und ich lasse ihn gehen und hoffe, dass ich gewonnen habe.

So läuft es jetzt zwischen uns.

»Wie ich sehe, fühlst du dich besser«, sagt er. Da ist sie wieder, die teilnahmslose Miene. Entweder glaubt er nicht, dass ich krank war, oder es ist ihm egal. Wahrscheinlich beides. Er klopft einladend auf den marmornen Springbrunnenrand, damit ich mich zu ihm setze.

»Du machst wohl Witze.« Ich richte den Blick auf Nuna und bin mir bewusst, dass ich dabei kaum merklich die Nase hebe.

Aus dem Augenwinkel sehe ich, wie seine Brust sich in einem schweren Seufzer senkt, als er aufsteht und die wenigen Schritte zu mir herüberkommt, während ich Nuna hinterm Ohr kraule. Nach dem Flug, den ich ihr heute Abend abverlangt habe, verdient sie es, ordentlich abgerieben zu werden, aber das wird warten müssen, bis Tarik gegangen ist. Nuna trocken zu reiben dauert fast eine Stunde, und da sie heute Nacht besonders gehorsam war, werde ich ihr den Rücken massieren, um ihre Muskelverspannungen zu lösen.

»Du warst sehr still beim Essen«, bemerkt Tarik.

»Wenn du doch auch nur so still gewesen wärst.«

»Was? Du bist doch nicht etwa wütend, weil ich meinen Wunsch zum Ausdruck gebracht habe, dass du einmal Schwäche für mich zeigst?« In seinem Ton liegt eine Verspieltheit, die ich nicht ganz ignorieren kann. Mist.

»Solche Wünsche sollten nur unter vier Augen geäußert werden.«

»Jetzt sind wir unter vier Augen.« Er lehnt sich gegen Nuna, legt den Kopf schräg und sieht mich an. Nun kommt er mir noch mehr vor wie ein Eindringling, denn Nuna scheint sich bei dem Falkenkönig wohlzufühlen. Sie hat auch allen Grund dazu, denn er kommt oft zu uns in den Stall und füttert sie mit Äpfeln und Fleischbröckchen, während er versucht, mit mir höflich Konversation zu treiben. Er streichelt sie sogar abwesend, während er mich nach meinem Tag fragt. Meine Verteidigungsschlange ist ihm schutzlos ausgeliefert.

Nach dem Abendessen hat Tarik sich die königliche Farbe vom Leib gewaschen, und sein Haar ist leicht zerzaust, als wäre er gerade erst aufgestanden. Früher mochte ich ihn so am liebsten, als Tarik und nicht als Falkenkönig. Und das weiß er. Der Gedanke, dass er als er selbst zu mir gekommen ist statt als mein Herrscher, zwingt mich, mit meinen Gefühlen behutsam umzugehen. Vielleicht wäre ich nicht so nervös, wenn ich ihn beim Essen nicht mit einer so intimen Lüge verlassen hätte – einer Lüge, die nur er wahrnehmen konnte.

»Habt Ihr im Garten geschlafen, Hoheit?«, frage ich und hoffe verzweifelt darauf, die Unterhaltung in eine andere Richtung zu lenken. Es gefällt mir nicht, wie er mir die ganze Zeit in die Augen schaut.

Er zuckt müde mit den Schultern und schenkt mir ein gleichermaßen träges Lächeln, das die Intensität seines Blickes jedoch nicht abmildert. »Kann sein, dass ich eingedöst bin, als ich auf dich gewartet habe.« Er rutscht näher heran, seine Schulter berührt mich fast am Kinn. »Ich hatte gehofft, dass du in den Garten kommen würdest, bevor du sie für die Nacht fertigmachst. Die Wachen sagen, dass du das oft tust.« Seine Stimme ist beinahe ein Flüstern und doch geht sie mir durch und durch.

»Wenn du mich sprechen musst, hättest du einfach fragen können. Obwohl es kaum einen Moment des Tages gibt, an dem wir uns nicht über Belange des Königreiches austauschen müssen.« Was vollkommen der Wahrheit entspricht.

»Das, was ich heute Nacht zu sagen habe, zählt nicht zu den Belangen des Königreichs.«

Ich spüre, wie meine Wangen heiß werden, als er noch näher kommt. Sein Atem ist ein zarter Hauch auf meinem Haar, als er sagt: »In diesem Augenblick bin ich kein König, sondern ein Diener. *Dein* Diener, Sepora.«

Heilige von Serubel. Jetzt ist er genauso durchtrieben wie Sethos. »Mein Diener? Nun denn, Diener Tarik, gehe hin und wirf dich von der Halbbrücke.«

Er streicht mir eine Haarsträhne aus dem Gesicht. Ich will mich abwenden, aber er hält mich am Arm fest und zieht mich an sich. Ich könnte mich seinem Griff mühelos entwinden, genauso mühelos, wie ich ihm hätte ausweichen können. Nuna hinter ihm wird unruhig. Tariks Blick ruht fest auf meinen Augen. »Vielleicht drücke ich mich nicht klar aus. Als ich sagte, ich sei dein Diener, habe ich gemeint, dass ich hier bin, um meine Dienste anzubieten.«

Meine Augen werden groß und ich hasse mich dafür. Er sieht alles, selbst das kleinste Zucken. Er weiß, dass seine Worte nicht auf taube Ohren treffen – zumindest nicht ganz.

»Dienste?« Noch sind wir nicht verheiratet. Welche *Dienste* könnte ein unverheirateter Tarik einer unverheirateten Sepora anbieten? Ich weiß es nicht. Oder vielleicht weiß ich es doch. Das ist auch der Grund, warum meine Stimme bricht.

»Du sagtest, dass du niemals Schwäche zeigst. Ich fand das schade, denn es kann recht vergnüglich sein, wegen jemandem schwach zu werden. Also, hier bin ich, bereit, dir beim Schwachwerden zu helfen.«

»Ich brauche keine Hilfe, um schwach zu werden.« *Gut gespielt, Idiot.*

»Nein? Dann wirst du also doch manchmal schwach?« Seine Neckerei ist gnadenlos, sein Blick noch gnadenloser.

»Hör auf damit. Sofort.«

»Ich fürchte, das kann ich nicht. Du hast mich beim Abendessen herausgefordert.«

»Ich habe nichts dergleichen getan.« Man braucht kein Lingot zu sein, um die Verzweiflung in meiner Stimme zu hören. »Du solltest wegen dieser Wahnvorstellungen wirklich einen Heiler aufsuchen. Master Cy kann bestimmt helfen.«

»Zu deinem Pech nehme ich das Angebot an.«

Trotz meiner Großtuerei und der Spannungen zwischen uns weiche ich nicht zurück, als er mir die Finger ins Haar schiebt und meine Lippen an seine zieht. Als er meinen

Mund mit der Zunge öffnet und eine Antwort von mir verlangt, gebe ich sie ihm. Als er sich an mich drängt, lasse ich es bereitwillig geschehen. Ich schmiege mich an ihn, bis zwischen uns kein Platz mehr ist.

Als er in meinen Mund stöhnt, antworte ich auf gleiche Weise.

Eine Hand in meinem kunstvoll geflochtenen Haar, verschränkt er die Finger mit meinen. Aber das genügt ihm nicht. Er nimmt die Hand aus meinem Haar, zieht mit den Fingerspitzen eine heiße Spur meinen Rücken hinab und legt mir dann die Hand auf die nackte Haut an meiner Hüfte.

Mit seiner Berührung hat er die Welt zum Stillstand gebracht, während ich unter seiner aufmerksamen Betreuung dahinschmelze. Und das geht nicht. Ja, er kann dafür sorgen, dass ich schwach werde, natürlich kann er das. Ich bin wütend auf ihn, aber nicht immun gegen ihn. Gegen Tarik bin ich nie immun.

Aber verdammt noch mal, ich kann ihn auch schwach machen.

Ich löse unsere Hände und lege ihm meine um den Hals, dann schlinge ich die Beine um ihn. Er stöhnt und lehnt mich gegen Nuna. Dann packt er meine Oberschenkel und zieht mich fester an sich. Ich genieße das Gefühl, mit ihm auf Augenhöhe zu sein, aber meine Konzentration wird mir schnell geraubt, als er die Finger um meine Taille gleiten lässt und sie immer wieder zwischen den Stoff meiner nahezu durchscheinenden Hose und meine Haut schiebt. Um nicht hinter ihm zurückzustehen, wölbe ich mich ihm entgegen und überrasche mich selbst mit meiner Kühnheit und mit dem drängenden Verlangen, das die Bewegung in mir geweckt hat. Trotz meiner Absicht, ihn schwach werden zu lassen, durchfährt es mich heiß, und ich bereue plötzlich meine abenteuerliche Entscheidung, ihn zu verführen.

Denn es ist unmöglich, Tarik zu küssen, ohne dass mein Herz daran beteiligt ist. Nicht in meinen Träumen. Nicht in meinen wachen Stunden. Niemals.

Tarik spürt es, als ich mich bewusst aus dem Kuss zurückziehe, denn er nimmt seine Lippen von meinen. Hat er gewonnen? Ich bin mir nicht sicher. Aber ich freue mich zu sehen, dass er genauso atemlos ist wie ich. Langsam lässt er meine Arme und Beine nach unten gleiten, bis ich wieder vor ihm stehe. Eine Wolke verdunkelt den Mond, doch zuvor erhasche ich einen Blick auf seinen Gesichtsausdruck.

Der Kuss hat eine ebenso große Wirkung auf ihn wie auf mich.

Er fährt sich mit der Hand durchs Haar. Wir können uns kaum erkennen, doch wir sehen uns lange an. Er schluckt. Ich kann die Hände nicht stillhalten und bin dankbar für die Dunkelheit. Als der Mond wieder hervorlugt und Tariks Gesicht erhellt, trete ich einen Schritt zurück und drücke mich gegen Nuna.

Er wirkt völlig frustriert. »Es war falsch von mir, es wie ein Spiel anzugehen«, erklärt er schroff. »Ich sehe, dass ich meinen Meister gefunden habe.« Er tritt auf mich zu und drückt mir unsanft mit dem gekrümmten Finger das Kinn hoch. »Aber wenn du mich das nächste Mal so küsst, werde ich das als Einladung auffassen, uns beiden Erleichterung zu verschaffen.«

Dann dreht er sich abrupt um, und ich sehe ihm nach, wie er mit großen Schritten die Gartentreppe zum Palast hochsteigt.

6

TARIK

Warum muss Sepora mich immer warten lassen?

Aber andererseits, könnte man nicht sagen, dass das Warten auf Sepora jetzt sein Leben bestimmt? Hat der Kuss der vergangenen Nacht das nicht in jeder Hinsicht bewiesen? Er hat den Kuss begonnen, und er hat ihn beendet – doch das war alles, was er dazu beigetragen hat, als sein Mund mit ihrem verschmolz. Aber Sepora? Sie hatte seine Farce von einer Herausforderung angenommen und zu einer echten gemacht, hatte ihn voll und ganz mit ihren Lippen erobert. Er hatte schnell begriffen, dass er zwar den ganzen Tag Befehle und Kommandos erteilt, dass es jedoch Sepora ist, die seine Welt beherrscht. Und dass es niemals nur ein Spiel sein kann, sie zu küssen. Zumindest nicht für ihn.

Bei diesem Gedanken tritt Tarik unbehaglich von einem Fuß auf den anderen. Er steht in seinem Prunkwagen, demselben Wagen, der König Knosi den Anschein verliehen hatte, er sei Herrscher über alle fünf Königreiche. Trotz Tariks kunstvollem hohen Kopfschmuck, seiner goldenen Körperfarbe und der Tatsache, dass seine kräftigen Schultern fast so breit sind wie der Wagen selbst, fühlt er sich hoffnungslos unwürdig, ihn zu lenken. Wie könnte er darin jemals so majestätisch wirken wie sein Vater? Gut möglich, dass die Menschen – oder schlimmer noch, Sepora – ihn heute bei der königlichen Verlobungsprozession auslachen, weil sie meinen, er sei eines so edlen Gefährts nicht würdig. Gebaut aus dem glänzendem Holz der schönsten Mahagonibäume, die in den Wäldern Wachuks zu finden sind, erzählen die verschlungenen Schnitzereien des Wagens die Geschichte des Königreichs Theoria – eine stolze Geschichte, dargestellt durch den Zug durch die Wüste, siegreiche Schlachten und die Erbauung der Pyramiden. Hinter ihm flattern blaue und goldene Banner in dem trockenen Wind, und Blumen, für den Anlass blau gefärbt, schmücken die Vorderseite des Wagens.

Als Rashidi den Prunkwagen für König Knosi in Auftrag gab, nutzte er jedes Mittel, ihn so extravagant wie möglich zu gestalten, und auch für Tarik heute ließ er ihn mit jeder erdenklichen Pracht schmücken.

Doch all das spielt keine Rolle. Das Problem ist, dass Tarik hier an der Spitze seiner königlichen Verlobungsprozession ohne die Unterstützung einer künftigen Königin an seiner

Seite steht. Natürlich ist er nicht so begriffsstutzig zu leugnen, dass er derjenige sein könnte, den die Schuld daran trifft. Ja, sie hatte vergangene Nacht die Situation beherrscht, aber die Art, wie er den Kuss beendet hatte, war herzlos gewesen, das hatte er so nicht gewollt. Und dennoch … Ganz gleich, was dieser Kuss bewiesen hat und welche Folgen er heute nach sich zieht, er wird ihn nicht bereuen. Augenblicke wie diese sind vielleicht alles, worauf er sich in ihrer Ehe freuen kann, da sie ihm jetzt so sehr misstraut. Und wenn das so ist, wird er jeden einzelnen dieser Augenblicke festhalten und als heilig schätzen. Obwohl er, um die Wahrheit zu sagen, wünschte, sie würde sich lieber heute als morgen besinnen und ihm verzeihen. So dumm er ist, selbst eine schwierige Ehe mit Sepora zu wollen, so hofft er doch, dass es eine Ehe voller Liebe und Respekt und eines Tages sogar voller Vertrauen sein wird.

Gerade als Tarik zu dem Schluss kommt, dass Sepora die ganze Gesellschaft, einschließlich ihrer eigenen Familie, absichtlich warten lässt, richtet Königin Hanlyn aus dem nächsten Wagen das Wort an ihn.

»Es wäre mir ein Vergnügen, meine Tochter für Euch zu holen«, sagt sie, und ein Hauch Erregung liegt in ihrem Ton. Doch sie sagt die Wahrheit. Während Tarik sich sicher ist, dass König Eron Seporas Verspätung als mögliche Beleidigung und damit als ungemein erheiternd ansieht, tut seine Frau das offensichtlich nicht.

Er weigert sich, es als demütigend zu empfinden, dass Seporas eigene Mutter deren dreiste Missachtung seines

Stolzes erkennt. Heute findet ihre Verlobungsprozession statt, ein wichtiger Augenblick am Beginn ihres gemeinsamen Lebens. Tarik wird nicht zulassen, dass bittere Gedanken diesen Moment ruinieren. Lächelnd wendet er sich zu Königin Hanlyn um und hofft, dass das Lächeln nicht so sauer wirkt, wie er sich fühlt. »Ich würde nie daran denken, Euch nach ihr zu schicken«, erklärt er freundlich. »Wenn sie noch länger fortbleibt, lasse ich eine der Wachen nachsehen.« *Schließlich ist Sepora es gewöhnt, dass Wachen ihr durch den Palast hinterherjagen.*

Königin Hanlyn nickt. »Natürlich, Hoheit.« Aber ihr Stirnrunzeln legt nahe, dass sie Sepora wirklich persönlich hatte holen gehen wollen – vielleicht, um eine wohlplatzierte mütterliche Strafpredigt vom Stapel zu lassen. Tarik ist froh, dass seine eigene Mutter nicht hier ist, um diese Würdelosigkeit mitanzusehen, nicht, weil sie wütend auf Sepora gewesen wäre, sondern weil sie es genossen hätte, ihren eigenen Sohn unter dem Druck leiden zu sehen. Sie würde sagen, was sie immer gesagt hat: »Rätsel schärfen den Geist und vertreiben die Langeweile.«

Gerade als Tarik mit seiner Weisheit am Ende ist, erscheint Sepora neben dem Wagen. Und raubt ihm den Atem.

»Ich bitte um Verzeihung, Hoheit«, sagt sie leise. »Meine Dienerinnen haben mich den ganzen Morgen festgehalten. Ich hoffe, dass sich das Warten für meine Erscheinung gelohnt hat, da es Stunden dauern wird, wieder lebend aus dieser Tracht herauszukommen.«

Die Wahrheit. Erleichtert bietet er ihr die Hand, damit

sie in den Wagen steigen kann, und muss sich beherrschen, sie nicht mit offenem Mund anzustarren. Seine zukünftige Königin ist geradezu atemberaubend. »Glaube mir, wenn ich sage, dass die Zeit gut investiert war.«

Sie trägt einen zylindrischen Kopfschmuck aus Silber, der über und über mit Diamanten und Saphiren besetzt ist und vorne von einem silbernen Falken geschmückt wird; einen schweren silbernen Schulterkragen aus weiteren Diamanten und Saphiren, die zu kunstvollen Spiralen angeordnet sind; und Silberreifen an den Oberarmen mit dem gleichen Bild des Falken, nur dass sie eine durchsichtige blaue Schleppe halten, die hinter ihr wallend auseinanderfließt. Auch die Reifen um ihre Handgelenke halten den durchsichtigen Stoff, sodass er wie ein Paar Flügel wirkt und sie selbst wie ein Falke aussieht. Im Gesicht ist sie mit schönen schwarzen und blauen Schnörkeln geschminkt, die einen Kontrast zu der silbernen Körperfarbe bilden – Tarik könnte nicht erfreuter sein, dass sie sich an diesem Tag nicht wie sonst gegen die Körperfarbe gewehrt hat. Das Gewand selbst besteht aus hellblauer Seide und reicht ihr bis zu den Füßen.

Er weiß, dass er im Vergleich zu ihr verblasst. Obwohl er so gekleidet ist wie sie, nur in Gold, sieht sie aus wie eine bezaubernde Silberfigur, doch schmerzlich menschlich. Neben ihr wird er sich ein wenig wie ein Narr vorkommen, und nicht nur, weil sie ihn hat warten lassen. Er wird das Gefühl nicht los, dass er ein Junge ist, der sich als König verkleidet hat.

Als sie in den Prunkwagen steigt, lächelt Tarik, denn er

sieht, dass sie sich dafür entschieden hat, keine Schuhe zu tragen.

Sie lächelt ebenfalls, wenn auch nur kurz. »Die Sandalen waren aus massivem Silber«, sagt sie, als wolle sie ihm einen Vorwurf machen, dass er sie so gefertigt hat. Als ob er selbst etwas so Kunstvolles für sie erfinden könne. »Wenn ich schon den ganzen Tag auf den Beinen sein soll, muss ich es wenigstens ein bisschen bequem haben, würdest du mir da nicht zustimmen?«

»Im Moment würde ich allem zustimmen.«

Er spürt, dass sie ohne die Silberfarbe errötet wäre, obwohl sie sich abwendet, um es zu verbergen. Als der Wagen sich in Bewegung setzt, tut sie so, als betrachte sie den Palast, aber sie lässt den Blick dort nur so lange verweilen, bis er außer Sicht ist. Sobald sie unterwegs sind, richtet sie den Blick nach vorn, obwohl das Viertel der Oberklasse noch weit entfernt ist. Sie ist angespannt, ihre Haltung starr, während sie den Griff vor sich so fest umklammert, dass ihre Knöchel weiß hervortreten.

»Fühlt Ihr Euch wohl, Prinzessin?«, flüstert er von der Seite, damit ihre Eltern nicht merken, dass etwas nicht stimmt.

»Ich bin nervös«, platzt sie heraus und beugt sich dichter zu ihm. Die Offenbarung ist ein kleiner Schock. In all der Zeit, die er sie nun kennt, hat sie nie zugegeben, auch nur einen Moment nicht äußerst selbstbewusst zu sein. Vielleicht hat er sie mit seinem Kuss gestern Nacht mehr aus der Fassung gebracht, als er dachte. Er könnte nicht zufriedener sein. »Was ist, wenn die Bürger mich nicht als ihre Königin anerkennen?«

Er ist also doch nicht der Grund für ihre Nervosität. Er schluckt die kleine Enttäuschung herunter und antwortet: »Die Bürger hatten schon lange keine Königin mehr. Sie werden dich sicher akzeptieren.«

Sie seufzt. »Also bin nicht *ich* es, die sie billigen, sondern nur die Tatsache, dass es überhaupt eine Königin gibt. Würde in diesem Fall Tulle nicht genügen?«

»Ich hatte gehofft, dass Prinzessin Tulle in unserem Gespräch heute gar nicht vorkommen würde.«

»Wie sollte das möglich sein?«

Er legt die Hand auf ihre, die sich vorne am Wagen festhält, und spürt, wie sie sich unter seiner Berührung versteift. Doch ihm entgeht auch ihr kleiner Schauer nicht. »Ich denke nicht einmal an sie. Du, und nur du allein beherrschst meine Gedanken.«

Sie wirft einen Blick nach hinten und schenkt ihrer Mutter ein kleines, falsches Lächeln. Also möchte sie genau wie er, dass dieses Gespräch unter vier Augen bleibt. Erleichterung durchströmt ihn.

»Das ist nicht genug«, flüstert sie zurück.

»Sag mir, was ich tun kann, Sepora«, bittet er, aber sie nähern sich dem Viertel der Oberklasse und werden keine Gelegenheit mehr haben, miteinander zu reden. »Ich würde dir alles anvertrauen.«

Immer noch hat sie keine Antwort. Vielleicht hat sie auch zu viele Antworten, um jetzt darüber zu sprechen.

Als sie sich der ersten Reihe von Oberen nähern, die in ihrem feinsten Staat gekleidet sind, holt sie tief Luft und setzt ein Lächeln auf. Er folgt ihrem Beispiel, obwohl Rashidi ihm strenge Anweisung gegeben hat, bei der Begrüßung seiner Untertanen keinerlei Gefühle zu zeigen. Wenn Sepora die Menge für sich gewinnen will, wird er ihr dabei helfen. Er nickt und lächelt zustimmend, sieht, wie die Menschen behutsam Rubine und Smaragde auf die Prunkwagen und Majai-Soldaten werfen, obwohl der Zug die Wüstenblumen und Edelsteine auf dem Weg überrollt. Von hinten hört er Königin Hanlyn aufkeuchen, und er kann es sich nicht verkneifen, noch breiter zu lächeln.

Er beugt sich zu Sepora und bemerkt: »Das ist der einzige Teil der Strecke, wo die Bürger *uns* mit Geschenken überschütten. Es ist Brauch, dass die Oberen ihren Reichtum in Form der wirtschaftlichen Stärke unseres Königreichs zur Schau stellen. Alles, was weniger kostbar ist als Edelsteine, wäre eine Beleidigung für den Thron.«

Sepora sieht ihn mit einer hochgezogenen Augenbraue an, unbeeindruckt und sichtlich angewidert. Er lacht, was ihm einen strengen Blick der Missbilligung von Rashidi einträgt, der vor ihnen neben Sethos auf einem reich geschmückten Pferd reitet. Als Rashidi sich umdreht, zwinkert Sethos Sepora kurz zu.

»Muss Rashidi immer aussehen wie eine gereizte Kobra?«, flüstert Sepora lächelnd.

»Natürlich«, flüstert Tarik zurück. »Anders würden die Kinder ihn nicht in Ruhe lassen.«

Gegen ihren Willen muss Sepora kichern und wieder fährt Rashidi im Sattel herum. »Ihr lacht über die Gaben eurer Bürger?«, zischt er.

Sepora erwidert seinen bösen Blick, und gerade als sie den Mund öffnet, um eine deutliche Beleidigung loszulassen, ergreift Tarik erneut ihre Hand und deutet auf die Menschenmenge, die sie erwartet. »Hörst du das? Sie rufen deinen Namen. Ich würde sagen, dass sie dich eindeutig akzeptieren.«

Er hatte nicht vorgehabt, sich so nah zu ihr hinüberzubeugen, wirklich nicht. Er wollte nur, dass sie ihn hört. Aber der Blick, mit dem sie ihn ansieht, der erst auf seinem Mund verweilt und dann hinauf zu seinen Augen geht, die Art, wie sie seinem Blick überrascht und, ja, verlangend standhält ... Sein Herz schlägt Stakkato im Takt mit den Trompeten, die unablässig ihre Ankunft verkünden. Plötzlich lullt ihn die Erinnerung an den Kuss der vergangenen Nacht in Benommenheit.

Sepora ist die Erste, die sich wieder fängt. Sie räuspert sich und löst sich von ihm – und zu seiner Enttäuschung befreit sie ihre Hand aus seiner –, während sie lächelt und den Menschen am Straßenrand zuwinkt. Er ist dankbar, dass sie so geistesgegenwärtig ist, ihren Bürgern Höflichkeit zu erweisen, da er selbst für einen Augenblick nicht mehr Herr seiner Sinne war.

Tarik nutzt ihre neugefundene Haltung, um sich zu sammeln. Er versucht, sich wieder auf seine Bürger und auf den Anlass zu konzentrieren. Die letzte Prozession dieser Art hatte bei der Beerdigung seines Vaters stattgefunden. Damals hätte es ihm nicht ferner sein können, sich eine Frau zu nehmen. Und jetzt, nur wenige Monate später, ist er mehr als bereit, diese temperamentvolle Verführung an seiner Seite zu seiner Königin zu machen.

Sie verschlägt ihm den Atem. Trotzdem winkt und lächelt er, lächelt und winkt, während sie das Viertel der Oberklasse langsam hinter sich lassen. Er wirft Sepora einen Blick zu, als sie laut den Atem ausstößt. »So schlimm war es doch gar nicht, oder?«, fragt er.

Sie zeigt ihm ihre Hand, die stark zittert. »Es ist schon ein bisschen aufregend, wenn alle Augen auf einen gerichtet sind. Ich habe so etwas noch nie gemacht.«

»Das ist nicht wahr«, neckt er sie. »Wenn ich mich recht entsinne, hat man dich schon oft vor ein Publikum geschleppt. Einmal, als du dem Harem entflohen bist, und dann, als du von der Halbbrücke gesprungen bist. Und als du …«

Sie stößt ihm unsanft den Ellbogen in die Rippen. »Aber ich habe mich noch nie freiwillig zur Schau gestellt«, beharrt sie.

Er zuckt zweifelnd die Achseln. »Soviel ich weiß, macht die Oberklasse das größte Getöse. Der Rest der Strecke sollte viel weniger einschüchternd sein. Bei der Beerdigungsprozession für meinen Vater …« Aber er kann nicht weitersprechen, denn die Beerdigungsprozession endete an einer Pyramide, die es nicht mehr gibt – ein Verlust, den selbst sein Volk betrauert hat. Tarik ist den Menschen durch den

Abbau der Pyramide als weiser und berechnender Herrscher erschienen. Es zeigte ihnen, dass er vor nichts Halt machen würde, um ihnen das zu geben, was sie brauchten, wenn sie es brauchten. Tarik selbst kam sich dadurch vor wie ein Narr.

Seporas Narr.

Er zwingt sich, die Bitterkeit herunterzuschlucken, die in seiner Kehle aufsteigt.

»Ja?«, fragt Sepora.

»Ach nichts. Ich kann das Viertel der Mittelklasse vor uns sehen. Oder zumindest die Zitrusfelder.« Sein neckender Ton ist fort. Aber er kann ihn jetzt ebenso wenig für sie zurückholen wie er die Pyramide wiederaufbauen kann, die einst so stolz die Überreste seines Vaters geschützt hat.

»Ich wollte dich nicht in ein Gespräch über deinen Vater verwickeln«, bemerkt sie ernst. »Ich hoffe … ich hoffe, unsere Verlobungsprozession erinnert dich nicht allzu sehr an deinen Verlust.«

Anfangs tat sie es auch nicht, aber jetzt schon. Und Sepora weiß immer noch nicht, wie sehr.

7

SEPORA

Die Bewohner des Viertels der Mittelklasse werfen bei unserem Eintreffen dankenswerterweise nicht ihre Ernte an Gemüse und Nefarit auf uns, sondern lassen die Gaben ihres Reichtums in Körben vor sich stehen und bilden so an beiden Straßenrändern eine neue Straße für sich. Ich bin froh darüber – es ist eine Sache, hin und wieder von einem verirrten Rubin im Gesicht getroffen zu werden, aber es wäre etwas ganz anderes, mit Maiskolben beworfen zu werden. Außerdem kann ich meine Dankbarkeit gar nicht genug äußern, oder vielmehr überhaupt nicht, dass die Menschen große Palmwedel über uns halten, während wir an ihnen vorbeifahren, und so einen grünen Bogengang mit herrlichem Schatten bilden. Von allen

Reichtümer Theorias schätze ich den Schatten am meisten. Schatten und Wasser, das Tarik mir gelegentlich aus seiner Kamelhautflasche anbietet, die er zu seinen Füßen stehen hat. Ich achte darauf, es nicht gierig hinunterzustürzen, wenn auch nur wegen Mutter hinter mir. Aber es fällt mir schwer, weil Anku dafür gesorgt hat, dass meine silberne Körperfarbe schweißbeständig ist. Mein Schweiß kann nirgendwohin und mein Körper schreit um Erlösung von der Hitze.

Vor uns verteilen sechs Majai zur Pferd Körbe mit schimmerndem Gold und Silber. Die Menschen sind respektvoll, nehmen die Geschenke entgegen und kehren mit ihren Palmenwedeln in die Reihe zurück. Ich bin beeindruckt, wie anders man hier in Theoria mit einer königlichen Hochzeit umgeht als in Serubel. In Serubel würden wir keinen Umzug durch das Königreich veranstalten, damit uns alle angaffen können, sondern wir würden still und leise Geschenke von unseren adligen Herren und Damen entgegennehmen, die uns alles Gute wünschen – Vater käme niemals auf die Idee, Schätze an das Volk zu verteilen –, und nur eine handverlesene Gruppe der wichtigsten und treuesten Bürger würde zu der eigentlichen Hochzeitsfeier eingeladen werden, die im Ballsaal unserer Burg stattfinden würde. Rashidi erzählt mir, dass die Hochzeit für Tarik und mich auf einem Podest abgehalten werden wird – das gerade aus feinstem Wachuk-Holz erbaut wird –, damit ganz Theoria es mitansehen kann. Er sagt, man tue es, damit niemand das Treuegelübde anzweifeln kann, das das königliche Paar einander leistet, noch das Treuegelübde, das die neue Königin den Bürgern gegenüber ablegt.

Da Theoria sich bemüht, sich selbst bei Alltäglichkeiten verschwenderisch zu geben, übertrifft Theorias Ehrgeiz bei den seltenen besonderen Anlässen wie der Hochzeit des Königs vermutlich den Anspruch, ›verschwenderisch‹ zu sein, und strebt nach ›spektakulär‹.

Die Atmosphäre hier unter der Mittelklasse ist anders als im Viertel der Oberen. Trotz ihrer größeren Arbeitsbelastung strahlen diese Bürger eine gewisse Lebensfreude aus, die ich bei der Oberklasse nicht wahrgenommen habe. Eigentlich sollten sie von ihrer Arbeit auf den Bauernhöfen und bei der Ernte erschöpft sein, doch ihre Aufregung über unsere Ankunft ist grenzenlos. Sonnengebräunte Kinder kreischen, als wir vorbeikommen, und rufen: »Prinzessin Magar!« in der Hoffnung, dass ich in ihre Richtung schaue. Und natürlich versuche ich es, ich gebe mir wirklich Mühe. Aber die Prozession bewegt sich in einem gleichmäßigen Tempo, da wir noch einen weiten Weg vor uns haben, und wenn ich mich unablässig nach links und rechts drehen würde, um jeden zu grüßen, der nach meiner Aufmerksamkeit ruft, würde mir schwindlig werden.

Neben mir strahlt Tarik förmlich vor Stolz. Nicht einmal seine goldene Körperfarbe kann seine Zuneigung zu seinen Untertanen verbergen und tief in meinem Innern möchte ich die gleiche Verbindung zu ihnen verspüren. Sosehr ich verdrängen möchte, dass ich bald ihre Königin sein werde, und sosehr ich gehofft hatte, dass Mutter diejenige sein würde, die mich vor einer Pflichtehe retten würde, verspüre ich dennoch den Drang, diesen Menschen zu gefallen.

Vielleicht ist es das Gefühl der Unausweichlichkeit, das mich in dem Moment überkommen hat, als unser Wagen den Palast verlassen hat, oder vielleicht der Eifer, mit dem die Bürger mich begrüßen, das in mir die Sehnsucht weckt, ihre Königin zu werden. Es könnte mein Bedürfnis sein, Mutter stolz zu machen, indem ich eine fähige Herrscherin werde, das in mir den Wunsch weckt, Königin von Theoria zu werden. Aber wenn ich ehrlich bin, wenn ich wirklich ehrlich zu mir selbst bin, ist mein Verlangen, Königin von irgendetwas zu werden, längst nicht so groß wie das, Tarik zum Gemahl zu nehmen.

Selbst jetzt spüre ich den heißen Kuss der vergangenen Nacht auf den Lippen, und zum ersten Mal heute bin ich Anku dankbar dafür, dass sie mich so mit Körperfarbe vollgekleistert hat, denn so besteht schlichtweg keine Möglichkeit zu erröten. In jedem Fall wäre es ein zweifaches Erröten. Eins wegen der Hitze unseres Kusses und eins aus Verachtung für meine Schwäche, ihn nach alldem, was er getan hat, immer noch heiraten zu wollen – ungeachtet der Tatsache, dass er mich nur wegen eines Bündnisses und wegen meiner Fähigkeiten will. Ich wünsche mir verzweifelt, ein Lingot zu sein, damit ich erkennen kann, ob seine Küsse echt waren, ob seine Worte leere Schmeichelei sind, um mich zur Zusammenarbeit zu bewegen, oder ob sie aufrichtigen Gefühlen für mich entspringen. Werde ich je erfahren, was er wirklich empfindet?

Reiß dich zusammen, Dummkopf. Dies wäre ein höchst unpassender Zeitpunkt, um sich die Gefühle ins Gedächtnis zu rufen, die Tarik in mir weckt. Und er hat natürlich recht; das hier ist kein Spiel. Wir werden sehr bald wirklich vermählt werden. Und sehr bald werde ich entscheiden müssen, welche Art von Ehefrau ich sein will. Ich würde meine Hoffnungen auf pflichtschuldig setzen, aber Tarik hat die Fähigkeit, Pflichtschuldigkeit in Liebe, ja sogar in Vernarrtheit zu verwandeln. Und ich bin nicht bereit, in Tarik vernarrt zu sein. Nicht, wenn seine Taten bereits eine Botschaft übermittelt haben, die seinen Worten widerspricht.

»Als Nächstes fahren wir zum Lyzeum«, sagt Tarik nun. »Cy hat mir versichert, dass man uns dort nicht bewerfen wird.« Ich schenke dem König ein klägliches Lächeln. Ich war so in meine Gedanken vertieft, dass mir gar nicht aufgefallen ist, dass wir die Mittelklasse bereits verlassen haben, und schlimmer noch, dass Tarik mein Schweigen als Ausdruck meines Missfallens über die Prozession gedeutet hat. Einer Prozession, auf die er bisher sehr stolz gewesen ist.

»Ich entschuldige mich, Hoheit«, sage ich mit einigem Bedauern und weiß, dass er es als die Wahrheit erkennen wird. »Ich war von dem Gedanken abgelenkt, über so treue Untertanen zu herrschen.« Nur eine Halbwahrheit, was Tarik ebenfalls wahrnehmen wird. Trotz der Neugier, die sich auf seinem Gesicht zeigt, sagt er nur: »Sie fühlen sich geehrt, dich als ihre Königin zu haben.«

Während der Fahrt zum Lyzeum treiben mich Gedanken um, Theorias blinder Loyalität nicht gerecht zu werden.

Und was die Bürger wohl von mir halten würden, wenn sie von meiner Fähigkeit zu schmieden erführen – und der Tatsache, dass ich mich weigere, sie mit Spektorium zu versorgen.

8

TARIK

Nachdem die Prozession durch das Viertel der Mittelklasse und am Lyzeum vorbeigeführt hat und dort jeweils Körbe voller Gold und Silber verteilt worden sind, ekelt Tarik sich vor sich selbst, dass er stolz darauf ist, König Eron und Königin Hanlyn zu beeindrucken und vor allem das atemberaubende Geschöpf neben ihm, dessen äußere Gelassenheit selbst seinen Vater beeindruckt hätte. Als seine Soldaten im Viertel der Mittelklasse begannen, die wertvollen Münzen zu verteilen, hat Hanlyn nach Luft geschnappt, und Eron hat geschnaubt – wahrscheinlich seine Art zu zeigen, dass er beeindruckt ist, schätzt Tarik. Sepora hat mit großen Augen zugesehen. »Das Herrscherhaus wird davon doch nicht bankrottgehen,

Hoheit?«, flüsterte sie, während sie der Menge am Lyzeum zuwinkte.

Nicht im Entferntesten. Doch statt überheblich zu sein, was bei Sepora nicht gut ankommen würde, lachte er einfach nur. Er versuchte auch, sich keine Gedanken darum zu machen, dass bei früheren Verlobungsprozessionen Spektoriumstücke verteilt worden sind. »Was meint Ihr, Prinzessin«, hatte er gesagt. »Sollen wir sie gnadenlos besteuern, um es zurückzubekommen?«

Sepora hatte gelächelt – bis ihr Vater das Wort ergriff. »Genau das solltet Ihr tun«, sagte König Eron und ruinierte den Scherz damit gründlich. »Jede letzte Münze.« Tarik war, als hätte er ein Grunzen gehört, wahrscheinlich die Antwort auf einen gezielten Ellbogenstoß Hanlyns, aber er würdigte den König keiner Antwort, noch belohnte er Hanlyn mit einem dankbaren Lächeln.

Eins muss man Sepora lassen, sie hat angesichts des Vorschlags ihres Vaters zutiefst entsetzt gewirkt.

Als die Karawane sich nach Westen wendet, sieht Sepora Tarik verwirrt an. »Fahren wir nicht zum Basar?«

Er schüttelt den Kopf. »Der Basar bleibt heute uns zu Ehren geschlossen.«

»Aber wie kommen die Menschen an ihr tägliches Brot? Wie verdienen sie ihren Lebensunterhalt?«

»War ich heute nicht großzügig genug, Liebes? Hast du Zweifel, dass ihnen ihr Loyalitätsakt uns gegenüber zehnfach vergolten wird?«

Sie kaut auf der Unterlippe. »Natürlich nicht. Ich habe

nur … ich habe den Basar noch nie geschlossen erlebt. Es wäre … nun, es wäre seltsam.« Sie wirft ihm einen eigenartigen Blick zu. »Die Stadt Anyar scheint abends immer noch so lebendig zu sein.«

Natürlich bezieht sie sich auf ihre abendlichen Streifzüge durch den Himmel mit Nuna, aber Tarik muss an die Nacht denken, die sie vor so langer Zeit gemeinsam auf der großen Pyramide verbracht haben. Damals hatte sie ihm den Kuss anfangs verweigert. Er ist sich sicher, dass sie ihm den Kuss jetzt wieder verweigern würde, vor allem nach der letzten Nacht. Doch es lohnt sich, es herauszufinden. *Aber wenn sie Nein sagt, könnte es das Gefühl der Zurückweisung nicht wert sein.* »Vielleicht hätte Nuna heute Abend nichts gegen einen zweiten Reiter einzuwenden?«

»Ich werde nach der Prozession sicher ziemlich erschöpft sein. Vielleicht ein andermal?« Es ist die Wahrheit und keine Ausrede. Sie hat sich heute große Mühe gegeben, ihre Rolle zu spielen. Die Müdigkeit ist ihr bereits anzusehen, sie gähnt verstohlen, wenn sie eine Station des Zuges verlassen, und lässt zwischen zwei Auftritten die Schultern sinken. Sie hat die Haarlocken nicht wieder geordnet, die sich aus dem Kopfschmuck gelöst haben, und er hat bemerkt, dass sie immer öfter von einem Fuß auf den anderen tritt.

Ja, Sepora ist wirklich müde.

Er beugt sich zu ihr und seine Nase streift leicht ihre Wange. »Darauf komme ich zurück, Prinzessin.«

Sie sieht ihn nicht an, aber in ihren Worten schwingt kein Widerstand mit, wie so oft in den letzten Tagen. »Ich weiß.«

Was sie nicht weiß, ist, wie überrascht er von sich selbst ist, dass er es vorgeschlagen hat, vor allem nach dem verwirrenden letzten Abend, ganz zu schweigen von seiner früheren Erkenntnis, dass sie ihn wirklich beherrscht, obwohl er derjenige ist, der sie ständig zusammenbringt. Er zieht sie beide zusammen; sie zieht sie auseinander.

Wird es immer so sein?

Nachdem die Kaufleute und ihre Familien mit unsagbaren Reichtümern überhäuft worden sind, ändert die Prozession hinter der Halbbrücke den Kurs und zieht nach Süden. Wieder sieht Sepora ihn an. »Aber das ist nicht der Weg zum Palast.«

»Wir haben noch eine Station, Prinzessin.«

»Anku sagte, die Händler sind die Letzten. Wohin fahren wir jetzt?« Also hat sie zumindest teilweise gewusst, was heute geschehen würde. Vielleicht hat Tarik sie mit den Informationen über Brauch und Tradition gelangweilt. Falls ja, ließ sie es sich nicht anmerken; sie stellte unablässig Fragen und bohrte nach. Ganz offensichtlich war ihre Neugier aufrichtig.

»Ich habe beschlossen, das Viertel der Niedriggeborenen in unsere Prozession aufzunehmen.«

Ihre feuchten Augen glitzern in der untergehenden Sonne. »Warum?«

»Wie könnte es anders sein? Es ist dein Volk, Sepora.«

Sie wendet sich von ihm ab; ihre Haltung deutet an, dass sie sich in sich zurückziehen und in Ruhe gelassen werden möchte. Er wird ihr einen ungestörten Augenblick gewähren, damit sie sich über ihre Gefühle klar wird; aber er will dafür sorgen, dass diese Gefühle in die Richtung dessen gehen, was er mit der Einbeziehung der Niedriggeborenen beabsichtigt hat. »Wir werden Veränderungen vornehmen, Sepora. Wir werden den Reichtum gleichmäßiger unter den Vierteln verteilen. Wir werden für bessere Schulen sorgen und mehr Serubelanern den Besuch des Lyzeums ermöglichen. Sie können in jeder Hinsicht ein Teil unserer Gesellschaft werden, wenn sie es möchten.«

»Sie brauchen nicht Teil Eurer Gesellschaft zu werden«, sagt Eron hinter ihnen. Hinter seinen Worten liegt eine unausgesprochene Drohung, der Tarik nicht traut. Er hat bei seinem geschätzten Gast einen Nerv getroffen. »Sie gehören nach Serubel, in ihre Heimat.«

Tarik dreht sich um. »Warum bleiben sie dann hier?«

»Weil Ihr sie zu arm haltet, um heimzukehren«, antwortet der König schnell. »Sie haben kaum genug, um davon zu leben, habe ich nicht recht, Sepora?«

Sepora sieht Tarik stirnrunzelnd an. Sie muss zumindest einen Teil dessen glauben, was ihr Vater sagt. Tarik reagiert darauf auf die einzige Art, die er kennt. »Nach dem heutigen Tag, König Eron, werden die Serubelaner nicht länger arm sein. Sie werden die Mittel haben, um in ihre ›Heimat‹ zurückzukehren. Falls sie ausreisen möchten, werde ich sie nicht daran hindern.«

Aber dann ist er abgelenkt, weil Sepora ihm die Hand auf den Unterarm legt. »Sieh nur«, sagt sie leise und deutet mit dem Kopf nach vorn. »Sie erwarten uns.«

Das tun sie wirklich. Tarik zieht die Luft ein, als er die Massen blonder Köpfe sieht, die zu beiden Seiten der Prozession den Straßenrand säumen und sie mit aufgeregten Rufen willkommen heißen. Die Sonne, die hinter dem Viertel der Niedriggeborenen untergeht, verleiht dem Ganzen etwas Hypnotisches. Sie wirft tiefgoldene und purpurne Lichtfinger über die weit verstreuten Zelte, als wäre dies eine blühende Stadt und keine von Armut geplagte Ecke Anyars. Es ist seltsam, dass es einem Volk, das weder schönen Schmuck noch Leinengewänder oder Körperfarbe trägt, trotzdem gelingt, Glück und Wohlergehen zu verströmen und, nach dem Ausdruck zu urteilen, den er auf den lächelnden Gesichtern sieht, Zufriedenheit.

»Denkst du, sie akzeptieren uns? Dass ich Königin von Theoria werde?«, flüstert Sepora, als sie an der ersten Handvoll von Serubelanern vorbeikommen.

»Das werden wir gleich herausfinden«, erwidert Tarik. An der Spitze der Prozession ruft der Majai-Wächter, dass der ganze Zug halten soll, so wie Tarik es ihm befohlen hat.

»Was hat das zu bedeuten?«, knurrt Eron, wird aber fast sofort von Königin Hanlyn zum Schweigen gebracht.

»Liebster«, sagt sie, »willst du dem Falkenkönig diesen romantischen Moment verderben?«

Eron brummelt etwas Unverständliches, aber sein Tonfall verrät Tarik, dass er sich seiner Frau fügen wird.

Tarik steigt aus dem Wagen und hält Sepora die Hand hin. Sie ergreift sie nicht.

»Was tust du?«, fragt sie mit großen Augen. »Du hast

gesagt, wir dürfen den Wagen aus Sicherheitsgründen nicht verlassen.«

Er zuckt die Achseln. »Vielleicht war ich zu streng. Komm, Sepora, lass uns den Niedriggeborenen zeigen, wie wir zu ihnen stehen.« Er deutet mit dem Kopf zum Ende der Karawane, von wo die starken Männer Körbe um Körbe mit Brot herbeibringen. Unter den Gaben sind auch Gold und Silber, aber nicht in Form von Münzen. Um die Serubelaner zu feiern, hat er die edlen Metalle schmelzen und zu kleinen Figürchen jeder Art von Serpen gießen lassen. Als einer der Männer mit einem Korb an ihm vorbeigeht, nimmt Tarik eine der Silberschlangen heraus und hält sie Sepora hin. »Diese hier«, sagt er, »mit dem dickeren Unterleib. Das ist eine Verteidigerschlange, richtig?«

Sie sieht das Figürchen lange an. Schließlich schaut sie ihm in die Augen. »Das stimmt, Hoheit.«

Er bietet ihr erneut die Hand an. »Sepora, komm mit mir«, bittet er. »Lass uns gemeinsam dein Volk ehren.«

Sie ergreift seine Hand, tritt aber einen kleinen Schritt zurück. »Was ist, wenn sie mich nicht akzeptieren?« Aber das ist nicht die wirkliche Frage, die sich hinter ihren Worten verbirgt. Eigenartig.

Er sieht sich nach allen Seiten um und lenkt ihre Aufmerksamkeit auf den Applaus und die Begeisterung der Menschen. »Das, Prinzessin, halte ich für höchst unwahrscheinlich.«

Ohne weitere Vorwarnung fasst er sie um die Taille und hebt sie aus dem Wagen. Sie stößt einen kleinen Schrei aus und wirft ihm einen Blick zu, der unmissverständlich klarmacht, dass er später dafür büßen wird. »So schwer es mir fällt, das zu sagen«, bemerkt er, »ich denke, wir sollten uns trennen. Du übernimmst eine Seite und ich die andere. Die Männer werden dir mit Geschenkkörben folgen. Verteile die Figürchen, sooft du kannst, persönlich. Sethos wird dich zu deinem Schutz begleiten.«

Und als hätte er ihn herbeigerufen, legt Sethos Sepora die Hand auf den Rücken. »Wollen wir, Prinzessin?« Er grinst. Gemeinsam gehen sie zu den Bürgern auf der rechten Seite. Tarik weiß, dass Sepora unter Sethos' wachsamen Augen trotz seiner lästigen Aufmerksamkeiten keine Gefahr droht.

Das sollte auch Sepora wissen. Aber als Sethos sie davonführt, blickt sie zu Tarik zurück und beißt sich auf die Lippen. Irgendetwas bekümmert die Prinzessin, doch sie behält es für sich. Vielleicht war es ein Fehler, hierherzukommen. Fühlt sie sich unter ihren Leuten nicht sicher?

Aber er schiebt den Gedanken beiseite. Er spürt, dass die Bürger hier sie lieben. Wenn sie um ihre Sicherheit fürchtet, wird sie angenehm überrascht sein.

Mit diesem Gedanken wendet Tarik sich den Serubelanern auf der linken Seite zu.

Im allgemeinen Gemurmel der Menge hört Tarik Lobesrufe wie: »Lang lebe Prinzessin Magar, unsere künftige Königin!« und »Eine glückliche Ehe für den Falkenkönig und Prinzessin Magar!« sowie »Das perfekte Mädchen für den Knabenkönig!« Der letzte Ruf könnte als Beleidigung aufgefasst werden, aber Tarik beschließt, sie heute zu überhören.

Schließlich fühlt er sich tatsächlich wie ein liebeskranker Knabe, wenn er mit Sepora zusammen ist.

Apropos Knaben, eine Gruppe mutiger Jungen nähert sich Tarik mit ausgestreckten Händen – Händen, die knochiger sind, als Tarik lieb ist –, und verneigt sich vor ihm. »Mein Falkenkönig«, bittet ein Junge, »wenn Ihr ein bisschen Brot erübrigen könntet, bei uns müssen sechs Leute satt werden.«

Tarik lächelt. »Dann brauchst du mindestens ein Dutzend Laibe.« Er nickt dem Wächter mit dem Brotkorb zu, und er belädt den Jungen so hoch mit Laiben, dass er kaum etwas sehen kann. Kichernd vor Freude schaut der Kleine hinter dem Stapel hervor zu Tarik. Ein Brot fällt zu Boden, und der Junge bückt sich, um es wieder aufzuheben. Als Tarik über ihn hinwegblickt, erstarrt sein Lächeln.

Im hinteren Teil der Menge klammert sich ein Junge an seine magere Mutter. Er ist zu schüchtern, um sich ihm zu nähern – oder zu argwöhnisch. Denn der Junge hat silberne Augen. Silbern, nicht grau oder blau, wie es bei Serubelanern normalerweise anzutreffen ist. Und es ist auch keine Fata Morgana, die Tarik in der Hitze Streiche spielt. Diese Augen schimmern in der Sonne, glänzen wie Münzen auf dem Grund eines Brunnens.

Der Junge ist schmutzig, aber unter dem Dreck sind seine serubelanischen Züge klar zu erkennen. Die helle Haut, das weiße Haar, die gerade Nase. Kaum in Hörweite, vernimmt Tarik, dass er den sturen Akzent eines Serubelaners hat, der Theorianisch spricht, obwohl sie seit Jahrhunderten hier leben. Doch dieser Junge ist anders als die anderen. Dieser Junge hat ein besonderes Merkmal – das Merkmal, das niemand außer Sepora haben sollte.

Seine Mutter hat gerade bemerkt, dass Tarik ihn anstarrt. Sie dreht sich um, zieht ihn mit sich fort und verschwindet in der Menge. Tarik will ihr folgen, um sich zu vergewissern, was er gesehen hat. Aber das würde eine Szene verursachen, die er sich in Gegenwart von König Eron und Königin Hanlyn nicht leisten kann.

Könnte es wirklich möglich sein? Serubelaner haben für gewöhnlich blaue Augen, aber Tarik hat heute Menschen mit braunen, grünen und lavendelfarbenen Augen gesehen, ja sogar haselnussfarbene waren dabei.

Aber keine silbernen.

Kein einziges silbernes Augenpaar.

König Eron hat Tarik einmal die Geschichte der Schmiede erzählt. Dass sie immer eine Generation überspringen. Dass Seporas Großvater, Erons eigener Vater, ein Schmied gewesen war, und dass die Fähigkeit von ihm an sie weitergegeben worden war. *Hat König Eron nicht auch gesagt, dass nur Schmiede diese glitzernden, silbernen Augen haben? Ja. Ja, das hat er gesagt.*

Tarik wirft einen Blick über die Schulter, um Sepora und Sethos zu suchen. Sie sind ein ganzes Stück vor ihm auf der anderen Seite und schenken ihm nicht die geringste Beachtung. Aber König Eron und Königin Hanlyn beobachten Tarik von ihrem Wagen aus, der nur wenige Pferdelängen entfernt ist. Unwillkürlich dreht er dem Festzug den Rücken zu und hockt sich hin, um mit dem Jungen mit den vielen Brotlaiben zu sprechen.

»Der Knabe mit den silbernen Augen. Wer ist er?«, fragt er und versucht, freundlich zu klingen.

Aber der Kleine beißt sich auf die Lippen und seine Fröhlichkeit schlägt in Furcht um.

»Du brauchst keine Angst vor mir zu haben«, versichert Tarik ihm. »Ich bin nur neugierig. Wie heißt du?«

»Trykan.« Er sagt es voller Stolz, als sollte Tarik bereits von ihm gehört haben.

Tarik grinst. »Nun, Trykan, wenn du den Jungen mit den silbernen Augen beschützen musst, verstehe ich das. Aber eines sollst du wissen: Irgendwann werde ich erfahren, wie er heißt, und wer es mir sagt, der erhält eine Belohnung. Es wäre schade, wenn es nicht du wärst.«

Tarik hasst sich dafür, ein Kind zu bestechen, hasst sich für seinen unbeschwerten Ton. Es ist gemein, den Jungen in diese Lage zu bringen. Er könnte Ärger bekommen, wenn er das Geheimnis verrät. Er könnte bestraft werden. Aber ein Junge, der Strafarbeiten aufgebrummt bekommt, ist nichts im Vergleich zu der Notwendigkeit zu wissen, ob es in ihrer Mitte einen weiteren Schmied gibt.

Trykan denkt lange nach. Dann sacken seine Schultern herab. »Sein Name ist Bardo, Hoheit.«

Tarik lächelt breit, während er den Namen in seinem ewigen Gedächtnis speichert. »Danke, Trykan. Sag mir, ist das heute ein schöner Tag für dich?«

Der abrupte Themenwechsel lässt den Jungen wieder

lächeln, sein Vergehen ist fast schon vergessen. »Oh ja, Hoheit. Als man uns gesagt hat, dass Ihr heute unser Viertel besuchen würdet, haben unsere Lehrer uns für den ganzen Tag schulfrei gegeben!«

Tarik lächelt. Dieser Junge hat keine Ahnung von der Bedeutung der Prozession oder von der Tatsache, dass sie zu Ehren Seporas durch das Viertel der Niedriggeborenen geführt wird. Ihn interessiert nur, dass er heute schulfrei hat. Doch Tarik kann nicht umhin, sich zu fragen, wie der Junge Bardo seine Zeit außerhalb des Unterrichts verbringt. *Schmiedet er?*

Denn er muss schmieden. Eron hat gesagt, dass Sepora schmieden muss, da sie sich sonst krank und schwach fühlen würde. Geht es diesem Jungen genauso, wenn er die Energie nicht freisetzt? Wie konnte seine Fähigkeit so lange verborgen bleiben? Und warum?

Bei diesen Gedanken bewegen sich Tariks Mundwinkel nach unten.

»Hier ist noch etwas für deine Familie«, sagt Tarik leise und gibt dem Jungen so viele goldene und silberne Serpen, wie er tragen kann. »Und richte deiner Familie aus, dass der König und seine zukünftige Königin es gut mit ihr meint.«

»Ja, Hoheit!«, sagt der Junge strahlend, dann dreht er sich um und verschwindet zwischen den Menschen. Er versteht vielleicht nicht die Bedeutung der Botschaft, die er überbringt, aber seine Eltern werden sie genau verstehen. Sie werden wissen, dass der Falkenkönig Bardos Geheimnis entdeckt hat. Entweder werden sie fliehen und Bardos

Familie berichten, was geschehen ist, oder sie werden auf Nachricht von ihm warten. Er wird sie nicht zwingen, zu ihm zu kommen. Er wird ihnen die Wahl lassen, so wie er sie Sepora gelassen hat.

Sepora. *Weiß sie Bescheid?*

Die Menge drängt heran, aber Tarik ist jetzt zu abgelenkt für seine Aufgabe. Er weist die Wachen an, die Verteilung fortzusetzen.

Schweigend dreht er sich zu seinem Wagen um.

9

SEPORA

Ich sehe den letzten Wagen der königlichen Verlobungsprozession nach, die sich von uns entfernen und in die Nacht hinausfahren. Wir stehen neben unserem eigenen Wagen im klaren Mondlicht vor dem Viertel der Niedriggeborenen, wo die Festlichkeiten des Abends offenbar gerade erst beginnen. Tarik hat um eine ungestörte Heimfahrt mit seiner künftigen Königin gebeten, und da alle – selbst Rashidi – zu erschöpft gewesen waren, um zu widersprechen, war der Wunsch des Königs erfüllt worden.

Mir kommt in den Sinn, dass ich nervös sein sollte, dass ich, was immer der König vorhaben mag, ob er mich nun ausgiebiger verführen oder sogar wegen unseres letzten Kusses zur Rede stellen will, zumindest versuchen sollte, mich seelisch auf einen Schlagabtausch vorzubereiten. Andererseits bin ich, nachdem ich diesen Tag überlebt habe, so erschöpft, dass ich vermutlich bei einem Streit zu keinem zusammenhängenden Satz mehr fähig bin.

Als die Karawane nicht mehr zu hören und nur noch schwach zu sehen ist, streckt Tarik mir die Hand entgegen, um mir in den Wagen zu helfen. Ich ergreife sie und halte mich beim Hochsteigen an seiner Schulter fest, ohne dass es mir etwas ausmacht. Er nimmt seinen Platz neben mir ein, hebt die Zügel und treibt sanft die Pferde an. Selbst die kleinste Bewegung reißt mich aus meinem Zustand eines Beinahezuammenbruchs.

Eine Zeitlang fahren wir schweigend weiter, und ich betrachte den tintendunklen Himmel mit seinen nadelstichfeinen weißen Sternen, die wie winzige Bröckchen Tageslicht funkeln. Obwohl ich nicht gedacht hätte, dass ich noch Energie habe, um überhaupt einen Gedanken zu fassen, erinnere ich mich jetzt, dass eine sternenklare Nacht in Serubel ein seltener Anblick ist; die Berge sind zwar hoch, aber abends meistens mit Wolken bedeckt. Zuhause ist eine solche Nacht etwas Besonderes.

Zuhause. Wie merkwürdig, an Serubel wieder als an mein Zuhause zu denken. Am Anfang, als ich aus Serubel geflohen war, hatte ich die Tatsache akzeptiert, dass ich den Rest meiner Tage in Theoria verbringen würde, und hatte Theoria als mein neues Zuhause angenommen. Vielleicht habe ich es wieder als fremdes Königreich angesehen, als ich es auf dem Rücken Dodys verlassen habe. Oder vielleicht hat die Ankunft meiner Mutter die Sehnsucht nach Serubel in mir geweckt – schließlich verkörpert Mutter alles, was in meinen Augen Serubel ausmacht. Selbst nach der heutigen Verlobungsprozession und nachdem die Bürger Theorias mich so lautstark als ihre neue Königin akzeptiert haben, kommt es mir nicht so vor, als seien sie mein Volk. Vermutlich werde ich erst nach meiner Heirat mit Tarik anfangen, mich hier wieder wohlzufühlen. Ich frage mich, wie viele Jahre es dauern wird, bis die Spannungen zwischen uns sich auflösen, und wie viel Zeit verstreichen muss, bevor meine Gefühle für ihn schwinden und ich Gespräche mit ihm führen kann, die nicht von Emotionen gefärbt sind.

»Sepora, wir müssen reden, du und ich«, sagt Tarik leise, und sofort weiß ich wieder, dass ich noch einen sehr weiten Weg vor mir habe, bis meine Reaktion auf ihn schwächer wird.

Doch ich weiß, dass er ein Gespräch gewollt hat, als er um eine ungestörte Heimfahrt gebeten hat, und mir kommt erneut der Gedanke, dass ich vielleicht irgendwie hätte versuchen sollen, herauszubekommen, worum es dabei gehen könnte. Vielleicht verlangt er nur eine Erklärung für unseren Kuss, aber die kann ich ihm nicht geben. Es wäre undenkbar, zuzugeben, dass dieser Kuss mich um den Verstand bringt – Tarik könnte so unverbesserlich sein, mich wieder zu küssen. Noch schickt es sich, ihm zu sagen, dass ich seine Herausforderung angenommen und mich entschieden habe, Gleiches mit Gleichem zu vergelten – er könnte es als eine weitere Herausforderung ansehen.

Ich denke an die direkten Fragen, die er mir stellen könnte, und an die indirekten Antworten, die ich geben könnte, ohne zu lügen. Leider gibt es nur wenige Wege, die ich beschreiten kann, um seiner Lingotgabe auszuweichen. Und sein sanfter Ton verbirgt die unterschwellige Anspannung nicht, die in seiner Stimme liegt. »Müssen wir unbedingt reden?«, frage ich und versuche, nicht so verzweifelt zu klingen, wie ich mich fühle. »Es würde den perfekten Abend ruinieren.« Ich hebe eine schwere Hand gen Himmel, als könne Tarik sein helles Leuchten übersehen haben.

»Ja. Die Wüste ist der einzige Ort, den ich kenne, der keine Ohren hat.«

Ich kann nicht anders, als ihn im Mondlicht anzusehen, als er den Prunkwagen anhält, um den Kopfschmuck abzusetzen und sich mit der Hand durchs Haar zu fahren, das ihm verschwitzt am Kopf klebt. Er kämmt sich mit den Fingern und reibt, wo der Kopfschmuck besonders eng gesessen haben muss. Er sieht mich lange an.

»Tarik?«

Er beugt sich vor, legt die Unterarme auf den Rand des Wagens und blickt geradeaus, als könne er etwas in der weiten Wüste sehen, was die Dunkelheit nicht verschluckt. »Bald werde ich nicht mehr der Einzige sein, der Entscheidungen für das Königreich trifft«, beginnt er. »Ich hoffe, dass du deine Rolle als Theorias Königin einnehmen wirst, trotz allem, was zwischen uns geschehen ist.«

Meine Rolle als Königin einnehmen? Ich mag Theoria nicht als meine Heimat betrachten, aber dass ich meine neuen Pflichten vernachlässige, kann man mir nun wirklich nicht vorwerfen. »Ihr werdet Euch schon genauer ausdrücken müssen, Hoheit. Habe ich meine Rolle als Königin nicht bereits eingenommen? Stehe ich nicht mit Euch bei Hofe und höre die Menschen an …«

»Ihr tragt die Lasten einer Königin recht gut, Prinzessin. Aber ich muss Eure Motive kennen. Eine Königin stellt ihre Bedürfnisse – ihre innersten Gefühle und Sehnsüchte – hintan, um den Bedürfnissen des Volkes zu entsprechen. Schlägt dein Herz für dein Volk, Sepora? Hast du die Theorianer so liebgewonnen, dass du ihre Bedürfnisse über deine stellst?«

Kann er auch meine Gedanken lesen? Aber egal. Was er da andeutet, ist absurd. Sind Pflicht und Verantwortung nicht mehr genug, um ihn zufriedenzustellen? Muss ich jetzt auch mit dem Herzen regieren, demselben Herzen, das er mit Wort und Tat gleichermaßen durchbohrt hat? Unsinn. »Eine Königin herrscht nicht mit dem Herzen, sondern mit dem Verstand. Das Herz ist launisch. Der Verstand ist stark.« Das hat mir meine Mutter einmal fast Wort für Wort so gesagt. Als ich es ausspreche, weiß ich, dass Tarik an Mutters Weisheit nichts auszusetzen haben kann.

Doch er sieht mich mit einem neutralen Gesichtsausdruck an. Es gefällt mir überhaupt nicht, dass er in mir lesen kann wie in einer seiner vielen Schriftrollen, während ich nicht einmal weiß, ob er mir gerade überhaupt zugehört hat.

»Nein, man sollte nicht mit dem Herzen herrschen, aber man sollte damit feststellen, was einen dazu motiviert.«

»Ich fürchte, Ihr müsst direkter sein, Hoheit. Was verlangt Ihr denn noch von mir als die Ausübung meiner Pflichten?«

Er seufzt. »Ich muss wissen, dass mein Volk in deinen Händen sicher ist. Dass *unser* Volk in deiner Obhut sicher ist.«

»Fragst du, ob ich vorhabe, den Bürgern Theorias zu schaden?« Ich halte den Atem an – denn seine Antwort ist mir wichtiger, als ich gedacht habe. Hält er mich wirklich für fähig, seinem Volk Schaden zuzufügen – einem anderen Menschen Schaden zuzufügen? Außerdem kann ich immer noch nicht verstehen, warum wir dieses umständliche Gespräch überhaupt führen. Was verspricht er sich davon, in Rätseln zu sprechen?

Dann kommt mir der Gedanke, dass er mir zwar eine direkte Frage stellen will, aber nicht sicher ist, ob er die Antwort hören möchte. Dass Tarik unsicher ist oder sogar Angst hat vor dem, was ich sagen werde, löst ein Gefühl des Unbehagens in mir aus.

Bei diesem Gespräch wird es darum gehen, dass ich schmieden soll.

»Ich denke nicht, dass du dem Volk mit Absicht schaden würdest. Aber ich bin mir auch nicht sicher, ob du ihm helfen würdest.«

»Wie denn helfen? Wie oft muss ich dich noch bitten, ganz offen zu sprechen?« Obwohl ich natürlich bei jedem Wort weiß, was er meint. Trotzdem verspüre ich den Drang, ihn zu necken, denn ich bin nicht in der Stimmung, es ihm leicht zu machen. Heute Morgen war ich es vielleicht. Heute

Morgen hätte ich mich mühelos für treu und in den Falkenkönig vernarrt gehalten. Aber irgendwie bin ich wieder zu Verstand gekommen.

Man ist einfach nicht in den Menschen vernarrt, der einem das Herz gebrochen hat.

Er richtet sich auf und verschränkt die Arme vor der Brust. Tarik verschwindet und vor mir erscheint der Falkenkönig. Und der Falkenkönig kann schwer umzustimmen sein. Es bedeutet, dass ich als Sepora beiseitetreten und als Königin argumentieren muss – dass ich so vernünftig reden muss, wie meine Mutter es tun würde.

»Ich spreche von der Vergangenheit, Sepora. Als du Spektorium buchstäblich in den Händen hieltest und nicht ein einziges Mal geschmiedet hast, um Theoria vor der Stillen Seuche zu retten. Ich spreche von dem Augenblick jetzt gerade, indem du dich immer noch weigerst zu schmieden, obwohl du weißt, dass uns ein Krieg ins Haus steht.«

Aha. Ich habe mich auf genau dieses Gespräch vorbereitet. Bei dem Druck, den sein Kommandant und mein Vater auf ihn ausüben, habe ich schon viel früher damit gerechnet. Doch ich kann nicht leugnen, dass mir die Enttäuschung in seiner Stimme jetzt einen Stich versetzt, als er mir vorwirft, ihm das Spektorium verweigert zu haben. Er hat bis jetzt noch nie Gefühle deswegen gezeigt. *Nein. Gefühle gehören nicht in dieses Gespräch.*

»Das ist ungerecht. Du kennst meine Gründe dafür. Und du sagst meinem Vater doch täglich selbst, dass Spektorium nicht benötigt wird.« Die ganze Zeit über hat er meinem

Vater klargemacht, dass es ganz allein meine Entscheidung sei, ob ich schmiede oder nicht. Und die ganze Zeit über hat er seine eigene Verbitterung darüber verborgen, dass ich mich entschieden habe, es nicht zu tun. Ein stechendes Schuldgefühl überkommt mich, als ich mir eingestehe, dass wir es noch nicht mit frischem Spektorium versucht haben, obwohl Spektorium sich als das Heilmittel erwiesen hat. Weil Tarik recht hat. Im Prinzip habe ich mich geweigert, es zu schmieden. Es war sehr dickköpfig von mir, mich zu weigern, eine gehorsame Schachfigur zwischen zwei Königen zu sein. Und es gefällt mir nicht, welche Gefühle das in mir weckt. Würde Mutter sich auch so schuldig fühlen, oder würde sie sich ein wenig Reue zugestehen, um es erträglicher zu machen, so wie ich es jetzt tue?

Aber wofür? Tarik hat seine Ansicht, seine Überzeugung zum Ausdruck gebracht, dass Meister Cy die Krankheit bald besiegen wird. Warum müssen wir dann über Spektorium reden? Und so gewinne ich einmal mehr den Eindruck, dass er um die wahre Frage herumtanzt. Es kommt mir eigenartig vor, dass ich diejenige bin, die auf Direktheit besteht, und dass Tarik derjenige ist, der mir ausweicht.

Er macht eine wegwerfende Handbewegung. Seine Verärgerung ist ihm durch seine Gesichtsbemalung hindurch anzusehen. »Ja, ja, ich kenne deine Gründe. Um die Wahrheit zu sagen, es geht überhaupt nicht um das Spektorium. Es geht darum, dass du Geheimnisse vor mir hattest. Es gehört viel dazu, mich zu täuschen, Sepora, und ich weiß, dass du dazu imstande bist.«

Ich würde einwerfen, dass viel dazu gehört, einfach nur in Tariks Nähe zu sein, und dass es aufgrund seiner Fähigkeiten manchmal anstrengend ist. Dennoch kann ich der Herausforderung nicht widerstehen.

»Stell mir eine direkte Frage, bevor ich noch verrückt werde!«

»Hast du Geheimnisse vor mir?«, brüllt er genauso schnell. Er kneift sich in den Nasenrücken und stößt scharf die Luft aus. »Ich bitte um Entschuldigung, Prinzessin. Ich wollte nicht so laut werden. Nur weiß ich, dass du etwas vor mir verbirgst. Ich weiß sogar, was du vor mir verbirgst. Vielleicht weiß ich sogar, warum. Aber entscheidend ist, dass du etwas vor mir verborgen hältst, und das kann ich nicht dulden.«

»Bei allen Heiligen Serubels, wenn du so viel über mein Geheimnis weißt, warum sprechen wir dann überhaupt darüber?« Ich drehe mich um und springe vom Wagen, wobei ein Teil meines Gewandes sich in einem Riss am Holz verfängt. Kein eleganter Abgang, und Anku wird böse sein, dass ich ihre Kreation zerrissen habe, aber ein so lächerliches Gespräch in einem so erschöpften Zustand mit dem Menschen zu führen, der den Anstoß dazu gegeben hat, ist mehr, als ich in dieser Nacht ertragen kann. Ich hinterlasse Spuren in dem noch warmen Sand, als ich meine müden nackten Füße zwinge, in die ungefähre Richtung der Karawane und hoffentlich des Palastes zu gehen. In dem Bewusstsein, dass ich mitten in einem Wutanfall stecke – was Mutter niemals gutheißen würde –, rufe ich über die Schulter: »Unglaublich, dass du mich davon abgehalten hast, zu Bett zu gehen, nur um zu sagen, dass du meine Geheimnisse kennst! Von allen kindischen …«

Aber eine Hand packt mich am Arm und wirbelt mich herum. Ich habe ihn nicht einmal aus dem Wagen springen hören. Doch er ist hier und ragt als dunkle Gestalt vor dem Mond auf, sodass sein Gesicht im Schatten liegt und sein Ausdruck wieder nicht zu erkennen ist. »Lass mich sofort los!«

Zu meiner Überraschung tut er es. »Wie du wünschst. Aber wenn du dich von der Stelle rührst, Prinzessin, werde ich dich mit deinem eigenen Gewand an den Wagen binden.«

Ich glaube ihm. In seiner Stimme schwingt ein verzweifelter Zorn mit, bei dem ich mir unwillkürlich ausmale, wie er mich über die Schulter wirft und zum Wagen zurückträgt. Ich stemme die Hände in die Hüften. Er wird mich nicht zum Prunkwagen zurückschleppen, fühle mich angesichts der Drohung aber dennoch verpflichtet, aufsässig zu sein. »Beeilt Euch, Hoheit. Stellt mir eine Frage oder rätselt auf ewig, wie die Antwort ausfallen würde.«

Er schüttelt den Kopf. »So funktioniert Vertrauen nicht. Du hast ein Geheimnis vor mir. Ich bürde dir die Last auf, es mir zu verraten.«

»Hat die Wüste dir den Verstand geraubt? Natürlich habe ich Geheimnisse. Jeder hat das Recht auf Geheimnisse, Tarik. Ich werde meine nicht preisgeben, nur damit du dir das raussuchen kannst, was du unbedingt hören willst.«

Er versteift sich. »Du hast mehr als ein Geheimnis?«

»Das hat jeder!« Ich muss meine ganze Beherrschung aufbieten, um nicht mit dem Fuß im Sand aufzustampfen.

»Ich nicht.«

»Ach nein? Dann bist du der Einzige.«

»Rashidi auch nicht. Das wüsste ich.«

»Ist Rashidi je verliebt gewesen?«

»Was? Woher soll ich das wissen?«

»Hast du ihn je gefragt?«

»Natürlich nicht.«

»Dann gibt es ein Geheimnis, das Rashidi vor dir verbirgt. Er bietet die Information nicht offen an und du fragst nicht direkt danach. Also ist es ein Geheimnis.«

»Warum musst du die am wenigsten entgegenkommende Person in allen fünf Königreichen sein?«

»Ist das wirklich die Frage, die du mir stellen willst? Wenn nicht, verschwendest du meine Zeit und erschöpfst meine Geduld.«

Er schweigt. Mein Blick wandert von links nach rechts, überallhin, nur nicht zu seinem verschatteten Gesicht. Ich will die Frage nicht hören; das weiß ich so sicher wie meinen Namen. Denn was könnte es sein? Was, wenn er fragt, wie ich wirklich für ihn empfinde? Was, wenn er fragt, ob ich unseren Kuss letzte Nacht genossen habe? Was, wenn er fragt, ob ich jetzt nach dem Besuch des ganzen Königreichs aufgeregt bin, als seine Königin zu herrschen? Er könnte mir unzählige Fragen stellen, bei deren Beantwortung ich mich nicht wohlfühlen würde. Und wenn er sie direkt formuliert, werde ich meine Gefühle nicht verbergen können.

Doch mit der Frage, die er mir dann von allen möglichen Fragen tatsächlich stellt, habe ich nicht gerechnet.

»Wie lange weißt du schon von Bardo, dem jungen Schmied?«

Mir klappt der Unterkiefer leicht nach unten, als sich alles zusammenfügt. Wir haben das Viertel der Niedriggeborenen besucht. Wir hatten engen Kontakt zu den Bewohnern. Er muss Bardo gesehen haben. Aber wie konnte er wissen, dass ich von seiner Existenz wusste? Vielleicht weiß er es gar nicht. Vielleicht ist das seine Art zu fragen, ob ich es wusste.

Und bei allen Heiligen Serubels, warum haben Bardos Eltern ihm erlaubt, den König zu begrüßen? Vielleicht haben sie es gar nicht. Vielleicht ist Bardo ein rebellisches Kind und konnte sich die Gelegenheit nicht entgehen lassen, seinen Pharao zu sehen. Aber nichts davon spielt eine Rolle. Was zählt, ist, dass ich dem Falkenkönig jetzt nicht ausweichen kann.

Er verschränkt die Arme vor der Brust. »Du wolltest eine direkte Frage. Jetzt hast du sie.«

»Hat … hat mein Vater ihn gesehen?« Und was ist mit den anderen? Aber eine so entlarvende Frage zu stellen ist nicht in meinem Interesse. Ich fühle mich so angreifbar. Ich bin mir nicht sicher, was ich zugeben soll und was ich besser für mich behalte.

Meine Antwort – meine Frage – lässt ihn stutzen. »Dein Vater weiß es also nicht?«

»Nein.«

Im Mondlicht sehe ich, dass seine Schultern sich entspannen. Mit großer Erleichterung sagt er: »Ich habe dafür gesorgt, dass er unbemerkt bleibt, und den Rest meiner Zeit damit verbracht, deine Eltern von der Menge abzulenken.«

Ich weiß, dass das die Wahrheit ist. Er hat am Wagen auf mich gewartet, als ich damit fertig war, die Schätze Theorias an meine Seite im Viertel der Niedriggeborenen zu verteilen. Kein Wunder, dass er eine Privataudienz mit mir wollte. Und kein Wunder, dass sie so bald wie möglich stattfinden sollte. Ein anderer Schmied – viele Schmiede, meiner Dienerin Cara zufolge – in Reichweite meines Vaters sollte man nicht auf die leichte Schulter nehmen.

Tarik weiß es. Ich weiß es.

Aber was ist mit einem weiteren Schmied in Tariks Reichweite? Sollte ich um den Jungen bangen?

»Weiß deine Mutter von dem Jungen?«

Ich schüttele den Kopf. »Ich habe es ihr noch nicht gesagt.«

»Aber du hast es vor.«

Ich nicke. Es hat keinen Sinn, es abzustreiten. Ich hatte vorgehabt, Mutters Rat zu den anderen Schmieden einzuholen. Ich hatte vorgehabt, ihren Rat zu allem einzuholen. Aber was erwartet er? Dass ich plötzlich eine Zuneigung zu Rashidi entwickele und ihn zu Konfekt und Honigmilch einlade und mit ihm darüber plaudere, wie man ein Königreich regiert? Eher regnet es in Theoria. Und sonst gibt es niemanden, der mich in Belangen des Königreichs beraten kann, vor allem in den Belangen, in denen ich mit Tarik nicht einer Meinung bin. Es muss Mutter sein.

Tarik faltet die Hände auf dem Kopf. »Du hast viele Geheimnisse vor mir gehabt. Ich bitte dich darum, ausnahmsweise ein Geheimnis mit mir zu hüten.«

Ich fühle einen Stich des Verrats. »Wir können meiner Mutter vertrauen. Sie würde es meinem Vater niemals sagen.«

Er denkt darüber nach, und ich weiß, dass er nach der Wahrheit sucht. »Das glaubst du«, sagt er schließlich. »Ich muss mehr Zeit mit ihr verbringen, bevor ich es glauben werde. Das verstehst du doch sicher.«

Ich verstehe es, aber es gefällt mir nicht. Ich habe Methoden, um Tariks Fragen auszuweichen. Mutter hat Methoden, um unausweichliche Fragen zu stellen. Und sie hat Spione. Was wird sie von mir denken, wenn – nicht falls – sie erfährt, dass ich dieses Geheimnis vor ihr verborgen habe? Wird sie es ablehnen, mir weiter zu helfen? Und abgesehen davon – Tarik und ich sind uns zwar einig, dass wir meinem Vater nichts von Bardo sagen dürfen, aber ich bin mir immer noch nicht sicher, was es für den Jungen bedeutet, dass Tarik jetzt von ihm weiß. »Was wirst du mit Bardo machen?«

»Was ich mit ihm machen werde?«

»Wirst du ihn zum Schmieden zwingen?«

Wieder versteift er sich, strafft die Schultern und schüttelt den Kopf. Ich bin dankbar, dass die Dunkelheit seinen Gesichtsausdruck verbirgt. Ich weiß, dass er voller Verachtung wäre. »Werde ich ihn in den Palast sperren, ihm die

Kindheit rauben, ihn dafür bestrafen, dass er das Pech hat, eine so seltene Gabe zu besitzen?« Er lacht spöttisch. »Wenn du das fragen musst, dann kennst du mich wirklich nicht.«

Er geht mit großen Schritten zum Prunkwagen und lässt mich im Sand zurück, um ihm entweder zu folgen oder hierzubleiben – und für einige Augenblicke bin ich mir nicht sicher, was mir lieber ist.

10

TARIK

Die untergehende Sonne lässt Finger sterbenden Lichts in Tariks Tagesgemach aufblitzen, als er eine weitere Schriftrolle auseinanderzieht, die ihm sein Lingotrat geschickt hat. In letzter Zeit waren diese Berichte einem Muster gefolgt, und er vermutet, dass dieses Pergament keine guten Nachrichten enthält. In der Stadt Anyar hat es immer Verbrechen gegeben, selbst unter der Herrschaft seines Vaters, und es wäre vermessen von Tarik zu denken, er könnte es in seiner Regierungszeit beseitigen. Diebstahl, Schlägereien und Wucher – das sind die Vergehen, die er neben seinem Vater am Hofgericht erlebt hat, während er darauf vorbereitet wurde, eines Tages den Thron zu übernehmen. Das sind die Probleme, mit denen er umgehen kann. Das sind die Fälle, mit denen sein Lingotrat umgehen kann.

Aber der Stapel von Schriftrollen vor ihm enthält die Fälle, auf die der Lingotrat keine Antwort weiß und die allein in Tariks Ermessen liegen. Die Fälle, in denen ein Urteil schlicht ein Richterspruch ist, in denen sich ihm keine echte Antwort aufdrängt, und so ist er gezwungen, eine Meinung zu haben, die nicht von einem bestimmten schriftlichen Gesetz gestützt wird. Und das will er nicht.

Als er die neue Schriftrolle überfliegt, reibt er sich die Schläfen, als sammelte sich dort der größte Teil seiner Frustration, als würde seine wachsende Sorge mit einem Druck seiner Fingerspitzen nachlassen. Er liest sich den Gerichtsfall noch einmal durch, ist bestürzt über die schmutzigen Einzelheiten und fragt sich, welcher Wahnsinn seine Bürger befallen hat. Ein Mann aus dem Viertel der Mittelklasse, ein Diener eines der Oberen, hat die feine Seidenrobe seines Herrn gestohlen und auf dem Basar getragen – ein leicht zu bestrafendes Vergehen vor Gericht, da es sich klar um Diebstahl handelt, das aber normalerweise innerhalb des Haushalts mit einer Entlassung und Lohnabzug geregelt werden würde. Doch der Diebstahl ist nicht die eigentliche Beschwerde. Ach, wenn es nur so wäre. Die eigentliche Beschwerde kam nicht einmal von dem oberen Herrn selbst, sondern stammte von einem Händler auf dem Basar, der den Diener aus der Mittelklasse bezichtigt, vor seinen jungen Töchtern nichts weiter als die Robe getragen zu haben – anscheinend hatte er vergessen, auch die Schärpe zu stehlen, um das Gewand zusammenzuhalten –, und darauf bestanden zu haben, für die Waren, die er erstehen wollte, mit einfachen Flusskieseln zu bezahlen, die er als »die schönsten Spektoriumklumpen, die er je gesehen hat« bezeichnete. Der Diener habe außerdem angeboten, dem Kaufmann im Tausch für einen guten Handel das Gesicht abzulecken. Als er vor Gericht gefragt wurde, ob die Anschuldigungen des Händlers den Tatsachen entsprachen, bestand der Diener darauf, dass er wie der Falkenkönig selbst gekleidet sei und dass das Spektorium, das er als Zahlungsmittel angeboten hätte, das frischeste sei, das im ganzen Königreich zu finden sei. Tariks Lingotrat berichtet, dass sowohl die Vorwürfe des Kaufmanns als auch die Widerlegung des Mannes aus der Mittelklasse wahr sind – oder dass beide Parteien sie zumindest für wahr halten.

Tarik schüttelt den Kopf. Der Mann aus der Mittelklasse hat ganz eindeutig ein Vergehen begangen – aber ein Verbrechen? Selbst sein Bericht der Ereignisse aus zweiter Hand zeigt, dass der Mann aus der Mittelklasse keine böse Absicht hegte, weder gegen den Händler noch gegen seinen Herrn aus der Oberklasse. Er sei schlicht und ergreifend verrückt geworden. Tarik weiß nicht, wo er überhaupt anfangen soll. Diesen Mann wie einen Verbrecher zu behandeln wäre, als würde man ein verwundetes Kätzchen wie eine reißende Bestie behandeln, wenn es nach dem Helfer schlägt. Man muss sich um diesen Diener kümmern, ihn behandeln, nicht zur Arbeit in den Salzminen im Süden von Kyra verurteilen oder schlimmer noch, ihn von der

Halbbrücke werfen. Es gibt in Anyar keinen Platz für einen solchen Mann; in den seltenen Fällen, in denen ein Bürger den Verstand verliert, wird von seiner Familie erwartet, dass sie angemessen für ihn sorgt und verhindert, dass er in Schwierigkeiten gerät. Doch dieser Mann aus der Mittelklasse hat keine lebenden Angehörigen, und sein Herr aus der Oberklasse wird sich oder sein Personal bestimmt nicht für die Pflege des Mannes verpflichten, ganz gleich, wie lange er ihm gedient hat.

Wieder schüttelt Tarik den Kopf. Wenn es nur diesen einen Fall in den Gerichtsrollen gäbe, würde er dem Mann selbst einen Pfleger zuweisen, und die Sache wäre erledigt. Aber die Schriftrollen enthalten noch weitere ähnliche Zwischenfälle, so viele, wie Tarik Finger hat. Es muss mehr getan werden. Er muss mit Rashidi sprechen. Er will anregen, dass der Thron die Kosten für ein Heim für wahnsinnige Bürger übernimmt. Seinem alten Freund wird dieser Vorschlag zwar nicht gefallen, aber nach ein wenig Entrüstung und diplomatischem Hin und Her wird Rashidi klein beigeben. Die Frage ist, wie schnell ein solches Heim gebaut werden und wem er die Pflege dieser Menschen anvertrauen kann?

Und wichtiger noch, was raubt seinen Bürgern überhaupt den Verstand?

Seufzend steht er auf und geht zum Balkon, wo er von unten das wütende Klirren von Schwertern hört, und ein kleiner Stich der Eifersucht krampft seinen Magen zusammen. Er achtet darauf, dass man ihn nicht sehen kann, als er zur Balkontür hinausspäht und sich hinter einer großen

Topfpflanze versteckt. Unter ihm fechten Sethos und Sepora ihre eigenen Frustrationen miteinander aus.

Oder vielmehr ächzt und knurrt Sepora und nutzt jede Gelegenheit, nach seinem Bruder zu schlagen, während Sethos pariert, abwehrt und gelegentlich lacht. Es überrascht Tarik, wie geschickt Sepora inzwischen mit dem Schwert umgeht; Sethos atmet schwer, was bedeutet, dass Seporas Angriffe zwar erheiternd sind, dass sie seinen Bruder jedoch zumindest einige Anstrengung kosten.

»Du hältst dein Schwert wie ein Kind«, sagt Sethos gerade.

»Du faselst wie eine alte Frau«, lässt Sepora ihn wissen und streckt das Bein aus, über das ihr Gegner leichtfüßig hinwegspringt. »Zumindest könntest du etwas Interessantes sagen.«

»Na gut«, erwidert Sethos und wehrt mühelos einen tödlichen Hieb nach seinem Hals ab. »Gerüchten zufolge sind die Bürger Theorias überglücklich, dass der Falkenkönig aus Liebe und nicht aus Pflichtgefühl heiraten wird. Was sagst du dazu?«

Sie verdreht die Augen, und aus klarer Verärgerung heraus führt sie einen Stoß genau auf Sethos' Herz. Er beugt sich nach rechts, schiebt ihr Schwert mit der bloßen Hand weg und schnalzt ziemlich herablassend mit der Zunge.

»Gerüchten zufolge«, schnurrt sie und wiederholt den Stoß, um ihn zu überrumpeln, »werden die Bürger Theorias langsam verrückt. Ich würde das Wort von Wahnsinnigen nicht so ernst nehmen, mein geschätzter Majai.«

Tarik verzieht das Gesicht, da beide Gerüchte in seinen

Ohren wahr klingen. Anscheinend hat er seine Schuldigkeit getan, als er während der Verlobungsprozession vor einigen Tagen den liebeskranken Welpen gespielt hat. Und anscheinend geht dieser neue Wahnsinn, der eine Handvoll Bürger in der Stadt befallen hat, alle an.

Das wird Rashidi aber freuen.

Tarik tritt vom Balkon zurück, unsicher, ob er heute noch weitere erschreckende Wahrheiten verkraften kann. Es gibt Menschen, die wünschten, sie hätten die Fähigkeiten eines Lingots und könnten eine Wahrheit oder eine Lüge erkennen, sobald sie an ihre Ohren dringt, aber sie denken nicht darüber nach, wie unausweichlich Worte sein können, wie absolut nutzlos es sein kann, die Wahrheit zu kennen, oder wie unglaublich ärgerlich es sein kann, eine Lüge zu hören, aber nicht die Macht zu haben, etwas dagegen zu unternehmen.

Als Falkenkönig hat er die Macht, etwas gegen die meisten Lügen zu unternehmen, aber ab und zu kommt eine Lüge, auf die man nicht reagieren sollte, sondern die man zur Kenntnis nehmen und für einen späteren Zeitpunkt aufheben sollte. So ein Fall war der Morgen danach gewesen.

Er, Sepora und Königin Hanlyn saßen beim Frühstück im großen Speisesaal – Eron hatte sich entschuldigt und einen Boten geschickt, der einen dramatischen Bericht über die ernsten Kopfschmerzen des Königs abgab (was im Wesentlichen der Wahrheit entsprach, hatte Tarik vermutet). Hanlyn hatte die Abwesenheit ihres Gemahls gelassen aufgenommen und nutzte die Gelegenheit zu gestehen, wie blendend sie sich während der königlichen Verlobungsprozession amüsiert habe. Sie fragte ihn, wie ihm die Fahrt gefallen habe, außerdem machte sie ihm Komplimente für seine Küche, die so außerordentliche Gerichte auf den Tisch bringe. Er fand sie zwar charmant, war aber gerade mal seit einer Stunde wach und reagierte mit einer etwas knappen Liebenswürdigkeit: er dankte ihr mit nicht mehr als ein oder zwei Worten für ihre vielen Wörter. Obwohl er sich noch immer nach seinem Bett sehnte – selbst Patra schlief zu seinen Füßen unter dem großen Tisch, außerstande, die Augen lange genug offenzuhalten, um sich für das Fleisch zu interessieren, das man ihr servierte –, fand er die Königin von Serubel trotzdem erfrischend. Er fragte sich, wie seine eigene Mutter sich benommen hätte, wenn sie in einem fremden Speisesaal gesessen und einen fremden König unterhalten hätte, und hoffte nur, dass sie halb so charmant wie Hanlyn gewesen wäre. Er bewunderte ihre Gabe, die ganze Zeit über so herzlich sein zu können. Eine Gabe, die ihre Tochter nicht geerbt hatte – Seporas Lider schlossen sich während des Gesprächs mehrmals flatternd, und Tarik hegte die übertriebene Hoffnung, dass sie vielleicht in der vergangenen Nacht wachgehalten worden war, dass sie vielleicht an nichts anderes gedacht hatte als an ihren Kuss, so wie er. Doch höchstwahrscheinlich hatte sie den Abend damit verbracht, über ihren Streit in der Wüste nach der Prozession nachzudenken. In letzter Zeit blieben ihre Meinungsverschiedenheiten immer viel mehr bei ihr hängen als die Momente der Harmonie.

Gerade als er den Vorschlag machen wollte, dass Sepora und er der Sitzung des Lingotrates beiwohnen sollten, um sich einige Gerichtsfälle anzuhören, verkündete Königin Hanlyn die verblüffendste Lüge, die er je gehört hat. Er war sofort hellwach gewesen, und er fragte sich, ob er der Königin bisher genug Aufmerksamkeit geschenkt hatte. Manchmal war jemand so ehrlich und entgegenkommend, dass seine Lingotfähigkeiten in dessen Gegenwart nachließen. War das heute Morgen bei Hanlyn passiert? Er war sich nicht sicher.

Hanlyn hatte ihren heiteren Bericht über die Verlobungsprozession aus ihrer Sicht im Wagen hinter ihnen unterbrochen und gesagt: »Mein Gemahl wird dafür sorgen, dass unsere Königreiche viele Jahrzehnte lang Frieden untereinander wahren.«

Die Lüge hatte zwischen ihnen nachgeklungen wie eine Trompetenfanfare, die von den Wänden widerhallte. Sepora hätte mit ihrem Stück Obst auf der Gabel beinahe den Mund verfehlt. Sie hatte ihre Mutter verblüfft angesehen und, als die Königin ihre Tochter ignorierte, Tarik einen argwöhnischen Blick zugeworfen.

Er spürte, dass er und Sepora sich die gleiche Frage stellten.

Was stimmte hier nicht?

»Und wie wird er dafür sorgen, Königin Hanlyn?«, fragte Tarik vorsichtig. Tarik hatte keinen Zweifel daran, dass Hanlyn genau wusste, dass er ein Lingot war. Also wusste sie, dass er die lächerliche Vorstellung eines ewigen Friedens, die sie in ihren Worten unterbreitet hatte, als Lüge durchschaute.

Sie verschränkte die Hände im Schoß. »Ich bin mir noch nicht sicher, Hoheit. Er spricht nicht oft mit mir über seine Pläne, aber ich weiß, dass er welche hat.«

Die Wahrheit. Es war ein Spiel, aber zu welchem Zweck? Hatte die Königin Kenntnis von Erons Spionen im Speisesaal? Tarik hatte bereits erfahren, dass seine eigenen Diener vom Anführer Serubels ein Bestechungsgeld angenommen und geschworen hatten, ihm alles zu berichten, was sie hörten. Wenn sie das wusste, was wusste sie sonst noch? Was konnte sie ihm noch sagen?

Es war nicht viel Druck nötig gewesen, um es herauszufinden.

»Um ehrlich zu sein, ich habe Eron nicht getraut, als er nach Theoria kam«, bemerkte Tarik mit einem Lächeln. »Ich hatte den Verdacht, dass er mich mit Eurer Tochter vermählen wollte, damit er nah genug an mich herankommt, um meine eigenen Leute gegen mich aufzuhetzen und mein Königreich zu übernehmen. Dumm, nicht wahr?«

Sie lachte. Es war ein unaufrichtiges Lachen, obwohl es hell und unschuldig durch den Raum perlte. »Ich versichere Euch, Hoheit, dass meinem Gemahl ein solcher Gedanke völlig fernliegt! Eron will Euch wirklich nichts Böses. Es ist ihm ein ernstes Anliegen, unsere Königreiche in Harmonie geeint zu sehen.«

Die Lüge war so durchsichtig wie der Atemzug, den Sepora durch die Zähne eingesogen hatte. Königin Hanlyn wollte ihn warnen, dass Eron etwas im Schilde führte. Doch das war für Tarik nichts Neues – und das sollte sie eigentlich wissen. Er hatte Verrat bei König Eron gespürt, seit der König den Mund geöffnet hatte, um ihn zu begrüßen. War dies ein Spiel von Hanlyn? Ein Versuch, ihm zu zeigen, dass er ihr vertrauen konnte? Er hoffte nicht. Inzwischen hatte er das Gefühl, keinem Serubelaner trauen zu können, leider nicht einmal Sepora. Sie hatte viele Geheimnisse vor ihm. Zu viele, um ihr im Moment zu vertrauen.

»Das freut mich zu hören«, war alles, was er sagte. Sepora warf ihm einen verwirrten Blick zu, der den Eindruck erweckte, dass sie keinen Anteil an dem Spiel hatte, das Hanlyn an diesem Morgen spielte. Er war sich nicht sicher, ob er erleichtert oder enttäuscht darüber sein sollte, dass sie und ihre Mutter in dieser demonstrativen Unterstützung seiner Herrschaft keine Verbündeten waren. Das würde sich vermutlich erst mit der Zeit herausstellen. In genau diesem Moment war er gezwungen zu akzeptieren, was seine Lingotfähigkeiten ihm gezeigt hatten, und die Informationen für einen späteren Zeitpunkt beiseitezuschieben.

Und so war der Falkenkönig trotz seiner Fähigkeiten mächtig und machtlos zugleich gewesen. Es war nicht leicht, ein Lingot zu sein. Es konnte schwer sein, die Wahrheit zu kennen, und eine Lüge zu kennen, konnte noch schlimmer sein.

Aber Tarik wäre ein schlechter König, wenn er sie beide ignorieren würde.

»Uria«, ruft Tarik jetzt in Richtung der Tür, um einen

seiner Boten hereinzubitten. Der dünne schlaksige Mann kommt sofort, gleitet durch die offene Tür wie Pergament durch einen Spalt und tritt mit gesenktem Haupt vor seinen König.

»Überbringe heute Abend Prinzessin Sepora eine Nachricht, Uria. Sag ihr, dass sie mich bei Morgengrauen am Dienstboteneingang treffen soll. Sag ihr, dass wir morgen einen Ausflug machen werden.«

Sepora wird wissen, was das bedeutet – dass sie als Tarik und Sepora durchs Königreich streifen und ihre Titel im Palast zurücklassen werden, wie sie es schon ein paarmal getan haben. Nur dass Tarik diesmal einen Plan verfolgt. Er hat vor, mit seinen Freunden auf dem Basar zu sprechen, mit Cy im Lyzeum und mit Bürgern der Mittel- und Oberklasse. Er will ihre Einschätzung der vielen Gerüchte hören, die in Anyar im Umlauf sind, in dieser Direktheit aber nicht bis an seinen Hof dringen. Er will die wahren Bedürfnisse seiner Untertanen erfahren und gemeinsam mit Sepora in ihrem Namen handeln.

Zumindest hofft er das, als er sich wieder an den Tisch mit den Schriftrollen setzt. Es ist ein weiteres Angebot für Sepora, Interesse an dem Königreich zu zeigen, das eines Tages das ihre sein wird. Und wenn er ehrlich zu sich ist, weiß er nicht, wie viele dieser Einladungen er sich noch leisten kann.

Uria, der von der Botschaft sichtlich verwirrt, aber dennoch bereit ist, seinem König zu gefallen, verneigt sich noch tiefer. »Ich werde tun, was Ihr wünscht, großer Falkenkönig.« Mit der stillen Anmut Patras verlässt der Diener den Raum, und seine nackten Füße tappen lautlos über den Steinboden. Doch kaum hat die Tür sich geschlossen, wird sie wieder weit geöffnet.

Vor ihm steht Ptolem. »Bitte verzeiht die abendliche Störung, Hoheit«, sagt er ernst. Ptolems Tonfall erstickt die leichte Aufregung, die Tarik bei dem Gedanken an den Basarbesuch mit Sepora verspürt hat. Er ahnt, dass es kein guter Bericht sein wird.

Ptolem ist jüngst zu einem vertrauten Informanten Tariks ernannt worden. Aber zu dieser Stunde? Eigenartig. Er hatte Ptolem ausgeschickt, um sich offiziell nach Bardo und seiner Familie zu erkundigen und ein Treffen mit ihnen zu vereinbaren.

Ptolem betritt sein Gemach mit der Truhe voller Gold, mit der er zu Bardos Familie geschickt worden war. Das kann nur bedeuten, dass sie sein Angebot von Reichtümern als Gegenleistung für das Schmieden des Jungen abgelehnt haben. Er hat damit gerechnet, aber trotzdem nagt die Enttäuschung an ihm. Er hat Sepora versprochen, dass er den Jungen nicht zwingen würde zu schmieden. Er hat ihr nicht versprochen, dass er ihn nicht bestechen würde.

»Ptolem, mein Freund, ich sehe, dass sie mein Angebot abgelehnt haben«, sagt Tarik und versucht, die Bitterkeit aus seiner Stimme herauszuhalten.

Ptolem verneigt sich förmlich, und bevor er sich wieder aufrichten kann, gibt Tarik ihm ein Zeichen, sich zu ihm an den Tisch zu setzen. Ptolem stellt die Truhe mit Gold in die

Mitte und betrachtet sie lange, bevor er wieder spricht. »Ich habe mich nach der Familie des Jungen Bardo erkundigt, wie Ihr es von mir verlangt habt«, berichtet er. »Daraufhin hat man mich kreuz und quer durchs Viertel geschickt, um jemanden zu finden, der sie kennt. Es schien, als würde niemand etwas über den Jungen wissen. Die meiste Zeit war ich überzeugt, Ihr hättet einen Geist mit silbernen Augen gesehen.«

»Sie verstecken ihn«, folgert Tarik. Er verschränkt die Hände hinterm Kopf. Bardo ist kein Geist, das hat Sepora ihm bereits bestätigt. »Damit war zu rechnen.«

Ptolem nickt. »Ja, sie verstecken ihn, beschützen ihn, wie es aussieht. Aber mein Besuch im Viertel der Niedriggeborenen war nicht umsonst, Hoheit.«

»Wie das? Du hast mein Gold wieder mitgebracht und bist ohne den Jungen oder auch nur eine Nachricht von seiner Familie zurückgekehrt.« *Oder vielleicht hat er doch eine Nachricht und ich habe ihn unterbrochen.* Tarik will nicht so verbittert klingen. Aber er hat große Hoffnungen gehabt, als er Ptolem in das Viertel der Niedriggeborenen geschickt hat. Mehr noch, er braucht verzweifelt Spektorium. Verzweifelter, als er vor Sepora zugeben könnte.

»Es ist nämlich so, Hoheit: Bardo, den Jungen mit den silbernen Augen, habe ich nicht gefunden. Doch ich fand viele Bürger mit silbernen Augen. Mindestens ein paar Dutzend.«

Ein paar Dutzend? Unmöglich. Sein Freund hatte eine lange Reise hinter sich und war zwei Tage in diesem Teil des Königreichs gewesen. Sicher ist es nur die Erschöpfung.

»Vielleicht hatten sie graue Augen, Ptolem, aber keine silbernen. Serubelaner sind dafür bekannt, dass ihre blauen Augen im Alter bisweilen grau werden.«

Ptolem nimmt die Schultern zurück. »Ich irre mich nicht, Hoheit. Ihre Augen waren silbern – und diese Bürger können nicht älter gewesen sein als Ihr oder ich. Augen von dem gleichen Silber wie Seporas Augen – ähm, ich meine, wie die Augen von Prinzessin Magar.«

»Bist du dir sicher, Ptolem? Es hängt viel davon ab, dass du in diesem Punkt richtigliegst.«

»Ich bin mir sicher. Außerdem hat der Große Rat Euren Diener Tarik eingeladen, in Eurem Namen zu ihm zu sprechen.«

»Der Große Rat?«

Ptolem schluckt. »Der Große Rat, Hoheit, ist offenbar eine Gruppe von alten niedriggeborenen Bürgern, die als eigenständige Einheit innerhalb Eurer Gesetze regiert. Und sie sind bereit, nur mit Tarik zu sprechen, dem hohen Diener des Falkenkönigs, was sämtliche Fragen angeht, die Ihr an sie habt.«

»Woher weißt du das?«

Wieder schluckt Ptolem. »Weil sie mich zu dem Großen Rat tief in der Wüste gebracht haben, als ich begann, mich nach dem Jungen Bardo zu erkundigen.«

»Sie haben dich zum Großen Rat begleitet, ohne dass du sie darum bitten musstest?«

Ptolem schüttelt den Kopf. »Sie haben mich dort hingebracht, Hoheit. Mit verbundenen Augen und gefesselten

Händen. Ich könnte Euch auch jetzt nicht sagen, wo sich ihr Versteck befindet. Die Reise dorthin und wieder zurück war sehr weit.«

Damit haben die Niedriggeborenen einen Diener des Falkenkönigs entführt. Das kann er nicht unbestraft lassen. Oder doch? Was haben sie zu ihrer Verteidigung zu sagen? Es muss etwas Wichtiges sein, wenn sie die Anwesenheit Tariks erbitten, des höchsten Dieners.

»Mach meinen Wagen bereit, Ptolem. Ich werde heute Nacht zu ihnen fahren.« *Und ich werde Antworten bekommen.*

»Heute Nacht? Seid Ihr Euch sicher, dass das klug ist, Hoheit? Was ist, wenn sie Euch Böses wollen?«

»Wenn sie mir Böses wollen, werden sie es mit dem ganzen Königreich von Theoria zu tun bekommen. Ich werde dafür sorgen, dass Rashidi weiß, wo ich bin.« Auch wenn das Gespräch sicher nicht angenehm wird. Tarik gibt seinem Diener an der Tür ein Zeichen. »Es wird alles gut werden, Ptolem. Ich danke dir für diese Information. Du kannst jetzt zu Abend essen und heute Nacht friedlich schlafen. Du hast mir bereits sehr geholfen, mein Freund.«

Ptolem nickt und steht auf. Er zieht sich selbst zurück, bevor Tarik die Tür durch den Diener öffnen lassen kann.

Das wird Rashidi nicht gefallen. Er wird dagegen sein, dass Tarik allein fährt, und das zu Recht. Doch er muss mit dem Großen Rat sprechen.

Dutzende mit silbernen Augen, denkt Tarik. Ptolem ist auf etwas noch viel Größeres gestoßen als den Knaben Bardo.

Tariks Wagen fährt unbemerkt an den ersten Zelten des Viertels der Niedriggeborenen vorbei. Er bezweifelt, dass es noch lange so bleiben wird, da die Nacht still ist und seine Pferde laut sind. Und tatsächlich, er hat recht. Schon bildet sich vor ihm eine Reihe blonder Männer, die nur mit einem Lendenschurz bekleidet sind, und versperrt ihm den Weg.

In der Überzeugung, dass er Demut und guten Willen zeigen muss, steigt er aus dem Wagen und hebt die Hände zum Zeichen, dass er in Frieden kommt. »Ich bin Tarik, hoher Diener des Falkenkönigs. Ich komme auf Bitte des Großen Rates.«

Der kleinste und vielleicht jüngste Mann der Gruppe tritt vor, und seine gelassene Haltung macht klar, dass er ihr Anführer ist. »Wir haben Euch erwartet, Tarik. Bevor wir Euch zum Rat bringen, damit Ihr Eure Angelegenheiten erledigen könnt, müssen wir gewisse Vorsichtsmaßnahmen treffen.« Er nickt mit dem Kinn dem Mann neben sich zu, der ins Mondlicht tritt. In einer Hand hält er ein Seil und in der anderen ein dickes Sacktuch.

»Ich verstehe vollkommen«, sagt Tarik, wendet ihnen den Rücken zu und verschränkt die Arme, damit man sie ihm fesseln kann. Tarik lächelt in die Dunkelheit, als er sich vorstellt, was Rashidi tun würde, wenn er Zeuge eines solchen Akts der Unterwerfung des Falkenkönigs vor der niedersten Klasse seines Königreichs werden würde. Er nimmt sich vor, ihm davon zu berichten, wenn er in den Palast zurückkehrt.

Die Männer verschwenden keine Zeit, sondern fesseln ihn und stülpen ihm das Tuch über den Kopf. Plötzlich heben sie ihn hoch und tragen ihn über dem Kopf, als wäre er ein Holzbrett. So gehen sie eine lange Zeit und Tariks Muskeln schmerzen, wo die Männer ihn festhalten. Er ist sich sicher, dass sie mit ihm im Kreis gehen, um ihn zu verwirren, bevor sie den richtigen Weg einschlagen, um sich mit dem Großen Rat zu treffen. Er merkt sich alle Biegungen und kommt schließlich zu dem Schluss, dass sie nach Süden gehen, südlich der Stadtgrenzen von Anyar.

Dort scheinen sie wieder im Kreis zu gehen. Es ist für sie von äußerster Wichtigkeit, dass der Falkenkönig nicht weiß, wo sich der Große Rat befindet. Das gefällt Tarik nicht. Was für Geschäfte führt der Große Rat? Sind sie im Einklang mit seinen Gesetzen für Theoria, oder verbirgt der Rat mit Absicht seine Unternehmungen, weil sie den Gesetzen des Landes nicht entsprechen? Doch das spielt heute Nacht keine Rolle. Er ist nicht dort, um einen Rat zu unterlaufen, der anscheinend schon seit Jahrhunderten existiert. Er ist dort, um Spektorium zu beschaffen.

Und zwar jede Menge davon.

Endlich wird er auf die Füße gestellt und jemand nimmt ihm das Sacktuch vom Kopf. Er steht vor einem einstöckigen Rundbau, der aus sehr altem Spektorium besteht – der Entwurf und das Material stammen zweifellos von den Serubelanern selbst. Der Bau hat einen dunklen Eingang, und er folgt dem jungen Anführer hinein, die Hände noch immer auf dem Rücken gefesselt. Dies hätte ihn vielleicht beunruhigt, wenn er in Ptolems Bericht über seine Begegnung mit dem Rat oder in der Körpersprache der Männer Verrat gewittert hätte. Doch es liegen keine bösen Absichten in ihren Schritten, keine Anspannung geht von ihren Gesten aus. Sie sind einfach nur da, um ihn sicher herzubringen – und vielleicht, um die Sicherheit des Rates zu gewährleisten.

Tarik ist nicht überrascht, dass der Innenraum des Gebäudes rund ist und von frischem weißem Spektorium gut beleuchtet wird. Der Große Rat ist eine Versammlung von alten Männern und Frauen, die vor ihm im Halbkreis auf dem Boden sitzen. Er wendet sich an den jungen Anführer, um zu erfahren, wie es weitergeht.

Der Mann sagt: »Ihr dürft Platz nehmen, hoher Diener Tarik. Der Große Rat beißt nicht, denn viele seiner Mitglieder haben nicht mehr den Luxus von Zähnen.«

Dies trägt ihm ein Kichern von einigen der Ratsherren und Frauen ein, und Tarik ist erleichtert über die eher zwanglose Atmosphäre, trotz der Mühe, die sie sich gemacht haben, um ihn heimlich hierherzubringen. Tarik tut wie geheißen, setzt sich in den Sand und kreuzt die Beine auf die gleiche Weise wie die Mitglieder des Rates. Es sind insgesamt neun, und Tarik fragt sich, ob die ungerade Zahl dazu dient, bei einer Stimmengleichheit den Ausschlag zu geben. Das ist der Grund, warum er für seinen eigenen Rat drei Lingots gewählt hat; falls zwei sich nicht einigen können, hat er die Meinung eines dritten, um den Ausgang des Falles zu entscheiden.

Aus Respekt wartet er schweigend ab. Schließlich ergreift eine der beiden Frauen das Wort. »Ich bin Olna, Älteste des Großen Rates. Bitte erlaubt mir, Euch willkommen zu heißen, hoher Diener Tarik.«

»Bitte, erlaubt mir, meine Dankbarkeit auszusprechen, dass ich mich im Namen des Falkenkönigs mit Euch treffen darf.«

Sie nickt. »Wir legen hier keinen Wert auf Förmlichkeit. Bitte sagt uns, warum der König sich für unsere Schmiede interessiert.«

Tarik ist ihr dankbar für ihre Direktheit. Angesichts der späten Stunde beschließt er, die Gefälligkeit zu erwidern. »Ihr habt zweifellos von der Stillen Seuche gehört, Olna.«

Wieder nickt sie. »Ja.«

»Die Seuche hat das Königreich verwüstet. Die Meisterheiler des Königs haben festgestellt, dass nur Spektorium den Tod abwenden und die Lebenskraft zurückbringen kann.«

Sie denkt über seine Worte nach. »Als Ihr während der königlichen Verlobungsprozession unser Viertel besucht habt, ist uns klargeworden, dass Prinzessin Magar selbst eine Schmiedin ist. Seid Ihr Euch dieser Tatsache bewusst?«

»Ja.«

»Und warum hat sie nicht für seine Hoheit geschmiedet, da sie doch weiß, dass es das einzige Heilmittel ist?«

Tarik ist sich nicht sicher, wie viel er dem Großen Rat sagen soll. Wie loyal sind diese Leute König Eron gegenüber? Aber Olna scheint bei ihren Fragen keine Hintergedanken zu haben. Sie ist einfach nur neugierig. »Sie hat Angst, dass ihr Vater das Spektorium zu einer Waffe macht.«

»Einer Waffe? Wie soll das gehen?«

»Es scheint, dass Spektorium einen ziemlich wirkungsvollen Sprengstoff ergibt, wenn man es mit Brandlinggift mischt. Prinzessin Magar fürchtet, dass ihr Vater damit einen Krieg zwischen den fünf Königreichen anstiften wird.«

Olna sieht den Mann zu ihrer linken Seite an und er nickt. Erst jetzt fällt Tarik auf, dass der Mann blondes Haar hat, aber die dunkle Haut eines Theorianers. Könnte er ein Lingot sein?

Olna richtet den Blick wieder auf Tarik. »Wir haben König Eron beobachtet. Wir haben Berichte darüber gehört, wie er sein Königreich regiert. Er ist ein selbstsüchtiger König. Prinzessin Magar scheint diese Eigenschaft jedoch nicht geerbt zu haben.« Sie tippt sich mit dem Zeigefinger auf die Unterlippe. »Ihr habt mir noch nicht gesagt, warum die Prinzessin nicht für den Falkenkönig schmieden will. Traut sie ihm denn nicht zu, das Spektorium vor dem Zugriff König Erons zu bewahren?«

»Ich fürchte, sie und der Falkenkönig hatten ihre Differenzen. Aber ich glaube, dass sie ihm in dieser Hinsicht vertraut.«

Wieder schaut Olna den Mann links von ihr an. Wieder nickt er.

»Es scheint, dass Prinzessin Magar großes Vertrauen in den Falkenkönig setzt, dass sie überhaupt mit ihm darüber gesprochen hat. Außerdem hat sie keinen Grund gesehen, die Tatsache vor ihm zu verbergen, dass es im Viertel der Niedriggeborenen noch andere Schmiede gibt.«

Der Große Rat denkt also, Sepora habe ihm diese Information offen mitgeteilt. Wenn es nur so wäre. Wenn er nur deshalb hier wäre, weil er seiner zukünftigen Königin vertrauen kann. Aber das ist nicht länger der Fall. Verbitterung bemächtigt sich seiner, als er an die königliche Verlobungsprozession denkt. Wie sie in der Wüstennacht zurückgeblieben sind und wie Sepora ihm ins Gesicht gelogen hat, dass sie noch andere Geheimnisse vor ihm hat. Und was ist mit seiner Fähigkeit als Lingot? Entgleitet sie ihm? Der Große Rat hat praktisch gesagt, dass sie von den anderen Schmieden gewusst hat. Morgen wird er sie direkt fragen, wenn sie sich zum Basar davonstehlen. Er wird sie fragen, und wenn sie wieder lügt, muss er eine Entscheidung treffen.

Eine Entscheidung, die sein Herz nicht einmal in Erwägung ziehen will.

Statt zu antworten und sich dem Lingot gegenüber zu verraten, der ihn jetzt genau beobachtet, sagt er nichts. Schließlich hat Olna ihm keine Frage gestellt, sondern lediglich eine Beobachtung geäußert.

»Im Lichte dieser Tatsache werden wir den Bedarf des Königs für Spektorium überdenken.« Sie nickt nach links und nach rechts. »Wir müssen uns jedoch ausführlich darüber beraten und werden ihm dann angesichts der schlimmen Lage der anderen Klassen rasch eine Antwort geben.«

Das erregt Tariks Aufmerksamkeit. »Wollt Ihr damit sagen, dass es im Viertel der Niedriggeborenen keine Opfer der Stillen Seuche gibt?«

»Wir finden das ebenfalls interessant, hoher Diener Tarik.

Wir haben nur wenige Fälle, die sich mit der Krankheit angesteckt haben, und es waren alles Mischlinge. Kein einziger Serubelaner ist daran gestorben.« Tarik hat nicht gewusst, dass es im Viertel der Niedriggeborenen Mischlinge gab. Er war davon ausgegangen, dass sie immer unter sich blieben und sich nicht mit den anderen Klassen vermischten.

Ganz offenbar sind viele seiner Vorstellungen falsch.

Er fragt sich, was Cy mit dieser neuen Information anfangen wird. Es kann unmöglich Zufall sein. »Wann darf der König mit einer Antwort rechnen?«

Olna schürzt die Lippen. »Kann der König uns versichern, dass die Quelle des Spektoriums vor Eron geheim gehalten wird?«

»Ich kann mit größter Sicherheit sagen, dass der König alles in seiner Macht Stehende dafür tun wird.«

Sie scheint zufrieden zu sein, denn sie erwidert: »Wie ich gesagt habe, werden wir uns mit der Antwort beeilen.«

»Soll der König mich wieder schicken, um Eure Antwort abzuholen?«

»Wir werden ihn benachrichtigen. Wir danken Euch für Euer Kommen, hoher Diener Tarik. Und für Eure Ehrlichkeit.«

»Der König sendet seine Grüße und Dankbarkeit für dieses Treffen. Er erwartet Eure Antwort.«

Dann kommen die Wachen, um ihn abzuholen.

Auf dem Rückweg zum Palast muss er über vieles nachdenken. Selbst wenn er wirklich mehr Spektorium für Cy beschafft – wird das den Wahnsinn heilen, der in seinem

Königreich um sich greift? Der Kampf gegen die Stille Seuche ist eine Sache, aber was wäre, wenn das Heilmittel selbst der Auslöser des Wahnsinns ist? Er muss mit Cy sprechen. Er braucht mehr zuverlässige Antworten, bevor er sein ganzes Königreich dem Irrsinn anheimfallen lässt.

11

SEPORA

Mir kommt der Gedanke, dass ich immer bester Laune bin, wenn Tarik mich in die Stadt bringt. Wir besuchen seine Händlerfreunde, hören ungeheuerliche Gerüchte und erhaschen vielleicht, und sei es auch nur für einen Augenblick, ein Stück des Lebens eines normalen Bürgers von Theoria. Sobald wir in Dienerkleidung, nur mit Brot und Käse als Proviant bewaffnet, den Palast verlassen, fühle ich mich, als würde ich auf dem Weg zum Basar über dem Sand schweben. Ich lächle schon jetzt, als ich zur Palastküche gehe, um mich mit Tarik zu treffen. Ich werde heute sogar außerhalb von Mutters Reichweite sein, und ich könnte nicht glücklicher sein. Ihre wissenden Augen stellen meine Laune bisweilen auf eine harte Probe.

Als ich um die Ecke biege, wo der Eingang der Dienerküche in die Morgensonne und aus diesem verwünschten Palast hinausführt, bleibe ich wenige Schritte vor meinem Ziel an einem der langen Backtische wie angewurzelt stehen. Ist das, was ich vor mir sehe, ein Fall von männlicher Idiotie oder ein echter Notfall? Der Wächter am Eingang hat Tarik in den Schwitzkasten genommen und hält ihn so fest, dass Tariks Gesicht etwas rot ist und seine Augen leicht aus den Höhlen treten. Tarik hat Schmerzen, und nicht zu knapp.

Ich schürze unentschlossen die Lippen.

Einerseits: Es ist Ptolem. Ptolem ist Tarik gegenüber entspannter geworden, da er immer als er selbst in die Küche kommt und nicht als Falkenkönig, wenn er den Palast verlassen will. Tarik hat ein gutes Verhältnis zu Ptolem; wer Tarik als Mensch kennt, schließt schnell Freundschaft mit ihm. Ich würde ihr Geplänkel nicht unterbrechen wollen. Aber je länger Ptolem ihn festhält, umso mehr frage ich mich, ob man es wirklich ein Geplänkel nennen kann.

Denn andererseits werden Bürger in dieser Stadt wahnsinnig. Was ist, wenn Ptolem einer derjenigen ist, die vom Delirium befallen wurden? Er scheint es sichtlich zu genießen, wie Tariks Gesicht von Rot zu Blau wechselt, und sein Grinsen wird breiter, als sein König vergeblich nach seinen Baumstammbeinen tritt. Ich werfe einen verstohlenen Blick auf Patra, die in der Eingangstür ruht. Ihr Schwanz zuckt hin und her, als könne auch sie nicht entscheiden, ob sie der Balgerei ein Ende machen soll oder ob sie einfach nur deprimiert darüber ist, dass sie nicht mitmachen darf.

Um zu prüfen, ob ich eingreifen soll, räuspere ich mich. »Ähem.«

Als keiner der beiden mich bemerkt und selbst Patra, die Tarik genau im Auge behält, es überhört, bin ich gezwungen, meine Möglichkeiten abzuwägen. Der schnellste Weg, das hier zu beenden … was immer es ist … besteht darin, dass ich Ptolem entwaffne. Aber da er einen guten Kopf größer und breiter gebaut ist als Tarik, habe ich trotz meines Trainings mit Sethos das ungute Gefühl, dass ich für diesen jungen Mann nicht mehr wäre als ein Häppchen zwischendurch. Andererseits ist er im Moment von einem sehr törichten Falkenkönig abgelenkt. Es könnte funktionieren.

Oder ich könnte es auf die langweilige Art tun und einfach um Hilfe rufen. Ich versuche, mich daran zu erinnern, wann ich das letzte Mal etwas auf die langweilige Art getan habe, und komme zu dem Schluss, dass es ungeachtet der Umstände großen Spaß machen würde, sie beide zu überraschen. Also stürze ich los und verspüre nur einen kleinen Teil der Enttäuschung, die Mutter jetzt auf dem Gesicht tragen würde.

Am Ende des langen Brottisches habe ich bereits ein gutes Tempo drauf; das Ausweichtraining mit Sethos' Klinge hat mich ziemlich schnell gemacht. Ob es sich lohnt, das Brotmesser mitzunehmen? Vor meinem geistigen Auge sehe ich Sethos den Kopf schütteln. Ich lasse es neben den Krümeln liegen, vielleicht ist alles doch nur ein Spiel.

Als ich springe, bemerken die zwei Männer mich endlich. Die Zeit verlangsamt sich zu einem Kriechen, während ich in der Luft bin. Beide versteifen sich und beenden abrupt den Kampf. Ptolem lässt seinen König so schnell los, dass er ihn praktisch von sich stößt. Tarik scheint darüber weniger besorgt zu sein als über die Tatsache, dass ich jetzt durch die Luft fliege und innerhalb der nächsten zwei Atemzüge auf Ptolem landen werde. Ptolem dreht mir schnell den muskulösen Rücken zu. Der Aufprall treibt mir die Luft aus den Lungen und raubt mir fast die Sinne. Ich versuche, Ptolem den Arm um den Hals zu schlingen und ihn so zu halten, wie er Tarik festgehalten hat, muss jedoch enttäuscht feststellen, dass mein Arm zu kurz dafür ist und dass Ptolem sich sehr über meinen Versuch freut. Er reißt mich am Ellbogen herum und stellt mich sanft vor sich auf die Füße. Ich beuge mich vor und stütze die Hände auf die Knie, wie Sethos es mir immer wieder einschärft, wenn ich Luft holen muss.

Tarik reibt sich die Kehle und sieht mich fassungslos mit hochgezogener Augenbraue an. »Und ich dachte, du wärest strikt gegen Gewalt.«

Da ich noch nicht wieder zu Atem gekommen bin – meine Rippen sind gegen Ptolems Schulter geprallt –, ist meine Antwort ein Keuchen, das wie die ausgefeilte Kommunikation der Wachuken klingt. Schließlich bin ich in der Lage, einen ganzen Atemzug zu tun, und habe das Gefühl, als hätte ich eine zweite Chance fürs Leben bekommen – ein aufregendes Leben, in dem ich auch als Junge spielen kann. »Und ich dachte, du wärest rigoros gegen Spaß.« Zu viele Worte. Das waren zu viele Worte und ich ringe wieder nach Luft.

Von seiner erhabenen Höhe beugt Ptolem sich zu mir herab und schaut mir direkt in die Augen. »Ich bin noch nie zuvor von einem Mädchen angegriffen worden. Ich habe mich immer gefragt, wie das wohl wäre. Vielen Dank, Fräulein Sepora. Jetzt kann ich mein Leben mit diesem Wissen weiterleben.«

Tarik brüllt vor Lachen, während ich nach einer schlagfertigen Erwiderung für den erheiterten Wächter suche. Er darf natürlich so mit mir sprechen, denn in diesem Moment bin ich Fräulein Sepora, nicht Prinzessin Magar von Serubel. Ich bin die Freundin des Dieners Tarik; wir sind beide im Begriff, zu einem Auftrag im Namen des Königs aufzubrechen. Ich muss zugeben, wie ungemein erfrischend es ist, von oben herab behandelt zu werden. So ungemein erfrischend, dass ich meinen kostbaren, gerade erst wiedergewonnenen Atem für ein Lachen verschwende, und ich muss danach mehrere Augenblicke lang husten und prusten, um meine Lungen zu beruhigen.

Nachdem ich mich genug vom Trauma des Angriffs auf Ptolem erholt habe, streckt Tarik die Hand nach mir aus, und Patra nimmt das als Zeichen, sich zu erheben und sich uns anzuschließen. Ptolem ergreift Schild und Speer – mir war gar nicht aufgefallen, dass er sie abgelegt hatte – und tritt mit uns hinaus ins Sonnenlicht.

»Seid heute vorsichtig, Tarik«, sagt Ptolem, bevor wir in den einfachen Wagen steigen, den man für uns gerufen hat.

Tarik nimmt Ptolem die Zügel ab und zieht mich dann hinauf in den hölzernen Kasten.

»Was ist los?«, fragt Tarik, als ich neben ihm stehe.

»Haltet Euch von den Irregehenden fern, mehr will ich nicht.«

»Den Irregehenden?«, hake ich nach.

Ptolem nickt und reicht Tarik einen Beutel, der vermutlich mit etwas zu essen und Wasser gefüllt ist. »So nennen wir die Leute, die nicht mehr so recht wissen, wie sie sich benehmen sollen.«

Tarik setzt das Fahrzeug in Bewegung und ruft über die Schulter: »Wir hatten sogar vor, nach Irregehenden zu suchen, Ptolem. Warte nicht auf unsere Rückkehr.«

Als wir außer Hörweite sind, stoße ich Tarik den Ellbogen in die Rippen. »Wir suchen nach den Irregehenden? Warum? Warum warten wir nicht, bis sie zu uns an den Hof kommen?«

»Ich will sehen, wie sie sich außerhalb einer Audienz verhalten. Und wir müssen herausfinden, woher dieser seltsame Wahnsinn kommt.«

Ich versuche, meine Aufregung zu verbergen, und sage: »Werden wir Cy besuchen?«

Er bedenkt mich mit einem Seitenblick. »Tun wir das nicht immer? Aber zuerst gehen wir auf den Basar.«

Als wir zum Stand des Kaufmanns Cantor kommen, feilscht er gerade mit einer Frau aus der Mittelklasse um eine spärlich mit Türkisperlen besetzte Silberkette. Sein gutmütiges

Lächeln verschwindet selbst dann nicht, als seine Kundin frustriert die Hände in die Luft wirft. Tarik sieht mich fragend an, und mit einem Nicken erkläre ich mich wortlos einverstanden, näher heranzugehen, um besser hören zu können. Als wir an Cantors Bude treten und so tun, als würden wir seine Waren betrachten, bleibt Patra zwischen uns. Die Leute begegnen ihr mit Argwohn, weil sie wissen, dass sie die Katze des Königs ist und dass nur er sie voll im Griff hat. Doch seit Tarik ein Junge war, haben sie ihn auf den Märkten immer in Begleitung von Patra gesehen. Sie sind an den Gedanken gewöhnt, dass er Patra gelegentlich für den König ausführt, wenn der Pharao wünscht, dass seine Katze Bewegung bekommt, und nicht selbst mit ihr rausgehen kann. Zumindest glauben die Bürger das.

»Die Türkise können einen solchen Preis ja wohl kaum rechtfertigen«, ereifert die Frau sich gerade.

»Ich verstehe Euren Einwand, ehrwürdige Dame«, wehrt Cantor ab und legt das Schmuckstück zurück an seinen Platz auf der Samtdecke, die über einem Holzbrett liegt. »Die Türkise sind nur ein Akzent, sie werden nicht mit berechnet.«

»Beim Stolz der Pyramiden, was berechnet Ihr *dann?*«

»Dieses Stück ist einzigartig, da sind wir uns wohl einig, meine Dame. Aber ich fürchte, es ist das Silber, für das ich einen höheren Preis verlangen muss, denn es ist das reinste Silber, das zu haben ist.«

Sie schüttelt den Kopf, dass die langen schwarzen Locken fliegen und ein Eigenleben zu führen scheinen. »Ihr tut so, als sei das Silber Spektorium. Zeigt mir ein Stück mit frischem Spektorium, und ich zahle Euch das Doppelte von dem, was Ihr verlangt!«

Cantor lacht und bemerkenswerterweise werden die Züge der Frau ein wenig weicher. »Ehrwürdige Vera, Ihr seid eine überaus anspruchsvolle Kundin. Wer außer mir könnte den Wert dessen schätzen? Und Ihr wisst, wie dankbar ich für die Geschäfte mit Euch bin. Aber bei diesem Stück muss ich hart bleiben.« Er beugt sich näher vor und unwillkürlich tun Tarik und ich das Gleiche. Cantor stößt einen dramatischen Seufzer aus. »Es ist nämlich so, meine kleine Itya hat die Kette gemacht, und ich darf sie nicht für einen geringeren Preis verkaufen als den, den ich zahlen würde, um sie zurückzubekommen.«

Tarik sieht mich mit hochgezogener Braue an und meine Augen werden groß. Cantor hat der Kundin gerade eine Lüge aufgetischt.

Vera lässt die Schultern hängen und verzieht schuldbewusst den Mund. »Nun, warum habt Ihr das denn nicht gesagt, Cantor?« Nach einer langen Pause nimmt sie Goldmünzen und einen kleinen blauen Spektoriumklumpen aus dem Schnürbeutel an ihrem Handgelenk. »Hier. Und sagt der kleinen Itya, dass ich die zusätzliche Summe für die vorzügliche Verarbeitung bezahlt habe.«

Als Vera sich mit ihrer neuen Kette zum Gehen wendet, grüßt sie uns mit einem Nicken – es wäre unhöflich gewesen, es nicht zu tun, da wir königliche Diener des Falkenkönigs sind. Ich bin ein wenig entrüstet und frage mich, wie viele Leute Cantor noch mit dieser Geschichte übers Ohr gehauen hat. Doch mein Mitleid erstirbt, als die Frau den Blick mit einem anerkennenden Lächeln über Tariks Gestalt und dann zu seinem Gesicht gleiten lässt. Tarik bekommt davon nichts mit, oder vielmehr ist Tarik sehr gut darin, den Anschein zu erwecken, als würde er nichts mitbekommen; er erwidert ihr Lächeln mit zusammengepressten Lippen, dann legt er mir die Hand auf den Rücken und steuert mich zu Cantor hinüber, der uns vor seinem Stand erwartet.

Gegen meinen Willen knirsche ich mit den Zähnen; ich bin mir der lästigen Eifersucht, die mir den Magen verkrampft, vollauf bewusst. Es ist unsinnig, sage ich mir, wegen Tarik eifersüchtig zu sein. Unsere beste Zeit liegt hinter uns, und es gibt so viele triftige Argumente, die dafür sprechen, überhaupt nichts für ihn zu empfinden. Ich wünschte nur, mir würde eins einfallen.

»Cantor, alter Freund«, sagt Tarik und grinst den gerissenen Kaufmann an. »Seit wann hast du eine Tochter namens Itya? Ich frage natürlich im Namen des Falkenkönigs. Er würde dir gern seine Glückwünsche übermitteln.« Unehrliche Verkäufe von Waren sind vor Tariks Gericht strafbar. Ein Kaufmann, der durch unrechtmäßige Gewinne zu Wohlstand kommt, könnte mit dem geringen Betrag besteuert werden, den er erschwindelt hat, oder, wenn er es sich zur Gewohnheit macht, mit dem hohen Betrag, der dem Wert seiner Verkaufsbude und seines Lebensunterhalts entspricht. Tarik neigt dazu, die Kaufleute, die gleich gestehen, glimpflich davonkommen zu lassen, aber diejenigen, die sich weigern, die Wahrheit zu sagen, bestraft er mit aller Härte. Er hat mir einmal erzählt, dass solche Kaufleute, wenn man sie unbehelligt lässt, wie eine schwärende Wunde sind, an der die Geschäfte des Basars leiden. Wenn er diese Verkaufspraxis zuließe, würde er den Niedergang des Handels in Anyar zulassen.

Cantor kichert. »Ich habe nicht gesagt, dass Itya meine Tochter ist. Ich habe überhaupt nicht gesagt, wer Itya ist. Also kann mir der Falkenkönig wegen einer Formalität unmöglich Steuern auferlegen.«

Tarik nimmt einen goldenen Ring mit einem großen quadratischen Rubin und dreht ihn nachdenklich auf der Handfläche hin und her. Ich sehe ihm an, dass die Sache für ihn bereits erledigt ist. »Fräulein Sepora und ich sind hier, um Erkundigungen über den Irregehenden anzustellen, der vor einigen Tagen auf dem Basar randaliert hat«, erklärt er. »Wie ich höre, war es nur wenige Stände von deinem entfernt?«

Cantor nickt. »Ganz recht. Zuerst dachte ich, der Bursche mache Scherze. Aber dann wurde er wütend.« Der Kaufmann zieht die Brauen zusammen. »Er hat Lukas' Tische umgeworfen, und die Diebe haben sich auf den Schmuck gestürzt und ihn vom Boden an sich gerissen, während Luka nichts weiter tun konnte, als sich selbst vor dem Wahnsinnigen zu schützen.« Ich frage mich, ob Tarik das Gleiche sieht wie ich, dass Cantor sich vorstellt, wie es ihm in der Lage ergangen wäre, und die Idee abschreckend findet. Komisch, dass er Diebe verurteilt, nach dem, was er gerade mit Vera gemacht hat.

»Hast du eine Häufung dieser Art von Verhalten bemerkt?«, erkundigt Tarik sich. Er legt den Rubinring zurück, kratzt sich das Kinn und streicht sich mit den Fingern über frische Bartstoppeln.

Cantors Lippen verziehen sich zu einer dünnen Grimasse. »Das hat jeder. Nicht alle sind so dreist wie der an Lukas Stand. Die meisten sind still, führen Selbstgespräche oder huschen geheimnisvoll herum, als sei der Rest von uns darauf aus, sie zu durchbohren. Sie verschwinden. Ihr Verstand, meine ich. Sie sind hohl wie die Pyramiden.«

»Fällt dir irgendein Grund ein, warum dies geschieht? Beschränkt es sich nur auf die Mittelklasse? Ist dir aufgefallen, ob die Oberen sich genauso benehmen?« Aber Tarik kennt die Antwort auf diese Frage bereits; auf dem Weg hierher hat er mir von den Ratsrollen erzählt, die er durchgegangen ist. Die einzige Klasse, die bisher nicht betroffen ist, ist die aus dem Viertel der Niedriggeborenen, und Tarik vermutet, dass es nur daran liegt, weil sie eher unter sich bleiben. Die Niedriggeborenen erscheinen nur selten vor dem Hofgericht – nicht einmal, um eine Beschwerde gegen eine höhere Klasse einzureichen. Anku sagt, das liege daran, dass sie ihre eigene Verwaltung haben. Ich beschloss, Tarik nichts davon zu sagen, falls das als Hochverrat angesehen wird oder ähnlichen Unsinn, der auf Rashidis Mist gewachsen ist. Ich frage mich, ob Rashidi und ich dieses Spiels jemals müde werden und eines Tages Freunde sein könnten.

Wie dem auch sei, warum stellt Tarik Fragen, auf die er die Antwort schon kennt? Sofort kommt mir der Abend unserer Verlobungsprozession in den Sinn. Er hatte bereits von Bardo gewusst, wollte es aber trotzdem von mir hören. Stellt er Cantor heimlich auf die Probe, so wie er mich auf die Probe gestellt hat? Und was würde Cantor gewinnen, wenn er sein Wissen für sich behält?

»Ich fürchte, du wirst dem Falkenkönig einen ernsten Bericht erstatten müssen, Tarik«, seufzt Cantor. »Der Wahnsinn gibt weder der Mittelklasse noch den Oberen den Vorzug.«

Tarik nickt. »Mein Vater hat mir einst gesagt, dass Not und Unglück einen solchen Wahnsinn beim Menschen auslösen können. Dass Menschen manchmal nicht in der Lage seien, mit ihrem Los im Leben fertigzuwerden, und darüber den Bezug zu sich selbst verlieren. Was hältst du davon?«

Cantor zuckt die Achseln. »Ich schätze, da ist was dran, aber hier trifft es nicht zu. Das Leben geht seinen gewohnten Gang. Geburten, Todesfälle, Hochzeiten und Annullierungen. Verkaufen, kaufen, essen und trinken. Nichts Ungewöhnliches, wenn du mich fragst.«

»Vielleicht sind die Bürger Anyars wegen irgendetwas beunruhigt? Zum Beispiel wegen der Stillen Seuche? Oder vielleicht haben sie Sorge, dass der Falkenkönig nicht in der Lage ist, seine königlichen Pflichten zu erfüllen?«

Cantor ahnt natürlich nicht, wie persönlich Tariks Fragen sind. Nur ich bemerke, dass in Tariks Stimme eine unterschwellige Unruhe, eine tiefe Verunsicherung mitschwingt. Wie lange hegt er schon diese Selbstzweifel als König? Und haben sie etwas mit mir zu tun?

Cantors Gesicht schmilzt zu einem väterlichen Lächeln voller Beruhigung und Trost. Es ist ein Lächeln, wie ich es auf dem Gesicht meines Vaters nie gesehen habe. »Ich bin mir ziemlich sicher, dass das nicht der Fall ist, Tarik. Die Menschen lieben den Falkenkönig, sie haben ihn immer geliebt. Ich fürchte, du wirst woanders nach dieser Quelle der Not suchen müssen, falls es sie überhaupt gibt.«

Ich bin Cantor dankbar, denn Tarik entspannt sich sichtlich, zweifellos, weil er die Wahrheit in den Worten des Kaufmanns hört. Die Menschen lieben Tarik wirklich. Und er ist ein guter König. Nach allem, was zwischen uns geschehen ist, lässt sich das nicht leugnen. Er liebt sein Volk, bringt Opfer für sein Volk. Es ist nicht gesund für ihn, jetzt an sich selbst zu zweifeln.

Doch die Wahrheit ist, dass Tarik vielleicht richtigliegt, was die Menschen und ihre Sorgenlast betrifft. Aber es hat nichts mit seiner Eignung als König zu tun – und ich kann nicht zulassen, dass er das denkt. »Vielleicht«, meine ich mit einem kleinen Lächeln, »sind die Menschen unzufrieden mit seiner Wahl der Königin. Schließlich hat er vor, die Tochter seines langjährigen Erzfeindes zu heiraten. Es ist sicher nicht leicht, das zu akzeptieren.«

Dass Tarik nicht widerspricht, beunruhigt mich. Aber Cantor tut die Vorstellung einfach mit einem Lachen ab. »Fräulein Sepora, wie kommst du denn auf die Idee? Viele Bürger Anyars haben den Falkenprinzen aufwachsen und zu dem prächtigen Falkenkönig werden sehen, der er ist. Wir haben alle gehofft, dass er eines Tages eine vorteilhafte

Ehe eingehen würde, und jetzt ist unsere Freude natürlich noch größer, weil er sich mit diesem Arrangement sein eigenes Glück gesichert hat. Er und Prinzessin Magar scheinen ziemlich vernarrt ineinander zu sein, zumindest hatte es bei der Verlobungsprozession den Anschein. Ganz zu schweigen von dem Frieden, der aus einem Bündnis unserer Königreiche entstehen wird. Was könnten wir uns mehr wünschen?«, fragt er beinahe ungläubig.

Wenn ich jetzt den Mund aufmache, werde ich garantiert stottern. Was habe ich bei der Verlobungsprozession nur für einen Eindruck hinterlassen? *Vernarrt* ineinander? Dieser Kaufmann muss auch den Verstand verloren haben. Sethos hat zwar etwas Ähnliches gesagt, aber das habe ich nicht ernst genommen, weil er mich ständig aufzieht.

Tarik wirft mir einen stirnrunzelnden Blick zu, bevor er wieder Cantor ansieht. Dann verschränkt der König die Arme vor der Brust, räuspert sich und sagt: »Was Prinzessin Magar angeht – die Menschen mögen sie?«

»Wenn unser weiser Falkenkönig sie mag, dann mag das Volk sie auch.«

»Das Volk kennt sie nicht«, werfe ich schnell ein. »Und es hat die beiden zu selten zusammen gesehen, um sich ein Urteil bilden zu können.«

»Ha!« Cantor schlägt sich auf sein dickes Bein. »Es mag vielleicht schwer sein, sich selbst über die Liebe klar zu werden, Fräulein Sepora, aber sie bei anderen Menschen zu erkennen, ist leicht. Diese beiden Fürstenkinder sind so verliebt ineinander wie du und Tarik.«

»Ähm, Cantor, das ist nicht direkt …«, beginnt Tarik kopfschüttelnd.

»Tarik und ich sind nicht …« Meine Zunge stolpert über die Worte.

»Das soll heißen, Cantor«, stottert Tarik, »dass unsere Freundschaft auf gegenseitigem …«

»Auf gegenseitigem Respekt beruht«, beende ich seinen Satz, und spüre, wie heiß meine Wangen sind. Bestimmt dampft mein Gesicht schon.

Cantor lacht noch lauter und die Menschen schauen neugierig zu uns herüber. Ich spüre ihre Blicke, die zwischen Tarik und mir hin- und hergehen, und ich höre ihr Getuschel trotz des Windes und des Abstands zwischen uns. Sie glauben, dass wir mit Cantor um Hochzeitsschmuck feilschen. Und einige von ihnen finden, dass wir ein schönes Paar sind.

»Na gut«, sagt Cantor. »Euch verbindet also eine Freundschaft. Was natürlich heißt, dass ihr zwei euch noch nicht geküsst habt, hmmm?«

Bei den Heiligen von Serubel, mein Gesicht schmilzt gleich. Tariks auch, definitiv. Doch einer von uns muss die Lüge aussprechen. Einer von uns muss diesem Eindringen in unsere Privatsphäre ein Ende setzen.

»Natürlich haben wir uns nicht geküsst«, sage ich im selben Moment, in dem Tarik sagt: »Nur einmal.«

Ich sehe den Knabenkönig entrüstet an. Er zuckt die Schultern, mein prüfender Blick ist ihm unbehaglich. »Wir haben uns geküsst«, erklärt er schließlich und sieht Cantor an. »Und es war eine ziemliche Katastrophe. Wir haben uns geschworen, es nie wieder zu tun.«

Cantor sieht mich mit hochgezogenen Brauen an. Ich nicke, ohne genau zu wissen, was ich da eingestehe. »Wisst ihr«, beginnt der Kaufmann und nimmt einen weisen Tonfall an, »der erste Kuss ist fast immer eine Katastrophe. Küssen ist eine erlernte Fähigkeit, für die man viel Übung braucht. Warum versucht ihr es nicht noch mal?«

Mir klappt der Unterkiefer runter. Tarik und ich tauschen panische Blicke.

»Das ist nicht nötig«, erklärt Tarik. »Wenn uns wieder danach sein sollte, werden wir sicher … zurechtkommen.«

Cantor kichert. »Ihr dürft gern in mein Zelt gehen, da seid ihr ungestört.«

»Vielleicht ein andermal«, antwortet Tarik, der bereits mein Handgelenk ergriffen hat, um mich von dem Stand wegzuziehen. »Wir sind schließlich im Namen des Königs unterwegs.«

Cantor hält sich den Bauch vor Lachen, das bis ans Ende der Zeltreihe zu hören ist, an der wir vorbeihasten.

12

TARIK

Cy lehnt sich auf dem Stuhl zurück und macht ein finsteres Gesicht. Es ist kein Ausdruck, den Tarik bei seinem begabtesten Heiler sehen möchte. »Es könnte einfach Zufall sein, dass sie alle wegen der Stillen Seuche behandelt wurden«, meint Cy. Aber Tarik spürt, dass er selbst nicht glaubt, was er sagt. »Schließlich hat die Stille Seuche in ganz Anyar gewütet. Es gibt nur wenige, die nicht davon betroffen sind.«

Tarik verschränkt die Hände auf dem Tisch zwischen ihnen. Cy hat recht. »Was könnte es sonst sein? Das Nefarit? Es ist schließlich der große Richter.«

»Ihr wollt andeuten, dass das Nefarit das Schlimmste im Menschen zum Vorschein bringt?« Cy denkt darüber nach und trommelt mit den Fingern auf den Armlehnen seines Stuhls. »Wie sollte man diese Theorie überprüfen?«

»Aber wenn jemand wirklich gut ist, würde es nicht auch das Gute in einem verstärken?«, fragt Sepora. »Denn es ist doch nicht jeder von Natur aus böse oder unvernünftig.«

Tarik nickt. »Wahrscheinlich. Aber gute Taten kommen nicht vor Gericht. Ich erfahre nur das Schreckliche und Absurde, das in den Schriftrollen beschrieben wird. Ich weiß nicht, ob sich jemand über die Maßen freundlich benimmt.«

Schweigen senkt sich über die Drei herab. Es sieht Cy nicht ähnlich, denkt Tarik, sich nicht in möglichen Theorien und Lösungen zu ergehen; entweder glaubt der junge Heiler nicht, dass Nefarit ein taugliches Mittel ist, oder er hat einfach keine Hilfe anzubieten. Tarik verlässt sich inzwischen bei solchen Problemen auf Cy, und er muss seine Enttäuschung im Zaum halten, indem er sich ins Gedächtnis ruft, dass Cys Können als Heiler auf das begrenzt ist, was er in seinen dreizehn Jahren erlebt hat.

»Vielleicht könntest du die Angelegenheit mit den anderen Meisterheilern besprechen«, schlägt Tarik sanft vor.

Cy richtet sich in seinem Stuhl auf. »Natürlich.« Falls er sich gekränkt fühlt, lässt er es sich nicht anmerken. »Wir haben gerade erst angefangen zu verstehen, wie der Verstand im Verhältnis zum Körper funktioniert. Vielleicht ist diese Krankheit des Geistes, mit der wir es gerade zu tun haben, in Wirklichkeit eine Krankheit des Körpers?«

Tarik nickt. »Ich denke, wir müssen unser Verständnis dessen erweitern, was hier geschieht. Der Falkenkönig würde die verurteilten Irregehenden lieber zur Behandlung ins Lyzeum schicken als zur Strafe ins Gefängnis. Richte eine eigene Abteilung für die neuen Fälle ein und sorge dafür, dass sie gründlich untersucht und gut versorgt werden. Der Palast ist selbstverständlich bereit, die zusätzlichen Kosten dafür zu übernehmen.«

»Ich werde zu dieser neuen Bitte unverzüglich den Rat der Meisterheiler einberufen. Wie kann ich dem König sonst noch dienen?«

»Er wird dir eine Nachricht schicken, wenn er dich wieder braucht, Freund.«

Sepora seufzt und steht auf. »Wahnsinn bricht aus, eine Seuche wütet und Krieg steht bevor. Der König und seine Königin haben im Moment viel um die Ohren. Vielleicht sollte die prächtige Hochzeitsfeier verschoben werden, bis wenigstens ein Teil dieser Probleme gelöst ist.«

Trotz der neuen Entwicklung mit dem Großen Rat ist Tarik froh zu hören, dass Sepora die Probleme Theorias als ihre eigenen betrachtet; hinter ihren Worten verbirgt sich keine Bosheit, nur ein Gefühl der Erschöpfung. Außerdem machen ihre Worte klar, was ihr lieber wäre. Wenn Sepora die Wahl hätte, würde sie eine rauschende Feier vermeiden. Aber Rashidi hat seinen Entschluss getroffen, und Tarik kann sich nicht dazu überwinden, seinen alten Freund zu bremsen. Er hat das Gefühl, dass der Ratgeber es nicht für Tarik und Sepora tut, sondern vielmehr für König Knosi, der nur das Beste für seinen Sohn gewollt hätte. Und außerdem hat sein Vater stets die theorianische Tradition hochgehalten.

Dennoch erscheint ihm eine prächtige Hochzeit bei all diesen Problemen eher lästig. Sein Vater hätte das sicher verstanden. Eine große Hochzeit erscheint derzeit ohnehin unwahrscheinlich. Wie die Dinge liegen, freut er sich an diesem Abend nicht auf die Heimfahrt mit Sepora. Er will sie wegen ihrer Lügen und ihrer Täuschung über die anderen Schmiede zur Rede stellen. Vielleicht sollte er es verschieben und warten, bis er weiß, was der Große Rat unternehmen wird.

Narr! Ob der Rat nun seine Bitte erfüllt oder nicht, seine zukünftige Königin hält immer noch Dinge vor ihm verborgen. Wer weiß, was sie ihm sonst noch verheimlicht?

Cy macht sich bemerkbar und lenkt Tariks Aufmerksamkeit wieder auf die gegenwärtige Angelegenheit. »Vielleicht braucht das Volk die Hochzeit, Fräulein, damit es in diesen Wirren etwas Glück findet.«

»Ich werde versuchen, es so zu sehen, Cy«, antwortet Sepora huldvoll. Sie ergreift Tariks Hand und zieht ihn sanft aus dem Stuhl. Sie gähnt. Sie ist müde. Er ist müde. Vielleicht ist heute wirklich nicht der richtige Abend, sie zur Rede zu stellen. Aber wenn nicht heute, dann bald.

Tarik nickt. »Es war ein interessanter Tag. Ich denke, Fräulein Sepora braucht ein bisschen Schlaf.«

»Ich denke, da könntest du ausnahmsweise einmal recht haben«, gibt sie zurück und gähnt wieder hinter vorgehaltener Hand. »Cy, du wirst uns doch entschuldigen, nicht wahr?«

Der junge Heiler lächelt. »Natürlich. Bitte, richtet dem König und Prinzessin Magar meine besten Grüße aus.«

Es ist fast dunkel, als die beiden mit ihrem Wagen in den Palast zurückkehren. Während die Sonne hinter ihnen untergeht, scheint der Palast Dampf abzugeben, und in der nachlassenden Hitze des Tages gaukeln ihnen Luftspiegelungen Wasser im Wüstensand vor. Als sie sich dem Dienstboteneingang nähern, bemerkt Tarik sofort, dass etwas nicht stimmt. Ptolem, der inzwischen keinen Dienst mehr haben sollte, steht mit zwei anderen Wachen in Habachtstellung da.

Tarik und Sepora tauschen Blicke, als Ptolem die Pferde kurz vor dem Eingang anhält. Seine steife Körpersprache sagt Tarik, dass er schon eine ganze Weile auf sie gewartet hat und dass seine Nachricht dringend ist.

»Grüß dich, Tarik«, sagt Ptolem unbeholfen.

Er spricht seinen König vor den anderen nur ungern so lässig an, obwohl Tarik sich sicher ist, die anwesenden Wachen haben keine Ahnung, dass sie gerade sehen, wie ihr König mit seiner künftigen Königin aus dem Wagen steigt.

»Hallo, mein Freund«, erwidert Tarik und bietet Sepora die Hand. Sie ergreift sie, ohne den Blick von Ptolem zu wenden.

»Der Falkenkönig erbittet unverzüglich deine Gegenwart.

Es scheint, dass während deiner Abwesenheit eine Botschafterin aus dem Königreich Hemut eingetroffen ist.«

Aha. Es geht also los.

Tarik nickt und klopft Ptolem auf den Rücken. »Der König hat vermutlich auch nach Prinz Sethos im Lyzeum geschickt?«

Ptolem schüttelt den Kopf. »Rashidi vielleicht, aber ich habe keine entsprechende Anweisung erhalten.«

»Der Falkenkönig wird sicher wünschen, dass Prinz Sethos bei der Begrüßung der Botschafterin aus Hemut heute Abend zugegen ist. Sende ihm bitte ein dringendes Schreiben im Namen des Königs, dass seine Anwesenheit erforderlich ist. In der Zwischenzeit werden Fräulein Sepora und ich dem Falkenkönig persönlich Bericht erstatten.«

Erleichtert, endlich Anweisungen empfangen zu haben, eilt Ptolem davon, ohne sich auch nur zu verabschieden.

Sobald sie in der Küche sind, nimmt Tarik Sepora beiseite. »Wir werden heute Abend unsere hemutianische Freundin begrüßen, da König Ankor so gütig war, eine Botschafterin zu schicken statt einer Armee. Weise deine Diener an, dich in deinen feinsten Staat zu kleiden, aber sie sollen sich beeilen.«

Sepora nickt ernst. »Sind wir dafür bereit?«

»Ich fürchte, wir müssen es sein.«

Sobald Sethos herbeigeholt ist und alle sich in Tariks Tagesgemach versammelt haben, gibt er der Wache das Zeichen, die Botschafterin aus Hemut hereinzugeleiten. Als sie eintritt, erkennt Tarik, dass ihm ein schwieriges Gespräch bevorsteht. Ankor mag zwar keine Armee geschickt haben, aber er hat Krieg in Form eines Menschen geschickt.

Die Botschafterin, die als Lady Gita vorgestellt wird, wie es in Hemut Brauch ist, ist ungefähr in Rashidis Alter. Sie hat dünnes graues Haar und hält einen langen Stab aus Glas in der Hand, der aussieht wie ein großer Eiszapfen. Tarik bemerkt, dass sie ihn nicht zum Gehen braucht wie Rashidi, da sie ihn trägt, statt sich darauf zu stützen. Mit so einem Ding könnte sie einen Mann durchbohren, und ihrem Gesichtausdruck nach zu schließen denkt sie darüber nach, genau das zu tun.

»Willkommen, Lady Gita«, begrüßt Tarik sie und achtet darauf, seine Stimme neutral zu halten. »Ich denke nicht, dass ich schon einmal das Vergnügen hatte, mit Euch zu sprechen.«

»Hattet Ihr nicht«, bestätigt sie und setzt sich neben Sethos, der jetzt zwischen der Botschafterin und Rashidi eingekeilt ist. Lady Gita ist für einen Winter gekleidet, den es in Theoria nie geben wird, der aber der ständige Begleiter von Hemut ist. Angesichts der täglichen Schneestürme und der eisigen Landschaft in Hemut ist es nicht verwunderlich, dass sie einen bodenlangen Mantel aus Tierhäuten trägt, der mit den verschiedensten weißen Fellen verbrämt ist. Tarik fragt sich, wie sie es geschafft hat, sich unter so vielen Schichten von Kleidung in der Hitze seiner Wüsten nicht zu Tode zu schwitzen.

An ebendiesen Kleidungsschichten zupft sie jetzt herum

und richtet sorgfältig jede einzelne, während sie die Anwesenden sowie die zu besprechende Angelegenheit ignoriert. Tarik ist nicht klar, ob sie es aus echter Sorge um ihr Erscheinungsbild tut oder, wie er vermutet, sie absichtlich warten lässt, um zu zeigen, dass sie Zeitpunkt und Bedingungen des Gesprächs selbst festlegt. Ob Rashidi sich auch so benimmt, wenn er andere Königreiche besucht? Tarik bezweifelt es stark. Wenn der Grund für diese Besuche jedoch eine Schmähung oder eine Beleidigung Tariks durch ein Königreich wäre, dürfte Rashidi zweifellos seine eigene Art haben, heftiges Missfallen auszudrücken.

Selbst jetzt wird Rashidi ungeduldig und nimmt seinen Stock von einer Hand in die andere. Tarik verkneift sich ein Grinsen. Sepora sitzt hochaufgerichtet und gefasst neben ihm, die Schultern zurückgenommen und das Kinn erhoben. Ihre königliche Tracht verleiht ihr eine unberührbare Erscheinung. Doch ihre Gefasstheit ist nur gespielt. Sethos hingegen knurrt auf seinem Stuhl, die Arme verschränkt, den Blick zur Decke gerichtet. Er hatte keine Zeit, sein Majai-Gewand abzulegen und etwas anderes anzuziehen; Tarik hat den Verdacht, dass es ihm Spaß macht, für den Anlass unangemessen angezogen und schweißgebadet zu erscheinen.

Als Lady Gita schließlich mit ihrer Kleidung zufrieden ist, nickt sie Tarik mit einer scharfen kleinen Bewegung zu, die ihn an eine angriffsbereite Kobra erinnert. »Wollen wir beginnen, Hoheit?«

»Natürlich, Lady Gita. Bitte, macht den Anfang.«

»Erlaubt mir, ganz offen zu sein, Hoheit. König Ankor ist in höchstem Maße verstimmt über das Schreiben, das Ihr bezüglich der jüngsten Ereignisse in Theoria geschickt habt. Tatsächlich hat mich eine Karawane auf meinem Besuch begleitet, um die beleidigenden Geschenke zurückzugeben, die Ihr mit Eurer Nachricht geschickt habt.«

»Es ist mir noch nie zu Ohren gekommen, dass Geschenke als Beleidigung bezeichnet wurden, Lady Gita«, entgegnet Tarik trocken.

»König Ankor will keine Geschenke, Hoheit. Er will einen Gemahl für Prinzessin Tulle.«

»Den ich ihm ebenfalls angeboten habe.«

Die Lady stößt scharf die Luft aus. »Ich bin mir sicher, dass Prinz Sethos einen prächtigen Ehemann abgeben würde, Hoheit, aber Ihr werdet verstehen, dass mein König über einen Prinzen enttäuscht ist, wenn er sich zuvor einen König gesichert hat.«

Sethos schnaubt. Lady Gita wirft ihm einen ernsten Blick zu, ebenso wie Tarik. Sethos mag zwar wie ein Majai gekleidet sein, aber er hat sich wie ein Prinz von Theoria zu benehmen. Vielleicht hätte Tarik das klarstellen sollen, bevor er Lady Gita zu sich in den Raum bitten ließ. Sethos kann so unberechenbar sein wie die wechselhaften Wüstenwinde, und seine offene Abneigung gegen Tulle wird alles nur komplizierter machen. Bei diesem Gespräch muss er wirklich behutsam vorgehen.

Tarik schaut zu Rashidi hinüber, und obwohl diesem Sethos' Benehmen sichtlich missfällt, ist er entweder nicht in der Lage oder nicht bereit, Tarik in dieser Angelegenheit zu helfen. Rashidi ist mit Lady Gita größtenteils einer Meinung. Er ist immer dagegen gewesen, dass Tarik sein Wort bricht, Prinzessin Tulle zu heiraten. Tarik fragt sich, wie schwierig es für Rashidi gewesen ist, das Arrangement überhaupt einzufädeln, und ob das etwas mit seiner Zurückhaltung zu tun hat, jetzt für seinen König einzutreten.

Tarik betrachtet Lady Gita für eine Weile. Er kann nicht zugeben, was er für Sepora empfindet und dass er seine Entscheidung mit dem Herzen statt mit dem Verstand getroffen hat; es würde ihn schwach erscheinen lassen und vor allem töricht. Aber vielleicht kann er König Ankor doch beschwichtigen. Er hat ausführlich mit Rashidi darüber gesprochen, aber sein Ratgeber war davon überzeugt, dass es für den Thron eine schwache Argumentation war. Dennoch hat Rashidi aus reiner Sturheit keine anderen Erklärungen vorgeschlagen, und so muss Tarik sich für die entscheiden, die am versöhnlichsten ist.

»Ich fürchte, mir sind in der Sache die Hände gebunden«, erklärt Tarik. »Es ist nämlich so: Während Rashidi Vorbereitungen für die Verlobung mit Tulle getroffen hat, hat Prinzessin Magar ohne mein Wissen heimlich als Dienerin in meinem Palast gelebt. Als ich davon erfuhr, habe ich sofort versucht, die Situation zu bereinigen, um König Eron von Serubel nicht zu beleidigen. Ihr werdet sicher verstehen, welch eine Erniedrigung es für ihn darstellen würde, dass ich sie als Dienerin behalten habe.«

Lady Gita stößt einen überraschten Laut aus, und ihr

Blick pendelt zwischen Tarik und Sepora hin und her, was Tarik für ein sehr gutes Zeichen hält. Sie findet die Situation zumindest etwas skandalös, was ihm am Ende vielleicht doch ein wenig Mitleid von Seiten Hemuts einträgt. Schließlich sieht Lady Gita Tarik mit schmalen Augen an. »Und wie genau ist es dazu gekommen? Aus welchem Grund ist es Euch entgangen, dass die einzige Prinzessin Serubels unter Eurem Dach lebt?«

»Ich denke, die Einzelheiten spielen keine Rolle. Es war die sich daraus ergebende Beleidigung Serubels, die letztendlich zu meiner Entscheidung geführt hat«, sagt Tarik fest und hofft, dass er unnachgiebig klingt – die Einzelheiten würden ihn schließlich als vollkommenen Dummkopf dastehen lassen. Sepora war nicht die einzige Dienerin in seinem Palast, aber wohl die, die ihm am Nächsten stand, und kein einziges Mitglied seines Hofes oder sein höchster Ratgeber hatte es bemerkt. Und obwohl es unglaubwürdig erscheint, bezweifelt Tarik, dass König Ankor Sepora unter den gleichen Umständen in seinem Königreich erkennen würde. Sepora selbst hat zugegeben, in Serubel nur selten von Besuchern und Botschaftern gesehen worden zu sein, da sie unablässig mit Schmieden beschäftigt war.

Wie er vorhergesehen hat, lässt sich Lady Gita von seiner Weigerung weder beschwichtigen noch einschüchtern. »Die Einzelheiten sind von äußerster Wichtigkeit, Hoheit, wenn ich König Ankor die Situation mit einer befriedigenden Erklärung übermitteln soll.«

Wenn Lady Gita eins ist, dann beharrlich.

»Es ist nicht an mir, über die Einzelheiten zu sprechen, Lady Gita. Prinzessin Magar …«

»Ich bin von Zuhause weggelaufen«, platzt Sepora heraus und schneidet ihm das Wort ab. »Es war natürlich eine dumme und kindische Entscheidung, aber ich war von meinen Gründen überzeugt. Und dann haben mich während meiner Reise zwei Vagabunden gefangen, die mich an den Harem des Königs verkauft haben.« Sie errötet. Es ist ein echtes Erröten, das ihr den Hals hinabkriecht und in ihrem Oberteil verschwindet.

Die Worte und ihre Reaktion darauf legen sich über den Raum, und es wird klar, was sie meint. Sie will andeuten, dass Tarik sie bereits in sein Bett aufgenommen hatte – und dass er den Skandal wiedergutmachen muss, indem er sie zur Gemahlin nimmt. Er rutscht unbehaglich auf dem Stuhl hin und her, Hitze sammelt sich in seinen Wangen. Sepora riskiert ihren Ruf, um Frieden zwischen den Königreichen zu stiften. Eine Königin, die einst eine Mätresse im Harem des Königs war. Es ist eine schlaue List, wahrscheinlich sogar eine notwendige, aber es ärgert Tarik trotzdem, wie die fünf Königreiche sie nach der Verbreitung dieser Information betrachten werden, denn eine so skandalöse Neuigkeit wird sich sehr schnell und weit verbreiten. Im Moment ist er nicht froh über ihre List, und er möchte nicht, dass ihr Ruf zerstört wird.

König Eron wird nicht erfreut sein. Selbst Rashidi zieht eine Grimasse, während er zweifellos in Gedanken die

Möglichkeiten durchgeht, wie er diesen neuen Schaden für den Thron begrenzen kann. Es war schon schlimm genug, dass sie Dienerin in seinem Palast war, ohne dass er davon wusste. Jetzt hat er sie auch noch in sein Bett geholt, ohne zu ahnen, wer sie war?

Doch da diese Halbwahrheit nun ans Licht gebracht worden ist, ist seine Entscheidung, sich mit ihr zu vermählen, unleugbar notwendig. Warum ihm jetzt zu Hilfe kommen? Er hatte fast schon damit gerechnet, dass Sepora Lady Gita zustimmen und von sich aus anbieten würde, die Hochzeit abzublasen. Aber sie hat bewiesen, dass sie ein ausgeprägtes Pflichtgefühl besitzt.

Zumindest bis zu einem gewissen Punkt.

»Ich verstehe«, murmelt Lady Gita leise und ihre Züge werden weicher. »Ich gebe zu, das ist eine ziemlich schwierige Lage.«

»Ja«, bestätigt Tarik trocken, »allerdings.«

Lady Gita trommelt mit den Fingern auf der Armlehne des Stuhls. »Kind, warum habt Ihr Euch nicht zu erkennen gegeben, bevor es geschehen ist? Warum habt Ihr den König nicht sofort darüber informiert, wer Ihr seid?«

»Ich dachte, dass seine Hoheit mir nicht glauben würde«, sagt Sepora. »Ich wusste nicht, was ein Lingot ist, geschweige denn, dass der Falkenkönig einer war. In meiner Heimat hielt man mich für tot, versteht Ihr? Selbst meine Eltern haben das geglaubt. Und könnt Ihr Euch vorstellen, wie ungeheuerlich das für den Falkenkönig geklungen hätte? Außerdem … nun, ich dachte, dass ich vielleicht dafür bestraft würde, weggelaufen zu sein. Dass ich es verdient hätte.«

Beim Stolz der Pyramiden, weint sie jetzt etwa? Tarik ist sich ziemlich sicher, dass seine zukünftige Königin zwei Gaben besitzt: Schmieden und Lügen. Gegen seinen Willen ist er beeindruckt, trotz des ungeheuerlichen Bildes, das sie Lady Gita gerade vermittelt, die ihre Enthüllungen aufnimmt wie der Wüstensand, der unbarmherzig selbst das kleinste Wassertröpfchen aufsaugt.

Lady Gita denkt lange darüber nach und zwirbelt ihren Glasstab grüblerisch zwischen den Fingern. Schließlich sieht sie Tarik mit finsterem Gesicht an. »König Ankor ist ein vernünftiger Mann. Wenn er davon erfährt, wird er sicher das Verzweifelte an der Situation erkennen. Er hat schließlich selbst eine Tochter. Wenn er in der gleichen Lage wäre, würde er verlangen, dass das sofort in Ordnung gebracht wird.«

»Übermittelt dem König unbedingt meine äußerste Dankbarkeit für sein Verständnis«, entgegnet Tarik. »Und bitte, nehmt die Geschenke wieder mit, da sie wirklich nicht als Beleidigung gemeint waren.« Doch der größte Teil seiner Dankbarkeit sollte Sepora gelten. Durch ein großes Opfer hat sie im Alleingang einen möglicherweise unumkehrbaren Schaden in den Beziehungen zwischen Theoria und dem mächtigen Reich Hemut verhindert. Aber trotz seiner Fähigkeiten als Lingot kann er sich ihrer Motive nicht sicher sein. Handelt sie aus Pflichtgefühl als zukünftige Königin? Hat sie wirklich akzeptiert, dass sie eines Tages die Herrschaft über Theoria mit ihm teilen wird? Oder möchte sie wie immer einfach nur Leben retten und Krieg verhindern?

Lady Gita nickt. »Wie Ihr wünscht, Hoheit. Aber ich habe nicht diese weite Reise unternommen, um ohne einen Gemahl für Prinzessin Tulle nach Hemut zurückzukehren. Wie es scheint, muss sich unser Gespräch in eine gänzlich andere Richtung bewegen.«

»Natürlich. Mein Bruder ist ein großer Krieger und ein guter Prinz von Theoria. Wir würden angesichts der Umstände keine Kosten für die Hochzeit scheuen. Wenn es für König Ankor annehmbar ist, würden Prinz Sethos und Prinzessin Tulle Gemächer im Palast beziehen, wie es der traditionellen theorianischen Sitte entspricht. Ich versichere Euch, dass es ihr an nichts mangeln würde.«

Dies scheint Lady Gita zu gefallen. Tarik fragt sich, wie ihre Beziehung zu der Prinzessin aussieht. Er spürt eine unausgesprochene Zuneigung zu Tulle, und wer könnte es ihr verdenken? Jedes Mal, wenn er Tulle von Hemut begegnet war, war sie lieb und freundlich gewesen. Sethos' Abneigung gegen sie rührt natürlich von ihrer anfänglichen Zurückweisung her. Als sie Kinder gewesen waren, hatte er im Garten ihrer Mutter Blumen für sie gepflückt, und Tulle hatte ihn beschuldigt, ihre natürliche Schönheit zerstört zu haben. Sethos war natürlich tagelang niedergeschlagen gewesen. Seit damals hat er auf jegliche Anstrengung verzichtet, dem anderen Geschlecht zu gefallen. Er hat die Zurückweisung gar nicht gut aufgenommen.

»Und wie sieht es mit Spektorium aus?«, fährt Lady Gita fort. »Ich nehme an, Euer Bündnis mit Serubel hat den Handel wiedereröffnet?«

Das kommt unerwartet, und Tarik nimmt sich einen Moment Zeit, seine Gedanken zu sammeln. Ihm fallen sofort Bardo und die anderen Schmiede ein, aber er schiebt die Idee so schnell beiseite, wie sie gekommen ist. Er hat Sepora versprochen, den Jungen nicht zum Schmieden zu zwingen, und er hat nicht die Absicht, den Großen Rat in Zugzwang zu bringen. Der Rat scheint mächtig zu sein und war so gnädig, ihn anzuhören. Nein, das Spektorium musste vom Tisch. »Tatsächlich kommen wir immer mehr von der Verwendung von Spektorium ab. Stattdessen sind wir in den meisten Fällen dazu übergegangen, Feuer als Licht- und Energiequelle zu benutzen. Als Königreich wollen wir im Alltag nicht mehr von einem begrenzten Rohstoff abhängig sein.« Was der Wahrheit entspricht, sodass Tarik kein schlechtes Gewissen hat, es zuzugeben. Es war kein leichter Übergang, aber langsam und sicher kommen seine Bürger damit zurecht.

Lady Gita schnaubt. »Wir haben diesen Vorteil nicht, Hoheit. Vergesst nicht, dass unsere Gebäude aus Eis bestehen. Feuer ist für unsere Belange unpraktisch. Wir brauchen Spektorium, und zwar viel. Unsere Vorräte sind bedrohlich geschrumpft.«

Tarik ist sich sicher, dass nur er Seporas kleines Luftschnappen bemerkt. Sie hat wieder Angst, dass Spektorium in die falschen Hände gerät. Sicher denkt sie an Bardo, so wie

Tarik es getan hat. Denkt sie auch an die anderen Schmiede? Bestimmt. Tarik spürt, wie sich sein Kiefer verhärtet.

Vielleicht weiß König Ankor nicht einmal, dass Spektorium ein Bestandteil von Kratorium ist, und falls nicht, wäre Tarik dafür ewig dankbar. Ankor rühmt sich seiner mächtigen Armee. Der Besitz von Kratorium würde nicht nur die Stärke seiner gewaltigen Streitmacht erhöhen, sondern vielleicht sogar seine Neugier, es einzusetzen. Doch die Hemutianer sind nicht dafür bekannt, ihre Macht zu missbrauchen. Generationen hemutianischer Herrscher hätten sich längst aufmachen können, um die anderen Königreiche zu erobern, aber sie haben es nicht getan.

Er wird Sepora später dieser Tatsache versichern. Außerdem kann sie sich damit trösten, dass Sethos' Heirat mit Tulle die Königreiche von Theoria und Hemut vereinen wird. Es bestünde keine Notwendigkeit, eine Waffe wie Kratorium herzustellen.

Es würde keinen Krieg geben.

Dennoch kann – und will – er weder Sepora noch Bardo dazu zwingen, zu schmieden. Diese Entscheidung muss Sepora selbst treffen, nicht nur, weil er auf ihre Gefühle Rücksicht nimmt. Er muss wissen, ob sie ihm vertraut, und das bald. »Da Prinzessin Magar im Auftrag Theorias den Spektoriumhandel mit Serubel überwacht, werde ich diese Entscheidung ihren bewährten Händen überlassen.« Ihren bewährten, trügerischen Händen, will er damit sagen. Aber das ist ein Gespräch für später.

Sie wirft ihm einen Blick zu, der Nefarit hätte durchschneiden können. Doch sie schenkt Lady Gita ein huldvolles, wenn auch falsches Lächeln. »Ich werde diese Bitte natürlich überdenken. Aber Ihr seid Euch vielleicht darüber im Klaren, dass unser Spektorium zur Neige geht. Der Falkenkönig ist weise, wenn er betont, dass es ein begrenzter Rohstoff ist. Es wäre außerdem weise, denke ich, über alternative Lichtquellen nachzudenken. Vielleicht sollten wir beide in Erwägung ziehen, uns auf der Suche nach Lösungen an Wachuk zu wenden. Gerüchten zufolge hat man dort einen Weg gefunden, Feuer langsamer brennen zu lassen – damit es weniger zerstörerisch ist.«

Es ist zwar nur ein Gerücht, doch Tarik hat es ebenfalls erst wenige Tage zuvor von einem seiner Informanten gehört. Er hat keine Ahnung, woher Sepora davon weiß, da sie zur Zeit der Berichterstattung nicht bei ihm war. Das Gerücht besagt, dass die Frauen von Wachuk anscheinend einen Weg gefunden haben, Feuer abzukühlen, ohne dass seine Kraft verloren geht. Man kann es zwar berühren, doch es brennt so hell und doppelt so lange wie gewöhnliches Feuer. Der Informant konnte das Gerücht nicht bestätigen, und er glaubte es auch nicht. Aber jetzt, da es bei den Friedensverhandlungen mit Hemut zur Sprache gekommen ist, wird Tarik die Wahrheit hinter dem Gerücht ermitteln müssen.

Lady Gita ist nicht beschwichtigt, obwohl sie ernst nickt. Tarik spürt, dass sie Sepora trotz ihres Zögerns, Spektorium herauszugeben, respektiert – und trotz des Schadens, den Seporas Ruf nun aufgrund ihres Geständnisses erlitten hat. »Wir haben den gleichen Bericht aus Wachuk gehört«, bemerkt Lady Gita schließlich. »Wir haben bereits Repräsentanten in dieses Königreich geschickt, um mehr zu erfahren.« Nach einem langen Moment seufzt sie. »Ich werde mit dieser neuen Wendung der Ereignisse nach Hemut zurückkehren.« Sie schaut wieder zu Tarik. »Ich habe das Gefühl, dass mein König eine schnelle Heirat will. Welches Hochzeitsdatum darf ich König Ankor mitteilen?«

Sethos springt auf und erschreckt die Anwesenden damit, dass sein Stuhl hinter ihm umkippt. Seine Nasenflügel beben, seine Augen blicken wild. Tarik ist so klug, die Worte zu fürchten, die seinem Bruder auf der Zunge liegen.

Sethos zeigt auf Lady Gita. »Ihr könnt König Ankor ausrichten, dass ich eher ein kahles Maultier heiraten würde als seine schnöselige Tochter!«

»Sethos, das reicht!«, brüllt Tarik, noch bevor sein Bruder fertig ist, aber Sethos lässt sich nicht zum Schweigen bringen. Er richtet seinen anklagenden Finger jetzt auf Tarik.

»Alle anderen mögen sich deinen Wünschen beugen, aber ich werde dir nicht erlauben, über mein Leben zu bestimmen! Lieber verbringe ich den Rest davon in Fesseln, als an diese Zicke gebunden zu sein.«

Lady Gita springt schneller auf, als man es von einer alten Frau erwartet hätte, und steht nun ebenfalls. Ihr Stab zittert in ihren Händen. »Das ist ungeheuerlich! Ich werde nicht zulassen, dass Ihr Prinzessin Tulle mit einer solchen

Gemeinheit beleidigt.« Sie funkelt Tarik an. »Ein feiner Prinz von Theoria ist er! Er hat keinen Respekt vor seinem eigenen König und noch weniger Respekt vor seiner zukünftigen Braut. Wenn König Ankor dies zu Ohren kommt, wird es ernste Konsequenzen haben, das kann ich Euch versichern. Nicht auszudenken, dass ich die gute Prinzessin Tulle um ein Haar an einen solch abscheulichen Rohling gekettet hätte!«

»Sethos«, knurrt Tarik, »du wirst dich sofort entschuldigen.«

»Sethos, bitte«, fleht Sepora, »beruhige dich.«

»Ich denke nicht dran«, sagt er mit Gift in der Stimme, und in dem Moment gleicht er einem wütenden Bullen, der bereit ist, alles anzugreifen, was sich bewegt. Er hat etwas Wildes an sich, sein Benehmen wirkt haltlos. Sethos hat seine Wutschwelle erreicht. Während der Verhandlungen hat sein Bruder still dagesessen und nicht einmal eine abfällige Bemerkung gemacht – ein Zeichen, das Tarik hätte warnen müssen. Er weiß, dass es jetzt nicht möglich ist, vernünftig mit seinem Bruder zu reden, so wie man nicht mit einem gereizten Skorpion reden kann. Er muss seinen Bruder aus dem Raum entfernen, bevor alles verloren ist.

Lady Gita schlägt ihren äußeren Mantel hinter sich und klopft mit dem Stab auf Tariks Schreibtisch. »Es wird keine Hochzeit geben«, erklärt sie und presst vor Zorn und Schock die Lippen zu einem weißen Strich zusammen. »Und kein Bündnis. Dessen könnt Ihr versichert sein. Bereitet Euch

vor, Hoheit. Bereitet Euch vor auf das, was kommen wird!«
Mit diesen Worten rauscht sie aus dem Raum und nimmt alle Hoffnung auf Frieden mit.

13

SEPORA

Mein Schlafgemach ist der einzige Ort, an dem ich mich für ein Treffen mit meiner Mutter sicher fühle. Es ist längst Palastgespräch, wie Lady Gita an diesem Nachmittag hinausgestürmt ist, wie sie auf ihren großen weißen Bären gestiegen ist und dann auf die Erde ausgespuckt hat, bevor sie das Palastgelände verließ und ihre Wachen kaum mit ihr Schritt halten konnten. Mutter hatte mich sofort in meine Gemächer rufen lassen, um zu hören, was sich ereignet hat.

Wir sitzen uns in den Sesseln am Balkon gegenüber. Mutter hat entsetzt die Augen aufgerissen und sich fassungslos die Hand vor den Mund geschlagen. »Er hat sich geweigert, Prinzessin Tulle zu heiraten, und sie vor ihrer eigenen Botschafterin beleidigt?«

»Ich fürchte, ja«, antworte ich. Ich wünsche mir verzweifelt, Sethos vor meiner Mutter zu verteidigen, doch die Worte wollen nicht kommen. Ich weiß, dass er aufbrausend ist, und er hat immer klargemacht, dass er Tulle nicht zur Frau nehmen will. Ich hatte jedoch stets angenommen, dass er tun würde, was das Beste für Theoria ist. Wie kann ich Mutter nach seinem empörenden Auftritt vor wenigen Stunden versichern, dass er gute Absichten hat? Nicht einmal ich glaube mehr daran.

Mutter reibt sich mit den Fingerspitzen die Schläfen. »Das geht nicht. Das geht ganz und gar nicht. Verstehst du denn nicht, Magar? Das bedeutet Krieg.«

»Ja.«

»Wo ist Sethos jetzt?«

»Tarik hat seine Verhaftung verlangt. Ich hatte noch keine Gelegenheit, mit ihm darüber zu sprechen.«

»Was gibt es da zu besprechen? Er hat seinem König offen den Gehorsam verweigert und damit einen Krieg in Gang gesetzt. Der Falkenkönig tut recht daran, ihn ins Gefängnis zu sperren.«

»Sethos ist sein Bruder«, erwidere ich erstaunt. »Und ein Prinz von Theoria. Er gehört nicht in Ketten.« Obwohl es mich im Moment nicht stören würde, wenn Sethos eine Lektion in Demut erhält. Trotz seiner Arroganz war ich davon ausgegangen, dass er zumindest einen Funken Verstand besitzt.

Aber ich darf nicht scheinheilig sein. Ich habe reichlich verwegene Entscheidungen getroffen, Entscheidungen, die eine große Zahl von Menschen betroffen haben. Entscheidungen, die als selbstsüchtig betrachtet werden könnten.

Mutter rümpft die Nase. »Das schien Sethos nicht zu interessieren, als er sich um seine eigenen Bedürfnisse gekümmert hat und nicht um die des Königreichs. Der Falkenkönig ist ein Herrscher mit starkem Willen. Du wärest gut beraten, ihm nachzueifern, Magar.« Sie beugt sich vor, zieht ihren dicken Zopf nach vorn und streicht mit den Fingern darüber, ohne zu merken, wie sehr ihre Worte mich treffen. Doch es entgeht mir nicht, dass es das einzige Zeichen von Nervosität ist, das meine Mutter zeigt. »Dein Vater wird diese Situation ausnutzen. Er wird darauf bestehen, dass es nur folgerichtig ist, dass du schmiedest, und dass unsere Königreiche sich mit so viel Kratorium bewaffnen, wie wir herstellen können.«

»Vielleicht hat er recht«, antworte ich mutlos. »Hemut ist nicht schwach. Es hat eine große, gut ausgebildete Armee.«

»Du darfst nicht nachgeben, Magar. In der Vergangenheit sind Kriege geführt und gewonnen worden, ohne dass Kratorium benötigt wurde. Dieser Krieg wird nicht anders sein. Theoria hat seine starke Majai-Truppe. Serubel hat brauchbare Soldaten, um sie zu ergänzen. Nein, Schmieden ist nicht die Lösung.«

Ich stehe auf und gehe zum Balkon. Mein Schlafgemach scheint sich trotz seiner Größe um mich herum zusammenzuziehen. Ich hatte gehofft, Mutter die Sache mit Bardo anvertrauen zu können. Jetzt sehe ich, dass das nicht nötig ist. Ich muss schmieden. Die vereinten Streitkräfte von Theoria und Serubel mögen zwar vielleicht in der Lage sein, Hemut zu besiegen, aber Kratorium wird den Krieg viel schneller beenden – und mit weniger Opfern. Weniger theorianischen Opfern und weniger serubelanischen Opfern. Das wird Vater sagen.

Das wird Tarik denken.

Oh, wie sehr ich Sethos in diesem Moment hasse.

»Du kannst diese Last nicht auf deinen Schultern tragen, Kind«, sagt Mutter. »Lass die Könige das besprechen. Lass uns sehen, was sie entscheiden. Dein Falkenkönig ist klug und respektiert, dass du nicht schmieden möchtest. Nachdem sie miteinander beraten haben, entscheiden wir, was wir als Nächstes tun. Ich werde mit deinem Vater reden. Du brauchst dir keine Sorgen machen, Kind. Alles wird gut.«

»Ja, Mutter.«

Aber ich allein besitze die Macht, alles wieder gut zu machen. Sethos hat mir keine andere Wahl gelassen.

14

TARIK

Tarik hat nicht damit gerechnet, dass Sepora in seinem Schlafgemach auf ihn warten würde, vor allem nicht so spät am Abend. Sie war beim Essen besonders schweigsam gewesen, während ihr Vater immer weiter schwadronierte, dass sie sich auf den Krieg mit Hemut vorbereiten sollten, und dabei unverblümt vorschlug, Sepora solle zum Schmieden gezwungen werden. Die weise Königin Hanlyn unternahm wenig, um ihren Gemahl zu beruhigen, da klar war, dass er sich nicht beschwichtigen lassen würde, schon gar nicht offen vor aller Augen. Das Mahl war anstrengend gewesen, und Tarik hatte gedacht, dass Sepora sich nach dieser Tortur früh zurückziehen würde. Selbst er hatte den Wunsch gehabt, es zu tun.

Doch stattdessen lehnt Sepora in dem gewölbten Eingang zum Balkon, die Hände vor sich gefaltet, die Füße nackt und das Haar in seiner ganzen Pracht heruntergelassen. Sie ist hier, um unter vier Augen über die Ereignisse des Tages zu sprechen. Er fragt sich, ob das eines Tages ein Ritual sein wird, ob sie tagsüber ihre Pflichten erfüllen und sich abends einander anvertrauen würden. Er hofft inbrünstig, dass es so sein wird. Aber ein sehr großer Teil ihrer gemeinsamen Zukunft liegt bei ihr, und sie kann bisweilen genauso sprunghaft sein wie ihr Vater.

»Ich dachte, Ihr hättet Lingots vor Eurer Tür postiert, Hoheit«, beginnt sie das Gespräch. »Ihr habt Rashidi und mir versichert, Ihr würdet es tun.«

»Das habe ich auch, Prinzessin.«

Sie stößt sich vom Türrahmen ab und setzt sich auf den nächsten Stuhl. »Ich habe deiner Wache gesagt, dass du um mein Erscheinen gebeten hast. Sie hat mich sofort hereingelassen.«

»So soll es auch sein. Ich habe meine Wachen angewiesen, dich auf jeden Fall hereinzulassen.«

»Ach so.« Sie grübelt einen Moment lang darüber nach. Er wünschte, sie würde etwas sagen, damit er weiß, was sie denkt, aber sie scheint entschlossen, ihre Überlegungen für sich zu behalten. Sie kennt ihn und seine Fähigkeit, ihr Verhalten zu deuten, inzwischen gut – noch besser hat sie gelernt, sich daran anzupassen. Es ist bittersüß, findet er.

»Welchem Umstand verdanke ich das Vergnügen deiner

Gesellschaft? Ich dachte, dass du längst tief und fest schlafen würdest.«

Sie seufzt. »Könntest du schlafen nach dem, was passiert ist?«

»Nein.«

Kopfschüttelnd lehnt sie sich auf eine Art zurück, in der Tarik Endgültigkeit erkennt. Ihre nächsten Worte bestätigen es. »Ich bin zu einer Entscheidung gelangt, was das Spektorium betrifft.«

Tarik nimmt ihr gegenüber Platz und versucht, nicht so angespannt zu wirken, wie er sich fühlt. Er war sich nicht bewusst gewesen, dass sie in Bezug auf das Spektorium eine Entscheidung fällen wollte. Dass sie überhaupt ihre Haltung zum Schmieden überdenkt, muss etwas Gutes bedeuten. Eine schwache Hoffnung breitet sich in seinem Herzen aus. Vielleicht braucht er sie doch nicht zur Rede zu stellen. Vielleicht erzählt sie ihm von den anderen Schmieden. Und vielleicht reicht es aus, ihr zu verzeihen. »Sprich weiter.«

»Wenn jemand schmieden muss, dann werde ich es sein«, antwortet sie. »Es ist meine Pflicht als Königin. In jedem Fall ist es nicht wahrscheinlich, dass Bardo bereit ist, eine solche Verantwortung zu übernehmen. Es ist unwahrscheinlich, dass er seine Fähigkeit so weit unter Kontrolle hat, um für Cy und vor allem bei der Herstellung von Kratorium von Nutzen zu sein. Wenn man unerfahren ist, kann es manchmal schwierig sein, nach Belieben Spektorium zu beschwören. Wenn schon geschmiedet werden muss, dann werde ich es tun.«

Sie spricht von Bardo und sich selbst, doch die anderen Schmiede erwähnt sie nicht. Ein Teil seines Optimismus zerbricht.

Trotzdem ist Tarik ziemlich überrascht, als sie Kratorium erwähnt. Er war fest davon überzeugt, dass sie sich stur weigern würde, selbst jetzt, wie sie es die ganze Zeit über getan hat. Aber mit Hemut ist nicht zu spaßen. Weder er noch Sepora brauchen seinen führenden Kommandanten, um ihnen diese Tatsache ins Gedächtnis zu rufen. Sein Vater hat ihn immer glauben lassen, dass Hemut mächtig sei und dass stets jede Anstrengung unternommen werden müsste, um den Frieden zwischen ihnen zu wahren.

Hätte Sethos doch nur an diesen Gesprächen teilgenommen.

Aber jetzt, als Sepora von Pflicht spricht, weicht sein Schock mühelos der Erkenntnis. Aus Pflichtgefühl gegenüber Theoria hat sie heute ihren Ruf ruiniert. Sie wird zu der Königin, die er sich erhofft hat. Aber was ist mit der Gemahlin, die er sich so verzweifelt wünscht?

Wenn sie verspricht zu schmieden, sagt sie die Wahrheit. Es gefällt ihm bloß nicht, dass sie es mit der Begeisterung eines toten Tieres hervorbringt. Und dass sie die anderen nicht erwähnt, ist so gut wie eine Lüge. Das darf er nicht vergessen.

»Danke«, sagt er schlicht, in dem gleichen farblosen Ton wie sie.

»Jetzt, da das geregelt ist, müssen wir über meinen Vater sprechen. Und den Krieg mit Hemut.«

»Ja. Das müssen wir allerdings.«

»Es sind schon Kriege ohne Kratorium gewonnen worden«, sagt sie leise.

Also war ihr Angebot zu schmieden nicht dasselbe wie ihre Erlaubnis, daraus Kratorium herzustellen. Er seufzt. »Kommandant Morg will es unbedingt produzieren und ich kann ihm daraus keinen Vorwurf machen. Rashidi setzt mich jeden Tag unter Druck, es zu einer vorrangigen Aufgabe zu machen.«

Sepora verdreht die Augen. »Das war klar. Ich hätte auch nichts anders erwartet.« Tarik fragt sich, ob die Feindseligkeit zwischen Rashidi und Sepora jemals enden wird. Es eine Erleichterung zu nennen, wäre eine Untertreibung; ihre Zankerei und ihre Meinungsverschiedenheiten scheinen ihn manchmal beinahe zu zerreißen. Beide sind ihm teuer. Beide sind für das Königreich wertvoll. Aber beide wollen etwas anderes. Rashidi will, dass Sepora schmiedet. Sepora will, dass Rashidi seinen Gehstock verspeist.

Warum muss er immer zwischen ihnen wählen? Sollte er überhaupt zwischen ihnen wählen? Er weiß es nicht mehr.

»Hemut ist stark, Sepora. Ein schnelles Ende des Krieges bedeutet, mehr Menschenleben zu retten. Wenn wir von Anfang an Kratorium benutzen würden, könnten wir sie ohne große Verluste besiegen. Es würden weniger Theorianer sterben, weniger Serubelaner. Ist es nicht das, was du willst?«

»Ich glaube, du hast meine Bitte missverstanden«, erwidert sie. »Es ist nicht der Krieg, der mich beunruhigt, es ist mein Vater. Ich traue ihm nicht. Es wäre ein Fehler, ihm Zugang zu Kratorium zu gewähren.«

»Denkst du, das weiß ich nicht?«

»Was wirst du also tun?«

Er presst die Lippen aufeinander. Er hat ausführlich mit Rashidi darüber gesprochen. Solange König Eron seinen Scheinfrieden aufrechterhält, gibt es nichts, was er wirklich tun kann. Wenn er Erons Armeen das Kratorium vorenthält, würde das den König beleidigen und ihm einen Grund für einen Angriff auf Theoria liefern. Mitten in einem Krieg mit Hemut wäre das katastrophal. Wenn Tarik das Kratorium nicht zurückhält, würde er Eron die Waffe für einen Angriff auf Theoria liefern. Es ist eine verzwickte Lage. »Ich bin mir noch nicht sicher.«

»Wieviel Zeit haben wir, bevor Hemut angreift?«

»Lady Gita wird in wenigen Tagen zu Hause eintreffen, um König Ankor die Nachricht zu überbringen. Es wird mindestens eine Woche dauern, bis er seine Armee zusammengerufen hat, und einige weitere Tage, um sie nach Theoria zu verlegen. Die Hitze wird sie vielleicht etwas langsamer machen, aber nicht viel.«

Sepora runzelt die Stirn. »Das ist nicht lange.«

»Es könnte länger dauern. Aber angesichts der Beleidigung denke ich, dass er gleich an unsere Grenzen vorrücken wird.«

»Und wie lange wirst du Sethos eingekerkert lassen?«

»Bis ich mich besser fühle.« Das Thema steht nicht zur Diskussion. Die bloße Erwähnung seines Bruders bringt sein Blut zum Sieden. Selbst jetzt beißt er die Zähne zusammen, um sich Kraftausdrücke zu verkneifen, die Sepora nicht hören soll. Sethos hat das ganze Königreich in Gefahr gebracht. Doch Tarik weiß, dass auch ihn ein Teil der Schuld trifft – ihn und seinen Vater, König Knosi. Er hat Sethos zu viel Freiheit gelassen, war zu nachsichtig mit ihm. Tarik hatte nach dem Tod ihres Vaters die Welt seines Bruders nicht auf den Kopf stellen wollen, aber er hätte ihn langsam zügeln, ihn auf das Leben als Prinz vorbereiten sollen. Schließlich kann Sethos seinen Pflichten nicht ewig ausweichen.

Doch genau das hat er gerade getan. Und jetzt muss Tarik mit den Folgen fertig werden.

»Ich möchte jetzt lieber nicht über meinen Bruder sprechen, wenn es dir recht ist.«

Sepora macht ein Gesicht, als wolle sie noch etwas sagen, verschränkt aber stattdessen die Arme vor der Brust. Sie mustert ihn lange. Diese neue Angewohnheit macht ihn wahnsinnig. Ausdruckslos sieht sie ihn an, ohne den geringsten Hinweis darauf, was sie gerade denkt. Zweifellos hat Meisterin Saen ihr viele wirkungsvolle Möglichkeiten beigebracht, einem Lingot auszuweichen. Und anscheinend ist Sepora eine eifrige Schülerin.

Nach einem endlosen Schweigen sagt sie: »Ich werde morgen früh beginnen zu schmieden. Aber ich halte es für klug, es erst einmal vor meinem Vater zu verbergen. Vielleicht sogar vor meiner Mutter.«

Tarik ist mehr als überrascht, das zu hören. Bisher hat Sepora ihrer Mutter gegenüber eine gewisse Loyalität an den

Tag gelegt, von der er bis jetzt geglaubt hat, sie sei unzerstörbar. *Was hat sich geändert?* Und weiß ihre Mutter von den anderen? *Frag sie, du Dummkopf.* Aber er kann nicht. Kann nicht oder will nicht. »Du denkst, deine Mutter wird sich in Bezug auf das Spektorium auf die Seite deines Vaters stellen?«

»Nein. Aber sie hat mir geraten, nicht zu schmieden, aus Angst, dass mein Vater es ausnutzen wird. Wenn sie erfährt, dass ich ... ich will sie einfach nicht enttäuschen, wenn du es unbedingt wissen musst.«

Aha. Sie verstößt also gegen den Wunsch ihrer Mutter, um ihm zu helfen. Es ist mehr, als er jemals hätte verlangen können. Nein, nicht mehr. Es ist genau das, was sie von Anfang an hätte tun sollen. Verbitterung macht sich in ihm breit. Er wird ihr nicht für etwas danken, was die ganze Zeit schon ihre Pflicht hätte sein sollen. Und er hat noch mehr mit ihr zu besprechen. »Ich denke, du triffst eine kluge Entscheidung.« Das ist alles, was er ihr im Moment anbieten kann.

Sie steht auf. »Wir müssen Theoria schützen. Und damit schütze ich auch Serubel.« Sie wirft ihm einen Seitenblick zu. »Das ist ein weiteres Geheimnis, das wir zusammen hüten müssen. Du musst Rashidi sagen, dass er seine große Klappe halten soll.«

»Und was soll ich Rashidi über die anderen sagen?«

Sie legt den Kopf schräg. »Die anderen?«

»Ja, Sepora. Die anderen Schmiede im Viertel der Niedriggeborenen. Was soll ich ihm über sie sagen?«

Die Farbe weicht ihr aus dem Gesicht wie Wasser aus einem löchrigen Krug.

Er fährt sich mit der Hand durchs Haar. »Also. Du hast von ihnen gewusst. Du hast es gewusst, und du hast es mir nicht gesagt, nicht einmal, als ich gefragt habe. Erinnerst du dich an unsere Verlobungsprozession? Erinnerst du dich daran, dass ich gefragt habe, ob du noch etwas anderes vor mir verborgen hältst?«

»Ich … ich habe in dem Moment nicht an die anderen Schmiede gedacht.«

Es ist die Wahrheit. Beim Stolz der Pyramiden, zumindest hat sie ihm an dem Abend nicht ins Gesicht gelogen. Aber was ist mit der Zeit danach? Es fällt ihm schwer zu glauben, dass sie bei ihren Überlegungen, ob sie für ihn schmieden soll, nicht auch an die anderen Schmiede gedacht hat. »Du hast mir nichts von ihnen gesagt. Wie lange hast du es schon gewusst?«

Sie nimmt wieder Platz und faltet die Hände im Schoß. »Ich wusste es schon, bevor mir klar war, dass ich dir vertrauen kann.«

»Bist dir so sicher, dass du mir überhaupt vertraust, Sepora? Hast du seit unserer Verlobungsprozession kein einziges Mal an die anderen Schmiede gedacht?«

Sepora wendet den Blick ab und heftet ihn auf den Steinboden. »Ich dachte, es sei nicht nötig, es zu erwähnen, wenn ich selbst schmieden würde.«

»Es war nötig, damit wir uns gegenseitig vertrauen können, Sepora. Und jetzt fürchte ich, dass dieses Vertrauen unwiderruflich zerstört ist.«

Ihr Blick fliegt zu ihm empor. »Was sagst du da?«

Er atmet tief ein, immer noch nicht bereit, die nächsten Worte auszusprechen. »Ich sage, dass unsere Verlobung gelöst ist. Du kannst es deinen Eltern mitteilen, wenn du dazu bereit bist; diese Freiheit lasse ich dir. Ich werde die Rolle weiterspielen, bis du mir Bescheid gibst. Ich werde zum richtigen Zeitpunkt im Königreich eine diplomatische Bekanntmachung verlesen lassen. Aber wir werden uns nicht vermählen. Ich werde niemanden zur Frau nehmen, dem ich nicht trauen kann.«

So schnell, wie die Farbe aus ihren Zügen gewichen war, kehrt sie mit einem Zorn zurück, den er noch nicht gesehen hat. Ihre Wangen füllen sich mit Blut, und ihre Augen sind kaum mehr als Schlitze, als sie ihn anfunkelt. »Du hast zugelassen, dass ich mich heute vor Lady Gita zum Narren gemacht habe. Du hast zugelassen, dass ich meinen Ruf ruiniere, dass ich mich demütige, und das alles für dein prächtiges Theoria. Und jetzt das?« Sie schüttelt den Kopf. »Du bist nicht der König, für den ich dich gehalten habe.«

Die schmerzliche Wahrheit, oder was sie dafür hält. Sie springt vom Stuhl auf.

Und dann ist sie fort.

15

SEPORA

Eine dicke Träne rollt mir über die Wange und bleibt kurz an meiner Nasenspitze hängen, bevor sie auf das Kissen unter meinem Kopf platscht. Ich ziehe mir die Decke übers Gesicht gegen das Mondlicht, das jetzt um Mitternacht vom Balkon in meine Gemächer fällt. In meinem alten Dienstbotenquartier hatte ich nur einen Zugang zum Balkon; der wolkenlose Himmel und das Mondlicht haben mir damals nicht so viel ausgemacht. Jetzt habe ich fünf Balkontüren, und die durchsichtigen Gardinen tragen wenig dazu bei, den leuchtenden Himmelskörper daran zu hindern, meinen Schlaf zu stören.

Ha! Von wegen Mondlicht. Es ist lachhaft, meine Schlaflosigkeit diese Nacht auf seine Helligkeit zu schieben, wenn mein Mund salzig von all den Tränen ist, die ich mir von den Lippen geleckt habe, wenn meine Nase von unkontrollierbaren Schluchzern läuft und wenn mein Kissen von der Heulerei völlig durchweicht ist.

Nein, heute Nacht bin ich selbst schuld an meiner Schlaflosigkeit. Ich und Tarik.

Er hat mit meinem Herzen gespielt, während ich mit seinem Vertrauen gespielt habe. Wer von uns beiden ist schlimmer? Ich bin mir nicht sicher. Aber ich weiß, dass Vater untröstlich sein wird, Mutter wird enttäuscht sein, und … Wer außer ihnen zählt jetzt überhaupt noch?

Die gesamten fünf Königreiche.

Und das alles, weil ich den Mund aufgemacht habe, um Lady Gita im Namen Theorias zu besänftigen. Für die fünf Königreiche bin ich jetzt eine Konkubine, eine Prinzessin mit beflecktem Ruf, die nichts zu bieten hat. Mutter wird begeistert sein, wenn ich es ihr erzähle. Vater wird mich umbringen wollen.

Oh, Mutter. Ich habe meinen Namen besudelt, um einen Krieg zu verhindern, als ich angedeutet habe, dass Tarik mich bereits in sein Bett genommen hat. Ich konnte mich nur nicht überwinden, ihr von meiner Schande zu erzählen. Selbst jetzt kitzelt Röte meine Wangen, sie sind so heiß, dass meine Tränen darauf verdampfen könnten. Alle fünf Königreiche werden davon hören. Alle fünf Könige werden mich zuerst als Hure sehen und dann als serubelanische Prinzessin. Das heißt, falls mein Vater mich überhaupt zurückhaben will. Selbst wenn ich eines Tages durch ein Wunder einen anderen Mann heirate, werden meine Gäste sicher daran denken. Vielleicht werden sie sogar darüber sprechen, sobald ich mich umdrehe. Es wird ein Albtraum sein, die Botschafter fremder Königreiche zu Gast zu haben.

Ich bin mir sicher, dass niemand Mutter etwas gesagt hat. Und wie wird sie reagieren, wenn sie davon erfährt? Mutter wären bestimmt hundert andere Gründe eingefallen, warum der Falkenkönig mich heiraten muss. Mutter wäre mit Lady Gita so umgegangen, wie ein Majai mit Pfeil und Bogen oder einem Schwert umgeht: mit Geschick und Leichtigkeit und Anmut. Und wenn sie mir erklärt, was ich hätte sagen *können* – denn natürlich wird sie mich zurechtweisen und andere Möglichkeiten aufzählen, als zähle sie Aufgaben für einen Diener auf –, wird es mir noch peinlicher sein, was ich heute getan habe.

Und was ist mit Tarik? Er hat mir heute Abend nicht einmal dafür gedankt, dass ich mich bereit erklärt habe zu schmieden, und auch nicht das Opfer erwähnt, das ich heute in seinem Tagesgemach gebracht habe, als ich die Verantwortung für seine impulsive Entscheidung übernommen habe, die Verbindung mit Prinzessin Tulle aufzugeben. Begreift er denn nicht, was es für mich bedeutet hat, das alles zu sagen? Selbst Rashidi schien entsetzt über das zu sein, was ich getan habe, aber Tarik hat so ausdruckslos geguckt, als hätte ich vom Wetter oder vom Vorhangstoff gesprochen.

Verwirrung und Gekränktheit wetteifern um meine Aufmerksamkeit, während ich mich im Bett umdrehe, weg von dem spottenden Mondlicht. Nie habe ich mir mehr gewünscht, ein Lingot zu sein. Tarik kann meine Lügen spüren, und wenn ich nicht aufpasse, kann er sogar nur aufgrund meiner Körpersprache meine Gedanken lesen. Das ist so ungerecht. Ich habe mich noch nie so gedemütigt gefühlt wie jetzt, nicht einmal, als ich aus meiner Heimat in Serubel in ein unbekanntes Leben geflohen bin. Damals hatte ich zumindest noch meine Selbstachtung. Jetzt habe ich nichts mehr. Und schlimmer noch, ich habe wahrscheinlich niemanden, keine Verbündeten, die mir zu Hilfe kommen. Ich bin völlig allein.

Aber ich bin nicht mehr der Schwächling, der ich war, als ich Serubel verließ und nach Theoria floh. Ich bin tapfer. Ich habe tapfere Dinge getan. Und ich werde auch jetzt tapfer sein. Es ist meine Pflicht, meine …

Ich stoße einen erschrockenen Schrei aus, als mir plötzlich mit einem Ruck die Decken weggerissen werden. Über mir ragt ein theorianischer Wächter auf, den ich noch nie gesehen habe. Er steht mit dem breiten Rücken zum Mondlicht, das hinter ihm durchs Fenster fällt, sodass ich sein Gesicht nur als Schatten wahrnehme. »Ihr werdet mich begleiten müssen, Prinzessin«, erklärt er schroff.

»Warum? Was ist passiert? Geht es dem König gut?«

»Aufstehen.«

Irgendetwas stimmt hier nicht. Ein Wächter würde nicht so mit mir reden. Nicht jetzt, da ich bald Königin sein werde. Ich versuche, mich auf die andere Seite des Bettes zu rollen, aber er hält mich am Arm fest. Bevor ich schreien kann, trifft mich seine Faust auf den Mund, und ich schmecke sofort Blut, spüre, wie es mir den Hals hinabrinnt.

»Ich sagte, aufstehen.«

Aber Stehen ist jetzt unmöglich. Der Raum dreht sich um mich, und ich schwanke aufrecht im Bett. Ohne Vorwarnung trifft mich ein weiterer Schlag.

Das Mondlicht verschwimmt vor meinen Augen.

16

TARIK

Sepora erscheint nicht zum Frühstück, und Tarik kann nicht umhin, in Schuldgefühle zu versinken. Er hat sie gestern Abend gehen lassen, ohne ihr wahres Opfer anzusprechen, als sie sein überstürztes Verhalten an dem Tag, an dem er die Ehe mit ihr arrangiert hatte, ohne zu murren hingenommen hat. Er hat sie nicht dafür gelobt, dass sie sich solch große Mühe gegeben hat, den Frieden zwischen Theoria und Hemut zu bewahren, hat es nicht einmal erwähnt. Und irgendwie war ihm ein schlichtes »Danke« für ihre Entscheidung zu schmieden vollkommen unmöglich erschienen, doch jetzt kommt es ihm überfällig vor.

Dennoch weigert er sich, seine Entscheidung zu bereuen, am Ende die Verlobung abgeblasen zu haben. Sie hat sich von Anfang an dagegen gewehrt, hat es als bloße Pflicht erachtet, wenn überhaupt. Hat er ihr nicht einen Gefallen getan, indem er sie von ihrem Versprechen entbunden hat?

Er hat die ganze Nacht wachgelegen und an sie gedacht, wie schwer es für sie gewesen sein musste nachzugeben, nachdem sie so dagegen angekämpft hat, die Herstellung von Kratorium zu verhindern. Und dann hat er ihre Verlobung ausgerechnet nach einem so anstrengenden Tag für sie beide gelöst. Er hätte behutsamer mit ihren Gefühlen umgehen können. Er hätte behutsamer sein können, Punkt. *Was muss sie von mir denken?*

»Hoheit«, sagt Königin Hanlyn sanft, »wenn es Euch recht ist, bin ich gern bereit, Magar zu wecken und sie zu holen. Sicher hat sie nur verschlafen. Ich fürchte, das ist eine schlechte Angewohnheit von ihr.«

Das weiß er sehr gut. Als sie Dienerin war, hat sie sich zu ihren morgendlichen Pflichten meist verspätet. Aber vielleicht hat sie gar nicht verschlafen; vielleicht leidet sie noch an den Wunden, die man ihr am vergangenen Abend zugefügt hat. Wenn das der Fall ist, sollte Hanlyn sie nicht stören. Er hat Sepora gesagt, es sei ihr überlassen, ihre Eltern zu informieren. Das hat er ernst gemeint.

König Eron schnaubt und löffelt eine halbe Zitrusfrucht auf seinem Teller aus. »Das Kind hat immer lieber geschlafen als gefrühstückt. Aber andererseits ist sie auch schon immer bis spät in die Nacht aufgeblieben. Ich frage mich, was sie gestern getrieben hat.« Er sieht Tarik vielsagend an, der unbehaglich auf seinem Stuhl herumrutscht. Es war unschicklich, dass sie gestern Abend in seinem Schlafgemach auf ihn gewartet hat. Hat Eron ihn also ausspioniert? Er wird Sepora warnen müssen, sich vor Beobachtern in Acht zu nehmen. Das heißt, falls sie jemals wieder mit ihm spricht.

Plötzlich werden die Türen zum Speiseraum aufgestoßen, und Seporas Dienerin Cara kommt zu Tarik geeilt, gefolgt von zwei Wächtern, deren finstere Mienen ihm aus einem unerklärlichen Grund den Magen umdrehen.

»Euer Hoheit«, stößt Cara atemlos hervor, »entschuldigt, dass ich Euch bei Eurem Mahl störe, aber Prinzessin Magar ist verschwunden, und wir vermuten, dass ihr etwas zugestoßen ist.«

Tarik springt auf, sodass sein Stuhl zurückfliegt und auf den Marmorboden fällt. »Etwas zugestoßen? Wovon redest du?«

»Sie war heute Morgen nicht in ihrem Schlafgemach, Hoheit. Die Decken lagen auf dem Boden, als hätte ein Kampf stattgefunden. Und Hoheit … da war Blut auf dem Kissen.«

Hanlyn schreit auf und presst sich den Handrücken auf den Mund. Eron erhebt sich und stützt sich auf den Tisch. »Blut?«, brüllt er. »Wer würde es wagen …«

»Wir haben eine Durchsuchung des Palastes und des Geländes veranlasst, Hoheit«, unterrichtet der Wachmann hinter Cara Tarik. »Bisher haben wir nur eine einzelne Fußspur unter ihrem Balkon gefunden, die zur Palastmauer führt. Die Abdrücke sind zu groß, um der Prinzessin zu gehören. Darüber hinaus gibt es nichts.«

Tarik ist so erleichtert wie zornig darüber, dass man bereits mit der Suche begonnen hat. Man hätte ihn sofort informieren müssen, als man festgestellt hat, dass sie verschwunden war.

»Da ist noch etwas, was Ihr wissen solltet, Hoheit«, fügt der Wächter mit grimmiger Miene hinzu.

»Sprecht weiter.«

»Die Wachen, die an ihrer Tür postiert waren, sind ermordet worden. Ihnen wurde die Kehle aufgeschlitzt.«

Tarik strebt zur Tür, rennt los und ruft über die Schulter: »Geh zu Kommandant Morg. Setz ihn über die Situation ins Bild und sagt ihm, dass jeder Stein in der Stadt umgedreht werden muss, bis sie gefunden ist. Kein Bürger wird heute ungestört bleiben, solange die Prinzessin verschwunden ist. Cara, schick nach Rashidi. Sag ihm, er soll sich sofort mit mir in meinem Tagesgemach treffen. König Eron, Königin Hanlyn, Ihr dürft auch dazukommen, wenn Ihr es wünscht.«

Die Nacht bricht bereits an, als Kommandant Morg sich mit ernster Miene in Tariks Tagesgemächern einfindet. Tarik krampft sich das Herz in der Brust zusammen. »Ihr habt sie nicht gefunden.« Bei diesen Worten ringt Königin Hanlyn die Hände. Die Geste ist verwirrend, da viele verschiedene Bewegungen darin zu verschmelzen scheinen.

»Ich fürchte, nein, Hoheit«, antwortet Morg und verschränkt die Hände hinterm Rücken. »Bedauerlicherweise haben wir jeden Grund zu der Annahme, dass sie entführt wurde. Von ihren persönlichen Gegenständen oder Kleidungsstücken fehlt nichts. Ihre Serpen ist im Stall.« Morg sieht zu dem Kissen auf Tariks Schreibtisch; Tarik hat es aus Seporas Zimmer geholt. »Und das Blut …«

Das Blut macht Tarik am meisten Sorgen. Und die ermordeten Wächter an ihrer Tür. Wenn die ausgebildeten Wachen sich nicht selbst verteidigen konnten, wie sollte Sepora dazu in der Lage sein? Gegen einen erfahrenen Mörder hätte sie keine Chance – erst recht nicht gegen einen Mörder, der zwei Majai auf einen Schlag ausschalten konnte, ohne Aufsehen zu erregen.

Eron schlägt mit der Faust auf die Armlehne. »Und wie konnte etwas Derartiges geschehen? Habt ihr hier kein Gefühl für Sicherheit? Und Ihr wisst natürlich, wer sie entführt hat.«

Das verblüfft Tarik. Morg reißt den Kopf ebenfalls zu König Eron herum. »Wir arbeiten daran, das herauszufinden, Hoheit«, erklärt Morg Eron.

Eron schnaubt. »Sind denn alle in diesem Raum dumm? Natürlich haben die Hemutianer sie entführt.« Er funkelt Tarik an. »Euer Bruder hat Hemut in jeder erdenklichen Weise beleidigt. Wir haben angenommen, dass sie Krieg führen würden. Ich wage die Vermutung, dass dies stattdessen ihre Vergeltung ist.«

Die Wahrheit oder was Eron für die Wahrheit hält. Und Tarik glaubt es langsam auch, denn es ergibt Sinn. König Ankor ist zwar jähzornig, aber er ist ein schlauer Herrscher. Ein Krieg würde ihn viel kosten, während die Entführung

Seporas, der zukünftigen Königin von Theoria, Tarik auf einer sehr persönlichen Ebene beleidigen würde. Wenn Ankors Tochter keinen Ehemann hat, soll Tarik auch keine Ehefrau haben.

»Morg«, sagt Tarik und erhebt sich. »Ruft alle Majai im Königreich zusammen und bereitet sie darauf vor, bei Sonnenaufgang nach Hemut aufzubrechen. König Eron, ich nehme an, ich habe auch die volle Unterstützung Eurer Armee?«

»Jawohl«, erwidert Eron. »Und *ich* nehme an, wir haben vollen Zugang zu den Herstellungsmaterialien für Kratorium?«

Kratorium. Dem Wort haftet etwas Dunkles an. Es ist ein Risiko, Eron den Sprengstoff zu geben. Sepora würde es nicht gutheißen, und danach zu urteilen, wie Königin Hanlyn die Augen aufreißt, heißt sie es ebenfalls nicht gut. Aber Sepora ist verschwunden, verschleppt von einem Entführer, der sich nicht scheut, ihr körperlichen Schaden zuzufügen. Das ist für ihn unerträglich. Eron mit Kratorium zu versorgen ist ein Risiko, das er eingehen muss. »Ihr könnt Euer Kratorium haben«, sagt er scharf. »Sorgt nur dafür, dass es gegen die Hemutianer gerichtet wird, König Eron.«

Eron runzelt finster die Stirn. »Ich weiß nicht, was Ihr meint.«

»Oh doch, das wisst Ihr ganz genau«, kontert Tarik.

Tarik merkt erst, dass Rashidi sich ebenfalls erhoben hat, als sein Ratgeber ihm die Hand auf die Schulter legt. »Hoheit, darf ich Euch kurz sprechen?«

»Falls Ihr vorschlagen wollt, dass wir angesichts dieses Verbrechens keinen Krieg gegen Hemut führen sollen, dann nein.«

Rashidi seufzt und lässt erkennen, dass er im Begriff war, genau das vorzuschlagen. »Denkt an Prinzessin Seporas Sicherheit«, mahnt er leise. Tarik hasst es, wenn Rashidi leise spricht. Sein Vater, König Knosi, pflegte zu sagen, dass Rashidi dann immer am vernünftigsten sei; dass er brillant sei, wenn er leise spreche. Gegen seinen Willen räumt Tarik ein, dass er gut beraten wäre, sich anzuhören, was sein Ratgeber jetzt zu sagen hat, selbst wenn es nicht das ist, was er hören will.

»Ja?«, knurrt Tarik und kneift sich in den Nasenrücken.

»Bitte bedenkt, Hoheit, dass Ihr nicht wisst, wo die Prinzessin gefangen gehalten wird. Wenn Ihr einen schonungslosen Krieg gegen Hemut beginnt, könntet Ihr sie bei unseren Angriffen verletzen. Es ist unwahrscheinlich, dass sie viel zu ihrem Schutz unternehmen, wenn die Entführung als Beleidigung gedacht ist. Tatsächlich würde es sie zutiefst befriedigen, wenn Eure eigene Armee sie töten würde.«

Sie töten. Galle steigt ihm in der Kehle auf und er schluckt sie wieder hinunter. Bei der Vorstellung, dass Sepora sterben könnte, wird ihm schwindlig. Es ist eine Sache, ihre Verlobung zu lösen, aber der Gedanke, sie durch den Tod für immer zu verlieren, ist etwas völlig anderes. Langsam lässt er sich wieder auf den Stuhl sinken, außerstande, irgendjemandem in die Augen zu schauen aus Angst, dass sie seine

Bestürzung sehen könnten. König Eron würde es als Schwäche betrachten, in einem Moment, in dem er seinen Verstand am dringendsten braucht, so außer Fassung zu geraten.

»Und außerdem«, fährt Rashidi fort, »haben wir keinen Beweis dafür, dass die Hemutianer sie entführt haben. Alles, was wir haben, sind dieses Kissen, zwei tote Wachen und Fußabdrücke im Sand. Unser Feind hat sich noch nicht zu erkennen gegeben.«

»Wir haben bereits einen Feind in Hemut«, wirft Eron zornig ein. »Das hat Lady Gita unmissverständlich klargemacht, bevor sie gegangen ist.«

Rashidi nickt demütig. »Ja, das ist ein gutes Argument, König Eron. Aber wenn wir die Angelegenheit genauer untersuchen, werden wir vielleicht feststellen, dass hinter der Entführung mehr als nur ein mögliches Motiv steckt. Ist es zum Beispiel nicht merkwürdig, dass ein hemutianischer Krieger genau weiß, wo sich das Schlafgemach von Prinzessin Sepora befindet? Ich finde auch seltsam, dass er unbemerkt durch den Palast gelangen konnte. Die Hemutianer sind nicht gerade klein.«

Morg nickt nachdenklich. »Ich habe mit meinen Offizieren und ihren Männern gesprochen. Keiner von ihnen hat letzte Nacht etwas Ungewöhnliches bemerkt.«

Warum muss Rashidi ausgerechnet jetzt so vernünftig sein? Noch vor wenigen Augenblicken hat Tarik mit bloßen Händen alles kurz und klein schlagen wollen, hat Hemut den Krieg erklären und König Ankors Kopf gut sichtbar auf der Palastmauer aufgespießt zur Schau stellen wollen.

Eine extreme Reaktion, das weiß er selbst. Und jetzt zwang Rashidi ihn praktisch, sich zu beruhigen. Verflucht.

Tarik sieht Morg an. »Lasst Meisterin Saen aus dem Lyzeum holen. Setzt sie über den Vorfall in Kenntnis. Befragt in ihrem Beisein noch einmal jeden Mann Eurer Wache und nehmt jeden fest, dem sie misstraut, damit ich ihn persönlich vernehmen kann.«

»Natürlich, Hoheit.«

»Das ist alles?«, ereifert Eron sich. »Ihr wollt Zeit damit verschwenden, Euren Haushalt zu befragen, während meine Tochter sich in diesem Moment immer weiter von uns entfernen könnte?«

»Es ist keine Zeitverschwendung, weitere Ermittlungen anzustellen, bevor man einem mächtigen Königreich ohne den geringsten Beweis den Krieg erklärt«, entgegnet Tarik. »Rashidi mahnt uns zu Recht zur Vorsicht, und da ich in größter Sorge um Seporas Sicherheit bin, würde ich nicht einmal daran denken, anzugreifen, bevor wir nicht genau wissen, wo sie sich befindet.«

»Das ist ungeheuerlich!«, faucht Eron. »Aber was könnte ich von einem Kindkönig auch anderes erwarten?«

»Eron!«, ruft Königin Hanlyn aus. »Bitte, verzeiht ihm, Hoheit«, fleht sie Tarik an. »Er ist nur so aufgebracht, nach allem, was passiert ist.«

Sie weiß sehr gut, dass das eine Lüge ist. König Eron hat ihn mit Absicht provoziert.

Tarik erhebt sich mit wohlberechneter Langsamkeit. »Ihr seid Gast in meinem Königreich, König Eron. Ich gehe davon aus, dass Ihr Euch in dieser Angelegenheit meinen Wünschen beugen werdet, indem Ihr keinen Krieg anzettelt, den zu führen derzeit äußerst unklug wäre. In der Zwischenzeit muss ich mit meinem Bruder sprechen.« Ohne Umschweife strebt Tarik zur Tür. »Ihr mögt Euch jetzt alle entfernen.«

»Sethos?«, ruft Rashidi ihm nach. »Aber warum?«

Tarik dreht sich kurz um. »Sethos schuldet mir einen großen Gefallen«, erklärt er. »Und ich werde ihn einfordern.«

17

SEPORA

Der widerwärtige Geruch von Fisch weckt mich auf. Sonnenlicht dringt hier und da durch das weiße Tuch auf meinem Gesicht, dazu der Gestank des Fischhaufens neben mir. Mein Kiefer schmerzt unaufhörlich und meine Zähne fühlen sich locker an, aber jetzt einen Laut von sich zu geben, wäre vielleicht nicht die klügste Entscheidung, da ich neben mir sechs hohe Schatten ausmachen kann, die in der drückenden Sonnenhitze stehen. Außerdem könnte ich gar nicht fliehen, selbst wenn ich es wollte; ich bin an den Füßen gefesselt und man hat mir die Hände hinter dem Rücken zusammengebunden. Und so besteht meine einzige Möglichkeit, mehr über meine Lage zu erfahren, darin, so genau wie möglich zuzuhören.

Das einzige Geräusch, das ich höre, ist ein ständig wiederkehrendes Plätschern, gefolgt von einem Rauschen. Das muss bedeuten, dass wir auf dem Nefari sind, wahrscheinlich in einem Ruderboot. Die Männer, die mich entführt haben, sind nicht von der gesprächigen Sorte; niemand sagt ein Wort. Ich habe kein Gefühl dafür, wie viel Zeit verstrichen ist; da sie alle schweigen, befinden wir uns vielleicht immer noch innerhalb der Grenzen Anyars. Vielleicht könnte ich schreien und jemandes Aufmerksamkeit erregen. Inzwischen wird Tarik nach mir suchen. Mutter wird nach mir suchen.

Aber ich bekämpfe den Drang, einen Laut von mir zu geben; ich bin steif von der unbequemen Lage und sehne mich danach, mich zu strecken. Ich habe auch kaum noch Energie, was bedeutet, dass seit meinem letzten Schmieden zu viel Zeit vergangen ist. Bald wird es mir aus den Handflächen sickern. Es ist viel Zeit vergangen.

Wenn wir seit dem frühen Morgen den Nefari entlanggefahren sind, dann sind wir nicht mehr in Anyar. Ich habe keine Ahnung, ob wir nach Norden oder Süden unterwegs sind, und ich habe keine Ahnung, warum man mich entführt hat. Noch während ich darüber nachdenke, sehe ich alles wie durch einen Nebel, und mein Kopf ist noch benebelter.

Kurz bevor ich das Bewusstsein verliere, spricht einer der Männer. »Packt noch mehr Fisch auf sie, damit man sie nicht sieht. Vor uns ist ein Boot«, knurrt er barsch.

Nur dass er nicht Theorianisch spricht.

Ich bin von Pelusia entführt worden.

18

TARIK

Tarik findet es ironisch, dass Sethos' »Gefängniszelle« nichts weiter ist als Seporas altes Schlafgemach, als sie nur eine Palastdienerin war. Doch die große Holztür wird jetzt immer verschlossen gehalten und von nicht weniger als vier Majai bewacht. Im Innern des Raumes versperrt eine große Wand aus dicken, nagelähnlichen Dornen und Disteln aus dem unbewohnten Tal den Zugang zum Balkon, denn Sethos ist dafür bekannt, die Palastmauern mit der Gewandtheit einer Eidechse zu überwinden.

Es gibt natürlich ein echtes Gefängnis außerhalb der Stadt Anyar, wo theorianische Verbrecher ihre Strafe absitzen oder auf den Tag warten, an dem sie von der Halbbrücke gestoßen werden. Alle bis auf Rashidi denken, dass Sethos hier einsitzt, aber ein echtes Gefängnis würde nur Sethos' Ego füttern. Er würde als Held zu seinen Majai-Brüdern zurückkehren, der unter Theorias übelsten Gestalten überlebt hat, und er würde Bewunderung ernten statt Schande für sein Verbrechen.

Nein, es ist besser und kränkender, Sethos in den wohlbehüteten Palastmauern gefangen zu halten, wo er die Demütigung einer nachsichtigen Strafe erleidet, denn er hasst den Palast, und vor allem wird er sich schämen, seine abgesessene Zeit als »Einkerkerung« zu bezeichnen, wenn er im Lyzeum unter schlechteren Bedingungen schläft – auf einer einfachen Pritsche in einem Raum mit Dutzenden anderen und drei faden Mahlzeiten am Tag. Wenn er das Schlafgemach im Palast seinen Majai-Brüdern gegenüber erwähnen würde, würden sie ihn gnadenlos damit aufziehen. Tarik nimmt sich deshalb vor, die Freunde seines Bruders im Lyzeum genau darüber in Kenntnis zu setzen, wie luxuriös seine »Zelle« wirklich ist.

Tarik nähert sich den vier Wachen an der Tür. »Schließt die Zelle des Gefangenen auf«, verlangt er, und einer der Majai besitzt tatsächlich die Kühnheit, über den Befehl zu lächeln. »Ja, Hoheit«. Er nimmt den Schlüssel ab, der an einer Halskette hängt, und dreht ihn im Schloss. »Die ›Zelle‹ ist jetzt aufgeschlossen, Hoheit.«

Tarik grinst, als er das Schlafgemach betritt. Das wird Sethos ewig nachhängen. Tarik braucht das Gerücht nicht einmal selbst in die Welt zu setzen. Er ist sich ziemlich sicher, dass es bei Schichtende dieser Wachen allgemein die Runde gemacht haben wird, was für eine schreckliche Strafe dem Prinzen auferlegt wurde.

Als Tarik eintritt, ist der Raum dunkel und unnötigerweise von Gestank erfüllt. Er muss um Exkrementhaufen herumgehen, und der Geruch von Ammoniak überwältigt ihn fast. Es scheint, dass sein Bruder es vorzieht, im Schmutz zu leben, statt die völlig intakte Toilette in der hinteren rechten Ecke des Raumes zu benutzen. Tarik weiß, dass es das Ergebnis eines kindlichen Wutanfalls ist und seine extreme Sturheit beweist. Ihr Vater wäre zweifellos stolz auf ihn gewesen.

Tarik hingegen findet es nicht witzig.

Sethos sitzt auf einem Stuhl neben dem Himmelbett, die Knie an die Brust gezogen. »Hoheit«, begrüßt Sethos ihn in einem spöttischen Ton, »welchem Umstand verdanke ich das Vergnügen? Bist du persönlich gekommen, um mir das Abendessen zu servieren? Wie aufmerksam von dir.«

Tarik lehnt sich an einen Pfosten des Baldachins und verschränkt die Arme vor der Brust. »Mir ist jetzt nicht nach Scherzen, Bruder. Sepora ist von einem unbekannten Feind entführt worden.«

Sofort springt Sethos auf. Er trägt kein Hemd und auf seinem Oberkörper sind mehrere tiefe Kratzer und Schnittwunden zu sehen. Er hat also doch versucht, sich durch die Dornensperre zu zwängen, und dabei ordentlich was abbekommen. Gut so.

»Entführt?« Sethos stößt einen leisen Fluch aus. »Wann?«

»Gestern Nacht.«

»Gestern *Nacht?* Und du kommst erst jetzt zu mir?«

Tarik erkennt, dass dies ein schwerer Schlag für den Stolz seines Bruders ist. Sepora bedeutet Sethos viel, er war einst mit ihrer Sicherheit betraut gewesen – vor seinem Ausbruch vor Lady Gita. »Im Allgemeinen berate ich mich nicht mit Gefangenen, die Hochverrat gegen Theoria begangen haben.«

Sethos verdreht die Augen. »Du bist nicht hergekommen, um über Politik zu sprechen, Tarik. Erzähl mir, was passiert ist.«

Sethos hat natürlich recht. Jetzt ist nicht der richtige Zeitpunkt, um erneut über seine Vergehen zu sprechen, nicht, solange Sepora verschwunden und in Gefahr ist.

Tarik setzt sich aufs Bett – nachdem er sich vergewissert hat, dass Sethos es nicht aus reiner Gehässigkeit auch noch besudelt hat – und seufzt. Er berichtet seinem Bruder, was er über die Entführung weiß, von dem Blut auf dem Kissen, den ermordeten Majai und der Fußspur, die zur Palastmauer führt und dann auf der anderen Seite verschwindet. Sethos braucht nicht lange nachzudenken, bevor er sagt: »Ankor.«

»Das dachten wir zuerst auch. Aber wir haben keine Beweise, und …«

»Eine Kriegserklärung könnte Sepora gefährden.«

Tarik ist überrascht und beeindruckt, wie scharfsichtig sein Bruder ist. Sethos war schon immer klug gewesen, aber er hat dieses Talent nicht genutzt – außer bei seinem Majai-Training.

»Ja.«

»Wann breche ich auf?« Inzwischen geht er im Raum auf und ab und fährt sich mit der Hand durchs ohnehin zerzauste Haar. In seiner Stimme liegt kein Hohn. Seine Augen sind scharf, seine Haltung angespannt.

»Ich will, dass du mit einer kleinen Gruppe handverlesener Männer nach Hemut gehst, um Sepora aufzuspüren, falls sie dort ist. Verhaltet euch still und leise. Rein, raus, ohne dass man euch bemerkt. Bring sie mir sicher zurück, Bruder, damit ich König Ankor offiziell den Krieg erklären kann. Geh heute Nacht zu der Näherin und lass sie für deine Männer etwas Warmes anfertigen.« Tarik erwähnt lieber nicht, dass er die Verlobung mit Sepora gelöst hat, weil er fürchtet, dass sich Sethos sofort auf ihn stürzen würde. Außerdem ist es das Beste, alle in dem Glauben zu lassen, dass sie noch verlobt sind – er hat es schließlich Sepora überlassen, die Nachricht bekanntzugeben.

»Wir brauchen nur unsere Waffen.«

»Ihr werdet erfrieren, Sethos. Der Schnee ist tiefer, als ein Mann groß ist.«

»Die Hemutianer denken, es sei ein Geheimnis, dass sie in den Wäldern an ihrer Südgrenze Bogenschützen postiert haben. Ich werde mir von ihnen etwas Warmes leihen, bevor es auf der anderen Seite zu kalt wird.«

Tarik rümpft die Nase. »Ein Angriff auf ihre Bogenschützen ist nicht gerade still und leise.«

»Tote sind immer still.«

»Wenn du Sepora nicht findest, Sethos, können wir Hemut nicht den Krieg erklären.«

»Wenn ich Sepora nicht finde, Bruder, dann, weil sie nicht da ist.«

Die Wahrheit. Sethos wird nicht ohne Sepora zurückkehren. Er wird jeden Teil von Hemut durchkämmen, bis sie gefunden ist. Es wird keine Nische und keinen Winkel geben, den er nicht durchsuchen wird. Und wenn er sie findet und sie wieder sicher in Tariks Armen liegt, wird er dafür sorgen, dass den anderen Königreichen von Hemut nichts als die Erinnerung bleibt.

19

SEPORA

Meine Augen wollen sich nicht ganz öffnen, sondern flattern nur gelegentlich und gewähren mir kurze Blicke auf den Raum, in dem ich mich befinde. Die Decke besteht komplett aus Holz, dessen Maserung ich nicht kenne. Ich liege auf einem Bett, das nicht unbequem ist, aber ärgerlicherweise ist die Matratze ganz durchgeweicht von warmem Wasser. An der Wand ist ein Kamin, dessen Wärme ich nicht spüre. Mein Kinn tut weh, und ich weiß aus meiner Erfahrung mit Chut und Rolan in der Wüste, dass meine Lippen nicht nur trocken sind, sondern dass die untere aufgeplatzt ist. Und trotz der Energie, die ich habe, kann ich mich nicht bewegen; ich bin mit Händen und Füßen ans Bett gefesselt und liege mit gespreizten Gliedern auf dem Rücken.

Aber, Heilige von Serubel, warum kann ich die Augen nicht öffnen?

Doch statt darüber nachzugrübeln, konzentriere ich mich auf meine anderen Sinne. Irgendjemand oder irgendetwas schlurft durch den Raum. Nach einigen Augenblicken wird mir klar, dass es sich um eine Frau handelt, und sie summt ein Lied, das ich noch nie gehört habe. Sie klappert mit etwas aus Metall und macht dabei einen schrecklichen Lärm, der durch den Raum hallt, er muss fast leer sein, denn nichts scheint das Geräusch zu schlucken. »Wer bist du?«, frage ich, doch meine Stimme ist zu zittrig, um irgendetwas anderes als kläglich zu sein.

»Ah, Ihr seid wach«, antwortet sie freundlich. Sie spricht Serubelanisch mit mir, aber ihr Akzent verrät mir, dass sie nicht von dort stammt, und im Moment komme ich nicht drauf, wo ich diesen Akzent schon einmal gehört habe. »Ich bin gekommen, um Euch zu behandeln«, fügt sie hinzu. »Und natürlich, um Euch zu waschen, bevor es einzieht.«

»Einzieht? Mich waschen? Was ist los mit mir?«

»Nun, Ihr habt ins Bett gemacht, Prinzessin.«

»Ich habe ins Bett gemacht?«

»Allerdings, Prinzessin. Mit Spektorium. Es ist aus Euren Händen gesickert und hat die Bettwäsche ruiniert.«

Spektorium. Ich habe so lange in diesem Bett gelegen, dass mein Körper von selbst Spektorium abgesondert hat. Das bedeutet, dass es mindestens drei Tage waren. »Wo bin ich?«

Ja, wo bin ich, dass jemand weiß, was geschieht, wenn ich das Schmieden hinauszögere – und wichtiger noch, dass ich überhaupt eine Schmiedin bin? Warum behandelt diese Frau mich, als kenne sie mich persönlich? Ja, ich bin im Moment verletzlich, aber ich fühle mich auch unsanft behandelt.

Ich mag es nicht, so behandelt zu werden.

»Alles zu seiner Zeit, Prinzessin«, entgegnet sie. Ich höre sie weiter herumhantieren, und dann das Geräusch von Flüssigkeit, die in einen Topf gegossen wird. »Ich habe hier Schwamm und Seife und kochendes Wasser. Wenn es abgekühlt ist, werde ich Euch gründlich schrubben. Danach werdet Ihr Euch viel besser fühlen.«

»Wer immer du bist, du musst mich sofort freilassen. Ich bin eine Prinzessin Serubels und die zukünftige Königin von Theoria. Wenn du mich jetzt zurückbringst, wird der Falkenkönig vielleicht Milde walten lassen.« Natürlich bin ich nicht mehr die zukünftige Königin von Theoria, aber wenn Tarik Wort gehalten hat, weiß das noch niemand. Und wenn ich ehrlich bin, kann ich mir nicht sicher sein, dass er mich unter den gegebenen Umständen suchen wird. Trotzdem bin ich stolz darauf, dass ich gebieterischer klinge, als ich mich fühle, wo ich doch ans Bett gefesselt bin und mich mit Spektorium besudelt habe – das ist mir nicht mehr passiert, seit ich klein war. Ich frage mich, wie ich aussehe, so wie ich hier in einer schimmernden Lache liege und in diesem Zustand Befehle erteile.

Die Frau kichert auf eine Weise, die die Vermutung nahelegt, dass sie genau weiß, wer ich bin und wie die Strafe dafür aussehen wird, dass sie mich hier festhält, aber sie ist deswegen nicht im Mindesten beunruhigt – und auch nicht beeindruckt von der Macht, von der ich gehofft hatte, dass sie aus meiner Stimme klingt. »Ihr müsst Euch beruhigen, Kind«, sagt sie besänftigend. »Hier wird Euch nichts Böses widerfahren.«

»Warum bin ich dann gefesselt?« Nicht dass die Fesseln schmerzen würden, aber sie verleihen einem das Gefühl, dem Bösen besonders schutzlos ausgeliefert zu sein. Und sie verleihen einem das Gefühl, ein Gefangener zu sein.

»Die Fesseln dienen unserer Sicherheit, nicht Eurer, Prinzessin.« Sie werkelt jetzt näher an mir herum und ist fast am Bett. Durch ihre Bewegungen dringt der Duft von Rosen an meine Nase. Rosen und Essen. Sie kocht, und es riecht köstlich. Mein Magen knurrt vor Appetit, und die Frau kichert wieder. »Ich mache Lammeintopf. Es ist ein besonderes Rezept, das in meiner Familie von Generation zu Generation weitergegeben wurde. Es wird Euch bestimmt schmecken.«

Obwohl der Gedanke an Essen herrlich klingt, gehe ich nicht auf die Versuche der Frau ein, freundlich zu sein. »Ihr schützt euch vor mir? Warum um alles in der Welt tut ihr das?«

Sie ist jetzt ganz nah. Ich höre, wie sie etwas abstellt, vielleicht auf einen Tisch neben dem Bett. »Soweit wir wissen, seid Ihr in den Genuss eines Trainings mit den Majai gekommen, und Eure Fähigkeit, Waffen aus dem Nichts zu schmieden, ist wohlbekannt. Abgesehen davon neigt Ihr dazu, um Euch zu schlagen, wenn Ihr eine Behandlung empfangt.«

Meine Fähigkeit, Waffen zu schmieden, ist keineswegs wohlbekannt. Nur die Menschen, die mir am nächsten stehen, wissen davon, und ich erkenne die Stimme dieser Frau nicht mehr als die irgendeiner Fremden auf dem Basar. Ich fühle mich nackt und verletzlich, als seien all meine Geheimnisse entlarvt worden. Ebenso gut könnte ich hier unbekleidet liegen. Ich muss tatsächlich irgendwann nackt gewesen sein; die Kleidung, die ich jetzt trage, bedeckt meine Arme und Beine und hat an Knöcheln und Handgelenken einen Kordelzug. Das ist nicht das Nachtzeug, das ich vor wer weiß wie vielen Tagen im Bett getragen habe. Irgendjemand hat mich umgezogen, während ich bewusstlos war.

»Warum kann ich die Augen nicht öffnen?« Und hat sie gerade Behandlung gesagt? Bin ich tödlich verletzt? Ich prüfe meinen Kiefer und stelle fest, dass er gut verheilt ist, seit ich im Boot auf dem Nefari wieder zu Bewusstsein gekommen bin. Ach ja, das Boot. Die Pelusianer haben mich entführt. Daher stammt der leichte Akzent dieser Frau. Falls ich mich so gewehrt haben sollte, dass ich dabei verletzt wurde, kann ich mich nicht daran erinnern. Ich habe keinen Verband im Gesicht, noch sonst irgendwo. Trotzdem kann ich die Augen nicht öffnen. Doch irgendwie kommt mir das nicht mehr so wichtig vor.

Die Frau schnalzt beruhigend mit der Zunge. »Das wär's. Bald werdet Ihr schön entspannt sein.«

»Warum? Ich will mich nicht entspannen.« Mir ist bewusst, dass mein Einspruch abrupt und sogar kindisch ist, aber ich bin zu verwirrt, um mehr Widerstand zu leisten.

»Dafür sorgt das beruhigende Serum, das wir Euch verabreicht haben. Ihr werdet während der Behandlungen tief und fest schlafen.«

Beruhigendes Serum. Ich bin entführt, umgezogen und betäubt worden. Irgendwie klingt das vertraut. »Ich brauche keine Behandlung. Es geht mir gut.« Wenn Widerspruch die einzige Möglichkeit ist, aufsässig zu sein, dann bitte. Schon aus Prinzip sollte ich aufsässig sein. Mit oder ohne Beruhigungsserum.

Ich kann sie beinahe lächeln hören, als sie antwortet: »Das ist doch dumm. Jeder möchte sich entspannen.« Sie ist jetzt noch näher; ich spüre, dass sie sich über mich beugt. Sie zieht an dem Lederriemen an meiner linken Hand und an den anderen Riemen, um zu prüfen, ob sie halten. »Jetzt nicht bewegen, Prinzessin. Ich werde eine Nadel in Euren rechten Arm einführen.« Dann tippt sie mit der Fingerspitze auf meine Armbeuge. »Diese Ader hier scheint mir die beste zu sein. Ich fürchte, Ihr werdet ein kleines Zwicken spüren. Ach, ich wünschte, Ihr würdet noch schlafen, denn dann würdet Ihr den Schmerz der Heilung nicht spüren.«

Schmerz. So wie sie es sagt, wünsche ich mir auch, ich würde noch schlafen. »Heilung? Welche Heilung? Bin ich krank geworden? Bin ich verletzt?« Heilige von Serubel, warum beantwortet sie meine Fragen nicht? Da war der große Mann, der sich in Theoria über mein Bett gebeugt und mir einen Faustschlag auf den Mund verpasst hat. An weitere Misshandlungen während meiner wachen Phasen kann ich mich nicht erinnern. »Wenn ich verletzt bin, habe ich ein Recht darauf, es zu erfahren!« Mir ist klar, dass diese Frau sich nicht für meine Rechte interessiert, aber vielleicht kann ich an ihre Helfernatur appellieren …

»Nein!« Sie streicht mir sanft eine Haarsträhne aus dem Gesicht und schiebt sie mir hinters Ohr. »Ihr seid bei bester Gesundheit, Kind. Eure Lippe wird im Handumdrehen verheilt sein, Ihr werdet schon sehen.«

»Was ist das dann für eine Heilung, von der du gesprochen hast?« Ich habe noch nie gehört, dass man jemanden heilt, der nicht krank ist, und nun beginne ich daran zu zweifeln, dass ich überhaupt wach bin. Das Ganze muss ein besonders lebhafter Traum sein, darum gehen auch meine Augen nicht auf. Ich bin einfach noch nicht bereit aufzuwachen.

Ich bin bereit zu glauben, dass es ein Traum ist, bis ich ihre Hand auf meinem Arm spüre und die Nadel, als sie in meine Ader dringt und mich erschreckt. Danach spüre ich, wie eine Flüssigkeit in meinen Blutstrom sickert. Und das Brennen. Es zieht sich heiß durch mich hindurch, und ich stelle mir die glänzende, geschmolzene Flüssigkeit vor, aus der der Silberschmied in Serubel Schwerter formt, und schreie auf, als das Brennen immer stärker wird und sich in meinem ganzen Körper ausbreitet. »Ich brauche keine

Heilung«, erkläre ich ihr, während mein Magen sich vor Schmerz verkrampft, »wenn ich nicht krank bin!«

»Das ist nicht die Heilung eines Gebrechens, Kind«, erwidert sie milde. »Es ist die Heilung des Schmiedens.«

Das ist der Moment, in dem ich mich übergebe und das ganze Bett vollspucke.

TEIL 2

20

TARIK

Tarik schiebt das Essen auf dem Teller hin und her, unfähig, einen Bissen zum Mund zu führen. Seit Seporas Verschwinden sind zehn Tage vergangen und er ist mit den Nerven restlos am Ende. Er dachte, dass das Einnehmen der Mahlzeiten abends in seinen Gemächern vielleicht das Problem lösen würde, dass er in letzter Zeit nichts runterbringt, da ihm die Gegenwart von König Eron auf den Magen schlägt und Königin Hanlyn so still geworden ist, dass sie weder für Tarik noch für ihren erzürnten Gemahl ein Trost ist. Doch es ist weder die Qualität der Speisen noch die anstrengende Aufgabe, Seporas Eltern zu unterhalten, die ihn vom Essen abhält.

Es ist die Tatsache, dass Sepora in Gefahr, vielleicht sogar verletzt ist, und dass er nichts dagegen unternehmen kann, bis Sethos mit einem Bericht aus Hemut zurückkehrt. Was Sethos' Abwesenheit betrifft, hat er gemischte Gefühle. Einerseits bedeutet der lange Aufenthalt seines Bruders in Hemut, dass er wirklich jeden Teil des Königreichs nach Sepora absucht. Andererseits, beim Stolz der Pyramiden, weshalb braucht sein Bruder so lange? Er ist doch sonst so schnell und schlau. Sollte er nicht längst mit einem Bericht zurück sein? Das wäre der schlimmste Fall; der bestmögliche Ausgang wäre, dass er zusammen mit Sepora heimkehrt. Lässt er sich bewusst Zeit, um Tarik dafür zu bestrafen, dass er ihn eingesperrt hat?

Wenn sein Bruder sich Zeit mit der Rückkehr lässt, dann hoffentlich deshalb, weil Sepora sicher in seiner Obhut ist, und nicht, weil er von Hemut gefangen genommen worden ist.

21

SEPORA

Bayla öffnet die Tür zu meinem Zimmer und schlüpft mit einem Tablett voller Speisen herein, die wunderbar duften. Sie tritt ohne Eile an den kleinen Tisch mit zwei Stühlen auf der anderen Seite des Raumes und stellt das Tablett so behutsam ab, als stünden darauf feine Porzellanteller statt einfache Schalen und Löffel aus Holz. Sie vertrauen mir nichts anderes als Löffel und Holzgegenstände an.

Und das sollten sie auch nicht.

Wenn ich etwas Spitzes in die Finger bekäme, würde ich mir damit meine Freilassung erkämpfen – zumindest möchte ich das denken. Sie haben das am ersten Tag gemerkt, als drei Männer mich vom Bett losgebunden haben und ich schneller eine Klinge geschmiedet habe, als sie den Mund zuklappen konnten. Es muss schockierend gewesen sein, dass ein Mädchen, das zu dem Zeitpunkt angeblich vom Schmieden geheilt war, ein Spektoriumschwert gegen sie gerichtet hat.

Idioten.

Da habe ich auch festgestellt, dass ich mich in einer Burg befinde. Als ich den Flur entlanggerannt bin wie eine theorianische Wildkatze, habe ich mich umgeschaut, so gut es ging. Ich bin an Fenstern vorbeigelaufen, die auf ein großes Meer hinausgingen. Ich bin um Ecken aus Salzstein gebogen. Ich habe Diener umgerannt, die schlichte Kleidung trugen, deren Kragen jedoch mit Wappen bestickt war.

Das Königswappen des Königreichs Pelusia.

Bayla hat es bestätigt, nachdem man mich wieder gefasst und in diesen erbärmlichen, fensterlosen Raum zurückgeschleppt hatte.

Bayla. Ich begreife die Frau nicht. Sie ist durchaus freundlich, wenn sie mich nicht gerade gegen das Schmieden »behandelt«. Selbst jetzt, während sie den Raum fegt, plaudert sie über ihren Enkelsohn, darüber, wie sehr ich das Wetter draußen genießen würde, wenn ich mich nur so lange benehmen würde, dass man mich in den Garten begleiten kann, und wie köstlich ich die Suppe finden werde, die sie aus König Graylins berühmter Küche gebracht hat.

Ich schaue mich im Raum um, und meine Stimmung wird noch schlechter, als Bayla den Kaminsims abstaubt. Der Kamin ist die einzige Lichtquelle im Raum, und sie lassen ihn Tag und Nacht brennen, denn der Nordwind vom

Meer scheint durch die Ritzen des Salzsteins zu dringen. Der Raum ist sauber und einfach, aber er ist nicht für geschätzte Gäste bestimmt, obwohl Bayla immer wieder beteuert, ich sei für König Graylin genau das.

Bis sie mich heute Morgen losgebunden haben, habe ich erklärt, dass ein »Gast« Anstoß daran nehmen würde, an ein Bett gefesselt zu sein – an ein unbequemes noch dazu. Und so sitze ich auf dem schrecklichen Bett, ohne meine Fesseln, aber nichtsdestoweniger gut bewacht, denn drei schwer bewaffnete Wachen stehen direkt hinter der Tür. Wenn Bayla auch nur die Stimme hebt, wird man mich mit Schwertern und Dolchen überwältigen und was die Pelusianer sonst noch als Waffe benutzen.

Gast, dass ich nicht lache.

Als ich König Graylin das letzte Mal gesehen habe, war ich ein Mädchen von zwölf Jahren und er ein echter Gast an unserem königlichen Tisch, der zu einem seltenen Besuch aus Pelusia zu uns gekommen war. Aldon hat mir erzählt, Graylin sei ein fremder Prinz gewesen, der die pelusianische Königin geheiratet hat, um ein Bündnis zwischen Pelusia und Brezland zu sichern, einem Königreich weit nördlich von den fünf Reichen, und als die Königin starb, war er so bekümmert, dass er sich keine andere Gemahlin nahm – und nie wieder in seine Heimat zurückkehrte, sondern den Wunsch hatte, in Pelusia zu bleiben, um zu verhindern, dass das Königreich seiner geliebten Frau durch die Hand ihres nächsten Verwandten, eines habgierigen Cousins, zugrunde gerichtet wurde. Er hatte mit der Königin eine Tochter gezeugt, die damals so alt war wie ich, und er hat liebevoll von ihr gesprochen und mir erzählt, sie und ich wären gute Freundinnen geworden, wenn er sie mitgebracht hätte.

In jedem Fall war mir König Graylin während seines Besuches freundlich und sanft erschienen und kam mir als zwölfjährigem Mädchen im Grunde todlangweilig vor, aber nicht wie ein Mann, der eine Prinzessin entführt, bevor sie sich mit dem mächtigsten König der fünf Königreiche vermählt. Ihm muss klar sein, dass Vergeltung kommt. Sobald Tarik herausfindet, wo ich bin.

Falls Tarik herausfindet, wo ich bin.

Falls es Tarik beliebt, herauszufinden, wo ich bin.

Tarik. Ich frage mich, frage mich unentwegt, was er wohl denkt. Was er wohl vermutet, das passiert ist. Denkt er, ich sei davongelaufen? Was sonst könnte er denken? Was sonst soll er annehmen, außer dass ich mich zu sehr geschämt habe, um mit der Nachricht über unsere gelöste Verlobung meinen Eltern gegenüberzutreten, und dass ich diesmal endgültig geflohen bin. Ich schiebe diesen Gedanken beiseite und versuche über etwas anderes, weniger Selbstsüchtiges nachzugrübeln. Was ist mit den Wachen vor meiner Tür im theorianischen Palast? Was müssen meine Eltern denken? Machen sie sich Sorgen, oder nehmen auch sie an, ich sei weggelaufen?

Trotzdem kehren meine Gedanken immer wieder zu dem Falkenkönig zurück. Wird er Tulle nun doch heiraten? Ich bin mir fast sicher, dass Rashidi ihn inzwischen dazu überredet hat. Und wenn es so ist … wenn es so ist, was geht mich das an? Der Falkenkönig und Theoria gehen mich gar nichts mehr an. Das hat er in der Nacht meiner Entführung hinreichend klargemacht. Was wird dann also aus mir werden, falls ich aus Pelusia fliehe?

Werde ich nach Serubel zurückkehren, eine Prinzessin mit zerstörtem Ruf, die niemand heiraten will? Wenn ich vom Schmieden geheilt bin, werde ich dann überhaupt einen Platz in der serubelanischen Burg haben, oder wird Vater sich von mir lossagen? Und was ist mit Mutter? Verflucht, ich habe keine Zeit, eine Gefangene zu sein!

»Ihr habt mich zu einem überaus ungünstigen Zeitpunkt entführt«, bemerke ich zu Bayla, als ich aufstehe, damit sie das Bett machen und das Laken feststecken kann. »Und das alles umsonst. Deine Behandlung wirkt nicht.« Als ich es sage, erschaffe ich einen Ball aus Spektorium in der Hand und lasse ihn zwischen den Handflächen schweben und den Raum erhellen. Als er abkühlt, bringe ich ihn zum Kamin und lege ihn auf den Sims, um den hellen weißen Schein zu genießen.

Bayla ist nicht beeindruckt. Sie schüttelt den Kopf und klopft mein Kissen in Form. »Sie wird wirken. Habt Geduld.«

So beginnt jede unserer Streitigkeiten. »Ich will nicht, dass es wirkt. Man sollte doch meinen, es sei Beweis genug, dass ich mich dir jeden Abend widersetze.« Ich habe versucht, mit Bayla zu diskutieren. Ich habe versucht, ihr von der Stillen Seuche zu erzählen, von dem dringenden Bedarf an Spektorium, damit Tarik sein Königreich gegen Hemut schützen kann. Sie tut dann immer mitfühlend. Aber jeden Abend lässt sie mich ans Bett fesseln und spritzt mir eine brennende Flüssigkeit, während ich vor Schmerz schreie.

Und jeden Morgen wache ich auf und schmiede ein neues Figürchen aus frischem Spektorium für sie. Heute Morgen war es eine Skulptur von ihr selbst, bis hin zu der Schürze, die sie trägt. Sie hat das Figürchen nicht beachtet, während sie mein Zimmer gemacht hat. Noch nie in meinem ganzen verwünschten Leben war ich so wütend über Höflichkeit.

Es ist fast Zeit für die Behandlung. Ich setze mich an den Tisch und hebe die Suppenschale an die Lippen, ohne mir die Mühe zu machen, den Löffel zu benutzen. Bayla hat recht; die Suppe ist köstlich. Doch ich weiß, dass sie ein Beruhigungsmittel und einen Schmerzstiller enthält; das hat Bayla mir erzählt. Aber der Feigling in mir isst die Suppe trotzdem, denn an den Abenden, an denen ich es nicht tue, ist die Behandlung eine noch viel schlimmere Qual.

Doch heute Abend schnalzt Bayla angesichts meiner Tischmanieren nicht wie gewohnt mit der Zunge, als ich mein Wasser herunterkippe und mir mit den Zähnen Stücke vom Brot abreiße. Sie ist unheimlich still geworden, setzt sich auf mein Bett und beobachtet mich. Sie faltet die Hände auf dem Schoß und drückt die Schultern durch, als warte sie darauf, dass ich den ersten Schritt tue.

Ich habe keine Ahnung, was dieser erste Schritt sein soll.

Neugier gewinnt die Oberhand. Neugier und das überwältigende Gefühl, dass ich fliehen sollte. Bayla schweigt sonst nie. »Du bist heute Abend angenehm still«, bemerke ich mit einem Stück Brot im Mund. »Welchem Umstand verdanke ich die Ruhe?«

Sie verzieht das Gesicht und ich bedauere meine Beleidigung sofort. Bayla ist nicht mein Feind. König Graylin ist mein Feind. Sie ist nur meine Wächterin. Sie befolgt nur Befehle. Ich könnte freundlicher sein. Ich erinnere mich, wie beruhigend ihre Stimme ist, wenn sie versucht, mich während des Schmerzes zu trösten. Sie will mir nicht wehtun. Sie glaubt, dass sie mir hilft. Sie glaubt, dass sie eine gute Dienerin ist.

Doch es gefällt mir überhaupt nicht, dass ich freundschaftliche Gefühle für sie entwickle. Es kommt mir falsch vor, aber noch schlimmer ist es, sie schlecht zu behandeln. Was würde Mutter in dieser Situation tun?

Ich kann mir Mutter nicht in dieser Situation vorstellen.

»Es tut mir leid« murmele ich. »Das war unfreundlich.«

Sie schenkt mir ein betrübtes Lächeln und ich fühle mich wie ein Schwein. »Denkt Euch nichts dabei, Prinzessin Magar. Ich weiß, dass Ihr während Eures Aufenthalts bei uns ungeduldig geworden seid.«

Jetzt geht das wieder los. Sie redet, als sei ich ein Gast. Ist sie einfältig oder nur ungeheuer loyal? Wie dem auch sei – ich werfe frustriert die Hände in die Luft. »Man kann nicht mit dir reden.«

Sie seufzt. Dann klopft sie neben sich aufs Bett und wirft mir einen vielsagenden Blick zu. »Kommt her und setzt Euch, Prinzessin. König Graylin hat beschlossen, dass es an der Zeit ist, Euch mitzuteilen, warum Ihr hier seid.«

Ich sehe sie misstrauisch an. Ist das eine List, um mich aufs Bett zu bekommen, damit meine Behandlung anfangen kann? Werden die Wachen hereingestürmt kommen, sobald ich sitze, und mich überwältigen und an die Bettpfosten fesseln? Sie muss meine Gedanken gelesen haben, denn sie sagt: »Es wird heute Abend keine Behandlung geben, Prinzessin. Ihr habt mein Wort.«

Ihr Wort. Ich lasse mir das einen Moment durch den Kopf gehen. Sie hat mir keinen Anlass gegeben zu glauben, dass sie eine Lügnerin ist. Sie sagt mir, wenn es Zeit für eine Behandlung ist. Sie gibt mir selbst dann eine Vorwarnung, wenn sie weiß, dass die Wachen mich durch den Raum jagen müssen, dass ich kratze, trete und schreie und glühende Spektoriumbomben schmiede, um sie nach ihnen zu werfen. Sie wartet geduldig, während ich auf dem Bett um mich schlage, bis das Beruhigungsmittel zu wirken beginnt, wenn ich es genommen habe. Mit äußerster Sanftheit sagt sie mir, wenn gleich die Nadel in die Ader eindringt, und sie gurrt Worte des Trostes, wenn ich mich in Schmerzen winde. Ich brauche kein Lingot zu sein, um zu wissen, dass Bayla ehrlich meint, was sie sagt. Es ist nur so, dass sie noch nie angeboten hat, über den Grund zu sprechen, warum ich hier bin.

Langsam setze ich mich neben sie aufs Bett.

Sie ergreift meine Hand, zieht sie sich auf den Schoß und reibt sie sanft. Ich frage mich, ob sie das auch mit ihrem Enkel macht, wenn er kurz vor einem Wutanfall steht. Stehe ich kurz vor einem Wutanfall? Es hängt vermutlich von ihrer Erklärung ab, obwohl ich mir nicht vorstellen kann, dass es irgendeine Rechtfertigung gibt, mich zu entführen und mich vor den Menschen zu verstecken, die mich lieben.

Daher treffen mich ihre Worte völlig unvorbereitet. »Eure Mutter hat Eure Flucht aus Theoria arrangiert, Prinzessin Magar.«

»Meine *Mutter* hat das getan?« Jetzt bin ich mir doch nicht mehr sicher, ob ich Bayla trauen kann. Mutter würde einen Krieg zwischen ihrem geliebten Pelusia und Theoria in Kauf nehmen? Der Falkenkönig würde und könnte meine Entführung nicht ohne Vergeltung hinnehmen. Ich werde mich zwar nicht mehr mit ihm vermählen, aber das weiß Mutter nicht. Es wäre seine Pflicht, seinen Namen zu rächen. Nein, das würde Mutter niemals wagen. Bayla muss lügen.

Doch sie nickt heftig. »Sie wollte Euch vor Eurer unerwünschten Heirat retten und Euch vor Eurem Vater schützen. Und das Spektorium vor Eurem Vater schützen.«

Mein Vater. Das Spektorium. Eine unerwünschte Heirat. Ich schließe die Augen gegen die verblüffende Erkenntnis, dass das, was Bayla sagt, vollkommen einleuchtend ist. Denn sie weiß zu viel über die Absichten meiner Mutter, um sich das auszudenken. Mutter hat mich damals aus Serubel fortgeschickt, um zu verhindern, dass das Spektorium meinem Vater in die Hände fällt. Natürlich hat sie nicht geahnt, was ich für ein Durcheinander anrichten würde.

»Warum hat sie mir nichts von ihren Plänen erzählt?« Denn dieses Verhalten von Mutter ist neu. Sie sagt und rät mir immer, was ich als Nächstes tun soll. Mich ohne Vorwarnung zu entführen, entspricht nicht ihrer Art.

Bayla tätschelt mir wieder die Hand. »Sie wusste, dass Ihr entschlossen wart, Eurem Falkenkönig zu helfen, dass Ihr Euch damit abgefunden hattet, seine Königin zu werden. Sie wusste, dass Ihr nicht freiwillig mitkommen würdet. Sie wusste, dass Ihr am Ende für ihn schmieden würdet. Das konnte sie nicht zulassen. Nicht, solange Euer Vater in unmittelbarer Nähe war.«

Tränen brennen mir in den Augen. *Sie wusste, dass Ihr am Ende für ihn schmieden würdet.* War das nicht genau das, was ich Tarik versprochen habe, unmittelbar bevor er unsere Verlobung gelöst hat? Es tut weh, dass sie kein Vertrauen in mich hatte. Aber es schmerzt noch schlimmer, dass sie keinen Grund dazu hatte. Und Mutter hatte die Zügel die ganze Zeit über fest in der Hand. Sie muss Wochen gebraucht haben, um Vorkehrungen zu treffen, um König Graylin zu überreden, ihr Komplize zu sein. Und sie hat mich nicht in ihre Pläne eingeweiht. Sie hat mir die Wahrheit nicht anvertraut. Sie hat mir nicht zugetraut, die richtige Entscheidung zu treffen.

Selbst nachdem ich auf ihre Bitte hin aus meinem Heimatkönigreich geflohen bin und so viel geopfert habe.

Aber ist das hier die richtige Entscheidung? Sollte man die Entscheidungen nicht mir überlassen? Denn so, wie es jetzt aussieht, hat Mutter mich genauso wie eine Schachfigur behandelt wie die beiden Könige, als sie meine Hochzeit arrangiert haben.

Zorn durchfährt mich und brennt heißer als die Behandlung es jemals könnte. Bayla verkrampft sich. »Ihr dürft nicht wütend auf sie sein«, sagt sie sanft. »Sie hat nur an Euch gedacht.«

»Sie hätte es mir sagen können. Sie hätte mich in ihre Pläne einweihen können. Sie hätte sich mit mir beraten sollen, bevor sie zugelassen hat, dass man mich schlägt, aus meinem Bett entführt und in einer feuchten Einzelzelle gefangen hält.«

»Wenn Ihr Euch benehmen würdet, könntet Ihr in ein richtiges Gästezimmer umziehen.«

»Warum hat sie mich so brutal verschleppen lassen?«

»Es musste wie eine richtige Entführung aussehen. Es musste für den Falkenkönig echt aussehen. Und natürlich für Euren Vater.« *Eine richtige Entführung.* Nein, Tarik denkt nicht, dass ich mal wieder davongelaufen bin. Er denkt, ich sei entführt worden.

»Begreifst du nicht, was sie getan hat?«, frage ich und stehe auf. »Sie hat es so aussehen lassen, als hätte das Königreich Hemut mich entführt!« Was sonst soll Tarik annehmen? So, wie Lady Gita nach Sethos' Ausbruch aus dem Palast gestürmt ist, stinkt es förmlich nach einem Vergeltungsschlag der Eisnation.

Bayla schüttelt den Kopf. »Eure Mutter ist klug. Sie würde das nicht zulassen. Da bin ich mir sicher.«

Ich werfe ihr einen Seitenblick zu und sehe sie zum ersten Mal richtig an. Ihre Augen sind zu selbstbewusst für eine bloße Dienerin. »Du kennst meine Mutter?«

»Sehr gut sogar, Prinzessin Magar. Ich habe ihr aufgewartet, als sie noch ein Kind war.«

»Warum hilft König Graylin ihr?«

Sie zuckt die Achseln. »Sie sind enge Freunde. Und er will ebenso wenig Krieg zwischen allen fünf Königreichen wie sie. Eure Entführung war die einzige Möglichkeit.«

Ich reibe mir das Gesicht. »Weiß König Graylin, dass in Theoria eine Seuche wütet? Dass nur Spektorium sie heilen kann? Oder hat meine Mutter es versäumt, ihm das mitzuteilen?«

Bayla nickt ernst. »Er weiß es, Prinzessin. Und er hat auch eine andere Behandlung dafür gefunden.«

Behandlung. Ich habe dieses Wort so satt. »Auf die gleiche Art, wie du mich gegen das Schmieden behandelt hast? Ich hoffe sehr, du scherzt.« Ich werfe ihr die Worte wie Dolche an den Kopf. Sie nimmt es gelassen und erhebt sich, um auf und ab zu gehen. Sie ringt die Hände. Ich habe sie aus der Fassung gebracht, aber was hat sie erwartet? Dass ich diese Neuigkeiten mit Glück und Erleichterung aufnehmen würde? Dass ich plötzlich aufhören würde, mich um die Menschen in Theoria zu sorgen? Dass ich glauben würde, Graylin sei fähig zu helfen, während Theorias klügste Bürger weiterhin hilflos und unfähig sind, ihr eigenes Königreich zu heilen? »Außerdem«, sage ich zu Bayla, »wenn es eine solche Behandlung gibt, warum hat er sie dem Falkenkönig nicht längst angeboten?«

»Er wird sie gegen Eure Freiheit eintauschen, Prinzessin Magar.«

»Gegen meine Freiheit eintauschen?«

»Es wird ein Angebot sein, das der Falkenkönig nicht

ablehnen kann. Das Mittel zur Rettung seines Volkes im Tausch gegen die Entbindung von Eurem Eheversprechen.«

Entbindung von meinem Versprechen, Tarik zu heiraten? Ha! Dann steht König Graylin aber eine schöne Überraschung bevor. Ich will Bayla gerade sagen, dass unser Gelübde bereits gebrochen worden ist, aber dann besinne ich mich eines Besseren, bevor mir die Worte über die Lippen kommen. Tarik mag mich zwar nicht mehr wollen, aber sein Volk braucht immer noch das Heilmittel gegen die Seuche. Das darf ich ihm nicht antun. Doch ich glaube Bayla nicht. »Ich verlange, sofort mit meiner Mutter zu sprechen.«

»Ich fürchte, das ist nicht möglich. Sie ist noch in Theoria und hilft, einen Krieg mit Hemut zu verhindern.«

»Wie edel von ihr«, zische ich.

Bayla nimmt wieder auf dem Bett Platz und schaut mich an. »Ihr seid wütend, dass sie Euch nicht in ihre Pläne eingeweiht hat. Aber sie will nur das Beste für Euch, Magar. Das müsst Ihr verstehen. Sie will nicht, dass Ihr in einer lieblosen Ehe gefangen seid, so wie sie es war. Sie will nicht, dass Euer Vater Krieg mit allen Königreichen anfängt. Sie will nur Eure Sicherheit und Euer Glück.«

»Und wer sagt, dass meine Ehe lieblos wäre?«

Die Dienerin legt den Kopf schräg und sieht mich an. »Euch liegt etwas an dem Falkenkönig?«

»Und wenn es so wäre?« Was dann? Tarik und ich haben unsere Schwierigkeiten. Aber zu leugnen, dass ich ihn immer noch liebe, wäre eine Lüge.

»Ich fände es seltsam, wenn Euch etwas an ihm liegen

würde, nach allem, was er Euch angetan hat. Er hat Euch als Dienerin gehalten und gelobt, eine andere zu heiraten, während er Euch weisgemacht hat, er empfinde etwas für Euch. Hat sich auf die Gelegenheit gestürzt, Euer Spektorium in die Hände zu bekommen, sobald Euer Vater versucht hat, Wiedergutmachung zu leisten.«

Oh, wie sehne ich mich danach, mich auf diese Frau zu stürzen, die so viel weiß und so selbstbewusst ist. Aber es ist nur natürlich, dass sie es so sieht, ich habe schließlich das Gleiche gedacht.

»Eure Mutter sagt, der Falkenkönig ist ein Lingot, und dass er Wahrheit von Lüge unterscheiden kann. Doch das hindert ihn selbst nicht daran, zu lügen, Prinzessin Magar. Euch muss doch klar sein, was er alles durch eine Heirat mit Euch gewinnen würde. Und was gewinnt Ihr? Welchen Nutzen hättet Ihr?«

Oh ja, Tarik hat viel zu gewinnen, wenn er mich zur Frau nimmt. Nur dass er jetzt keine Verwendung mehr für mich als Königin hat, seit er die anderen Schmiede zur Verfügung hat. Und er hat keine Verwendung für mich als Gemahlin, wenn er mir nicht vertrauen kann. Daran kann ich jetzt nichts mehr ändern.

Oder doch?

Diese Frau mag zwar meine Mutter kennen, aber von mir hat sie keine Ahnung. Und vor allem hat sie keine Ahnung, was wirklich zwischen Tarik und mir vorgefallen ist. Nicht einmal meine Mutter könnte das wissen. Bayla weiß nur, was meine Mutter ihr erzählt hat.

Doch ihre Worte treffen tief, denn sie verstärken meine eigenen Ängste. Habe ich Tarik diesmal wirklich für immer verloren? Kann man mir mein gebrochenes Herz ansehen, obwohl ich versuche, den Schmerz in mir zu ersticken?

Welchen Nutzen hättet Ihr? Zum einen einen liebevollen Ehemann, der mich mit Respekt behandelt. Ich weiß, dass er ein freundlicher und aufmerksamer Mann geworden wäre, wenn ich ehrlich gewesen wäre. *Was sonst noch?* Ein Königreich, das ein gewisses Maß von Bewunderung für mich zu hegen scheint. *Und?* Die Möglichkeit, mich als eine so tüchtige Königin zu erweisen wie meine Mutter.

Und dennoch … Ich bin mir sicher, dass Bayla die Worte meiner Mutter wiedergibt. Meine Mutter ist eine sehr gute Königin. Was davon soll ich in Betracht ziehen?

»Und so, Prinzessin Magar, hält Eure Mutter es für klug, Euch vom Schmieden zu heilen. Es hat keinen Wert für Euch. Eure Fähigkeit ist nur eine Last und Königin Hanlyn möchte Euch davon befreien.«

Es ist wahr, dass Tarik viel zu gewinnen hat, wenn er mich heiratet. Das würde für jeden Mann gelten, der mit einem Heiratsangebot auf meine Eltern zugeht. Das allein ist Grund genug, meine Schmiedefähigkeit zu behalten. Denn ohne diese Fähigkeit und mit dem Ruf, den ich jetzt habe, werde ich jede Hilfe brauchen, um eines Tages jemand anderen heiraten zu können. Das kann Mutter natürlich nicht wissen, da sie sich nicht die Mühe gemacht hat, mich ins Vertrauen zu ziehen, bevor sie mich in die theorianische Nacht hinaus entführt hat.

Dennoch, das Volk von Theoria braucht Spektorium. Aber wenn es auch stimmt, was Bayla sagt, dass Graylin Tarik das Mittel gegen die Stille Seuche geben wird – und dass Vater nicht mehr die Möglichkeit haben wird, Kratorium herzustellen –, warum nicht zumindest so tun, als sei ich bereit, meine Fähigkeit aufzugeben? Ich kann doch sicher irgendwie verheimlichen, dass ich noch schmiede, und so tun, als wäre ich geheilt. In der Vergangenheit habe ich es schließlich schon oft verheimlicht.

»Aber deine Behandlung wirkt nicht«, kontere ich nachdenklich. »Vielleicht solltest du etwas anderes ausprobieren.« Etwas weniger Schmerzhaftes. Und hoffentlich genauso Erfolgloses.

»Nein. Diese Behandlung wirkt nicht, das stimmt. Aber es gibt noch eine andere Möglichkeit.«

»Welche?«

Sie zieht einen Stuhl hervor, setzt sich und faltet die Hände auf dem glatten Holz des Tisches. »Die Behandlungen, die wir Euch haben zuteilwerden lassen, sollten das Organ schwächen, das Spektorium erzeugt. Jetzt wissen wir, dass es so nicht funktioniert. Das Organ muss entfernt werden.«

»Organ?« Ich denke an die Organe des Körpers, die Aldon mit mir durchgenommen hat. Meines Wissens kann keines ohne Folgen entfernt werden. Ich schaudere. Es entgeht Bayla nicht.

Sie nickt ernst. »Unsere Heiler haben die Quelle des Spektoriums gefunden. Es ist ein Organ, über das nur Schmiede verfügen, normale Menschen haben es nicht. Wir können es für Euch entfernen. Wir können Euch Eure Last nehmen, Prinzessin Magar.«

Ist das Schmieden wirklich eine Last für mich? Ich habe es immer für eine Last gehalten – bis jetzt, da man es mir mit Gewalt nehmen könnte. Aber sonst lasse ich mir nichts wegnehmen, das schwöre ich. Niemand wird mehr Entscheidungen für mich treffen. Nicht Tarik, nicht Mutter, und auch Vater oder König Graylin nicht. Nicht einmal die gutmütige Bayla. Ganz gleich, wie edel ihre Absichten sind: Ich lasse mir von anderen nicht sagen, wer ich bin. Tarik mag mich zwar nicht zur Frau haben wollen, aber das Volk von Theoria braucht ein Mittel gegen die Seuche. Wenn die Schmiede im Viertel der Niedriggeborenen nicht genug Spektorium herstellen können, um die Seuche in Schach zu halten, dann kann es vielleicht Graylins Heilmittel schaffen.

Also werde ich mitmachen. Ich werde mich einverstanden erklären mit Bayla, mit meiner Mutter und mit König Graylin. Und ich werde mit dem Heilmittel nach Theoria zurückkehren. Danach nehme ich mein Schicksal selbst in die Hand.

Ich sehe Bayla an, die mich eingehend gemustert hat. Ich frage mich, was sie sieht. »Woher weiß ich, dass ihr tatsächlich ein Mittel gegen die Stille Seuche habt?«, frage ich.

Bayla steht auf, tritt an mein Bett und geht auf die Knie, die dabei knacken. Ächzend zieht sie mit einem schrammenden Geräusch etwas unter dem Bett hervor. Als ich sehe, was sie in den Händen hält, schnappe ich nach Luft.

Es ist das Serpenornament aus meinem Schlafgemach in Theoria. »Eure Mutter schickt dies als Beweis ihrer Sorge um Euer Wohlergehen. Sie hat gesagt, Ihr würdet seine Bedeutung verstehen, wenn Ihr es seht.«

Natürlich verstehe ich es. Mutter muss es selbst von der Wand genommen haben, denn kein Diener im Palast würde es tun, da Tariks geliebte Mutter es vor ihrem Tod dort hat aufhängen lassen. Es ist ein Zeichen, dass sie mit meinem Aufenthalt hier einverstanden ist. Ich habe nur einmal mit ihr über das abscheuliche Kunstwerk gesprochen. Wir fanden es beide schrecklich, weil die Serpen auf furchtbare Art ihrer Schuppen beraubt worden sein musste. Dieses Kunstwerk ist ein Symbol der Einigkeit – ein Symbol dafür, dass meine Mutter mich immer verstehen wird, auch wenn Theoria es nicht tut.

Oder zumindest dafür, dass Mutter glaubt, sie würde mich verstehen. Aber ich habe gerade selbst erst angefangen, mich zu verstehen. Und ich werde niemandes Marionette sein.

Ohne die Augen von dem Kunstwerk zu nehmen, sage ich: »Erzähl mir mehr über das Organ in meinem Körper.«

22

TARIK

Tarik findet keinen Trost in der Tatsache, dass Cy völlig ratlos ist, was den Wahnsinn betrifft, der das Königreich erfasst. Täglich werden es mehr Berichte über Irregehende, die den Alltag und das Leben in der einst funktionierenden Stadt Anyar auf den Kopf stellen. Tarik geht neben Cy durch den Innenhof des Lyzeums, in dem sich die weniger gewalttätigen Irregehenden drängen, und obwohl Tarik an diesem Tag als Falkenkönig gekommen ist und schwer bewacht wird, bezweifelt er, dass seine Gesichtsfarbe die Enttäuschung verbergen kann, als er mit eigenen Augen sieht, was mit seinen Bürgern passiert.

Einige führen Selbstgespräche, andere zanken sich über etwas Unsinniges, manche sitzen am Springbrunnen und wiegen sich hin und her, als wollten sie nie mehr aufstehen. »Und wo sind die Aggressiven untergebracht?«, fragt Tarik, als sie an einem Mann vorbeikommen, der sich so heftig die Hände leckt, dass seine Fingerspitzen ganz schrumpelig geworden sind.

»So ungern ich es sage, Hoheit«, gesteht Cy mit einer Grimasse, »sie werden zu ihrer eigenen Sicherheit und der Sicherheit des Königreichs hinter verschlossenen Türen festgehalten.«

»Zur Sicherheit des Königreichs?«, meldet Kommandant Morg sich zu Wort, der hinter ihnen erscheint.

Cy nickt. »Ein Teil ihres Wahnsinns geht nicht auf Verrücktheit zurück, sondern auf Verschwörung. Sie sprechen offen darüber, den Thron zu übernehmen.«

Erschrocken legt Tarik Cy die Hand auf den Unterarm, aber Cy scheint zu zögern, dem König in die Augen zu sehen. »Und wie ernst sollten wir diese Bedrohung nehmen?«

»Sehr ernst«, antwortet Morg, und ein Stirnrunzeln verdüstert seine Züge. »Wahnsinn ist eine Sache; Hochverrat ist eine ganz andere.«

»Aber ich bin mir sicher, dass es ein und dasselbe ist«, wendet Cy ein. »Die Menschen müssen wie Patienten behandelt werden, nicht wie Verbrecher.«

Morg schnaubt. »Eine solche Entscheidung steht einem Knabenheiler nicht zu.«

»*Meister*heiler«, korrigiert Tarik ihn. »Cy ist ein Meisterheiler und ich werde seine Ansichten in dieser Angelegenheit in Betracht ziehen.«

»Ich entschuldige mich, Hoheit«, sagt Morg, sieht Cy jedoch weiter an, als habe der Heiler selbst ärztliche Betreuung nötig. »Wahnsinn hin, Wahnsinn her, wir können nicht zulassen, dass diese Wahnvorstellungen in die Köpfe der Starken dringen und sie auf den Gedanken bringen, dass der Thron schwach ist.«

»Und genau das ist der Grund, warum diese Menschen eingesperrt werden«, blafft Cy.

»Aber wie viele sind nicht eingesperrt?«, gibt Morg drängend zurück. »Wie viele treiben sich auf den Straßen und Wegen herum und fügen dem Ruf seiner Hoheit schrecklichen Schaden zu?«

Tarik kann ihm nur zustimmen. So krank sie auch sind, ihre Drohungen sind echt. Es ist ein äußerst schlechter Zeitpunkt, um sich auf einen Krieg mit Hemut vorzubereiten. Tarik senkt die Stimme und sagt: »Lasst Soldaten die Stadt durchkämmen. Sie sollen sich als einfache Bürger tarnen und jeden aufspüren, der sich einer Gefangennahme entzogen hat. Dann bringt die Irregehenden her, damit sie behandelt werden können.« Er wendet sich an Cy. »Ich weiß, dass Ihr niemanden ohne seine Einwilligung behandeln wollt, aber dies ist ein königlicher Befehl. Ihr werdet jeden Irregehenden, der Euch unterkommt, so gut behandeln, wie Ihr könnt.«

Cy ist sichtlich erschrocken. »Aber keine der Methoden hat funktioniert, Hoheit. Ich kann nur Symptome behandeln, bis ein Mittel gefunden ist.«

»Tut, was Ihr könnt.« Tarik schüttelt den Kopf. »Cy, tut, was Ihr tun *müsst.*«

Die Bitte ist nicht ungerecht, denkt Tarik. Schließlich tut Tarik, was *er* tun muss, nämlich den Anschein zu wahren, ein geistig gesunder König zu sein. Tagein, tagaus tut er so, als brüte er über Schriftrollen und Korrespondenzen, während er immer mehr die Lebensfreude verliert, weil Sepora immer noch nicht gefunden und sicher zu ihm zurückgebracht worden ist. *Aber wofür zu mir zurückgebracht? Habe ich nicht selbst die Verlobung gelöst? Wird sie nicht mit ihren Eltern abreisen, sobald Sethos mit ihr aus Hemut zurückkehrt?*

Doch seine Entscheidung, ihre Verlobung zu lösen, hat er nicht übereilt getroffen. Er hat lange darüber nachgedacht und ist am Ende zu dem Schluss gekommen, dass er weder eine Königin noch eine Gemahlin haben kann und will, der er nicht vertrauen kann.

Es ist das schlimmste Gefühl der Welt, denkt er, als sie das Lyzeum verlassen und zum Palast gehen.

Jemanden zu lieben, den man einfach nicht haben kann.

23

SEPORA

Bayla erklärt mir, dass ich sofort nach der Operation aufstehen und umhergehen muss, damit die Wunde richtig verheilt. Der Schmerz wird stechend und heftig sein, sagt sie, sodass mir schwindlig werden wird. Die Naht an meinem Bauch wird rot anschwellen, aber Bayla versichert mir, dass die Salbe, die ihre Heiler auftragen, Entzündungen verhindern und den Schmerz in Schach halten.

Das heißt natürlich, falls ich den Eingriff zur Entfernung meines Gallums – so heißt dieses Schmiedeorgan – tatsächlich über mich ergehen lasse.

Aber die Tage mit Bayla sind jetzt ein einziges Hin und Her, ob ich bereit bin, es durchzuziehen (bin ich nicht), und ob sie mir mehr über das Mittel gegen die Stille Seuche erzählen mag (mag sie nicht). Ich komme mir vor wie ein Schlangenbeschwörer aus Theoria, der auf der Flöte einer Kobra vorspielt, die sich nicht beschwören lassen will. So stur, wie wir beide sind, könnten wir gut die fünf Königreiche regieren.

»Wie soll ich jemals meine Energie wiederbekommen, wenn ich nicht schmiede?«, sage ich mehr zu mir selbst als zu ihr. Ich bemühe mich, so zu tun, als sei ich neugierig und offen, damit sie mich nicht zum Handeln zwingt. Aber während ich noch nachzudenken scheine, gibt sie mir offenbar noch Bedenkzeit.

Sie stößt ein kleines Kichern aus und tätschelt mir die Hand. »An Energie werdet Ihr wohl wie wir alle durch Körperertüchtigung kommen müssen, um das Blut in Bewegung zu halten.«

»Körperertüchtigung klingt schrecklich«, sage ich.

»Haben Euch die Spaziergänge durch die Burg nicht gefallen? Vielleicht sollten wir wieder in Eurem Zimmer bleiben.« Die Drohung ist leer, aber sie dreht mir trotzdem den Magen um. Die neue Freiheit während der Runden über das Gelände und durch die Burg in Baylas Begleitung war, milde ausgedrückt, erfrischend. Doch die Frau ist schwer zu durchschauen. Ich bin mir nicht sicher, ob ich ihr Vertrauen gewonnen habe oder ob sie an jeder Fluchtroute Wachen aufgestellt hat.

Jetzt, während wir eine Wendeltreppe außen an einer Turmmauer hinaufsteigen, könnte ich mich mühelos durch eins der offenen Fenster werfen und fliehen, doch ich tue so, als würde ich nicht einmal bemerken, dass sie da sind. Denn wenn ich jetzt fliehe, würde ich das Mittel gegen die Seuche nicht bekommen. Und ich gehe nicht fort, bis ich es habe.

»Wenn wir oben sind«, sagt sie freundlich, »habe ich eine Überraschung für Euch.«

»Eine Überraschung?« Ich versuche, aufgeregt zu klingen, aber es handelt sich wahrscheinlich nur wieder um eine atemberaubende Aussicht auf das Meer oder ein Tablett mit köstlichen Butterbrötchen, die auf Befehl von Graylin persönlich eigens für mich gebacken wurden. Ich bin es müde und finde es langweilig, so nett behandelt zu werden, jetzt, da ich mich den Wünschen meiner Entführer so bereitwillig unterworfen habe. Es fehlt mir sogar, mit Rashidi zu streiten und meinen Verstand durch Diskussionen mit Tarik über Angelegenheiten des Königreichs zu schärfen.

Nein. Ich darf meine Gedanken nicht wieder zu Tarik wandern lassen. Was wir hatten, ist schon seit einer ganzen Weile vorbei. Ich muss jetzt mehr denn je daran arbeiten, meine Gefühle für ihn in den Griff zu bekommen. Ich werde ihm ein letztes Mal gegenübertreten müssen, wenn ich ihm das Heilmittel übergebe. Und dann werde ich gehen müssen.

Mein Magen krampft sich zusammen, während Bayla lebhaft plappert, ohne zu bemerken, dass meine Laune sich verschlechtert hat.

»Ja!«, sagt sie gerade. »Und es ist eine Schande, dass es überhaupt eine Überraschung ist, um die Wahrheit zu sagen.« Sie lacht spöttisch. »Eure Mutter hätte es Euch beibringen sollen, wenn ich das mal so sagen darf. Hat sie Euch die pelusianische Lebensart denn gar nicht nahegebracht?«

Nein, hat sie nicht. Es schien sogar meistens ein heikles Thema zu sein. Wenn ich sie nach ihrem Heimatkönigreich gefragt habe, hat sie immer mit einem entrückten Ausdruck in den Augen geantwortet, Pelusia sei Teil ihrer Vergangenheit, es lohne sich nicht, darüber zu reden. Mein Lehrer Aldon hat Pelusia zwar als Teil unserer Geschichts- und Kulturstunden gestreift, aber er hat nie das Können der Heiler erwähnt oder auch nur, dass König Graylins Küche für ihre feinen Delikatessen berühmt ist. Über das Thema der anderen vier Königreiche war Aldon ein nie versiegender Quell des Wissens. Ich hatte einfach immer angenommen, dass Aldon nicht viel über Pelusia wusste, denn sonst hätte er mir sicher mehr darüber erzählt.

Jetzt halte ich es für durchaus möglich, dass meine Mutter ihn angewiesen hat, Pelusia im Unterricht nicht durchzunehmen. Aber warum, könnte ich nicht sagen. Vielleicht wollte sie nicht, dass ich sie mit Fragen löchere und in ihr Sehnsucht nach dem Leben wecke, das sie zurückgelassen hat. Als neugieriges Kind hätte ich das sicher getan.

Mir wird bewusst, dass ich noch nicht auf Baylas Frage geantwortet habe, und ich sage: »Mutter wollte sich sicher lieber auf ihr neues Leben einstellen, statt der Vergangenheit nachzuhängen. Sie setzt alles daran, eine gute Königin zu sein.«

Bayla lächelt. »Es war immer klar, dass sie eine Herrscherin ist, noch bevor König Eron sie zu seiner Gemahlin erwählt hat. Schon als Kind hatte sie eine huldvolle Art, mit ihresgleichen umzugehen.«

Das will ich gern glauben. Ich kann mir nicht vorstellen, dass sie jemals geweint hat oder von anderen Kindern schikaniert worden ist. Trotzdem gibt sie in der Ehe nicht den Ton an. Sie weiß, wann sie sich zurückziehen muss. Oder vielmehr, sie *entscheidet,* wann sie sich zurückziehen will – für den Moment. Ich habe sie immer für eine Heimatlose gehalten. Jetzt halte ich sie für genial.

Genial und skrupellos.

Ein Anflug von Verbitterung brennt mir in den Augen. Trotz ihrer Stärke hat sie Vater nicht daran gehindert, mich zu schlagen, wenn ich nicht schmieden wollte. Es war schwer, ihr das nicht übel zu nehmen, und dass sie wie ein Feigling wirkte, der sich stets dem Willen meines Vaters unterwarf. Aber sie hat mir bei der Flucht geholfen, obwohl sie die Tatsache verschwiegen hat, dass sie die ganze Zeit über meine Komplizin gewesen war. Ich frage mich, was Vater tun wird, wenn er von dieser jüngsten Wendung der Ereignisse erfährt. Wenn er erfährt, dass sie mich entführt hat, um mir meine Schmiedefähigkeit zu nehmen. Er könnte sie durchaus hinrichten lassen. Nein, meine Mutter ist keine schwache Heimatlose. Sie entscheidet lediglich, wann sie mutig ist und wann sie hilflos wirken will.

Meine Mutter ist schlau.

Als wir oben auf dem Turm ankommen, serviert Bayla mir mein Frühstück in einem Hof mit atemberaubendem Blick auf das Nordmeer. Unten kriecht die Morgenflut den Strand herauf, der aus Kies und Sand und zerschlagenen Muschelschalen besteht, Welle um Welle rollt heran und zieht sich ins Meer zurück. Selbst der Wind scheint zu unserer Freiluftmahlzeit beitragen zu wollen, indem er unsere heißen Eier und das gekochte Getreide kühlt. Zum Schutz gegen die kalte Meeresbrise ziehe ich meinen Umhang fester um mich. Es ist schön, draußen zu sein, und noch wunderbarer, dass meine Sachen aus dem fensterlosen Kämmerchen in einen anderen Flügel gebracht werden, wo ich einen Balkon und einen richtigen Sitzbereich haben werde.

Es scheint, dass Tarik recht hat; ich habe eine Gabe für Täuschung.

Ich denke an den Sitzbereich daheim in meinem Schlafgemach. Daheim in Theoria, meine ich. Dort wäre es eine schweißtreibende Angelegenheit, im Sonnenlicht draußen zu speisen, selbst wenn die Diener mir mit großen Palmwedeln Luft zufächeln würden. Das ist vermutlich der Grund, warum der große Speisesaal im Herzen des Palastes liegt; er ist der kühlste und schattigste Raum, um der Hitze zu entfliehen. Mit seiner hohen Gewölbedecke, zu der die heiße Luft aufsteigen kann, ist der Speisesaal mit Abstand der angenehmste Ort im Palast.

Bayla wirft mir einen neugierigen Blick zu. »Wir hängen wohl wieder einmal Tagträumen nach, hm?«

»Ich vermisse Theoria«, antworte ich schüchtern und nippe an dem Granatapfeltee, den sie zu unserer Mahlzeit mitgebracht hat.

»So dürft Ihr nicht denken, Prinzessin. Ihr müsst Euch

auf die Tatsache vorbereiten, dass Euer Falkenkönig Euch gegen das Heilmittel eintauschen wird.« Sie sagt es nicht unfreundlich, und das braucht sie auch gar nicht, denn die Worte allein sind schon Dolche, ganz gleich, wie sie ausgesprochen werden.

»Ich weiß, dass ihm das Heilmittel für sein Volk wichtiger ist als ich.« Natürlich nicht aus den Gründen, die Bayla vermuten muss. »Er wird keine andere Wahl haben, als die Bedingungen von König Graylins Angebot anzunehmen«, füge ich mit einer Endgültigkeit und Akzeptanz hinzu, die ich noch nicht ganz empfinde.

»Euch liegt viel am Falkenkönig, nicht wahr?«

Ein Erröten nimmt einem die Antwort ab, finde ich. Meins ist unübersehbar. Ja, ich liebe Tarik immer noch. Ja, er bedeutet mir immer noch viel. Aber eines Tages wird es nicht mehr so sein. Zeit wird vergehen, und meine Gefühle werden sich legen. Davon bin ich überzeugt.

Sie kichert. »Oh, meine Liebe. Warum habt Ihr das denn nicht Eurer Mutter erzählt? Eure Mutter glaubt, dass Ihr der Ehe entgehen wollt.«

Warum sollte sie auch etwas anderes denken? Ich habe ihr gegenüber nie den Eindruck vermittelt, dass ich Gefühle für Tarik hege. Kein einziges Mal habe ich ihr gesagt, dass ich freiwillig geblieben bin und nicht, weil ich nicht aus Theoria fliehen konnte. »Früher wollte ich es. Der Ehe entgehen, meine ich. Es war kompliziert zwischen Tarik und mir. Wir hatten unsere Schwierigkeiten.«

»Denkt Ihr?«

Ich grinse. »Bist du eine überzeugte Jungfer, Bayla? Hast du Vorurteile gegen eine glückliche Ehe?«

Aber sie geht nicht auf meinen Seitenhieb ein. »Wenn Ihr ihn wirklich liebt, wird Eure Mutter es sicher verstehen. Vielleicht überredet sie Graylin, das Mittel gegen die Seuche als Hochzeitsgeschenk zu überreichen statt als Lösegeld. Natürlich nach Eurer Operation.«

Ein Hochzeitsgeschenk. Welche Hochzeit?, will ich sagen. »Vielleicht«, murmele ich stattdessen.

»Eure Mutter ist nicht unvernünftig. Aber genug geredet. Ich habe Euch heute eine Überraschung versprochen. Und jetzt werde ich sie Euch zeigen.«

Mit diesen Worten nickt Bayla einem der Diener zu, die uns bei unserem Frühstück aufgewartet haben. Der Diener verschwindet kurz, dann kommt er mit einer großen Schüssel Seifenwasser zurück. Wir sollen doch wohl nicht in der frischen Morgenluft baden! Ich hoffe verzweifelt, dass es kein pelusianisches Morgenritual ist, sich mit einem Bad im Freien den Tod zu holen.

Bayla weist den Diener an, das Geschirr abzuräumen. Dann stellt sie die Wasserschale vor mich auf den Tisch, wobei etwas von der Flüssigkeit aufs Tischtuch schwappt. Bayla sieht mich lächelnd an, sichtlich aufgeregt wegen dem, was gleich passiert.

»Es ist so«, beginnt sie, »Pelusia ist für die anderen Königreiche ein Rätsel, weil es für sich bleibt und kein Interesse daran hat, Kontakt zu ihnen zu halten. Ist das richtig?«

»Ja«, bestätige ich. Pelusia hat nie mit anderen Nationen

Handel getrieben oder sie auch nur besucht. Die Bürger werden als ziemlich hochnäsig angesehen. Das sage ich Bayla jedoch nicht, denn sie ist ziemlich stolz auf ihr Königreich.

»Falsch«, widerspricht sie triumphierend. Dann legt sie die Hände zusammen, schöpft etwas Seifenwasser und taucht das Gesicht hinein, um es heftig zu schrubben, als sei sie vom Haaransatz bis zum Kinn mit Ruß bedeckt. Dann wendet sie sich von mir ab, greift nach einem Tuch, das über einem Stuhl gehangen hat, und tupft sich das Gesicht trocken.

Als sie sich wieder zu mir umdreht, schnappe ich nach Luft.

Bayla hat sich das Gesicht weggeschrubbt. Das heißt, Bayla hat jetzt ein neues Gesicht. Ein junges Gesicht. Das Gesicht eines Mädchens, das nicht älter sein kann als ich.

Bevor ich irgendetwas sagen kann, zieht sie sich aus. Mit großen Augen sehe ich zu, wie sie sich aus ihrem Kleid und der Schürze schält, und mit der Kleidung verschwinden auch die weiblichen Formen. Darunter kommt eine zierliche und magere Gestalt zum Vorschein, bekleidet mit dem gleichen Dienstbotengewand, nur dass es ihr diesmal gut passt und sie eine schmale Taille und viel kleinere Brüste hat. Zum Schluss zieht sie sich den grauen Haarknoten vom Kopf und lässt ihre blonden Locken über den Rücken wallen.

Bayla ist keine Großmutter.

»Seht Ihr«, erklärt Bayla, und ihre raue Stimme passt jetzt nicht mehr zu ihrem Äußeren, »wir halten durchaus Kontakt mit den anderen Nationen. Sie wissen es nur nicht.«

Sie räuspert sich. »Entschuldigt mich, Prinzessin Magar.« Aus ihrem Mieder zieht sie eine Phiole mit Flüssigkeit, zieht den Korken heraus und kippt den Inhalt mit einem Schluck herunter. »So«, sagt sie, und ihre Stimme klingt jetzt jugendlich und frisch. »Das ist viel besser.«

Ich starre sie ungläubig an. »Du bist … du bist ein junges Mädchen.«

»Nun«, erwidert sie und nimmt neben mir am Tisch Platz. »Ich bin nicht so jung, wie ich aussehe.«

»Aber … warum?«

»König Graylin dachte, Ihr würdet Euch wohler fühlen, wenn sich eine ältere, erfahrene Frau um Euch kümmert.«

»Nein«, sage ich. »Das meine ich nicht. Warum tarnt ihr euch in anderen Königreichen?« Und wie stellen sie es an? Wie hat sie es geschafft, dass ihr Gesicht Jahrzehnte älter wirkte, als es war? Selbst jetzt sind noch ein paar Falten neben den Ohren, wo das Wasser sie nicht berührt hat. Bayla hat es nie gegeben. Ist Bayla überhaupt ihr richtiger Name? Und natürlich kann sie nicht meiner Mutter aufgewartet haben, als sie noch jünger war. Sie hat womöglich überhaupt keine Verbindung zu meiner Mutter.

Ich stehe auf und trete einen Schritt von dem Mädchen vor mir zurück. »Du sprichst davon, wie Tarik mich so belügen kann, und die ganze Zeit über hast du genau dasselbe getan.«

»Ich habe Euch nicht belogen. Ich habe mich Euch nur nicht in meiner wahren Gestalt gezeigt.«

Ich schüttele den Kopf. »Du kannst meiner Mutter nicht gedient haben, als du ein Kind warst. Das war gelogen.«

Bayla nickt und schürzt die Lippen. »Ja, Ihr habt recht. Was das betrifft, habe ich gelogen. Es war meine Großmutter, die Königin Hanlyn aufgewartet hat, als sie ein Kind war. Sie hatte Eure Mutter sehr gern.«

»Wie alt bist du?«

»Sechzehn, Hoheit.«

Das kann ich glauben. »Warum hast du mich überhaupt getäuscht? Warum hast du nicht dein wahres Ich gezeigt?«

»Ich dachte, es wäre eine amüsante Art, Euch die pelusianische Gabe der Tarnung zu zeigen.«

»Amüsant für wen?«

Sie lächelt, als drei Dienerinnen mit steifen Kleidern in den Innenhof gerauscht kommen. Sie tragen Tabletts mit Tonkrügen und Gläsern mit Farbe, die sie auf den Tisch stellen, nachdem sie das Frühstück abgeräumt haben. Neben den Krügen liegen feine, gazeartige Stoffstreifen, und ein großer Topf mit dampfendem Wasser verströmt einen widerwärtigen Geruch. Ich rümpfe die Nase, als der Wind ihn zu mir herüberweht.

»Amüsant für uns beide. Verratet mir, Prinzessin Magar, wen würdet Ihr am liebsten veralbern?«

Rashidi, ganz klar. Aber ich bin mir nicht sicher, ob ich das der jungen Bayla gegenüber zugeben soll. Den höchsten Ratgeber des Falkenkönigs zu beleidigen könnte respektlos sein. Ich sollte es nicht tun.

»Rashidi«, erkläre ich mit diebischer Freude.

Sie beißt sich auf die Unterlippe. »Ich fürchte, ich weiß nicht, wie er aussieht.« Dann klatscht sie fröhlich in die

Hände. »Na schön, das bedeutet, dass Ihr den Schädeltrank zu Euch nehmen müsst, damit Euer Verstand Eurem Körper sagt, wie Ihr aussehen wollt!« Sie sieht mich entschuldigend an. »Aber ich muss Euch warnen. Der Trank besteht aus dem Gehirn des Fassadenfischs. Er wird nicht besonders schmecken. Eigentlich könnte man sogar sagen, er ist ekelhaft.«

Ich soll also von dem dampfenden Topf mit Fassadenfischhirnen kosten. Ganz große Klasse. »Fassadenfisch?«, frage ich und versuche, nicht zu dem Topf zu schauen, weil ich irgendwie immer noch hoffe, dass er wie der Lammeintopf schmeckt, den Tariks Küche alle paar Tage kocht.

Bayla nickt. »Ja, genau. Der Fassadenfisch kann das Aussehen eines jeden Gegenstands oder Lebewesens im Meer annehmen. Felsen, Sand, sogar andere Fische. Die Schuppen sind Bestandteil der Farbe, aber sie wirken erst, wenn man die Gehirne zu sich nimmt. Sie regen die Schuppen an, den Gedanken Folge zu leisten.«

»Du machst Witze.«

Sie lachte. »Ich weiß, dass es nicht schön ist, Gehirne zu essen, Prinzessin Magar, aber Ihr habt in Eurem barbarischen theorianischen Königreich doch sicher schon seltsamere Speisen gegessen.«

Ich habe noch nie gehört, dass jemand Theoria barbarisch genannt hat. Selbst Aldon hat mich gelehrt, dass Theoria das Zentrum höherer Gelehrsamkeit und der Wissenschaften ist und dass seine Bürger Serubel als barbarisch ansehen, weil dort die Frauen Kämpfen lernen. Pelusia fand als Konkurrent Theorias in Bezug auf Medizin oder Fortschritt nie Erwähnung, und ich frage mich einmal mehr, ob es daran liegt, dass Aldon nichts davon wusste, oder ob meine Mutter ihn gebeten hat, mir nichts davon zu erzählen. Aber warum?

Außerdem meinte ich nicht, dass Bayla über den Verzehr von Gehirnen scherzt – Kamelhirn ist im Palast eine Delikatesse, ich fange fast an zu sabbern, wenn man mir den Teller hinstellt. Es ist die Vorstellung, dass die Gehirne und die Schuppen des Fischs auch dann noch zusammenwirken, wenn der Fisch selbst schon lange tot ist. Ich bin fasziniert, und ich wette, Meister Cy wäre es auch.

»Seid Ihr bereit, es selbst zu probieren?«

Ich verschränke die Arme vor der Brust und betrachte die Farbe, die Gaze und die Fischhirne vor mir. »Warum solltest du mir das beibringen?«

»Eure Mutter dachte, so könntet Ihr Euch hier ein bisschen die Zeit vertreiben, während sie in Theoria alles regelt. König Graylin ist außer sich, weil Ihr so lange in dem winzigen Raum festgehalten worden seid. Ich wette, er würde Euch persönlich durch den Palast führen, wenn Ihr ihn darum bitten würdet.«

»Hast du keine Angst, dass ich mich tarnen und weglaufen könnte?«

Bayla wirkt überrascht. »Weglaufen? Zurück zu Eurem Falkenkönig, der Euch benutzt hat, um das zu bekommen, was er wollte? Weg von Pelusia und zurück in ein Königreich, das uns in jeder Hinsicht unterlegen ist?« Sie sieht mich verblüfft an. »Auf den Gedanken, dass Ihr von hier fortwollen könntet, wäre ich nicht gekommen.«

Bayla ist schlau und trügerisch unschuldig zugleich. Mich daran zu erinnern, dass ich zu einem Mann zurückkehre, der seine Macht dazu benutzt hat, mich und meine Gefühle für ihn zu manipulieren, ist ein Tiefschlag. Aber ich muss zurückkehren, um ihm das Heilmittel zu bringen. Und es würde nicht schaden, wenn Bayla noch etwas erfährt, denn diese kleinen Seitenhiebe auf ihn tun trotzdem weh. »Ich liebe den Falkenkönig«, sage ich ihr leise.

Ihre Augen werden groß, so wie ich es erwartet habe. Ich hätte der alten Bayla nie erzählt, dass ich Tarik liebe. Die alte Bayla hätte mich mit Verachtung und vielleicht mit Mitleid angesehen, mit einem Blick, aus dem die Erfahrung vieler verlorenen Lieben und ein im Alter hart gewordenes Herz spricht. Doch diese Bayla ist jünger als ich. Diese Bayla hat vielleicht noch nicht das Schmetterlingskribbeln im Bauch beim ersten Kuss erlebt oder den Rausch, ihren Geliebten dabei zu ertappen, wie er sie ansieht, wenn seine Aufmerksamkeit eigentlich anderswo sein sollte. In dieser Hinsicht ist Bayla unschuldig. Ich muss ihr begreiflich machen, wie wichtig es ist, dass ich bald nach Theoria zurückkehre.

»Wie könnt Ihr ihn lieben, nach dem, was er getan hat?«, fragt sie staunend und ohne jede Kritik.

Ich ziehe den Stuhl neben mir heraus und gebe ihr ein Zeichen, Platz zu nehmen. Sie tut es mit dem Interesse eines Kindes, das zum ersten Mal versucht, Steine über den Fluss hüpfen zu lassen.

»Es war schwer«, erzähle ich. »Sehr schwer. Aber ich habe über die Liebe gelernt, dass sie eine klebrige Angelegenheit ist, wie ein Spinnennetz. Den größten Teil kann man entfernen, aber es bleiben immer ein paar Fäden zurück, mit denen die Spinne ein neues Netz bauen kann. Liebe ist ein Netz, das einen niemals wirklich loslässt.« Es ist ein gutes Gefühl, das jemandem zu gestehen. Es ist ein gutes Gefühl, einzuräumen, dass ich immer noch etwas für Tarik empfinde, auch wenn ich ihn nicht haben kann, so schmerzhaft es auch ist.

»Und wenn der Falkenkönig Euch tatsächlich gegen das Heilmittel eintauscht?«

»Dann werde ich es zulassen. Der Falkenkönig wäre zufrieden. Ich könnte mein Leben weiterleben, und Mutter wird wahrscheinlich die befriedigende Gewissheit haben, dass sie die ganze Zeit über recht hatte.« Ich sage, was ich denke, und merke nicht, dass Bayla mir an den Lippen hängt. Als ich sie ansehe, glänzen ihre Augen.

Bayla ist im Herzen Romantikerin.

»Angenommen, der Falkenkönig will Euch immer noch. Werdet Ihr Euch den Wünschen Eurer Mutter widersetzen?«

»Meine Mutter wünscht, dass ich nicht als Schachfigur benutzt werde. Wenn der König mich mehr will als das Heilmittel – was höchst unwahrscheinlich ist –, dann werde ich keine Schachfigur sein, sondern aus Liebe heiraten. Ich kann mir nicht vorstellen, dass ihre Wünsche diesem Ausgang widersprechen würden.« Ach, wie können leere Worte nur so schrecklich wehtun?

Bayla lächelt mich jedoch an, wie gebannt von meinem prachtvollen Lügenteppich. Inzwischen hat sie sich dicht vorgebeugt, das Kinn auf die Hand gestützt, und sieht mich sehnsuchtsvoll an. Ich lache. »Vielleicht muss deine Mutter auf dich aufpassen, bevor ein junger Diener dein Herz erobert.«

Als ihr die Röte ins Gesicht schießt, weiß ich, dass es bereits einer getan hat. »Wie heißt er?«

»Pontiadi. Er ist der Botenjunge des Königs. Er ist achtzehn, Prinzessin Magar, und seine Lippen sind weicher als die Blütenblätter einer Rose.«

Ich grinse. »Bayla! Ich hoffe doch, dass ihr eure Küsse vor neugierigen Augen verbergt.«

»Nicht einmal ein Scharfauge könnte unser geheimes Versteck finden.«

»Ein Scharfauge?«

»Ja.« Sie nickt, immer noch ganz rot im Gesicht. »Scharfaugen können extrem gut sehen. Sie können etwas in weiter Ferne sehen und etwas winzig Kleines, aber sie bemerken auch Details, die normale Augen nicht wahrnehmen können.«

»Zum Beispiel?«

»Nun, als ich mich als meine Großmutter verkleidet habe, wäre ein Scharfauge in der Lage gewesen, zu erkennen, wer ich wirklich bin. Er würde die feinsten Details in der Farbe sehen, selbst das Glitzern der gemahlenen Schuppen.« Sie nimmt eine Handvoll Sand vom Boden und hält ihn mir voller Ehrfurcht hin. »Wir beide sehen Sand. Unsere Augen bemerken vielleicht die größeren Körner, sodass wir auf sie zeigen können. Aber ein Scharfauge? Ein Scharfauge kann *jedes* Körnchen Sand sehen, wie winzig es auch sein mag. Ein Scharfauge könnte die Sandkörner zählen, wenn man ihn darum bitten würde. Er könnte selbst die Haare auf Eurem Kopf zählen!«

Ich denke an unsere Seherschlangen und wie nützlich es wäre, wenn ein Scharfauge darauf säße oder zumindest den Rauch untersuchen würde, den die Augen verströmen, wenn man sie verbrennt. »Wie viele Scharfaugen gibt es?«

Sie zuckt die Achseln. »In Pelusia gibt es viele. Sie genießen oft die Gesellschaft des Königs, da sie zu seinen besten Leuten zählen und er möchte, dass sie glücklich und zufrieden sind, damit sie bleiben. Viele sind Lords und Ladys und bekamen Titel verliehen, um sie hier in Pelusia zu halten.«

Ich habe noch viel über Pelusia und seinen König Graylin zu lernen. »Zeig es mir«, bitte ich sie unvermittelt. »Zeig mir, wie man die Farbe macht. Ich werde die Gehirne essen. Lass mich wie Rashidi aussehen.«

24

TARIK

Tarik befindet sich in seinem Tagesgemach, als Rashidi durch die Tür gestürmt kommt, die Hände frustriert in die Luft geworfen. Es ist ein beeindruckender Beweis körperlicher Rüstigkeit, da Rashidi normalerweise gebeugt und auf seinen Stock gestützt geht. Jetzt fuchtelt er damit entrüstet in Richtung Tür. »Das kommt davon, wenn man einen Narren auf eine geheime Mission sendet, Hoheit!«

Sethos erscheint unvermittelt in der Tür und zieht ein hübsches Mädchen mit feuerrotem Haar hinter sich her. Ein wohlbekanntes Mädchen mit feuerrotem Haar. Ein feuriger Rotschopf, der angesichts der Umstände in Theoria nichts zu suchen hat, und schon gar nicht in einem so spärlichen theorianischen Gewand.

»Er wünscht uns allen den Tod!«, erregt sich Rashidi und deutet mit dramatischer Gebärde auf Prinzessin Tulle.

Tarik knirscht mit den Zähnen. »Ich bin mir sicher, dass mein Bruder einen sehr guten und vernünftigen Grund hat, warum er Prinzessin Tulle aus Hemut mitgebracht hat, und ich bin mir auch sicher, dass er uns ebendiesen Grund noch vor seinem nächsten Atemzug nennen wird.«

Sethos feixt und zieht einen Stuhl für Tulle heran, damit sie sich auf die andere Seite von Tariks marmornen Schreibtisch setzen kann. Als er selbst Platz nimmt, schlägt er die Beine übereinander und knallt die Füße auf den Tisch. Ohne Zweifel macht er es sich bequem für eine lange Geschichte voller dummer Entscheidungen, die damit endet, wie es dazu kam, dass Prinzessin Tulle die Kleidung einer Konkubine trägt.

Tarik kneift sich in den Nasenrücken und lehnt sich auf dem Stuhl zurück, während Rashidi im Raum umhergeht und entrüstet stöhnt. »Na los, raus damit«, fordert Tarik seinen Bruder auf. »Wo ist Sepora?«

»Nicht in Hemut«, verkündet Sethos. Die Wahrheit, oder zumindest glaubt Sethos das. Was bedeutet, dass sein Bruder auf der Suche nach ihr das Land auf den Kopf gestellt hat. »Tulle weiß auch nicht, wo sie ist.«

Tarik sieht Tulle an und mustert ihr Gesicht, bevor er sie fragt: »Prinzessin Tulle, als Lingot muss ich diese Frage stellen – wisst Ihr, wo Sepora ist?«

Sie schenkt ihm ein entschuldigendes Lächeln. »Ich fürchte, nein.«

Die Wahrheit.

Tarik entspannt sich. Ihm war nicht bewusst, dass er sich bei der Frage angespannt hatte. »Nachdem wir das geklärt hätten, sagt mir bitte, ob mein Bruder Euch ein Leid angetan hat, als er Euch entführt hat. Falls ja, werde ich dafür sorgen, dass er dafür bestraft wird. Streng bestraft.«

Sethos verdreht die Augen, während Tulles Lächeln sich erhellt. »Er hat mich nicht entführt. Ich habe ihn gebeten, mich mitzunehmen.«

Oh, natürlich. Natürlich, das wäre Sethos' Art, mich dafür zu bestrafen, dass ich ihn eingesperrt habe. Sethos hat Prinzessin Tulle dazu verführt, ihr Heimatkönigreich zu verlassen und in … nun, in seinen Harem zu kommen, wie es scheint. Tarik hat Gerüchte gehört, dass Sethos einen Harem unterhält, aber die Gerüchte sind ihm immer falsch vorgekommen. Jetzt fragt er sich, ob seine Lingotfähigkeiten ihn im Stich gelassen haben.

Er wendet sich an seinen Bruder. »Du wirst Prinzessin Tulle sofort nach Hemut zurückbringen.«

»Falsch«, sagt Sethos beinahe gelangweilt.

»Schneidet ihm die Zunge raus!«, kreischt Rashidi, der auf der anderen Seite des Raumes Platz genommen hat. »Schneidet sie ihm aus dem Kopf!«

»Beruhigt Euch doch, Rashidi«, meint Tarik gedehnt. »Zumindest bis ich entscheiden kann, ob es sich um eine Familienangelegenheit handelt oder ob es das Königreich betrifft.«

»Das ist ein und dasselbe, Hoheit«, entgegnet Rashidi und verschränkt zur Erläuterung die Hände. »Ein und dasselbe.«

Tarik dreht sich wieder zu seinem Bruder um. »Angenommen, ich lasse dir nicht die Zunge herausschneiden, weil du dich einem direkten Befehl widersetzt hast. Angenommen, ich höre mir deine Gründe an, warum du dich einem direkten Befehl widersetzt hast. Angenommen, ich komme dir entgegen und erlaube dir, ohne Unterbrechung zu sprechen. Werde ich es bereuen?«

Sethos lächelt. »Du wirst sogar hocherfreut sein.«

»Dann sprich.«

»Prinzessin Tulle und ich haben beschlossen, zu heiraten.«

Tarik fährt sich mit der Hand übers Gesicht. So einfach ist das nicht bei Sethos. In dieser Hinsicht ist er wie Sepora. Tut immer das, was verlangt wird, meistens jedenfalls, aber auf die störendste und umständlichste Art, die man sich vorstellen kann. »Darf ich der Erste sein, der euch gratuliert, oder hatte König Ankor bereits dieses Vergnügen?«

Prinzessin Tulle windet sich, aber Sethos ergreift ihre Hand und klopft sie sanft. Rashidi und Tarik tauschen einen Blick. Sethos behandelt Tulle nicht, als würde er lieber ein – was war es doch gleich? Oh ja, ein kahles Maultier zur Gemahlin nehmen, hatte er zu Lady Gita gesagt. Nein, er behandelt sie, als sei er bis über beide Ohren in sie verliebt.

Und wenn Tariks Lingotfähigkeiten ihn jetzt nicht im Stich lassen, ist Sethos tatsächlich für Tulle entflammt.

Großartig. Einfach großartig. Tarik drückt die Fingerspitzen aneinander, um seine Hände daran zu hindern, seinem Bruder den Hals umzudrehen. »Muss ich also annehmen, dass König Ankor nicht seine Erlaubnis dazu gegeben hat, dass Ihr zwei gemeinsam aus Hemut geflohen seid?«

»Nicht direkt«, antwortet Tulle. »Aber er weiß, dass ich hier bin.«

»Ja«, meldet Sethos sich gut gelaunt zu Wort. »Sie haben es nicht geschafft, uns einzuholen, sobald wir im Wald waren.« Er schenkt seiner Angebeteten ein betrübtes Lächeln, bevor er sich wieder an Tarik wendet. »Also, ähm, ich würde sagen, jetzt wäre ein guter Zeitpunkt, um mit der Herstellung des Kratoriums zu beginnen und sich auf den Krieg vorzubereiten. Da Sepora nicht da ist, gibt es keinen Grund, damit zu warten. Ich bin mir sicher, Morg würde mir in dieser Hinsicht zustimmen.«

Tarik sieht seinem Bruder fest in die Augen, gibt aber stattdessen Rashidi einen Befehl. »Rashidi, begleitet bitte unseren geschätzten Gast Prinzessin Tulle in das prächtigste Gemach, das verfügbar ist, und gebt ihr Diener, damit es ihr an nichts mangelt. Sie wird müde von der Reise sein und vor dem Essen in Ruhe ein Bad nehmen wollen. In der Zwischenzeit werden Sethos und ich … Hochzeitspläne erörtern.«

Rashidi bedenkt Tarik mit einem finsteren Blick, der die Gebeine eines Mannes hätte verdorren lassen können, aber er reißt sich zusammen und bietet Prinzessin Tulle huldvoll die Hand. »Meine liebe Prinzessin, ich bitte vielmals um Vergebung für die höchst ungewöhnliche Art, wie Ihr dem Falkenkönig vorgeführt wurdet. Man sollte meinen, wir hätten in Theoria keine Manieren, aber das ist schlichtweg nicht der Fall …«, sagt er, während sie sich den Flur entlang entfernen.

Sethos grinst Tarik an. Tarik verschränkt die Arme vor der Brust. Es soll also ein Spiel werden.

»Während deiner ganzen jämmerlichen Existenz hast du dieses Mädchen gehasst«, beginnt Tarik. »Und jetzt willst du es heiraten, obwohl du Hemut damit zwingst, Krieg mit uns zu führen?«

»Wenn du mich unbedingt zwingen willst, zuzugeben, dass ich einen Fehler gemacht habe: ja gut, ich habe einen Fehler gemacht. Ich bin in Tulle verliebt. Obwohl Hass und Liebe dem Wesen nach sehr ähnlich sind, wie ich finde«, ist die Antwort seines Bruders. »Es kann mitunter so verwirrend sein, dass es schwer ist, den Durchblick zu behalten. Wenn Sepora hier wäre, könnte sie das sicher bestätigen.«

»Sepora ist nicht hier, Bruder, weil du es nicht geschafft hast, sie zu mir zurückzubringen.«

Sethos verdreht die Augen. »Ich kann nicht alle fünf Königreiche gleichzeitig absuchen, oder? Du hast mich nach Hemut geschickt. Da ist sie nicht. Wo soll ich noch suchen?«

»Ich glaube, ich kenne die Antwort darauf«, ruft jemand von der Tür her. Verblüfft sehen sie Ptolem dort still und geduldig stehen. »Verzeiht die Störung«, bittet er, »aber die Wachen haben mich durchgelassen.«

Wie es ihre Aufgabe ist; Tarik hat Ptolem die Erlaubnis erteilt, seine Tagesgemächer ungehindert zu betreten. Er hat sich in letzter Zeit als überaus nützlich erwiesen.

»Komm herein, Ptolem«, fordert Tarik ihn auf. »Sag uns, was für Nachrichten du bringst.«

Ptolem tritt an den Marmortisch, der Tarik von seinem Bruder trennt und ihn so daran hindert, ihn augenblicklich umzubringen, und legt eine kleine zusammengerollte Schriftrolle darauf. Sie ist so winzig, dass es schwierig wäre, halbwegs lesbar darauf zu schreiben. »Was ist das?«, fragt Sethos und zieht sie auf, bevor Tarik auch nur Gelegenheit hat, danach zu greifen.

Ptolem strafft das Kinn. »Prinz Sethos, diese Schriftrolle wurde heute Nachmittag von einem Bootsmann auf dem Nefari abgefangen. Sie war an einem Serpenjungen befestigt, das nicht länger ist als mein Unterarm.« Mit diesen Worten legt Ptolem das tote Wesen auf den Tisch, wo eben noch die Schriftrolle gelegen hat. Es ist kaum dicker als eine Schreibfeder und hat fast dieselbe Farbe wie der Himmel.

»Es dürfte schwer zu sehen sein«, überlegt Tarik laut. »Nur ein Farbtupfer am Himmel. Man hätte es wahrscheinlich für ein Insekt halten können.« Doch sie hatten nicht nach Insekten Ausschau gehalten, sondern nach Vögeln. Nach Menschen. Nach Dienern, die in der Nacht kamen und gingen.

»Hmmmm«, murmelt Sethos, während er liest. »Es scheint sich um einen Brief von Königin Hanlyn an König Graylin in Pelusia zu handeln. Ich zitiere: ›Meine Arbeit hier ist fast getan. Wie geht es Magar? Ich werde binnen einer Woche eintreffen.‹«

Tariks Nasenflügel beben, brennende Hitze steigt ihm in

die Wangen, Bitterkeit sammelt sich in seinem Magen. Hanlyn ist nicht aus Sorge um ihre Tochter verstummt. Hanlyn war nur so ernst, so ungewöhnlich zurückhaltend im Gespräch, um die Lügen zu verbergen, die ihre Worte offenbart hätten.

»Es ist Zeit, dass ich mich mit Königin Hanlyn und ihrem ergebenen König unterhalte«, stößt Tarik durch zusammengebissene Zähne hervor. »Bringt sie sofort zu mir.«

Eine geschlagene Stunde verstreicht, bevor man Eron und Hanlyn auftreiben und in Tariks Gemach führen kann. Ein Diener geht durch den Raum und entzündet Kerzen, denn es ist Abend geworden – ein Zeichen, dass die heißeste Zeit des Jahres vorüber ist und bald kühleres Wetter einsetzen wird. Eron und Hanlyn bieten ein unterschiedliches Bild, wie sie da vor Tarik sitzen. Eron rutscht erregt und rastlos auf seinem Stuhl herum, während Hanlyn die Hände im Schoß gefaltet hält und Tarik mit einem starren Ausdruck der Überraschung anschaut. Seine Fähigkeit weist beide Reaktionen als glaubhaft aus.

Ein aufgeregter König und eine hochmütige Königin. Fürwahr ein verwirrendes Paar.

Verwirrend, wenn Tarik kein Lingot wäre. »König Eron, habt Ihr gewusst, dass Königin Hanlyn von Anfang an hinter Prinzessin Magars Verschwinden gesteckt hat?«

Eron sieht seine Frau mit aufgerissenen Augen an und lässt den Blick an ihr hinabgleiten. Er stößt ein scharfes Lachen aus. »Hanlyn würde sich nie auf eine solche Art über mich hinwegsetzen. Seht sie doch nur an, Junge, sie zittert angesichts der Anklage.«

Tarik verschränkt die Finger und sieht Hanlyn ruhig an. Sie zittert wirklich, aber nicht vor Angst. Sie ist zornig. Ihre Augen brennen vor Zorn, ihre Lippen sind vor Entrüstung zusammengepresst. Sie ist erwischt worden. Tarik ist neugierig, wie sie mit der Situation umgehen wird. Wird sie so würdevoll gelassen sein wie immer? Wird sie ihm Beleidigungen an den Kopf werfen und ihre Schuld vor ihrem Mann verbergen? Denn Erons Worte klingen so wahr wie der Sonnenaufgang; er hat keine Ahnung von dem falschen Spiel seiner Gemahlin.

»Was habt Ihr zu Eurer Verteidigung zu sagen, Königin Hanlyn?«, fragt Tarik und sieht sie durchdringend an.

Sie atmet scharf ein und dreht sich zu ihrem Mann um. Dann legt sie die Hand auf seine und sagt: »Ich habe den Falkenkönig und seine Art zu herrschen respektiert.« Überraschend wahr. »Aber ich fürchte, ich habe ihm mehr Vertrauen geschenkt, als er verdient. Er belügt dich jetzt, Eron. Und wir dürfen ihn mit dieser Ungeheuerlichkeit nicht durchkommen lassen. Er beschuldigt uns, unsere eigene Tochter entführt zu haben. Das ist doch vollkommen absurd!«

Aha, sie verdreht seine Worte, um Eron in die Beleidigung mit einzubeziehen. »Er beschuldigt uns.« »Das dürfen wir nicht zulassen.« Sie wendet sich fälschlicherweise als ein geeintes Paar an ihn, ein weiterer Beweis dafür, dass sie allein gehandelt hat. Ihre Lügen mögen ihren Gemahl täuschen, aber in Tariks Ohren klingen sie verblüffend falsch.

»Warum habt Ihr sie in Pelusia festgehalten?«, blafft Tarik, verärgert, dass sie ihn mit ihren Worten zum Narren hält. »Gebt den Befehl zu ihrer Freilassung, und ich verschone Euer Leben.«

»Ihr *Leben?«* Eron springt auf. »Habt Ihr den Verstand verloren, Junge? Ihr habt nicht die Befugnis, solche Drohungen auszusprechen!«

»Sie ist Gast in meinem Palast und hat meine zukünftige Königin entführt, nachdem Ihr selbst die Vorbereitungen getroffen habt, sie mit mir zu vermählen. Habt Ihr meine Fähigkeit als Lingot vergessen? Habt Ihr vergessen, dass die Wahrheit mir nicht entgeht? Wochenlang habt Ihr mich belogen, dass Ihr einen dauerhaften Frieden zwischen Theoria und Serubel wollt, dass Ihr das Kratorium nur gegen Hemut einsetzen werdet. Wochenlang habe ich es ertragen, dass Ihr durch das Königreich geschlichen seid und Eure Männer nach Kyra ausgeschickt habt, um die Menge an Brandlinggift in der Stadt abzuschätzen, als würden meine Wachen ihre Besuche nicht mitbekommen. Ihr habt aus der Annehmlichkeit meines Palastes heraus einen Angriff geplant. Oh ja, ich weiß alles. Aber Ihr habt noch keine Schritte gegen mich unternommen, daher habe ich nichts getan. Doch jetzt hat Eure eigene Gemahlin Sepora entführt. Gebt sie mir zurück, sonst lasse ich Euch beide hinrichten.«

Eron ist so rot geworden wie jemand, der etwas höllisch Scharfes gegessen hat. »Uns hinrichten lassen? Wie könnt Ihr es wagen, meine Frau eines solchen Hochverrats zu bezichtigen und jetzt sogar unser Leben zu bedrohen? Euer letztes Stündlein hat geschlagen, Junge, dafür sorge ich! Falkenkönig hin oder her!«

»Wachen!«, ruft Tarik. Zehn Männer marschieren herein, ergreifen den König und die Königin und halten sie bis auf Weiteres fest. »König Eron, ich klage Euch hiermit der Verschwörung gegen mich an, die Friedensregelung zwischen unseren Königreichen aufzuheben. Königin Hanlyn, ich klage Euch der Entführung der zukünftigen Königin Theorias an, Prinzessin Magar.«

Sethos erscheint apfelkauend hinter einer der Wachen. Mit vollem Mund fragt er: »Das war richtig befriedigend, oder, Bruder? Ich finde, Macht steht dir gut.«

»Sei still, Sethos.«

Während des allgemeinen Aufruhrs hat Patra ihr warmes Plätzchen am Balkon verlassen und stupst jetzt mit der Nasenspitze Tariks Hand an. Er begrüßt sie, indem er ihr über den Rücken streicht, und sie setzt sich neben ihn. Ihr Kopf reicht ihm fast bis zur Schulter. Sie ist wachsam, schnurrt aber an seinem Bein, als wolle sie seinen aufsteigenden Zorn besänftigen.

Königin Hanlyn hat ihre Rolle bei der Entführung Seporas noch immer nicht eingestanden, und es sieht so aus, als würde sie es auch nicht tun. Wenn er bei der langen Suche nach Sepora nicht so wenig an sie gedacht hätte, wäre er vielleicht nicht so wütend auf sie. Aber irgendwie hat sie es geschafft, sich ihm zu entziehen, so wie Sepora sich ihm manchmal entziehen kann, und er will wissen, wie sie das geschafft hat. Er denkt an das Blut auf Seporas Kissen und fragt sich – hofft –, dass es nicht echt war. Die Frau, die hier vor ihm steht und die bei jeder Mahlzeit an seinem Tisch so höflich und warmherzig erschienen ist, kann unmöglich ihrer eigenen Tochter etwas angetan haben.

Oder etwa doch?

Gerade als er ihr diese Frage stellen will, kommt noch jemand durch die Tür gestürmt – Cy, sein Meisterheiler. Der Junge braucht beide Hände, um die Pyramide aus frischem Spektorium zu halten. Sie ist so groß, dass sie ein blasses Licht in den Raum wirft und das Gelb der Kerzen überstrahlt.

»Euer Hoheit, seht Euch das an!«, ruft Cy. »Frisches Spektorium. Es lag auf den Stufen des Lyzeums, mehr, als ich seit Monaten gesehen habe!«

Tarik stöhnt. Der Große Rat hätte keinen schlechteren Zeitpunkt wählen können, um dem Falkenkönig seine äußerste Großzügigkeit und Loyalität zu beweisen. Jetzt werden Eron und Hanlyn wissen, dass es noch mehr Schmiede gibt. Wenn der Ausgang ihrer Verhandlung – und es muss eine Verhandlung geben, um den anderen Königreichen zu zeigen, dass er seine Gäste nicht einfach nur aufgrund von Hypothesen ermordet – nicht zu einer Einkerkerung führt und sie freigelassen werden, wird den niedriggeborenen Bürgern Gefahr von ihnen drohen. Er muss jetzt zusätzliche Schritte ergreifen, um sie zu schützen.

Sepora wird nicht froh sein, wenn er ihre Freilassung erwirkt. Sie wird es als Verrat betrachten, nachdem er so viel von Vertrauen geredet hat und jetzt auch noch ihrem Vater und vor allem ihrer geliebten Mutter derartige Beschuldigungen an den Kopf wirft. Aber hat Sepora ihn nicht zuerst verraten, indem sie ihm die Existenz der anderen Schmiede die ganze Zeit über verheimlicht hat?

Beim Stolz der Pyramiden, warum muss alles immer so kompliziert sein?

Es war ein Fehler, nicht mehr auf König Eron zu achten. Irgendwie hat sich der Mann von seinen Wachen losgerissen, sich ein Schwert geschnappt und stürzt sich damit nun auf Tarik. Nicht einmal Sethos kann ihn jetzt noch retten. Die Zeit scheint stillzustehen, als die Klinge seinem Herzen immer näher kommt, und seine Reflexe sind nicht schnell genug, um dem Stoß auszuweichen.

Aber Patras Reflexe sind schnell. Sie wehrt den Angriff des Königs ab, legt ihm die Kiefer um den Unterarm und zermalmt den Knochen. Eron schreit vor Schmerz – bis Patra ihm ins Gesicht springt und es mit heftigem, kehligem Knurren zerfleischt.

»Patra, aus!«, befiehlt Tarik, aber seine Katze fällt nun wie wild über Eron her. Sethos zieht das Schwert, doch er zögert und ist sichtlich ratlos, was er tun soll – er schwankt zwischen seiner Abneigung gegen Eron und seiner Liebe zu Patra. Tarik sieht seinen Bruder an und schüttelt den Kopf; es wäre sinnlos, Patra jetzt mit dem Schwert anzugreifen, denn der leblose Körper des Königs sackt zu Boden.

Patra weicht von ihm zurück und stellt sich zwischen Tarik und die Wachen sowie Sethos. Cy kauert in der Ecke und birgt den Kopf in den Händen, seine Pyramide aus

Spektorium vergessen. Wo ist die Pyramide aus Spektorium überhaupt?

Und wo ist Königin Hanlyn?

Tarik und Sethos scheinen gleichzeitig zu bemerken, dass sie fort ist. »Sucht die Königin«, befiehlt Sethos, schiebt das Schwert in die Scheide auf seinem Rücken und steigt über Erons Leichnam. »Und räumt die Schweinerei hier weg.«

Fünf Wachen verlassen den Raum und fünf bleiben, um Sethos' Anordnung Folge zu leisten. Tarik geht zu Cy hinüber, zieht den kleinen Heiler vom Boden hoch und klopft ihm den eingebildeten Staub vom Leib. »Es wird alles gut«, sagt er dem Jungen. »Patra hat mich nur beschützt.«

»Ich habe noch nie gesehen, dass eine Katze so etwas tut«, flüstert er. »Ich meine, ich weiß, dass sie dazu abgerichtet werden, aber … aber …«

»Richtig, doch bisher gab es dafür keinen Anlass. Jetzt lass uns in mein Schlafgemach gehen und über deinen Fund reden, ja?«

»J-j-ja, Hoheit. Natürlich.«

Patra folgt ihnen und leckt sich das Blut vom Gesicht. Über die Schulter hinweg ruft Tarik seinem Bruder zu: »Sethos, brich sofort nach Pelusia auf.«

25

SEPORA

Vielleicht konnte ich mich nicht mehr an jede Einzelheit von Rashidi erinnern, als ich vor wenigen Tagen in seine Gestalt geschlüpft bin, denn das Ergebnis war gemischt. Doch sein Stirnrunzeln bekam ich perfekt hin, und Bayla und ich hatten viel Spaß dabei, uns über seine verschiedenen Gesichtsausdrücke lustig zu machen und zu rätseln, was sie wohl bedeuten mochten. Seitdem habe ich jede Menge Übung bekommen.

Vielleicht sollte ich ein schlechtes Gewissen haben, weil ich mir keine Mühe mehr gebe, zu entfliehen. Aber hier zu sein hat etwas Heilsames. Natürlich musste ich Bayla ständig daran hindern, mich zu zwingen, mir das Gallum herausnehmen zu lassen, aber im Moment scheint sie entschlossen, mich sanft dazu zu überreden. Solange ich so tue, als wäre ich von Tag zu Tag überzeugter, scheint sie keine Eile zu haben. Und jeden Morgen nach dem Frühstück und unserem ernsten Gespräch über die Operation darf ich mit der Verwandlungsfarbe spielen.

Seit Bayla heute gegangen ist, um sich um eine Angelegenheit der Burg zu kümmern, habe ich bereits zwei Diener und einen Händler verkörpert, den ich von der Burgmauer aus gesehen habe. Sein Gesicht habe ich wahrscheinlich nicht perfekt hinbekommen. Was hätte man aus der Entfernung auch wahrnehmen können? Die Poren an seinem Kinn? Jede einzelne Wimper, die hierhin oder dorthin zeigt? Vielleicht sogar Nasenhaare? Also habe ich mir vorgestellt, wie er meiner Meinung nach aussieht, und so ist er erschienen, als ich mit meiner Arbeit fertig war.

Als ich jetzt mein Bild in dem bodenlangen Spiegel betrachte, bin ich tief beeindruckt von mir. Es ist mit Abstand meine beste Leistung bisher. Die Augen wirken hohl und haben tiefe Ringe, ein unwirscher Zug liegt um den Mund mit den dünnen Lippen, und die weißen Augenbrauen sind mithilfe einiger Hundehaare, die ich mit Kerzenwachs befestigt habe, dicht und buschig. Ich weiß noch, wie mir als Kind unsere Dienerin Testra erlaubt hat, mich in Mutters Kleiderschrank zu schleichen, um ihre Sachen anzuziehen, aber rückblickend hat das nicht annähernd so viel Spaß gemacht wie dieses Fest aus Farbe und Kostümen und Schädeltrank, auch wenn der üble Geruch von Fassadenfischhirnen über der Veranda liegt.

Als Nächstes werde ich Bayla selbst verkörpern. Wenn sie mir heute Abend das Essen bringt, wird sie erschrecken, wenn sie sich selbst vor sich sieht. Mit dem gefärbten Öl werde ich meinem weißen Haar den goldenen Blondton ihrer Zöpfe verleihen. Und wenn ich ein klein wenig in die Knie gehe, bin ich nicht größer als sie. Sie sollte stolz sein. Das Mädchen ist wirklich eine Meisterin der Verkleidung. Und eine meisterhafte Lehrerin, wenn ich das mal so sagen darf.

Aber ich habe es mir leichter vorgestellt, als es ist. Ich brauche fast den ganzen Tag, um Bayla zu perfektionieren. Und während die Stunden verstreichen und mir das Essen von einer anderen Dienerin gebracht wird – die mich beim Servieren nicht einmal ansieht –, mache ich mir langsam Sorgen, wo meine fröhliche Gefährtin so lange bleibt. Ist das eins ihrer vielen Spiele? Soll ich nach ihr suchen? Es ist ein aufregender Gedanke, ohne Anstandsdame frei und ungehindert durch die Burg zu laufen. An den Tagen, an denen wir durch den Palast streifen, habe ich auf viele Einzelheiten geachtet und sie gut im Gedächtnis behalten, für den Fall, dass ich tatsächlich fliehen muss. Aber ich bewundere inzwischen auch die Weitläufigkeit der Anlage, die an jeder Ecke Geschichte atmet, und die Tatsache, dass Pelusia ausgiebig Handel treibt, und das nicht nur mit den anderen vier Königreichen. Es bevorzugt die Waren und die Dienste der geheimnisvollen Königreiche im Norden, die jenseits des großen Meeres liegen, das uns alle voneinander trennt. Man erreicht sie erst nach monatelanger Seefahrt, daher hat

Pelusia Schiffe gebaut, die Platz für genügend Vorräte bieten – das habe ich erfahren, als Bayla mich zu den Docks am Ufer mitgenommen hat.

Vielleicht wird mich meine Suche nach Bayla wieder zu den Docks und zu der Salzluft bringen, zu dem frischen Wind und dem Gestank toter Fische, die auf dem Markt verkauft werden. Ich ziehe meine Schuhe an – das Einzige, woran man erkennt, dass ich in Wirklichkeit nicht Bayla bin –, und gehe zur Tür.

Während der vergangenen drei Tage hat sie auf unseren Spaziergängen getestet, wie geschickt ich darin bin, Verwandler zu erkennen. Ich habe den Bogen noch nicht ganz raus, aber sie kann jeden Einzelnen innerhalb und außerhalb der Burg entdecken. Sie ist so gut darin, dass ich mich gefragt habe, ob sie nicht auch ein Scharfauge ist. Einige verwandeln sich, um besser auszusehen. Schöne Frauen hingegen verwandeln sich, um reizlos zu erscheinen, damit sie nicht so viel Aufmerksamkeit auf sich ziehen. Andere verwandeln sich einfach nur aus Spaß an der Verwandlung, und das sind die, die wir auf dem Palastgelände suchen, während sie nach uns suchen. Es ist ein kindisches Spiel, ich weiß, aber es gibt mir etwas zu tun, bis ich Nachricht von Mutter erhalte. In dem letzten Schreiben, das ich bekommen habe, teilt sie mir mit, dass der König sich um mich sorgt, was zu erwarten war, und dass ich nicht ängstlich sein, sondern daran denken soll, dass ich eine serubelanische Prinzessin bin, und dass ich stark bleiben soll – und natürlich, dass ich weiter über die Operation nachdenken soll.

Ich fühle mich gelinde gesagt schuldig, dass ich Spaß habe, während Tarik mit der schwierigen Situation fertig werden muss, in der er sich befindet, aber ich finde Trost in dem Wissen, dass Mutter alles im Griff hat, selbst wenn Tarik nichts davon ahnt. Mutter wird nicht zulassen, dass die Königreiche in einen Krieg geraten, ebenso wenig wie ich.

Trotzdem, wenn Tarik verschwunden wäre, wäre ich krank vor Sorge und untröstlich, obwohl er unsere Hochzeit abgeblasen hat. Ist es schlecht von mir, den Tag mit Spielen zu vertrödeln, während er sich fragt, was mir zugestoßen ist? Aber ich darf nicht zulassen, dass die Hoffnung, er könnte mich noch lieben, zu sehr an mir nagt. Ich muss über diese Hoffnung hinwegkommen, dass jemals wieder etwas zwischen uns sein wird. Selbst wenn er sich Sorgen macht, hat er sicher noch anderes zu tun, das ihn ablenkt. Um eine Prinzessin, die er nicht mehr heiraten will, kann er nicht allzu besorgt sein.

Ich schiebe diese Gedanken beiseite, während ich in Gestalt von Bayla durch die Burg wandere und jeden Diener ansehe, dem ich begegne; vor allem aber achte ich auf ihren Geruch. Ich ernte natürlich viele seltsame Blicke, aber mir ist aufgefallen, dass Bayla immer nach Rosen duftet. Selbst wenn sie sich in jemand anderen verwandelt hat, wird sie auf jeden Fall noch nach Bayla riechen. Na gut, nach Bayla und nach Schädeltrank.

Ich komme an einer Tür vorbei, die fast geschlossen ist, bleibe aber wie angewurzelt stehen. Aus dem Raum dringt

Kerzenlicht – und obwohl ich keine Rosen rieche, höre ich den unverkennbaren Singsang von Baylas Stimme. Ich drücke die Tür ein klein wenig auf und sehe sie, die Arme um einen viel größeren Jungen mit dunklem Haar und dunkler Haut geschlungen. Ein hübscher Junge, der, nach der Innigkeit ihrer Umarmung zu schließen, kein anderer als Pontiadi sein kann. Ich ziehe mich von der Tür zurück, um die beiden ihren ungestörten Moment beenden zu lassen. Aber dann sagt Pontiadi etwas, das mich erstarren lässt.

»Du darfst es Prinzessin Magar nicht sagen.«

Ich beuge mich dichter vor, bis ich mir sicher bin, dass sie mich erwischen, wenn sie in meine Richtung schauen.

Bayla schüttelt den Kopf. »Ich kann ihr das nicht verheimlichen. Es ist ungerecht, Ponti!«

Er streichelt ihre goldenen Zöpfe, sichtlich bekümmert über ihre Bedenken. »Süße, wer sind wir, zu entscheiden, was gerecht ist? Wir sind nur Diener in dieser Burg. Die Entscheidung liegt beim König. Wir dürfen uns da nicht einmischen.«

»Und wenn es um uns ginge, Ponti? Was, wenn jemand versuchen würde, uns zu trennen? Was, wenn jemand versuchen würde, mich mit einem anderen Mann zu verheiraten? Würdest du das nicht wissen wollen?«

Sie mit einem anderen Mann verheiraten? Heilige von Serubel, was geht hier vor?

»Ich würde keinem Mann erlauben, dich anzurühren.«

»Sie liebt ihn, Ponti. Sie hat es mir selbst gesagt. Sie liebt den Falkenkönig. Sie will keinen Prinzen aus dem Norden heiraten. Sie darf nicht von einer Schachfigur für ihren Vater zu einer Schachfigur für ihre Mutter werden. Das werde ich nicht zulassen!« Sie tritt ihm auf den Fuß, aber er hält sie fest und stöhnt nur kurz auf vor Schmerz.

»Wenn du ihr das erzählst, läuft sie davon. Dann stecken wir beide in Schwierigkeiten«, erklärt Ponti, aber ich merke, dass Baylas Tränen ihn rühren.

»Sie ist meine Freundin. Ich werde sie nicht verraten.«

»Und was ist mit uns? Der König wird mich zur Armee holen und fortschicken und dann sehe ich dich nie wieder.«

»Hat er gesagt, warum sie Prinz Bahrain heiraten soll?«

Prinz Bahrain? Nie von ihm gehört. Mutter hat ihn in ihren Briefen jedenfalls nicht erwähnt. Weiß sie denn, dass Tarik unsere Verlobung gelöst hat? Ist das der Grund, warum sie eine andere Ehe für mich arrangiert? Bei diesem Gedanken verspüre ich einen kleinen Stich des Verrats; Tarik hat versprochen, dass ich es meinen Eltern sagen kann, wann es mir beliebt. Vielleicht denkt er, mein Verschwinden habe das geändert, vor allem wenn er davon ausgeht, ich wäre davongelaufen.

Bayla stößt Ponti von sich, den Kopf hoch erhoben. »Der Falkenkönig wird es nicht zulassen, genauso wenig wie du es zulassen würdest.«

»Der Falkenkönig wird es zulassen, denn auf diese Weise kommt er an das Heilmittel gegen die Stille Seuche. Er wird sie mit Freuden gehen lassen. Er wird die Verlobung abblasen, sobald man ihm das Angebot unterbreitet hat. Jeder gute König würde das tun.«

Also weiß Mutter es doch nicht?

»Dann kommt mit mir«, sage ich und trete aus der Dunkelheit des Flurs in die Tür. Ponti stößt einen überraschten Laut aus und schaut von Bayla zu mir. Ich habe meine Sache großartig gemacht, mich in sie zu verwandeln; selbst er erkennt das. »Kommt mit mir nach Theoria und bringt alles in Ordnung. Der Falkenkönig wird euch nicht abweisen. Ich werde euch nicht abweisen. Ihr werdet für nichts bestraft werden.«

Ponti schiebt Bayla hinter sich. »Ihr wisst nicht, was hier geschieht, Prinzessin Magar.«

»Du hast recht, das weiß ich nicht. Also erklär es mir«, antworte ich gelassen. Bayla zwickt ihn in die Seite und er stöhnt. »Lass das, Bayla. Du weißt, dass ich sie sofort zum König bringen muss. Der König wird wissen, was mit ihr geschehen soll.«

»Kannst du kämpfen, Ponti? Denn sie kann es. Sie ist von einem Majai ausgebildet worden.«

Ponti mustert mich nachdenklich von Kopf bis Fuß. »Sie könnte gelogen haben.«

Als ich ihn breit anlächele, denkt er noch mal darüber nach. Schließlich sagt er: »Ich sollte die Wachen rufen. Ich sollte sie sofort herrufen und diese Sache beenden …«

»Ich fürchte, die Wachen können dir im Moment nicht helfen«, erklingt eine vertraute Stimme von der Tür hinter mir. Sethos tritt ein, ein Schwert in jeder Hand und einen müden Ausdruck im Gesicht. Mir entgeht nicht, dass an beiden Klingen Blut klebt. »Sie sind … unpässlich.«

Er sieht mich an und dann Bayla. »Welche von Euch beiden ist Sepora? Ich habe nicht den ganzen Tag Zeit, also fange ich einfach damit an, Euch beide in Scheibchen zu schneiden.«

»Du bist ein Idiot«, zische ich. »Und wehe, wenn du ihnen ein Haar krümmst, dann reiße ich dir die Augen aus dem Kopf!«

Sethos verzieht das Gesicht. »Na gut, ich habe dich gefunden. Und jetzt nichts wie weg hier.«

Er packt mich am Arm und zerrt mich zur Tür. Ich sträube mich, aber er ist zu stark, sodass wir binnen Sekunden den Flur entlangeilen.

»Halt!«, flehe ich. »Graylin wird die beiden töten, wenn er herausfindet, dass sie mich haben entkommen lassen.«

Sethos seufzt. »Du gehst nicht von selbst. Das hättest du längst getan, wenn du auch nur einen Funken Verstand hättest. Du bist entführt worden, und zwar zu meiner großen Erheiterung gegen deinen Willen. Jetzt lass uns hier verschwinden, bevor ich wirklich jemanden umbringen muss. Und wenn du mich zwingst, dich bewusstlos zu schlagen, sorgst du absichtlich für einen Streit zwischen meinem Bruder und mir, und du weißt, wie sehr ich mich darauf freue.«

»Glaub mir, deinem Bruder könnte es nicht gleichgültiger sein.« Endlich entreiße ich ihm den Arm.

Er verengt die Augen zu schmalen Schlitzen. »Mein Bruder war zwei Wochen lang krank vor Sorge um dich. Es ist viel passiert, Sepora. Stell meine Geduld nicht auf die Probe.

Ich bin müde und habe Hunger. Außerdem habe ich Hunger.«

»Dein Bruder hat kein Recht mehr, sich um meine Sicherheit zu sorgen. Vor meiner Entführung hat er unsere Verlobung gelöst.«

Sethos versteift sich. »Du lügst.«

»Er hat es dir nicht gesagt?«

»Wachen! Wir haben einen Eindringling!«, ruft Ponti von der Tür aus.

Sethos seufzt, marschiert zu Ponti zurück und schlägt ihm mit dem Schwertknauf auf den Kopf. Ponti sackt auf dem Steinboden zusammen. Bayla will schreien, aber Sethos ist schon neben ihr und hält ihr den Mund zu. »Ich habe alles gehört. Sobald der Falkenkönig von diesem Unsinn erfährt, dass seine Braut mit einem anderen verheiratet werden soll, wird er von Graylin Rache fordern. Ich schlage vor, dass ihr beide vorher aus Pelusia flieht.« Er deutet mit dem Kopf auf den am Boden liegenden Ponti. »Aber wenn du jetzt schreist, schlitze ich ihm die Kehle auf. Vielleicht nicht heute, vielleicht nicht morgen. Aber ich werde zurückkommen und ihn finden, ganz gleich, wohin ihr geht. Mir ist noch keiner entkommen.«

Bayla schluchzt unter seiner Hand, aber sie nickt heftig zum Zeichen, dass sie verstanden hat. »Gut.«

Er kehrt zu mir zurück, packt mich am Arm und zerrt mich weiter. »Siehst du? Man kann mit jedem vernünftig reden. Außer vielleicht mit dir.«

»Du bist unglaublich.«

»Trotzdem ist es schön, dich zu sehen. Ich kann es gar nicht erwarten, dir die Neuigkeiten zu erzählen.« Er klettert in ein offenes Fenster, das kaum groß genug ist für seine kräftige Gestalt. Dann schaut er nach unten und nickt. »Die Heuhaufen sind noch da. Ich fürchte, wir müssen springen. Sie werden die anderen Wachen inzwischen gefunden haben und nach uns suchen.«

»Ich werde nicht springen.«

»Bist du sicher? Denn ich würde dich mit größtem Vergnügen hinauswerfen.« Er streckt die Hand nach mir aus.

Ich sehe sie an und ziehe die Luft durch die Zähne. »Ich kann das nicht.«

»Beim Stolz der Pyramiden, nimm meine Hand und lass uns springen.«

»Kannst du mich bewusstlos schlagen, so wie Ponti?«

Er verdreht die Augen. »Gönn dir etwas, das du deinen Enkeln erzählen kannst, und spring, Sepora. Du bist von der Halbbrücke gesprungen, warum also nicht von einem hohen Burgturm? Außerdem müssen wir wirklich los. Meine künftige Gemahlin erwartet in Theoria meine Rückkehr und ich brenne darauf, zu ihr zurückzukommen.«

»Deine künftige *Gemahlin?*« Meine Augen müssen die Größe von Untertellern haben.

»Ich erzähle dir alles. Sobald du gesprungen bist.«

Männerstimmen hallen vom Ende des Flurs zu uns herüber. Bevor ich weiß, was ich tue, bin ich im Fenster und sehe zu dem Heuwagen hinab. »Bist du sicher, dass wir das überleben?«

»Na klar«, antwortet Sethos grinsend.

Und dann hebt er mich hoch und wirft mich aus dem Fenster.

26

TARIK

Rashidi wartet zusammen mit Tarik, der in seinem Tagesgemach auf und ab geht. Man hat ihnen vor einer Stunde verkündet, dass Sethos mit Sepora zurückgekehrt sei und dass sie jeden Moment eintreffen und sich zu ihm begeben würden. Der ganze Palast ist über die Rückkehr der Prinzessin aufgeregt wie ein Bienenschwarm. Tarik ist sich nicht sicher, ob Freude oder Neugier der Grund dafür ist, dass alle Diener über die Rückkehr Magars sprechen, der zukünftigen Königin Theorias, aber wie Ptolem ihm berichtet, fragt sich jeder, wie sie auf den Tod ihres Vaters reagieren wird. Das ist eine gute Frage.

Tarik schließt die Augen bei dem Gedanken, Sepora von ihrem Vater erzählen zu müssen. Vielleicht hat Sethos es ihr schon gesagt. Es ist ein langer Fußmarsch von Pelusia, aber Ptolem hat gesagt, sie seien in einem Ruderboot auf dem Nefari angekommen und kurz vor der Halbbrücke von Bord gegangen. Sethos hatte Zeit, Sepora über alle Ereignisse ins Bild zu setzen. Ob er es getan hat oder nicht, vermag Tarik nicht zu sagen. Ernste Gespräche sind nicht Sethos' Stärke. Trösten ist es auch nicht.

Dann geht die Tür auf und ein sehr müde aussehender Sethos und eine sehr passiv aussehende Sepora betreten das Tagesgemach. Zu Tariks Überraschung zieht Rashidi einen Stuhl für Sepora heran und drängt sie, Platz zu nehmen. Er ärgert sich, dass er nicht selbst auf den Gedanken gekommen ist. Sowohl Sepora als auch Sethos sehen aus, als hätten sie viel durchgemacht. Sethos ist blutverschmiert und voller Dreck und Sepora nur voller Dreck, wie Tarik nach eingehender Musterung zu seiner großen Erleichterung feststellt. Sie trägt ein Dienstbotengewand, und er fragt sich, was seine eigenen Diener wohl gedacht haben, als ihre zukünftige Königin in einem so zerlumpten Zustand an ihnen vorbei durch den Palast gezerrt wurde.

Sie werden denken, dass Pelusia dafür gehörig büßen muss.

Und sie würden recht haben.

Sethos winkt ab, als Rashidi sich eine Schnittwunde an seinem Arm ansieht. »Nur ein Kratzer«, versichert Sethos ihm. »Aber wenn Ihr Euch Sorgen macht, Freund, lasst bitte so viel Essen und Wasser kommen, wie sich zu dieser späten Stunde in der Küche auftreiben lässt. Wir sind halb verhungert. Und wo ist Tulle? Ich möchte sie sehen.«

Es entgeht Tarik nicht, dass Seporas Magen knurrt, doch es scheint sie nicht zu kümmern. Sie sitzt hoch aufgerichtet mit ausdrucksloser Miene da. Falls sie versucht, Tariks Lingotfähigkeiten in die Irre zu führen, indem sie ihre Gefühle weder durch Worte noch durch Körpersprache verrät, macht sie ihre Sache hervorragend.

Tarik setzt sich ihnen gegenüber, während Rashidi den Wachen vor der Tür Anweisungen erteilt. Als Rashidi sich wieder zu ihnen gesellt hat und sich an die Wand neben dem Balkon lehnt, sieht Tarik seinen Bruder an. Selbst in dem schwächer werdenden Kerzenlicht ist Sethos unschwer anzusehen, dass er müde und gereizt und überhaupt nicht gut auf Tarik zu sprechen ist. In der Ecke des Raumes peitscht Patra den Schwanz hin und her. Sie lässt Sethos und Sepora nicht aus den Augen. Seit dem Zwischenfall mit Eron ist sie noch vorsichtiger mit Tariks Besuchern. Er hofft, dass ihre Zuneigung zu seinem Bruder und Sepora bald zurückkehren wird. Es hat Tage gedauert, sie wieder für Rashidi zu erwärmen.

»Ihr seid beide unversehrt?«, fragt Tarik leise.

»Natürlich. Jedenfalls körperlich.« Sethos grinst höhnisch.

»Körperlich?«, wiederholt Rashidi. »Auf welche Art könnte man sonst versehrt sein?«

Sethos wirft dem Ratgeber einen Blick zu, dann schaut er wieder zu Tarik. »Es scheint, dass der Falkenkönig auch Euch eine Erklärung schuldet, Rashidi. Vielleicht würde er uns alle gern darüber aufklären, warum er nicht mehr mit Prinzessin Magar von Serubel verlobt ist.«

Rashidi stößt sich von der Wand ab. »Wie bitte?«

»Sag es ihm, Tarik. Sag ihm, was passiert ist.«

Aha. Sethos ist also wütend. Ist es wegen der Tatsache, dass Tarik die Verlobung gelöst hat, oder deshalb, weil er ihm nichts davon erzählt hat? Er braucht Sepora nicht anzusehen, um zu wissen, dass ihr Gesichtsausdruck sich nicht verändert hat. Trotzdem ist Tarik überrascht, als sie das Wort ergreift.

»Sethos, ich habe dir gesagt, warum er die Verlobung gelöst hat und warum er dir nichts davon erzählt hat. Wenn mich nicht alles täuscht, haben wir sogar mehrmals darüber gesprochen, unter anderem während des ganzen Weges vom Nefari zum Palast.« Aus ihren Worten spricht Müdigkeit und ein Hauch Verärgerung. »Ich wüsste nur gern, warum ein König nach einer Prinzessin schicken lassen sollte, mit der er nicht länger verlobt ist und deren Eltern nicht länger Gäste in seinem königlichen Haushalt sind?«

Tarik lehnt sich auf dem Stuhl zurück und verschränkt die Arme. Sethos weiß von der abgeblasenen Hochzeit und Sepora weiß von ihrem Vater und ihrer Mutter. Natürlich haben sie auf ihrer Reise Informationen ausgetauscht, das war zu erwarten. Und Tarik wusste, dass er ihnen beiden eine Erklärung liefern muss, aber er hat nicht damit gerechnet, gleich nach ihrer Ankunft damit überfallen zu werden. Er hatte sich einen privateren Rahmen vorgestellt, um mit jedem unter vier Augen zu sprechen, auch mit Rashidi. Aber es scheint, dass sein Bruder es darauf anlegt, ihn ins Messer laufen zu lassen; seine Lippen sind auf eine Art zusammengepresst, die Tarik gut kennt: Sie besagt, dass er eher sterben wird, als die Sache auf sich beruhen zu lassen.

Ein Klopfen an der Tür enthebt ihn einer sofortigen Antwort, und als die Diener zwei Tabletts mit Käse, Fleisch und Brot sowie Krügen mit Wasser und Wein abstellen, sucht sein Verstand fieberhaft nach Antworten – Antworten, die ihn nicht wie einen liebeskranken Welpen klingen lassen, wie Sethos es nennt.

Als er Sethos nach Pelusia geschickt hat, um Sepora zurückzuholen, hat er aus Reflex gehandelt, ohne zu überlegen, so wie man blinzelt, wenn man etwas im Auge hat. Erst als sein Bruder unterwegs war, hat er über die Folgen seiner Taten nachgedacht. Alles was er dachte, war, dass er wusste, wo sie sich befand, und wollte, dass man sie ihm wohlbehalten zurückbringt, und zwar auf der Stelle. Weil er sie liebt. Doch Sepora hinterfragt zu Recht, warum der Falkenkönig das getan hat. Warum der Falkenkönig überhaupt noch an ihr interessiert ist, da sie nicht mehr die künftige Königin von Theoria ist.

Und er hat keine Antwort. Jedenfalls keine richtige.

Aber dafür hat er Fragen und das wird für den Moment für sie alle genügen müssen. Er wartet mehrere lange Sekunden ab und sieht zu, wie Sethos und Sepora über die Tabletts herfallen, als hätten sie noch nie etwas Essbares gesehen. Rashidi blickt indessen zu Boden, ebenfalls sehr darauf bedacht, seine Gefühle vor Tarik zu verbergen. Es gefällt Tarik gar nicht, dass jeder im Raum sich im Moment von ihm verraten fühlt.

Endlich nimmt Sethos einen langen Schluck Wasser und knallt den Kelch auf den Tisch. »Also, Hoheit, wo waren wir? Ah, ja. Eure besondere Situation, nicht mit einer gewissen Prinzessin Magar verlobt zu sein.«

»Hör auf, mich Magar zu nennen«, sagt Sepora mit einem Stück Brot im Mund. »Und hör auf, so förmlich zu sein. Ihr seid Brüder. Ihr könnt miteinander reden, wann es euch passt. Ihr braucht wegen mir nicht auszurasten. Ich habe euch schon gesagt, für mich spielt es nicht die geringste Rolle.«

Dieser letzte Teil ist eine Lüge, und Tarik hat das Gefühl, als hätte man ihm ein Schwert in den Leib gerammt. Also leiden sie beide unter seiner Entscheidung. Aber er muss dazu stehen. Er hat sie als König gefällt, nicht als verliebter Mann. Er ist erleichtert, dass sie ihre diesbezüglichen Fragen an ihn vorerst fallen lässt. Ihrem Verhalten nach zu urteilen bezweifelt er sogar, dass sie das Thema wieder zur Sprache bringen wird. Doch bei Sethos wird er nicht so viel Glück haben.

In den Schmerz hinein fordert sie Sethos auf: »Du musst ihm sagen, was meine Mutter vorhat. Es betrifft uns alle weit mehr als ein verlorenes Ehegelübde.«

Sethos funkelt Tarik an. »Es scheint, dass die Königin von Serubel plant, über alle fünf Königreiche zu herrschen, und zwar bequem von deinem Palast aus. Wirklich, Tarik, von deinen sogenannten Spionen habe ich mehr erwartet.« Er wirft Rashidi einen Blick zu. »Nichts für ungut, Freund.«

Rashidi nickt. »Sagt uns, was geschehen ist.«

»Nun«, beginnt Sethos und verschränkt die Hände hinterm Kopf, »während ich durch Graylins Burg gestreift bin, hörte ich, wie der König von Pelusia und Königin Hanlyn – wie sie es vor mir dorthin geschafft hat, ist mir ein Rätsel – sich in seinem Thronsaal leise miteinander unterhielten. Sie sprachen darüber, zu heiraten, und wollten Sepora mit Prinz Bahrain von Nunsdem vermählen, einem der nördlichen Königreiche, um ein Bündnis mit ihnen zu stärken. Und natürlich über die verpasste Gelegenheit, dich zu ermorden und Theoria zu stürzen, während es durch die Stille Seuche geschwächt war und sich mit Hemut wegen der Entführung Magars im Krieg befand.«

»Du sollst mich nicht Magar nennen«, wirft Sepora lässig ein und beißt in ein Stück Käse. »Aber sprich weiter.«

»Ich habe nur wiederholt, was sie gesagt haben. Wie dem auch sei«, setzt Sethos hinzu, als wäre er nicht unterbrochen worden, »sie gingen davon aus, dass die anderen vier Reiche sich ihnen nach dem Sieg über Theoria unterwerfen würden, da sie Hemut angreifen wollten, während Hemut uns angreift.«

Tarik schüttelt den Kopf. »Wie konnte Königin Hanlyn das vor mir verbergen? Ich bin ein Lingot. Ich hätte diese unterschwellige Feindseligkeit wahrnehmen sollen.«

Sethos wirft Sepora einen Blick zu. »Es scheint, dass eine gewisse Gabe zur Täuschung in der Familie liegt. Und außerdem, hast du sie je direkt gefragt, ob sie die Absicht hat, das Königreich zu stürzen? Sie hat die ganze Zeit über geschickt den Eindruck erweckt, dass Eron verantwortlich war.«

»Das war nicht gelogen. Er hatte keine guten Absichten Theoria gegenüber, Heiratsbündnis hin oder her«, antwortet Tarik. »Wie es scheint, hat sie das zu ihrem Vorteil genutzt.«

In dem Moment öffnet Tulle die Tür und eilt zu Sethos herüber, um ihn so stürmisch zu umarmen, wie ihre zarte Gestalt es zulässt. Er zieht sie zu sich auf den Schoß und gibt ihr einen dicken Kuss auf die Lippen. Sepora fallen fast die Augen aus dem Kopf. Tarik unterdrückt ein Grinsen. An dieses Verhalten wird sie sich gewöhnen müssen.

Muss sie wirklich? Wird sie überhaupt bleiben, nach allem, was geschehen ist? Noch während sein Verstand nach Gründen dafür sucht, dass sie bleiben soll, schreit seine Vernunft, dass sie gehen soll. Aber wohin soll sie sich wenden, wo sie vor ihrer Mutter sicher wäre? Und – wird er jemals sein Herz und seinen Verstand miteinander versöhnen?

Sepora räuspert sich und schaut von dem verliebten Paar zu Tarik. Er will ihr sagen, dass es für ihn genauso unangenehm ist wie für sie. Die Zuneigung, die Sethos und Tulle füreinander zeigen, ist der nicht unähnlich, die einst ihn und Sepora verband. »Ja, also«, sagt sie, »du warst dir darüber im Klaren, dass ich meiner Mutter vieles anvertraut habe, während sie hier war.«

Tarik nickt.

Sepora hebt das Kinn. »Was ich nicht gesagt habe, war, dass sie mir ausgeredet hat, für dich oder für meinen Vater zu schmieden. Als Grund dafür kann ich nur annehmen, dass es deine Streitmächte im Krieg aufgrund des Spektoriummangels schwächen sollte. Als ich in Pelusia war, hat sie versucht, mir meine Schmiedefähigkeit endgültig nehmen zu lassen.«

»*Endgültig nehmen?* Ist das überhaupt möglich?«

»Graylins Heilern zufolge ja. Sie sagen, dass ich ein *Gallum* habe. Und wenn das herausgenommen wird, verliere ich meine Fähigkeit zu schmieden.«

»Und damit warst du einverstanden?«

»Natürlich nicht.«

»Was haben sie getan, als du versucht hast zu fliehen?« Aber er bereut seine Worte, sobald er sie ausspricht. Denn wenn sie gefoltert wurde, wird er noch diese Nacht nach Pelusia aufbrechen und König Graylin eigenhändig erwürgen.

Sethos reißt seine Aufmerksamkeit gerade rechtzeitig von Tulle los, um zu lachen. »Fliehen? Du machst wohl Witze. Als ich sie gefunden habe, hat sie mit ihrer Dienerin Verkleiden gespielt.«

Tarik sieht wieder Sepora an. »Du hast nicht versucht zu entkommen? Du … du bist freiwillig dageblieben?« Unwillkürlich hebt er die Stimme. Während er sich die ganze Zeit über fast zu Tode gesorgt hat, hat sie nicht einmal versucht zu flüchten? Und sie scheint auch noch Spaß gehabt zu haben. Nimmt sie denn gar keine Rücksicht auf seine Gefühle?

»Ich … ich habe herausgefunden, dass meine Mutter hinter der Entführung steckte, und ich … habe ihrem Urteil vertraut.«

»Du hast ihrem Urteil vertraut, obwohl sie versucht hat,

dir deine Fähigkeit als Schmiedin zu nehmen? Obwohl sie dir deine Identität nehmen wollte?«

»Das Schmieden ist nicht meine Identität«, antwortet sie und steht auf. Sofort wird Patra unruhig. Tarik wirft seiner Katze einen warnenden Blick zu. Sie gähnt geringschätzig. Doch Sepora bemerkt Patra gar nicht. Sepora steht kurz vor einem Wutanfall. »Und in dem Moment schien meine Mutter die einzige Person in allen fünf Königreichen zu sein, der überhaupt etwas an mir lag! Sie hat mich nie ganz in ihre Pläne eingeweiht. Ich wusste nicht einmal, dass sie in Pelusia war! Aber das ist nicht der Grund, warum ich nicht versucht habe zu fliehen. Ich musste dableiben, weil …«

Aber die Tür wird einmal mehr aufgerissen.

27

SEPORA

Ptolem kommt durch die Tür gestürzt. »Euer Hoheit«, stößt er atemlos hervor, »Irregehende haben den Palast überrannt. Ihr müsst sofort fliehen. Wir haben keine Zeit zu verlieren!«

Mein Grund zu bleiben, das Heilmittel gegen die Stille Seuche, hat sich erledigt. »Irregehende?«, wiederholt Sethos und steht auf, ohne Tulle dabei loszulassen. »Wie sind sie an den Majaiwachen vorbeigekommen?«

»Einige von ihnen sind Majai, Prinz Sethos«, sagt Ptolem, und das Blut weicht ihm aus dem Gesicht. »Die Truppe, die gerade den Palast übernimmt, besteht aus Majai, Heilern, Oberen und Bürgern der Mittelklasse. Sie wollen den Kopf des Falkenkönigs. Wir müssen Euch hier wegbringen!«

Rashidi ist der Erste, der reagiert. Ich bin überrascht von dem neuen Leben in seinen Knochen, der Dringlichkeit in seiner sonst so ruhigen, gefassten Stimme. »Der Kamin«, ruft er aus, fasst Tarik und Sethos am Arm – und damit auch Tulle, die Sethos immer noch am Arm hält –, und führt sie hastig zu der Feuerstelle am Ende des langen Raumes. »Es gibt Geheimgänge im Palast. Wir müssen hinein, schnell!«

Ich sehe ihnen zu, wie sie alle zum Kamin eilen. Rashidi legt einen verborgenen Hebel im Kaminsims um, und die Rückwand des Kamins gleitet mit einem gewaltigen Knirschen nach rechts. Ich habe mich immer gefragt, wozu ein Palast mitten in der Wüste einen Kamin braucht. In Theoria wird es nie kalt genug für einen Kamin. Und doch gibt es überall in dem großen Palast Kamine. Kamine und Geheimgänge, die sie miteinander verbinden.

Sethos schaut zu mir zurück und ruft: »Beim Stolz der Pyramiden, Sepora, jetzt ist keine Zeit zum Trödeln. Komm schon!«

Aber als ich sehe, wie sich alle in den Gang drängen und verschwinden, wie sie ihrem Falkenkönig in ein ungewisses Schicksal folgen, rühre ich mich nicht von der Stelle. Ich gehöre nicht mit ihnen in den Tunnel. Ich gehöre nicht in diesen Palast. Ich gehöre nicht nach Serubel, in die Fänge meiner Mutter, oder nach Pelusia, wo ich den abscheulichen Absichten König Graylins ausgesetzt wäre.

Ich bin jetzt ein Mädchen, das nirgendwohin gehört. Ich weiß nicht, warum der Falkenkönig mich hierher zurückgeholt hat, aber jetzt mit ihm zu gehen, ist keine Lösung.

Doch Sethos ist wie der Blitz an meiner Seite und wirft mich über die Schulter, obwohl ich protestiere: »Lass mich in Ruhe, Sethos! Ich finde allein hinaus.«

»Ich sehe den Ausdruck auf deinem Gesicht, Sepora. Du hast nicht vor, irgendwohin zu gehen. Jetzt hör auf zu zappeln, sonst verpasse ich dir persönlich eins über den Schädel!« Aber wir sind bereits im Gang und die Tür hinter uns hat sich geschlossen, noch bevor er den Satz beendet hat.

Ich hatte vergessen, wie schnell Sethos ist.

TEIL 3

28

TARIK

Siebenundzwanzig.

Es ist das dritte Mal, dass Tarik die siebenundzwanzig Lampen aus frischem Spektorium gezählt hat, die den Versammlungsraum des Großen Rats säumen. Eine Lampe für jede Säule des runden Raums. Vier kräftige Wachen am Eingang. Neun Ratsmitglieder. Zwei theorianische Spione, bereit, Bericht zu erstatten. Der Majaikommandant Morg und Tariks störrischer jüngerer Bruder, den Zusammenkünfte, in denen Vernunft statt Blutgier herrscht, maßlos langweilen, und der sich danach sehnt, Zeit mit seiner zukünftigen Braut zu verbringen, die stumm und gefasst neben ihm sitzt. Ein alter Ratgeber, der ein guter Partner für Verhandlungen mit dem Großen Rat ist.

Und genau eine Prinzessin Sepora – deren Augen je nach Gemütsverfassung immer noch von einem klaren oder glitzernden Silber sind. Eine Prinzessin Sepora, die sich während der Rebellion der Irregehenden gut an das Leben im Viertel der Niedriggeborenen angepasst hat, die zum großen Verdruss des Rates das lange geflochtene Haar ihrer serubelanischen Brüder übernommen hat und die so braun gebrannt ist wie jemand, der tagsüber seinen Anteil an Arbeit erledigt.

Eine Prinzessin Sepora, die sich genauso große Mühe gibt wie Tarik, keinen Blickkontakt herzustellen.

Tarik schiebt den Gedanken beiseite, als einer der Spione in den Redekreis des Raumes tritt. Es ist der junge Lingot Potipher, ein Freund von Cy. Aus Respekt sollte er sich während seines Berichts dem Rat zuwenden, doch er schaut immer wieder zu Tarik. Es ist kein Geheimnis unter den Spionen, dass Tarik der Falkenkönig ist, aber er darf nicht als solcher angesprochen werden, falls andere Spione zugegen sind, die auf der Seite der Irregehenden stehen.

Nicht, solange sein Leben und das seines Bruders täglich in Gefahr ist, während die Rebellion an Fahrt gewinnt.

»Ich habe Kontakt zu Lingotmeisterin Saen hergestellt«, sagt Potipher jetzt. »Sie ist keine Irregehende und steht dem Falkenkönig gern zur Verfügung.« Die Wahrheit, das weiß er. Saen hat nicht nur die Prüfung durch diesen jungen Spion bestanden, auch die Information aus dritter Hand hielt seinen wissenden Ohren stand.

Tarik nickt dem Rat leicht zu, aber dieser hat längst einen eigenen Lingot.

»Es wird außerdem berichtet«, fährt der Spion fort, »dass die serubelanischen Soldaten, die Königin Hanlyn bei ihrer Flucht nach Erons Tod so hastig zurückgelassen hat, von den Irregehenden befreit worden sind. Die Soldaten haben sich mit ihnen zusammengeschlossen, um den Palast gegen die Unterstützer des Falkenkönigs zu schützen. Wir glauben, dass die Königin immer noch in Verbindung mit ihren Streitkräften steht. Wir wissen nicht, ob von Pelusia oder von Serubel aus.«

Tarik bemerkt aus dem Augenwinkel, dass Sepora das Kinn hebt. Das macht sie immer, wenn ihre Mutter erwähnt wird, und jedes Mal krampft sich sein Magen vor Bedauern zusammen. Sie war ihrer Mutter gegenüber treu gewesen, und er war darüber verärgert gewesen, hatte es als einen weiteren Verrat angesehen, aber was hätte sie auch denken sollen? Er hatte ihre Verlobung gelöst. Sie hatte recht daran getan, ihrer Mutter zu vertrauen.

Aber das ist jetzt nicht zu ändern. Es war ihnen bisher nicht möglich, ungestört miteinander zu reden, und selbst wenn, was gäbe es noch zu sagen? Jetzt ist es seine Pflicht, sich darauf zu konzentrieren, Theoria zurückzuerobern, so wie sein Vater es getan hätte. Sein Vater hätte nicht zugelassen, dass in solchen Zeiten Herzensangelegenheiten Vorrang haben.

Im Moment stehen sie vor der Entscheidung, ob sie auf Hemuts Angriff warten sollen, um die Truppen der Irregehenden zu schwächen, oder ob sie mit den Vorbereitungen dafür beginnen sollen, sich mit Gewalt Zugang zum Palast zu verschaffen und den Angriff der Hemutianer abzufangen, um größeren Schaden zu verhindern. Kommandant Morg befürwortet wie immer die letztere Möglichkeit, ebenso wie Sethos.

Aber leider sind es zwei verschiedene Dinge, eine Meinung zu haben und über die Mittel zu verfügen, sie in die Tat umzusetzen. »Die Serubelaner haben außerdem die verbrannte Stadt Kyra gesichert«, sagt Potipher und bestätigt damit, was Tarik vermutet hat. Natürlich bewachen die Serubelaner Kyra. Königin Hanlyn weiß, dass Sepora nicht für das frische Spektorium auf den Stufen des Lyzeums verantwortlich war, denn zu dem Zeitpunkt war Sepora bereits entführt worden. Sie wird inzwischen ahnen, dass Tarik andere Schmiede zur Verfügung stehen. Sie weiß auch, dass Anyar und der Palast nur mithilfe von Kratorium zurückerobert werden können – und dass er dafür mehr als nur die Handvoll von Bürgern braucht, die noch bereit sind, dem Falkenkönig zu dienen. Nein, nicht nur eine Handvoll. Es sind mehr. Aber wie viele mehr? Das ist es, was er wissen muss.

»Wir müssen uns Kyra einfach zurückholen«, spricht Morg die Gedanken der Anwesenden laut aus.

»Wir bemühen uns, die Königstreuen zu finden«, sagt Potipher. »Aber ich fürchte, das dauert.« Tarik versteht ihn so, dass es nicht viele davon gibt. Wenn nur die Stille Seuche nicht so unter seinen Bürgern gewütet hätte. Selbst mit dem frischem Spektorium, das seinen Heilern jetzt zur Verfügung steht, um die Symptome der Seuche abzuwehren, verweigern die Bürger in ihrem Wahn jede Behandlung. Wer nicht den Verstand verliert, verliert sein Leben.

»Wir brauchen die Hilfe eines jeden, den die Stille Seuche noch nicht getroffen hat«, erklärt Sepora leise und tritt in den Redekreis. Der Große Rat ist immer erfreut, wenn sie spricht. Sepora nimmt an diesen Treffen nur widerstrebend teil. Sethos sagt, es liegt daran, dass sie das Gefühl hat, dort nicht mehr hinzugehören. Tarik denkt, es liegt daran, dass sie dort nicht mehr hingehören will.

»Bitte, führt diesen Gedanken näher aus, Prinzessin Magar«, sagt Olna, die Ratsleiterin.

»Ich spreche von anderen Königreichen, die nicht mit Theoria im Krieg liegen.«

»Da bliebe nur Wachuk«, meint Morg angewidert.

Sepora sieht ihn nicht an. »Wir brauchen Krieger, um Kyra wegen des Kratoriums einzunehmen. Davon hat Wachuk jede Menge.«

Olna nickt. »Ja, das ist wahr, Prinzessin Magar. Aber ich bin nicht der Ansicht, dass wir die alte Stadt Kyra einnehmen müssen.«

Morg beeilt sich, zu widersprechen. »Wir brauchen Kratorium, ehrwürdige Olna. Um Kratorium herzustellen, brauchen wir Brandlinggift.«

»Dann werdet Ihr mit diesem Anliegen bei Wachuk vorsprechen müssen, Kommandant Morg.« Olna nimmt die Schultern zurück. »Denn Wachuk hat Brandlinge. Ich glaube, das ist wichtiger als alter Giftstaub in einer antiken Stadt.«

»Habt Ihr Brandlinge gesagt?«, fragt Sepora. »Lebende Brandlinge?«

Olna nickt. »Ja. Als wir vor Jahrhunderten gefangen genommen und zur Arbeit am Bau der großen Pyramiden von Theoria gezwungen wurden, haben wir aus dem großen Krieg Brandlinge mitgebracht. Unseren Vorfahren wurde gestattet, sie zu halten, da ihre feuerspeienden Organe entfernt worden waren. Als unsere Leute sich an das Wüstenleben gewöhnten, wurde uns klar, dass wir keine Verwendung für Brandlinge hatten und dass es eine Last war, sie zu füttern, wenn wir kaum selbst genug zu essen hatten. Wir begannen, sie zu züchten und an die Edelleute von Wachuk zu verkaufen. Da dieses Königreich das Feuer verehrt, waren die Adligen dort gern bereit, unsere Brandlinge gegen Nahrung zu tauschen. Wir haben hier zwar keine Brandlinge mehr, doch ich bin davon überzeugt, dass die Wachuken sie behalten haben. Sie würden nicht zulassen, dass ihre Feuerspeier aussterben, so wie das bei uns geschehen ist.«

Tarik tritt in den Kreis. Seine Gedanken überschlagen sich. »Das ist viele, viele Jahre her. Steht der Große Rat noch mit Wachuk in Verbindung?«

»Ja. Aber Ihr müsst bedenken, dass wir im Moment nichts haben, was wir ihnen zum Tausch anbieten könnten. Nichts, was für sie einen Wert hätte. Ihr habt keinen Zugriff auf Theorias Waren, und sie brauchen kein Spektorium. Ihr könnt sie nicht einfach bitten, uns ihre Brandlinge auszuborgen. Sie sind Handelspartner, keine Freunde.«

Sethos tritt in den Redekreis, und Tarik verdreht fast die Augen. Sein Bruder wird zweifellos vorschlagen, dass sie Wachuk angreifen und sich die Brandlinge einfach nehmen. Für Sethos muss die Eroberung einer Nation weiblicher Krieger gleichbedeutend sein mit der Eroberung eines Königreichs, das von Kindern regiert wird. Aber Sethos überrascht sie alle. »Ich habe eine Idee, wer dabei helfen könnte.« Er geht zu Tulle und zieht sie in den Kreis aus Erde. Ziemlich widerstrebend nickt sie dem Rat zu, während sie Sethos einen bösen Blick zuwirft. Es ist das erste Mal, dass er sie in Gegenwart von Sethos wütend sieht, was für sich genommen ein Wunder ist. »Wir sollten Prinzessin Tulle nach Wachuk schicken, um unsere Bedingungen auszuhandeln«, verkündet Sethos stolz.

»Und warum, Prinz Sethos?«, fragt Olna zweifelnd. Um die Wahrheit zu sagen, Tarik hat selbst Zweifel. Tulle hat sich immer schüchtern und bescheiden gegeben – Eigenschaften, die Tarik aufrichtig vorgekommen sind. Es erscheint eher unwahrscheinlich, dass Tulle mit der grimmigen Kriegerkönigin Emula von Wachuk zufriedenstellend verhandelt. Es erscheint ihm sogar ziemlich unmöglich.

»Was ich Euch nicht gesagt habe, weil es offen gestanden niemanden etwas angeht, und mit *niemanden* meine ich meinen Bruder, ist die Tatsache, dass Prinzessin Tulle ein Warmblut ist.«

Tarik ist überrascht. Sollte er wissen, was ein Warmblut ist? Er schaut Rashidi an, der sichtlich verwirrt die Achseln zuckt. Selbst Olna wirkt sprachlos. Sethos verdreht die

Augen und genießt es ganz offensichtlich, dass er alle Anwesenden verblüfft hat. »Es ist nämlich so …«

Aber Prinzessin Tulle fällt ihm ins Wort. »Ich bin durchaus in der Lage, es selbst zu erklären, vielen Dank, Sethos.«

Tarik unterdrückt ein Grinsen. Vielleicht ist Tulle doch nicht so schüchtern und bescheiden, wie er gedacht hat. Tulle sieht Olna an. »Ich nehme an, es ist mir gestattet, für mich selbst zu sprechen?«

Olna nickt neugierig. »Das ist es, Prinzessin. Ihr seid gegenwärtig die einzige Vertreterin des Königreichs Hemut. Wir werden Euch anhören.«

»Vielen Dank«, erwiderte Tulle ein wenig zu huldvoll, und Tarik ist sich fast sicher, dass Sethos mit dieser Frau alle Hände voll zu tun haben wird. Wenn es anders wäre, würde er sie nicht so interessant finden. »Der Grund, warum Sethos nicht früher erwähnt hat, dass ich ein Warmblut bin, ist der, dass Warmblüter daheim in Hemut im Allgemeinen Ausgestoßene sind. Wir sind selten, und wenn wir doch einmal auftauchen, versteckt man uns um jeden Preis. Mich hingegen konnte man nicht verstecken. Und so hat mein Vater mich so lange wie möglich vom Hof ferngehalten und tut es bis zum heutigen Tag.«

»Ja, Süße«, unterbricht Sethos sie, »aber erzähl ihnen, wie du im Wald im Alleingang die komplette hemutianische Armee ausgelöscht hast.«

Aber Tulle ist auf diese Leistung nicht so stolz wie Sethos. »Ich war leider gezwungen, sie zu überwältigen und meine Kräfte gegen sie einzusetzen.«

»Kräfte?«, wiederholt Tarik. Er mustert sie gründlich und findet immer noch, dass das Wort »mächtig« nicht mit ihrer Person in Einklang zu bringen ist. Sie ist schließlich ein zierliches kleines Ding.

»Ja«, bestätigt sie und hält ihre Handfläche so, dass alle sie sehen können. Im Nu bricht eine Flamme daraus hervor. »Meine Macht besteht darin, Feuer zu erschaffen.«

29

SEPORA

Ich wusste, dass mehr in Tulle steckt, als es auf den ersten Blick scheint. Während der letzten beiden Wochen im Viertel der Niedriggeborenen habe ich ihre bescheidene Art und ihre unschuldige Freundlichkeit liebgewonnen. Aber ich habe die ganze Zeit über gewusst, dass da noch etwas ist, was Sethos an ihr mag, etwas, was sein Interesse auf eine Art fesselt, wie es nur Tulle kann. Sethos ist nicht der Typ, der sich zu schlichter Bescheidenheit und Freundlichkeit hingezogen fühlt.

Und als Tulle lange Flammen durch den Raum wirft, um ihre Fähigkeiten zur Schau zu stellen, ist mir klar geworden, was Sethos so an ihr liebt: Tulle ist tödlich. Nein, nicht mit einem Schwert, und auch nicht mit ihrer Zunge, sondern mit ihren Flammen. Selbst tödlicher als Sethos, wenn sie eine ganze Armee mit ihrer Fähigkeit vernichtet hat. Ich frage mich, wie es sein kann, dass Warmblüter Ausgestoßene sind, statt das verwünschte Königreich Hemut selbst zu regieren.

Aber, wie Tulle es ausgedrückt hat, sie passen dort nicht hin. Ihr Körper ist zu warm, um auf einem Thron aus Eis auch nur Platz nehmen zu können. Vor allem aber wollen sie dort gar nicht hinpassen. Jedenfalls nicht in eine Eisnation. Nein, Tulle war recht froh, in Theoria und bei Sethos zu sein.

Gerade sagt sie: »Es wäre mir eine Ehre, in Theorias Namen mit Königin Emula von Wachuk zu sprechen.«

»Trotzdem«, wendet Olna ein, »was könnt Ihr ihnen anbieten?«

»Im Moment gar nichts«, schaltet Tarik sich ein, »aber sie wird bei ihr sicher ein offenes Ohr finden.«

Sethos nickt. »Es besteht kein Zweifel, dass sie ihnen zumindest Respekt abnötigen wird. Ich denke, es ist einen Versuch wert.«

»Wenn wir Wachuk als Verbündeten haben, könnten wir sicher den Palast zurückerobern«, bemerke ich, ohne nachzudenken. Ich vergesse immer wieder, dass ich nichts dabei zu gewinnen habe, wenn wir den Palast zurückerobern. Nichts zu gewinnen, aber auch nichts zu verlieren, rufe ich mir ins Gedächtnis. Ich bin nicht mehr die künftige Königin von Theoria. Ich werde nicht mehr im Palast leben. Vielleicht bleibe ich hier, im Viertel der Niedriggeborenen. Trotzdem verspüre ich eine gewisse Verantwortung für das, was geschehen ist. Die Bürger wären nicht verrückt geworden, wenn ich geschmiedet hätte, um sie zu behandeln – oder zumindest glaube ich das. Ich denke zurück an meine Zeit in Pelusia und an Bayla, die mir versichert hat, dass König Graylin in Besitz des Heilmittels sei und es ihm nur als Trumpfkarte bei den Verhandlungen diene. Wenn es bloß eine Möglichkeit gäbe, wie wir es in die Hände bekommen könnten. Selbst wenn ich nach Pelusia zurückkehren würde, wüsste ich nicht, wo ich suchen soll.

Mein Blick fällt auf Cy. Cy, der so ahnungslos ist, der außerhalb des Kreises sitzt und alles gelassen hinnimmt. Cy würde wissen, wo er suchen muss, welche Fragen er stellen muss, wie er sich in Pelusia als Schüler der Heilkunst ausgeben muss.

Armer Cy.

»Ich denke, wir sollten Cy nach Pelusia schicken«, sage ich unvermittelt.

Tarik und Sethos hatten über Tulle diskutiert, aber ihre Rolle ist bereits entschieden, daher machte es mir nichts aus, die beiden zu unterbrechen. Der Raum verstummt, und der Nachhall ihrer Worte erstirbt nach meinen eigenen.

Tarik sieht mich stirnrunzelnd an. Das tut er immer, aber in diesen Tagen setzt er meistens einen gleichgültigen Ausdruck auf. Ich habe mich so daran gewöhnt, dass ich es kaum noch wahrnehme. »Cy? Was hat Cy damit zu tun?«

»Alles«, antworte ich, wende mich von ihm ab und spreche zu Olna. »Als ich dort festgehalten wurde, sagte mir die Dienerin Bayla, König Graylin verfüge über ein Mittel gegen die Stille Seuche. Wenn das wahr ist, könnten wir versuchen, an dieses Mittel zu kommen. Die Rückeroberung des Palastes ist nicht unsere einzige Sorge. Die Irregehenden stellen das größere Problem dar, wenn sie sich weiter so benehmen. Wir müssen ihrem Verhalten ein Ende setzen und die Herrschaft über das Königreich zurückgewinnen.« Ich verwende schon wieder das Wort »wir«, obwohl ich genau weiß, dass Tarik in seinem Königreich keinen Platz mehr für mich bereithält.

Und wenn ich keinen Platz darin habe, wird er bei seinen Plänen dafür wohl kaum meine Meinung in Betracht ziehen.

»Wenn die Irregehenden das frische Spektorium verweigern, warum sollten sie das Heilmittel aus dem Königreich Pelusia nehmen?«, gibt Tarik zurück. »Warum hast du uns das nicht früher gesagt?«

Ich drücke die Schultern durch. »Ich wollte es dir im Palast sagen, aber die Irregehenden haben mich unterbrochen.«

Tariks finsterer Blick wird sanfter. Ich hasse es, wenn er sanft wird. Es erinnert mich daran, wie es früher war. Wie es immer noch sein könnte. »Woher wissen wir, dass sie tatsächlich ein Heilmittel haben?«, fragt er. »Wir wären Narren, wenn wir unseren besten Heiler auf eine so gefährliche Mission schicken würden.« Es ist vernünftig, was er sagt – was mich maßlos ärgert.

»Dein Heiler ist im Moment nutzlos«, kontere ich. »Er

hat reichlich Zeit zur Verfügung, während er im Viertel der Niedriggeborenen herumsitzt und Schnittwunden und Kratzer versorgt. Welche bessere Verwendung für seine Zeit gäbe es, als ihn auf die Suche nach dem Heilmittel zu schicken?«

»Er ist dreizehn Jahre alt«, gibt Tarik zu bedenken. »Und unübersehbar Theorianer. Allein hätte er in Pelusia keine Chance. An den Grenzübergängen wird man sicher wachsam gegenüber unseren Bürgern sein.«

»Vielleicht können wir ihre Arroganz gegen sie einsetzen.« Um die Wahrheit zu sagen, ich dränge nur deshalb weiter und biete Hilfe an, weil der Falkenkönig nicht mehr geruht hat, so viel mit mir zu sprechen, seit er unsere Verlobung abgeblasen hat. Ich habe die Wortgefechte mit ihm vermisst. Und ich merke, dass meine Argumente ihn zwingen, seine Haltung noch einmal zu überdenken. »Wenn du um seine Sicherheit besorgt bist, lass Sethos mitgehen. Sethos weiß, wie er Bayla finden kann. Sie wird die beiden so verwandeln, dass niemand sie erkennt.«

Sethos verschränkt die Arme vor der Brust. »Das könnte funktionieren. Wenn wir getarnt sind, können wir uns im Königreich frei bewegen, und wenn ich etwas bin, dann gründlich. Was sagt Ihr dazu, Cy?«

Cy hält den Blick auf Tarik gerichtet. »Ich bin schon vierzehn«, erklärt er ein wenig verstört, »und wir brauchen dieses Mittel.«

Olna stößt einen schweren Seufzer aus und lenkt unsere Aufmerksamkeit auf sich. »Aber Ihr vergesst, dass die Irregehenden das Heilmittel wahrscheinlich nicht einnehmen werden, selbst wenn Ihr es habt.«

»Wir werden sie dazu zwingen«, entscheidet Tarik. »Nachdem wir den Palast zurückerobert haben.«

Ich nicke. »Es ist die einzige Möglichkeit.«

»Dann wäre das also geklärt«, sagt Sethos und schlägt mir auf den Rücken. Ich beiße die Zähne zusammen; der junge Prinz kennt manchmal seine eigene Kraft nicht. »Wir brechen bei Tagesanbruch auf.«

Tulle tritt wieder vor und greift sanft nach Sethos' Hand. Ob ihre Hände nach der Feuervorführung heiß sind? Selbst wenn, würde Sethos seine Hand nicht von ihr zurückziehen. Dafür ist er viel zu männlich und viel zu verliebt.

»Wenn wir uns aufteilen, wären wir gut beraten, Rashidi nach Hemut zu schicken«, schlägt Tulle vor. »Ich denke, dass Lady Gita, die Ratgeberin meines Vaters, auf ihn hören würde.«

»Lady Gita?«, wiederholt Sethos ungläubig. »Sie würde ihn eher mit ihrem Eiszapfen ausweiden, als ihm zuzuhören, nachdem ich mit dir durchgebrannt bin!«

Aber Tulle schüttelt den Kopf. »Ich werde ihn mit einer Nachricht zu ihr schicken. Sie wird ihm zuhören, verlass dich drauf.«

»Welche Nachricht wäre das?«, fragt Tarik. Die Anspannung ist aus seinen Zügen gewichen. Ich versuche, nicht auf den Stich des Neids zu achten, der mir die Luft zum Atmen nimmt. Es ist noch gar nicht so lange her, dass er mich so sanft behandelt hat.

»Sie hat Rashidi immer respektiert«, antwortet Tulle, »und sie hat sich nach dem Tod meiner Mutter um mich gekümmert. Wenn sie helfen kann, dann tut sie es auch.«

»Und wenn nicht?«, gibt Tarik zurück. »Ich kann nicht zulassen, dass mein engster Berater mit einem Eiszapfen durchbohrt wird.«

»Es ist meine Pflicht, es zu versuchen«, meldet Rashidi sich zu Wort. »Ich habe Theoria mein Leben lang gedient. Ich werde diesen Dienst jetzt nicht einstellen.«

Tarik reibt sich das Gesicht. »Und was soll ich tun, während Ihr fort seid? Däumchen drehen und auf das Beste hoffen?«

»Ihr müsst Euren treuesten Dienern vertrauen«, entgegnet Rashidi sanft. »Und ihnen erlauben, Euch zu dienen. Haltet Euch über Neuigkeiten im Königreich auf dem Laufenden.«

»Ich diene dem Volk, genau wie Ihr, Rashidi«, sagt Tarik. Aber sein Gesicht ist zufrieden. Er wird hier zurückbleiben.

Genau wie ich.

30

TARIK

Es ist erst ein Tag vergangen, seit Tarik die letzten Getreuen für ihre jeweiligen Aufgaben entsendet hat. Als das Morgenlicht in sein Zelt dringt, treibt die Stille ihn fast in den Wahnsinn. Seine Hoffnung auf Tulles Erfolg, seine Sorge um Cy und Sethos und seine Angst um Rashidis Leben – all das hat ihm in dieser Nacht den Schlaf geraubt.

Das und die Tatsache, dass er jetzt mit Sepora allein ist und es wenig Ablenkung und Beschäftigung für ihn gibt. Zuvor hat er sich abwechselnd mit Rashidi beraten, mit Sethos gestritten und Cy bei der Behandlung der wenigen Verletzungen und Krankheiten zugesehen, an denen die Bewohner des Viertels der Niedriggeborenen litten. Zuvor konnte er vergessen, dass Sepora an der Seite der Nachfahren ihres Volkes arbeitete und lernte, Körbe zu flechten, Decken zu weben und Zelte zu nähen. Wenn er vernünftig wäre, würde er Abstand von ihr halten. Er würde sie tagsüber arbeiten lassen und sich etwas anderes suchen, womit er sich beschäftigen konnte.

Aber beim Stolz der Pyramiden, seine Vernunft scheint ihn jedes Mal zu verlassen, wenn er mit ihr spricht. Es schien eine gute Idee zu sein, die beste Idee sogar, ihre Verlobung zu lösen. Schließlich hatte Sepora entscheidende Geheimnisse vor ihm gehabt. Nicht nur das, sie vertrödelte in Pelusia die Zeit, während er seinen Bruder mit der Suche nach ihr in Gefahr brachte.

Idiot, sagt er sich. Sie ist in Pelusia geblieben, um ein Mittel gegen die Stille Seuche zu finden. Das hat sie erst am vergangenen Abend zugegeben, als sie eingeräumt hat, dass Pelusia ein Heilmittel besitzt. Er erinnert sich daran, dass sie es ihm an dem Abend, an dem Sethos sie nach Theoria zurückgebracht hat, fast gesagt hätte. Sie war kurz davor gewesen, es auszusprechen, und hat dadurch ihre Treue dem theorianischen Volk gegenüber bewiesen. Wenn überhaupt, schuldete er ihr eine Entschuldigung, dass er das Schlimmste angenommen hatte.

Ehre, wem Ehre gebührt.

Hat es etwas zu bedeuten, dass sie Loyalität bewiesen hat, obwohl sie sich damit selbst in Gefahr gebracht hat? Natürlich hat es das. Heißt das, dass seine Entscheidung falsch war, ihre Verlobung zu lösen? Er ist sich nicht sicher. Er liebt sie immer noch, aber es scheint unmöglich, ihr zu vertrauen, wenn man bedenkt, wie sehr sie ihn getäuscht hat. Und ist Vertrauen in einer königlichen Ehe nicht wichtiger als Liebe? Zumindest würde sein Vater das sagen. Und Rashidi.

Aber was sage ich?

Er weiß nur, dass er sich von ihr fernhalten muss, sonst werden ihn die Spannungen zwischen ihnen verrückt machen. Falls sie traurig darüber sein sollte, dass er die Verlobung gelöst hat, so hat sie nichts davon erwähnt, nicht einmal Sethos gegenüber. Doch ihre eigenen Worte verraten sie bisweilen, selbst wenn ihre Körpersprache etwas anderes sagt. Was bedeutet das? Ist sie so gleichgültig, wie sie tut?

Er schüttelt den Kopf über den ganzen Schlamassel. Er muss sich einfach irgendwie die Zeit vertreiben. Er hatte den dringenden Wunsch, nach Anyar zu gehen und sich selbst ein Bild davon zu machen, was geschehen ist. Jetzt, da die Menschen, die ihn daran gehindert haben – Sethos und Rashidi – fort sind, wird er genau das tun.

Er springt von der Pritsche und fährt sich mit der Hand durchs Haar. Er wird sich eine Tasche mit Proviant und Wasser packen und den ganzen Tag unterwegs sein. Er wird Sed von den Parani suchen und endlich seine Bekanntschaft machen und dann wird er Cantor auf dem Basar einen Besuch abstatten. Er wird den Zustand seines Königreichs persönlich in Augenschein nehmen. Vielleicht findet er dadurch eine Lösung, wie er sein Reich zurückerobern kann. Außerdem wird er erst spät am Abend zurückkehren, wenn Sepora längst in ihrem Zelt ist – das unglücklicherweise direkt neben seinem steht. Es wird jedoch keinen vernünftigen Grund geben, sie aufzusuchen und nach einem langen Arbeitstag zu stören.

Zumindest hofft er das.

Er weiß, dass es Olna nicht gefallen wird, denn es ist gefährlich, sich in die Stadt zu wagen, vor allem, da niemand genau weiß, wie viele Irregehende sich dort herumtreiben. Aber Olna ist nicht der Falkenkönig. Es ist nicht Olnas Verantwortung, den unschuldigen Bürgern von Theoria zu helfen. Und daher hat Olna in dieser Sache nichts zu sagen. Außerdem hatte Cantor gemeint, dass einige der Irregehenden harmlos seien. Manche neigen zu stillem Wahnsinn, während andere eher einen Hang zu Gewalt haben. Aber wie viele neigen zur Gewalt? Die Berichte können nichts mit Gewissheit bestätigen, und das ist der Grund, warum er selbst gehen muss. Natürlich ist er auch nicht hilflos. Sethos hat in den Jahren vor seinem Umzug ins Lyzeum zu Hause einen Trainingspartner gebraucht, und Tarik hat diese Rolle oft übernommen. Er ist zwar kein Majai, aber er kann sich verteidigen. Außerdem hat er Patra zum Schutz.

Tarik betrachtet seine Riesenkatze, die neben seiner Pritsche auf der Erde schläft. »Patra«, sagt er. Sie öffnet die Augen und hebt den Kopf, um ihn anzusehen. Er weiß, dass sie darüber nachdenkt, ob sie aufstehen soll oder nicht. »Lass uns auf den Basar gehen.« Sie kennt das Wort Basar gut und weiß, dass es einen Ausflug für sie bedeutet. Langsam erhebt sie sich vom Boden, streckt sich ausgiebig und gähnt so weit, dass sie seinen Kopf umschließen könnte. Obwohl sie sich gut an die neuen Gerüche und Menschen und die Umgebung im Viertel der Niedriggeborenen gewöhnt hat, spürt er eine Rastlosigkeit in ihr, die sie auch im Palast manchmal hatte, wenn sie zu lange faul herumgelegen hatte. Sie ist schon seit längerer Zeit nicht mehr ausgeführt worden; der Gang durch die Stadt wird auch ihr guttun.

Tarik nimmt seine Sachen, öffnet das Zelt – und steht Auge in Auge Sepora gegenüber.

Das heißt, nicht direkt Auge in Auge. Sie geht gerade vorbei, das Haar zu einem unordentlichen Knoten geschlungen, einen Beutel über der Schulter. Er kann sich nicht daran erinnern, dass sie je zuvor einen Beutel dabeigehabt hat, wenn sie zur Arbeit ging.

Eigenartig.

»Oh«, murmelt sie und bleibt stehen. Sie leckt sich die Lippen und stochert mit den Zehen im Sand, um ihm nicht in die Augen sehen zu müssen. Sie hofft natürlich, dass er ihr keine Fragen stellen wird.

Da muss er sie enttäuschen.

»Ich dachte, ihr bekommt jeden Tag das Essen gebracht«, bemerkt er und deutet mit dem Kopf auf den Zugbeutel. Natürlich weiß er nicht genau, was darin ist, aber er kann mit seiner Vermutung nicht ganz verkehrt liegen, weil sie die Stirn runzelt.

»Was hast du vor?«, fragt sie mit Blick auf seine eigene Last.

»Ich habe zuerst gefragt.«

»Nicht direkt.«

»Ich frage jetzt.«

Ein Schnauben, gefolgt von Armverschränken. »Dein Recht auf Interesse an meinen Angelegenheiten hat an dem Tag geendet, an dem du unsere Verlobung gelöst hast.«

Da muss er ihr recht geben. Sie ist keine Bürgerin von Theoria, daher ist er nicht ihr König. Trotzdem, sein eigentliches Interesse an ihr hat an jenem Tag nicht geendet, sondern nur sein offizielles Interesse. Was bedeutet, dass er sich nicht abspeisen lassen wird.

»Wo gehst du hin?«, fragt er und ignoriert ihre Wut über seine Hartnäckigkeit.

»Ich sagte …«

»Damit das klar ist: Du wirst das Viertel der Niedriggeborenen nicht verlassen. Ich bin nicht dein König, aber ich bin immer noch König des Großen Rats. Wenn ich es verlange, wird Olna dich in deinem Zelt fesseln lassen, bis ich zurück bin.«

»Bis du von wo zurück bist?«

Wie soll er antworten, ohne scheinheilig zu klingen? Es wäre ungerecht, ihr zu sagen, es gehe sie nichts an, wenn er gerade eine so unerhörte Drohung ausgesprochen hat. »Ich habe in Anyar zu tun.«

»So wie ich im Palast zu tun habe.«

Bei diesen Worten beschleunigt sich sein Puls. »Nein.« Im Palast wimmelt es von Irregehenden und Gegnern des Königs. Es ist der letzte Ort, an dem sie sein sollten, bis sie die Möglichkeit haben, den Palast zurückzugewinnen.

Sie lacht. Der Laut ist bitter und voller Spott. »Bis du bei Olna bist, bin ich längst weg.«

Er tritt auf sie zu und eine leichte Furcht überläuft ihn wie eine Gänsehaut. Sie hat wirklich vor zu gehen. Und er hat wirklich keine Möglichkeit, sie daran zu hindern, es sei denn, er wirft sie sich über die Schulter und muss den ganzen Weg bis zu Olna mit ihr kämpfen. Sie scheint seine Gedanken lesen zu können, denn sie droht: »Wenn du mich anfasst, bekämpfe ich dich bis auf den Tod.«

Verflucht, die Entschlossenheit in ihrer Stimme klingt wahr. Und vor allem scheint sie tatsächlich mit ihm kämpfen zu wollen. Aber das wird er nicht tun. »Was hast du im Palast zu suchen? Sag mir wenigstens das.«

Sie mustert ihn für einen Moment und entspannt sich ein wenig. »Ich werde Nuna holen.«

Oh. Natürlich. Das wäre das Einzige im Palast, woran sie noch Interesse hat. Das wäre das Einzige, woran sie überhaupt noch Interesse hat. Sie hat ihren Vater verloren, ihre Mutter hat sie verraten, und ihr Verlobter hat sich von ihr losgesagt. Sie hat keinen Platz mehr in Theoria, und wenn sie nach Serubel zurückkehrt, wird sie sich der Herrschaft ihrer Mutter unterwerfen müssen – und ihren Plänen, sie mit einem wildfremden Mann zu verheiraten.

Tarik ist nicht immun gegen ihre Verluste, nicht annähernd so immun, wie er vorgibt. Aber nach ihrem Verrat muss er seine Verantwortung gegenüber Sepora aufgeben. Dennoch wird er das ungute Gefühl nicht los, das ihn bei dem Gedanken befällt, sie könnte allein in den Palast zurückkehren. Kann er ihr denn einen Vorwurf daraus machen, dass sie hingehen will? Hätte er selbst nicht längst Patra geholt? Er betrachtet die Katze neben sich. Er hat nicht den leisesten Zweifel, dass er es getan hätte. Er seufzt. Es wird wirklich ein langer Tag werden.

»Im Moment ist es zu gefährlich im Palast«, sagt er. »Komm mit nach Anyar. Wir werden uns dort nach Nuna erkundigen.«

»Woher soll dort jemand etwas über Nuna wissen?« Sie streicht sich eine Haarsträhne hinters Ohr, während sie sein Angebot abwägt. Die Geste ist ihm so schmerzlich vertraut, dass er den Blick abwenden muss.

»Palastklatsch ist der wertvollste Tratsch in Anyar. Wenn es um den König und die Vorgänge im Palast geht, verbreiten sich Nachrichten wie ein Sandsturm«, meint er.

Sie scheint eine Ewigkeit darüber nachzudenken. Schließlich antwortet sie: »Ich bin bereit, wenn du es bist.«

Als sie an der Halbbrücke ankommen, ist Sed nicht da. Tatsächlich sind gar keine Parani an der Halbbrücke. Das ist höchst ungewöhnlich angesichts der Berichte, dass die Irregehenden Leute hingerichtet haben und sich ihrer hier entledigen, auf dass sie vom Nefari fortgetragen werden – die Parani würden sich eine solche Gelegenheit für ein Festmahl doch sicher nicht entgehen lassen.

»Was hältst du davon?«, fragt Tarik, während sie den Hügel wieder hinaufsteigen.

»Ich bin mir nicht sicher. Es gibt noch eine andere Stelle,

wo wir nachsehen können. Da trifft er sich gern mit Meisterin Saen und mir, wenn er ungestört mit uns sprechen will.«

Tarik ist es immer noch ein Rätsel, wie man mit einem Parani sprechen soll. Aber wenn Meisterin Saen ihre Lingotfähigkeiten dazu nutzen kann, kann er es auch.

Sepora führt sie weiter nach Norden, um die große Biegung des Flusses. Das Wasser scheint flacher als sonst zu sein, und die Strömung ist nicht so stark, wie sie sein sollte. Außerdem liegt ein widerwärtiger Geruch in der Luft. »Irgendetwas stimmt hier nicht«, sagt er. »Der Nefari ist normalerweise tiefer, bis südlich der Halbbrücke die Nebenflüsse abgehen.«

Sie nickt. »Das habe ich auch gedacht.«

Sobald sie den vereinbarten Treffpunkt erreichen, steigen sie ans Ufer hinunter. Sepora nimmt einen dicken Stein und wirft ihn mit einem lauten Plumps ins Wasser. Zwei weitere Steine folgen. »So sagen wir ihm, dass wir da sind«, erklärt sie.

Binnen Minuten erscheint ein großer, männlicher Parani vor ihnen. »Das ist Sed«, flüstert Sepora.

»Ich habe auf Euch gewartet«, teilt Sed Sepora durch ein frustriertes Heulen mit. »Was ist der Grund für Eure Abwesenheit?«

Beeindruckt übermittelt Tarik ihr diese Worte, dreht sich dann aber wieder zu dem Parani um. Sein Lingotverstand rast. Er weiß, dass es vor allem auf die Tonnuancen in seiner Stimme ankommt. Er muss seinen Ton dem von Sed anpassen, sonst wird die Kommunikation bestenfalls fehlerhaft sein. Tarik räuspert sich. »Ich bin Tarik, ein Freund von Sepora und ein Diener des Falkenkönigs.« Es ist seltsam, ohne Worte zu sprechen.

Sed schlägt sich mit der geschlossenen Faust auf die Brust. »Der Falkenkönig hat unsere Art verraten. Warum sollten wir mit ihm sprechen?«

»Der Falkenkönig wurde selbst verraten. Erzählt mir, was geschehen ist. Ich werde versuchen zu helfen.«

Sed schaut von Sepora zu Tarik. Schließlich sagt er: »Die Theorianer jagen uns mit Speeren wie gewöhnliche Fische. Die Jungen und die Alten, die Schwachen, die nicht für sich selbst sorgen können, die Langsamen, die nicht fliehen können.«

»Das ist nicht das Werk des Königs«, wendet Tarik ein. »Sein Volk hat sich auch gegen ihn gewendet.«

Sed zuckt die Achseln. »Es interessiert mich nicht, ob der König nicht bereit oder nicht in der Lage ist, es zu verhindern. Für mich zählt nur, dass es geschieht. Unser Pakt ist gebrochen worden, so oder so. Wie können wir jetzt auf Hilfe vertrauen, die der König uns anbietet?«

Tarik nimmt sich einen Moment Zeit, um Sepora das Gespräch wiederzugeben. Bestürzt zieht sie die Sandalen aus und watet ins Wasser zu Sed. »Sag ihm, dass der König Pläne hat, sein Königreich zurückzuerobern. Dass nicht alles verloren ist.« Sed behält sie genau im Auge, dann sieht er Tarik an, um sich ihre Worte übersetzen zu lassen.

Tarik gibt Seporas Bitte weiter. Sed antwortet sofort. »Ihr seid eine mutige Frau und ich bewundere Euch. Aber Eure

Loyalität gehört einem unfähigen König, dessen Untertanen unsere Art missachten. Ich habe keinen Einfluss mehr. Ihr seid im Wasser nicht sicher. Ihr müsst jetzt gehen. Ich kann Euch nicht beschützen.«

Mit diesen Worten schaut er nach rechts, und als Tarik seinem Blick folgt, sträuben sich ihm die Nackenhaare. Ein kleines Stück weiter flussaufwärts ist das ruhige Wasser des Nefari aufgewühlt. Tarik hat das schon einmal gesehen: So sieht das Wasser aus, wenn ein Schwarm Parani dicht unter der Oberfläche auf seine nächste Mahlzeit zurast.

»Raus aus dem Wasser, Sepora! Schnell!«

Als das Wasser mit dem Eigenleben näher kommt, stürzt er sich platschend in den Fluss, fasst sie am Arm und reißt sie ans Ufer. Gerade als sie den trockenen Sand erreichen, packt eine schwimmhäutige Hand Sepora am Knöchel und zerrt sie zurück zum Wasser.

Tarik befreit sie mit ganzer Kraft aus dem Griff des Parani. Das Wesen schnappt einmal, zweimal mit den Zähnen, dann zieht es sich zischend ins Wasser zurück. Tarik verschwendet keine Zeit, Sepora den Hügel hinauf und in Sicherheit zu ziehen.

Als sie oben ankommen, sind beide außer Atem.

»Was ist passiert?«, fragt Sepora keuchend.

»Sed ist nicht mehr der Anführer der Parani. Sie töten, was sie sehen. Wir können uns nicht auf sie als Verbündete verlassen.« Es ist eine Kurzfassung dessen, was Sed ihm übermittelt hat, aber es wird genügen müssen, bis ihm nicht mehr bei jedem Wort die Luft ausgeht. Er nimmt Sepora an der Hand und zieht sie weg vom Nefari und in Richtung des Basars. Er kann das Risiko nicht eingehen, dass die Parani irgendwie an Land kommen und sie wieder erwischen.

Auf halbem Weg zum Basar beschließen sie zu frühstücken. Während er auf seinem getrockneten Fleisch und Obst kaut, denkt Tarik über den Zwischenfall am Fluss nach. Das war knapp gewesen. Die Irregehenden haben das Abkommen mit den Parani gebrochen. Sie haben den Frieden mit jedem Gesetz des Landes gebrochen. Mit einem Verstand jenseits von Vernunft und Logik sehen sie offenbar keine Notwendigkeit für Frieden und Ordnung. Damit hat Tarik nicht gerechnet. Vielleicht dachte er, nur im Palast herrsche Chaos, oder eine Handvoll Irregehender würde auf dem Basar Amok laufen. Situationen, die sich regeln ließen. Doch dieser neue Wahnsinn greift weit um sich. Wenn es Cy nicht gelingt, das Heilmittel gegen die Stille Seuche in seinen Besitz zu bringen, könnte wirklich alles verloren sein.

»Cy wird es schaffen«, sagt Sepora leise. Er ist verblüfft, dass sie ihn manchmal so leicht verstehen kann. Er muss mehr auf seinen Gesichtsausdruck achten. Einige seiner Gedanken sind nicht für ihre wissenden Augen bestimmt.

Vor allem nicht seine Gedanken an sie.

31

SEPORA

Die Nachmittagssonne brennt auf uns herab; zu Fuß geht es viel langsamer durch das Königreich als mit einem Wagen, und wir sind mit einem für die Hitze gefährlichen Tempo unterwegs. Wir haben beide nicht damit gerechnet, dass es so lange dauern würde, und erreichen den Basar erst bei Einbruch der Nacht.

Cantors Stand ist vorne geschlossen, aber hinten dringt Kerzenlicht aus dem Zelt. Tarik ruft nach ihm, und als er endlich den Kopf aus dem Zelt steckt, winkt er uns hektisch herein.

»Tarik! Sepora!«, grüßt Cantor uns. »Es ist hier bei Nacht nicht sicher für euch. Was, wenn man euch erkennt? Dienern des Königs ergeht es in diesen Zeiten nicht gut.«

Nicht zum ersten Mal denke ich an Anku und Cara im Palast. Sind sie in Sicherheit? Sind sie geflohen? Denken sie, ich hätte sie im Stich gelassen?

Und was ist mit Nuna? Wenn nicht einmal mehr die Bürger sicher sind, was werden sie der Serpen der künftigen Königin antun? Nur die Leute, die damals mit im Raum waren, wissen, dass Tarik unsere Verlobung gelöst hat. Wie könnten die Irregehenden ihren König besser bestrafen, als indem sie seine Königin bestrafen?

Cantor geht uns voran, und Tarik legt mir die Hand auf den Rücken und führt mich in die Innenräume des Zelts. Ich schlucke die Panik herunter. Ich muss in den Palast. Die Menschen sind nicht sicher. Die Parani sind nicht sicher. Nuna ist nicht sicher.

»Die Irregehenden haben überall Spione«, erklärt Cantor jetzt.

»Die hat der König auch«, erwidert Tarik und setzt sich seinem Freund gegenüber auf den mit Teppich ausgelegten Boden.

Cantor nickt und versteht, was Tarik meint. »Wie kann ich euch zu Diensten sein?«

»Wie geht es den Dienern im Palast?«, platze ich heraus. »Was ist mit der Serpen der Prinzessin?«

Cantor schürzt die Lippen. »Die meisten Palastdiener sind unversehrt, Fräulein Sepora. Die Irregehenden, die im Palast hausen, lassen sie arbeiten; das Einzige, was sie rettet, ist, dass sie nützlich sind. Was Prinzessin Magars Serpen betrifft … ich hatte gehofft, dass der König und seine Verlobte sie mitgenommen haben, als sie geflohen sind.«

Das gibt mir ein wenig Trost. Vielleicht gehören Anku und Cara zu denen, die die Irregehenden noch für nützlich halten. Und falls ja, sind sie hoffentlich dazu bereit, sich um Nuna zu kümmern. Vielleicht sogar, sie zu verstecken.

Ich fühle mich schuldig und hoffe für Nuna, dass meine Dienerinnen wohlbehalten sind. Natürlich hoffe ich nicht nur für Nuna, aber ein großer Teil meiner Sorge gilt ihr. »Hast du … du hast nicht zufällig gesehen, ob Schuppen von Verteidigerserpen auf dem Basar verkauft wurden?«

Cantor mustert mich ernst. »Nein, Fräulein.«

Tarik wirft mir einen beruhigenden Blick zu. »Sie wären sicher auf dem Basar verkauft worden. Die Schuppen von Magars Serpen wären unbezahlbar.«

Ich nicke, dankbar für diesen Trost. Trotzdem habe ich das Bedürfnis, es mit eigenen Augen zu sehen. Nuna ist alles, was ich noch habe. Aber ich kann warten. Zumindest, bis Tarik mich nicht mehr auf Schritt und Tritt beobachtet.

»Es gibt immer noch eine große Zahl von Bürgern, die dem König treu ergeben sind«, berichtet Cantor. »Nicht alle sind wahnsinnig geworden. Aber sie haben schon lange nichts mehr von seiner Hoheit gehört. Einige befürchten, dass er tot ist.«

»Er ist wohlauf und lebendig, Cantor«, versichert ihm Tarik. »Wie können wir das Volk davon überzeugen? Und dass er seine Unterstützung jetzt mehr braucht denn je?«

»Es wird unauffällig geschehen müssen. Die Irregehenden richten die Königstreuen sofort und ohne jede Verhandlung hin. Sie sind zu wild, um irgendetwas mit Anstand zu tun.«

»Was ist mit den Majai? Wie viele von ihren Streitkräften sind Irregehende geworden?«

»Die Majai haben sich überall in der Stadt verteilt. Sie warten auf den Befehl des Königs. Einige sind wahnsinnig geworden, aber die meisten sind unversehrt geblieben. Das habe ich zumindest gehört.«

»Ich muss ihnen eine Nachricht zukommen lassen, Cantor. Ich – äh, der König will, dass sie sich bald versammeln.«

Cantors Blick huscht zwischen mir und Tarik hin und her. »Bevor wir weitersprechen – es gibt da etwas, was ich Euch beiden sagen muss.«

Erwartung macht sich breit, während Cantor mit dem Saum seines Lendenschurzes spielt. »Es ist nämlich so«, fährt er fort und holt tief Luft, »ich weiß, wer Ihr seid. Ich bin selbst ein Lingot, Hoheit. Ich habe es die ganze Zeit über gewusst.«

Ich spüre, wie Tarik sich neben mir versteift. »Warum sagt Ihr mir das ausgerechnet jetzt?«, fragt er frustriert. »Warum habt Ihr Euch nicht früher zu erkennen gegeben?«

»Vergebt mir, Hoheit. Aber ich habe Euch von einem Knaben zu einem prachtvollen Mann und einen großen König heranwachsen sehen. Die Lüge belastet mich seit Jahren, seit Ihr meinen Verkaufsstand besucht, aber ich brachte es nicht über mich, es Euch zu sagen. Ich sage es Euch jetzt nur, weil Ihr nicht wisst, wem Ihr trauen könnt, und solltet Ihr aus einer anderen Quelle erfahren, dass ich Eure Identität kannte, würdet Ihr mir nicht länger vertrauen.«

Tarik schüttelt den Kopf. »Ich kann nicht fassen, dass ich das die ganze Zeit nicht gemerkt habe. Wie habt Ihr das gemacht?«

»Ich war vorsichtig, Hoheit, so wie es nur ein Lingot sein kann.«

Tarik wirft mir einen Blick zu und ich erröte ein bisschen. Ich bin kein Lingot, aber meine Gedanken vor dem Falkenkönig zu verbergen scheint eine besondere Gabe von mir zu sein, und das wissen wir beide. Selbst jetzt plane ich, gegen seine Wünsche zu verstoßen, ohne dass er es weiß.

»Ich betrachte Euch als Freund, Cantor. Und im Moment brauche ich jeden Freund, den ich bekommen kann.«

Cantor nickt. »Ich werde es unauffällig weitersagen. Dazu werde ich mindestens eine Woche brauchen, da die Majai sich aus Sicherheitsgründen weit verteilt haben. Ihr solltet wissen, dass die Serubelaner und die irregehenden Majai den Palast bewachen. Es wird nicht leicht sein, ihn zurückzuerobern.«

Tarik nimmt diese Warnung nicht zur Kenntnis. Ich spüre, dass er in Gedanken versunken ist, aber er verbirgt sich jetzt hinter der Mauer aus Gleichgültigkeit, die er so geschickt zu nutzen vermag. »Ich werde Euch in einer Woche über unsere Pläne unterrichten«, sagt er abwesend. »Bis dahin warte ich auf Nachrichten aus vielen Quellen. Ich kann erst dann eine Entscheidung treffen, wenn ich von ihnen gehört habe.« Tarik erhebt sich und zieht mich mit hoch. »Sepora und ich müssen gehen. Unsere untergetauchten Freunde werden uns bald zurückerwarten.«

Cantor steht ebenfalls auf und schüttelt den Kopf. »Ihr könnt nicht gehen, Hoheit. Es ist zu gefährlich. Die Irregehenden lieben die Nacht. Sie kommen dann heraus und richten bis zum Morgen Chaos und Verwüstung an. Sie sind wirklich wahnsinnig – und sie scheinen sich gegenseitig anzustacheln, denn sie treiben sich zu zweit oder in größeren Gruppen herum. Ihr müsst bei mir bleiben. Ich habe Platz für Euch beide.«

Cantors Vorschlag erleichtert mich. Erschöpft wie ich bin, ist es viel besser, vom Basar aus zum Palast zu gehen, als den ganzen weiten Weg aus dem Viertel der Niedriggeborenen. Mit etwas Glück kann ich mit Nuna vor Morgengrauen zurückfliegen. »Ich bin müde«, sagte ich zu Tarik und versuche, so kläglich wie möglich zu klingen. »Und es ist ein weiter Weg zurück.«

Tarik mustert mich argwöhnisch. Meine Worte sind überwiegend wahr, aber ich weiß, dass er die Täuschung darin entdeckt. Vielleicht misstraut er jetzt auch einfach nur aus Prinzip allem, was ich sage. Wahrscheinlich beides. »Ich denke, wir können bis zum frühen Morgen bleiben.« Tarik sieht mich immer noch an. »Aber beim ersten Tageslicht müssen wir aufbrechen.«

Ich sage nichts. Es wäre dumm, ihm zuzustimmen; Tarik ist mir gegenüber bereits misstrauisch und beim ersten Tageslicht will ich mit Nuna hoch über der Wüste zum Viertel der Niedriggeborenen zurückfliegen. Nichts zu sagen ist jetzt das Beste, was ich tun kann.

Aber als Cantor uns in einen abgetrennten Raum des Zeltes führt, lässt Tariks finstere Miene darauf schließen, dass für ihn die Tatsache, dass ich nichts gesagt habe, schlimmer war als eine Lüge.

32

TARIK

Als Cantor sagte, er habe Platz für sie beide, versäumte er zu erwähnen, dass dieser Platz äußerst knapp bemessen ist. Er besteht aus einem kleinen, aber weichen Teppich auf dem Boden eines winzigen abgeteilten Bereichs in seinem Zelt. Eines Bereichs, der so eng ist, dass der Teppich am Zeltrand hochsteht, statt flach auf dem Boden zu liegen.

Sepora liegt mit dem Rücken zu ihm auf der Seite und schaut zur Tuchwand. Trotzdem hätte auf der Pritsche kein Blatt mehr zwischen sie gepasst. Er wird die ganze Nacht wach bleiben müssen, damit er sie nicht berührt.

Und damit sie am Morgen nicht in seinen Armen erwacht.

Selbst jetzt sind ihre vollen Rundungen so verlockend, dass er die Fäuste ballen muss, damit sie nicht auf Wanderschaft gehen. Es ist nicht schwer, sich daran zu erinnern, wie weich sie ist, wie gut ihr Körper an seinen passt. Wie soll er schlafen, wenn sie ihm so nahe ist?

Er versucht, nicht darüber nachzudenken, wie es wäre, neben ihr als ihr Mann zu schlafen, sie in die Arme zu nehmen, jede Nacht von ihrem Duft berauscht in den Schlaf zu sinken. Wie wäre es, neben ihr aufzuwachen? Zu sehen, wie sie die silbernen Augen im Lichte eines neuen Tages öffnet? Es ist beinahe zu leicht, es sich vorzustellen, und noch leichter, so zu tun, als würde es immer noch eines Tages geschehen.

Nein, besser, er bleibt wach und denkt über Belange des Königreichs nach, als so grausame Fantasien zu hegen, die nur zu Enttäuschungen und sogar zu Zorn führen.

Trotzdem sind ihm die Lider schwer vor Erschöpfung. Vielleicht sollte er einfach nur schlafen und den Dingen ihren Lauf lassen. Sepora ist ohnehin angespannt und wach, das spürt er. Wenn sie wach bleibt, dann wird sie diejenige sein, die dafür sorgt, dass sie am Morgen nicht eng umschlungen aufwachen.

»Schläfst du schon?«, flüsterte Sepora so leise, dass er es fast nicht gehört hätte.

»Warum fragst du mich das dauernd?« Es ist das dritte Mal in einer Stunde, dass sie sich danach erkundigt hat. Oder zumindest glaubt er, dass es nur eine Stunde war. Er hat keine Ahnung, wie spät es ist. Er weiß nur, wie müde er ist, trotz des Verlangens, das ihn durchströmt. »Hast du Angst, dass ich einschlafe und dich erdrücke?«

»Ja.«

»Lügnerin.«

Sie dreht sich so schnell um, dass er hochschreckt. Wut blitzt in ihrem Gesicht auf, und sie sieht ihn aus schmalen Augen an. »Du bist der Lügner.«

Davon ist sie fest überzeugt. »Inwiefern genau?«, fragt er ungläubig.

»Du hast gesagt, dass du mich liebst. Du hast gesagt, dass du mich heiraten willst. Doch beim ersten Fehler, den ich mache, bläst du die ganze Sache ab.«

Das kommt unerwartet. Er stützt sich schnell auf die Ellbogen und funkelt sie an. »Sei ehrlich. Du, Prinzessin, bist die Lügnerin. Du hast mir nichts von den anderen Schmieden gesagt, selbst als ich dich gefragt habe, ob du noch mehr Geheimnisse vor mir hast.«

Ihre Lippen bilden einen geraden Strich. Er spürt, dass sie es abstreiten wird, aber sie kann sich den Atem sparen.

Er fährt fort: »Ganz zu schweigen davon, dass du in Pelusia nicht einmal bewacht worden bist. Nach deinem Verschwinden hast du nicht die geringste Rücksicht auf meine Gefühle genommen. Die ganze Zeit über habe ich nach dir gesucht und mir Sorgen um dich gemacht und du hättest jederzeit gehen können.«

»Du machst wohl Witze. Denkst du, dass ich bei den Plänen, die meine Mutter für mich hatte, wirklich aus freien Stücken hätte gehen können? Solange ich mitspielte, lief alles glatt. Wenn sich das geändert hätte, hätte man mich weggesperrt, da kannst du sicher sein.«

Er sieht sie überrascht an. So hat er es nicht betrachtet. Sein Gesichtsausdruck muss über seine Gefühle hinwegtäuschen, denn sie fährt ohne eine Antwort von ihm fort.

»Wie kann ich dir vertrauen? Du bist immer so verwirrend! Du willst so sehr an meine Treulosigkeit glauben, dass du dich weigerst, die Wahrheit zu sehen. Wie kannst du es wagen!« Inzwischen ist sie ihm so nahe, dass ihr Atem gegen seine Lippen stößt.

Und das ist mehr, als er ertragen kann.

Sie kämpft nicht einmal gegen den Kuss an; sie verschmilzt einfach dort auf der Pritsche mit ihm, schmiegt sich mit dem ganzen Körper an ihn. Sie kämpft jedoch *mit* dem Kuss, nimmt mehr, als sie gibt, küsst ihn mit einer Wut, die er noch nie erlebt hat. Dennoch, sie küsst ihn, und über die Gründe wird er sich im Moment nicht beklagen.

Endlich, endlich wandern seine Hände über ihren Körper, prägen sich jede Wölbung ein, genießen das Gefühl ihrer erhitzten Haut. Er legt sich über sie, streicht mit den Lippen von ihrem stöhnenden Mund über ihr Kinn und dann an ihrem Hals entlang. Ihr Duft raubt ihm die Sinne und den Verstand.

Ihre Hände schlingen sich in sein Haar, während sein Mund an ihr hinabwandert zu ihrem Bauch. Sie wölbt sich ihm entgegen, und ihm ist sofort klar, dass seine Selbstbeherrschung ihn vollkommen verlassen hat und die Folgen seines Tuns nur eine blasse Erinnerung im hintersten Winkel seines Gedächtnisses sind. Nichts zählt, nur Sepora. Ihr atemloses Keuchen, ihr rasendes Herz, die Schönheit ihrer geröteten Wangen, die im schwachen Kerzenlicht glühen, das in den Raum dringt. Doch er wird sich Zeit lassen. Er wird ihr auf die Weise huldigen, von der er schon so oft geträumt hat, wird langsam und gründlich und sorgfältig zu Werke gehen. Es wird keinen Zentimeter von ihr geben, den er nicht berührt hat. Nicht in dieser Nacht.

Er nimmt ihre Hände aus seinem Haar und hält sie mit einer Hand über ihrem Kopf fest, während er mit der anderen an ihrem Körper bis zu ihrem weichen Oberschenkel entlanggleitet. Wieder nimmt er ihren Mund in Besitz und küsst sie mit neuer Zielstrebigkeit. Sie scheint es sofort zu spüren und anzunehmen, denn sie bewegt ihre Lippen auf seinen mit einem Verlangen, das seinem eigenen entspricht.

Er wird brutal in die Wirklichkeit zurückgerissen, als draußen vor dem Zelt laute, zornige Stimmen erklingen. Seporas Augen sind jetzt offen und wachsam und er lässt sie sofort los. Patras leises, warnendes Grollen dringt in den kleinen Raum, und Tarik zieht Sepora auf die Füße. Er bedeutet ihr, zurückzubleiben, während er hinausspäht und den Blick schnell durch Cantors Innenzelt schweifen lässt. Der äußere Eingang ist aufgezogen worden und Cantor steht mit verschränkten Armen da und fährt den Störer seiner Abendruhe mit erhobener Stimme an. »Meine Gäste sind bereits aufgebrochen, und Ihr habt kein Recht, in mein Heim einzudringen«, sagt Cantor. Seine Stimme hallt warnend durch das Zelt.

»Wir verlangen zu erfahren, wen Ihr hier bei Euch beherbergt, alter Mann«, erklingt eine weitere Stimme in schroffem Ton. Der Mann ist unüberhörbar ein Irregehender; in seiner Stimme liegt eine Wildheit, die die Vermutung nahelegt, dass man ihm mit Vernunft nicht beikommen wird. »Es geht das Gerücht, dass der hohe Diener des Königs Euch heute Abend besucht hat.«

Patra steht mit gesträubten Nackenhaaren hinter Cantor. Sie spürt Gefahr von dem Mann, der mit Cantor spricht, und sie ist bereit, loszuspringen. Das ist nicht gut. »Patra, komm her«, flüstert Tarik.

Widerstrebend gehorcht seine Katze.

Sepora macht Platz, als sie in den kleinen Raum geschlendert kommt, und krault sie hinter den Ohren, denn Patra scheint beinahe zu schmollen, weil Tarik sie zurückgerufen hat.

Tarik dreht sich zu Sepora um. »Wir müssen gehen. Cantor wird sie nicht lange hinhalten können. Sie werden Patra erkannt haben.«

Sepora sieht sich im Raum um und zeigt auf den unteren Rand des Zelts. »Wir werden hinauskriechen müssen. Hoffentlich haben sie uns nicht umzingelt.«

»Wenn doch, werde ich ihnen Patra auf den Hals hetzen. Beeil dich, bevor sie hereinkommen, um uns zu holen.« Aber er hebt bereits das Zeltleinen und sucht mit den Augen die nähere Umgebung ab. Als er sich davon überzeugt hat, dass niemand da ist, rutscht er auf dem Bauch nach draußen und bedeutet Sepora, ihm zu folgen.

Patras Abgang ist weniger anmutig, sie zieht einen der Pflöcke heraus, die das Zelt halten. Aber zumindest sind sie alle sicher im Freien. »Wir werden rennen müssen«, erklärt Tarik. »Schaffst du das?«

Sepora nickt. Im Mondlicht sieht er, dass ihre Lippen immer noch von den Küssen geschwollen sind. Er muss einen kurzen Aussetzer gehabt haben, dass er sich so gehen ließ. Doch er beschließt, sich später dafür zu entschuldigen. Jetzt müssen sie aus Anyar verschwinden. Der Mond ist so hell, dass es nicht nötig ist, mit Fackeln Aufmerksamkeit auf sich zu lenken oder verlöschendes Spektorium aus einer Hängelampe vor den Basarbuden zu stehlen.

Hinter ihnen brüllt Cantor: »Seht Ihr? Da ist niemand.«

»Schnell!«, flüstert Tarik, und sie rennen los, in die Nacht hinein. Patra trabt dicht hinter ihnen. Ab und zu stößt sie ein leises Knurren aus, aber Tarik kann nicht erkennen, was sie in der Dunkelheit sieht. Er weiß nur, dass es keine gute Idee war, nach Anyar zu kommen, und Sepora mitzunehmen war eine noch schlechtere.

Gegen seinen Willen gesteht er sich ein, dass seine Angst um ihre Sicherheit immer noch sehr real ist. Sein Ärger über ihren Verrat tut seinen Gefühlen für sie keinen Abbruch und wird es auch niemals tun. Aber Gefühle haben in seiner Herrschaft keinen Platz. Das ist ihm jetzt klarer denn je.

Als das Viertel der Niedriggeborenen in Sicht kommt, bleibt Tarik stehen und hält Sepora am Arm fest. »Wir müssen über das sprechen, was im Zelt passiert ist«, sagt er leise.

Sepora heftet den Blick auf den Sand und beißt sich auf die Lippe. »Nur zu.«

»Das darf nie wieder passieren. Wir werden uns nicht vermählen. Und ich wäre zu weit gegangen, wenn ich die Möglichkeit gehabt hätte.«

»Warum hast du mich dann überhaupt geküsst?« Ihre Stimme zittert, und selbst im Mondlicht sieht er, dass ihre Augen sich mit Tränen füllen, die drohen, ihr über die Wangen zu laufen. Er macht sich Vorwürfe, dass er sie verletzt. Sie hat bei Cantor nichts falsch gemacht. Er trägt allein die Verantwortung.

»Es war ein Fehler. Ein kurzer Aussetzer. Ich versichere dir, es wird nicht wieder vorkommen.« Die Worte klingen anders, als er beabsichtigt hat, hart statt entschuldigend. Der einzige Mensch, zu dem er hart sein möchte, ist er selbst.

Aber binnen zweier Wimpernschläge verhärten sich Seporas Züge. »Haltet Euch von mir fern, Hoheit. Wenn Ihr mich noch einmal anrührt, werde ich Euch im Schlaf ermorden.« Sie wendet sich dem Viertel der Niedriggeborenen zu und schlägt ein Tempo an, bei dem er vor Erschöpfung nicht mithalten kann.

Es ist besser so, sagt er sich. *Es ist besser, dass sie mich hasst, als dass sie sich in der falschen Hoffnung wiegt, wir könnten wieder zusammenkommen.*

Aber mehr und mehr scheinen seine Vorwände, sie auf Abstand zu halten, aus reiner Sturheit zu kommen als aus Vernunft.

33

SEPORA

An dem Tag, an dem Tulle aus Wachuk zurückkehrt, schöpfe ich Wasser am Ufer des Nefari, in einer Hand den gezückten Dolch, mit der anderen drücke ich die Lederflasche unter Wasser. Patra steht hinter mir Wache, falls die Parani angreifen. Der Himmel über mir sieht aus, als braue sich ein Sturm zusammen. Aber in Theoria gibt es keine Stürme.

Der Sturm ist rot. Die Farbe bildet einen harten Kontrast zum blauen Himmel.

Kann das möglich sein? Aber als der rote Horizont sich ausdehnt, weiß ich, dass es möglich ist.

Tulle hat ein Geschwader Brandlinge mitgebracht.

Sie gleiten schnell über mich hinweg und halten auf das

Viertel der Niedriggeborenen hinter mir zu. Ich habe noch nie einen lebenden Brandling gesehen – in Serubel sind sie ausgestorben, ausgerottet, als ihre Trainer sie nicht mehr im Griff hatten. Sie sind viel größer als selbst Verteidigerserpen und rot wie Blut. Ihre drei Flügelpaare haben scharfe, sichelähnliche Krallen an den Spitzen, die beinahe wie Hände mit langen Nägeln aussehen. Sie sind beeindruckend, so viel steht fest, aber vor allem sind sie nicht so wild, wie mein Lehrer Aldon mich hat glauben lassen. Die serubelanischen Trainer konnten sie zwar nicht in Schach halten, aber die Kriegerinnen, die diese furchteinflößenden Serpen reiten, befehligen ihre Tiere mit großer Autorität und führen sie durch die Luft, als seien sie eine Verlängerung ihrer selbst. Ich zähle mindestens dreißig, und ihre Leiber werfen prächtige Schatten auf den Boden, wo ich stehe.

Dreißig Brandlinge mit jeweils drei Reiterinnen auf dem Rücken. Wie es aussieht, ist Tulle eine sehr gute Verhandlerin.

Ich schiebe den Dolch in die Scheide und renne los, um zurück ins Viertel zu kommen; ich möchte nichts verpassen. Vor allem nicht Tariks Gesicht, wenn er zum ersten Mal mit eigenen Augen einen Brandling sieht und ihm klar wird, was Tulle ihm da aus Wachuk mitgebracht hat.

Eine kurze Stunde später kommt der Große Rat zusammen. Tulle und Königin Emula betreten den Redekreis, ebenso Tarik, um für die Kriegerkönigin von Wachuk zu übersetzen.

Emula ist wild, jeder Zoll eine Kriegerkönigin. Sie ist beunruhigend schön, ihre Haut fast so schwarz wie Onyx, ihre muskulösen Arme und Beine sind narbenübersät. Sie trägt zwei Speere auf dem Rücken, ein Schwert an der Seite und zwei Wurfdolche an den Waden. Ich frage mich, woher sie die Narben hat, da Wachuk eine friedliche Nation ist, und warum sie so viele Waffen braucht – abgesehen von der Tatsache, dass sie hierhergekommen ist, um uns bei der Rückeroberung des Palastes zu helfen.

Dann fällt mir wieder ein, dass Aldon gesagt hat, die Frauen von Wachuk seien große Jägerinnen, die auf das Fleisch von Raubtieren aus sind, weil sie glauben, dass das, was sie verzehren, zu einem Teil von ihnen wird. Ich neige dazu, ihren Glauben zu teilen; Königin Emula sieht aus, als könne sie es mühelos mit einer theorianischen Katze aufnehmen und ihr das Fell abziehen, ohne auf die Kratzer und Bisse zu achten, die sie dabei erleiden würde.

Neben Emula steht eine weitere Kriegerin. Sie ist kleiner und auffallend blond und blass wie eine Serubelanerin. Mir kommt in den Sinn, was mein Lehrer Aldon mir über Wachuk erzählt hat: Die Bürger sind ein Schmelztiegel freier Frauen aus sämtlichen Königreichen, Frauen, die mit ihrem Los im Leben unzufrieden waren und es gegen die friedliche Gemeinschaft im Wald eingetauscht haben. Aldons Worte troffen vor Missbilligung, wann immer er von ihnen gesprochen hat, und jetzt kenne ich den Grund dafür: Er hatte Angst vor ihnen. Angst vor jedem, der es wagte, nach etwas Größerem zu streben als vielleicht Serubel oder Theoria oder Hemut. Angst vor jeder Frau, die es wagte, Männer als Anführer abzulehnen.

Ich glaube, selbst Sethos hat Angst vor ihnen. Er hat mir einmal erzählt, sie seien gemeine Biester, die ihre Männer wie Welpen behandeln und sie zwingen, sich um die Kinder zu kümmern und zu kochen, während die Kriegerinnen jagen, um Nahrung zu beschaffen und sich die Zeit zu vertreiben. Ich habe ihn wegen seiner Heuchelei zur Rede gestellt, und er hat wirres, dummes Zeug geplappert und sich geweigert, mir dabei in die Augen zu sehen.

Wie es scheint, haben mir die Männer, in deren Obhut ich war, mein ganzes Leben lang Halbwahrheiten erzählt und Fehleinschätzungen weitergegeben. Unwillkürlich schäme ich mich, wie wenig ich über Wachuk weiß. Und ich bin entschlossen, das schleunigst zu korrigieren. Man muss diese Frauen für ihren Mut bewundern und nicht wegen ihrer Werte fürchten.

Tulle ist die Erste, die das Wort ergreift, und sie spricht Olna direkt an. »Das ist Königin Emula von Wachuk. Sie hat unsere Bitte um Hilfe gehört und uns fünfunddreißig Brandlinge und dreihundert Kriegerinnen zugesagt. Die übrigen sind zu Fuß hierher unterwegs und werden in wenigen Tagen eintreffen.«

Olna klappt der Unterkiefer leicht herunter. »Hat sie gesagt, was sie als Gegenleistung verlangt?«

Tulle zögert. »Sie will keine Gegenleistung. Sie ist davon überzeugt, dass ich die Wiedergeburt ihrer Glutgöttin bin. Sie wird tun, was ich verlange.« Tulle errötet. Ich frage mich, wie es wohl ist, als Göttin angesehen zu werden. Es ist nicht verwunderlich, dass die Wachuken Tulle als ihrer Gottheit huldigen; sie verehren das Element des Feuers wegen seiner reinigenden Kraft und Tulle erschafft es mit bloßen Händen. Wir hatten gehofft, dass sie Eindruck auf sie machen würde, aber das ist mehr, als wir uns jemals hätten vorstellen können.

»Ich habe ihr oft gesagt, dass sie sich irrt, dass man mich nicht anbeten soll. Sie beharrt darauf, dass ich nicht wissen kann, dass ich die Glutgöttin bin, weil ich im Eiskönigreich geboren wurde, wo Frauen den Männern unterworfen sind. Und dass meine Pflicht … meine Aufgabe dort … darin besteht, Hemut zu schmelzen, weil es die Macht einer Frau nicht respektiert.«

Das ist doch mal eine Idee, denke ich voller Verbitterung. Die Männer von Hemut sind noch überheblicher als die Männer in Serubel. In Hemut darf eine Frau eine Waffe nicht einmal anfassen. In Serubel erhalten wir zumindest eine Kampfausbildung, um uns selbst und wenn nötig unser Land zu verteidigen. Die Idee ist auch deshalb reizvoll, weil wir einfach Tulle, Emula und ihr Heer von Brandlingen als Vergeltung nach Hemut schicken könnten, wenn es sich weigert, mit Theoria Frieden zu schließen. Warum nicht einen Angriff von dieser Nation abwehren, bevor er beginnt?

Was ist nur in mich gefahren? Jetzt denke ich schon wie Rashidi oder Kommandant Morg. Ich darf nicht den Respekt vor menschlichem Leben verlieren. Ich darf nicht vergessen, dass zwischen allen Königreichen, ob es nun Krieg oder Verhandlungen gibt, wieder Frieden geschlossen werden muss. Frieden hat bessere Aussichten auf Erfolg, wenn keins der Königreiche überwältigende Verluste erleidet.

Tarik verständigt sich mit Emula in einer Abfolge von Klick-, Zirp- und Grunzlauten. Aldon hat mir einst erklärt, es sei eine primitive Sprache, die minderwertigste in allen fünf Königreichen. Als ich das Tarik gegenüber wiederholte, hat der Falkenkönig gelacht. Er erklärte mir, dass für die Wachuken ein Laut viele verschiedene Bedeutungen haben kann und dass diese Bedeutung abhängig ist von dem Gefühl, mit dem der Laut übermittelt wird. Denn so, wie ein Lingot Lügen wahrnimmt, sind die Wachuken in der Lage, hinter die Worte zu sehen und die Gefühle zu erfassen, die sich dahinter verbergen. Aus diesem Grund ist das Erlernen ihrer Sprache sehr viel anspruchsvoller als das der anderen Sprachen. In der Bibliothek des Lyzeums ist der Sprache und ihrer Geschichte sogar eine ganze Abteilung gewidmet, und selbst ein begabter Lingot braucht wegen der menschlichen Gefühle, die hineingelegt werden müssen, Jahre, um sie zu beherrschen. Tarik sagt, Laute hervorzubringen ist eine Sache, aber Gefühle zu vermitteln, ohne auf Worte zurückgreifen zu können, ist eine ganz andere. Er hat mir erklärt, dass vor langer Zeit niemand die Sprachen der fünf Königreiche so gut beherrscht hat wie die Wachuken, dass sie dann jedoch freiwillig Worte zugunsten einer reineren Form der Verständigung aufgaben. Für sie können Worte mit Betrug beladen sein. »Die Sprache der Wachuken als minderwertig zu bezeichnen, nur weil die Laute einfach sind«, hatte Tarik erklärt, »ist so, als würde man sagen, die Pyramiden seien leicht zu erbauen, weil ihre Form einfach ist.«

Wenn Tarik es so ausdrückt, scheint Aldon mir immer weniger ein Lehrer und mehr und mehr ein Eintrichterer von Vorurteilen zu sein. Und ganz gleich, wo ich lande, wenn all das vorbei ist – für Vorurteile habe ich keinen Grund.

Emula gibt mit ernster Miene Antwort. Ich höre Dankbarkeit in ihrer Stimme.

Tarik richtet das Wort an Olna. »Ich habe Emula für ihre Großzügigkeit und ihre Bereitschaft zu helfen gedankt. Sie bittet darum, dass man ihren Brandlingen zu trinken und ihren Frauen zu essen und einen Platz zum Schlafen gibt. Sie erwartet Tulles nächsten Wunsch.«

Olna nickt einem Mann am Ende des Raumes zu. Er verschwindet nach draußen, wahrscheinlich, um Emulas Bitte nachzukommen. Sie richtet ihre Aufmerksamkeit wieder auf Tarik. »Es wird sofort erledigt, noch während wir miteinander sprechen. Wir haben mit einer wohlwollenden Antwort aus Wachuk gerechnet und bereits Zelte zur Unterbringung der Kriegerinnen errichtet. Ich weiß, dass sie den Schatten ihrer Wälder gewohnt sind. Bitte sagt Emula, dass sie ein geschätzter Gast im Viertel der Niedriggeborenen ist und dass wir gern helfen, falls sie irgendetwas benötigen sollte.«

Tarik übermittelt Emula die Botschaft. Sie nickt und spricht wieder und Tarik übersetzt für uns. »Sie bittet außerdem darum, dass man Feuer für sie errichtet. Sie verzichten nicht einmal auf Reisen auf ihre Rituale. Sie haben Holz zum Verbrennen mitgebracht. Sie lädt uns ein, die Rituale mit ihnen zu begehen, wenn wir möchten.«

»Wir huldigen hier nicht den Elementen, doch sie darf ihre Feuer gern im Süden des Viertels bauen«, sagt Olna. »Wer möchte, darf sich ihnen anschließen. Ich werde in dieser Hinsicht nicht für die anderen sprechen.«

»Meine einzige Sorge ist, dass man die Feuer von Anyar aus sehen könnte«, wendet Tarik ein. »Die Irregehenden werden sich fragen, was los ist.«

Olna lacht leise. »Bei allem Respekt, die Irregehenden werden eine unangenehme Überraschung erleben, wenn sie uns jetzt stören wollen.«

Tarik nickt. »So sei es.«

»Dann werden wir diese Versammlung vertagen, um uns um unsere Gäste zu kümmern, falls es sonst nichts mehr zu besprechen gibt ...«

»Da wäre noch etwas«, ruft jemand aus dem hinteren Teil des Raumes.

Ich hatte nicht bemerkt, dass Rashidi hereingeschlüpft war. Dem Ausdruck auf seinem Gesicht nach zu urteilen, bringt er keine guten Nachrichten aus Hemut. Nicht dass Rashidi ständig übertrieben lächeln würde, aber wenn er besonders verärgert ist und ausdruckslos wirken möchte, hat er ein Zucken um den Mund. So schreitet er also mit zuckenden Mundwinkeln und seinem langen Stab in die Mitte des Redekreises. »Richtet Königin Emula bitte meine äußerste Dankbarkeit und meinen Respekt aus«, sagt Rashidi zu Tarik. »Es ist eine Ehre, sie hier zu haben.«

Tarik übermittelt Rashidis Gefühle an die Königin, die nur nickt. Ich frage mich, was der alte Mann wirklich von der Königin hält und von wem Sethos seine Vorurteile hat. Vielleicht war es gar nicht Rashidi. Tarik hegt schließlich keine solche Geringschätzung.

»Was habt Ihr uns zu berichten, Freund?«, fragt Tarik, dem die Erleichterung über die Rückkehr seines Ratgebers ins Gesicht geschrieben steht.

»Ich habe uns die Unterstützung Hemuts gesichert«, verkündet Rashidi, aber in seinem Ton liegen weder Stolz noch Glück.

Tarik muss es ebenfalls spüren, denn er fragt: »Was wollen sie als Gegenleistung?«

Rashidi wirft einen vielsagenden Blick auf Tulle.

Oh nein.

»König Ankor verlangt die unverzügliche Rückkehr seiner Tochter.«

Als Tulle scharf nach Luft schnappt, wendet Tarik sich ihr zu. »Gemessen an den Umständen Eures Weggangs war dies nicht unerwartet, Prinzessin. Aber wenn Ihr in Eurem eigenen Königreich eine Ausgestoßene seid, warum will er Euch dann zurückhaben?«

»Weil ich bei meiner Flucht meine Kräfte verwendet habe. Er hatte keine Ahnung von meiner Fähigkeit, Feuer zu erschaffen. Zweifellos glaubt er jetzt, ich sei für ihn von Nutzen.«

Tarik runzelt die Stirn. »Ihr braucht nicht zurückzukehren. Wir werden auch ohne Hemut mit der Situation fertig. Wir können sogar mit Hemut fertigwerden, wenn es sein muss.« Aber in Tariks Stimme schwingt eine Unsicherheit mit, die mir nicht gefällt. Er glaubt nicht, dass wir zurechtkommen. Und wenn er es nicht glaubt, glaube ich es auch nicht.

Rashidi nickt. »Wenn Ihr sie nicht zurückschickt, wird Hemut angreifen. Aber ich fürchte, das ist nicht der ganze Umfang der Forderungen des Königs.«

»Was will er noch?«

»Ankor verlangt, dass Prinz Sethos Tulle zur Gemahlin nimmt und dass die beiden bei ihm im Eispalast leben.«

Tariks Augen werden groß. »Dem wird Sethos niemals zustimmen.«

Nein, wird er nicht. Er hat mir von seiner Erfahrung erzählt, die auf der Suche nach mir mit dem Eiskönigreich gemacht hat. Er sagte, dort sei es bitterkalt, ohne Sonnenschein, und vollkommen trostlos und bedrückend. Sethos wird nicht einwilligen, dort zu leben, das weiß ich.

»Ich werde mit ihm sprechen«, schaltet Tulle sich ein. »Ob er mich zur Frau nimmt oder nicht, ich muss nach Hemut zurückkehren – doch erst, wenn meine Arbeit hier getan ist. Das Blut Eures Königreichs darf nicht an meinen Händen kleben. Wir werden unverzüglich eine Nachricht schicken, dass wir die Bedingungen meines Vaters auf die eine oder andere Art erfüllen werden. Das sollte einen Angriff abwenden.«

Ich mag Tulle immer mehr. Sie kann sich durchsetzen, aber bleibt freundlich, ist entschlossen, aber gütig. Und wir teilen dieselbe Hoffnung auf Frieden.

Was wird Sethos wohl tun, wenn er erfährt, dass sie in ihre Heimat zurückkehren wird, ob mit ihm oder ohne ihn? Wahrscheinlich steht uns in nächster Zukunft ein Wutanfall ins Haus. Ich hoffe nur, dass er Tulles Gedanken und Gefühle berücksichtigt, bevor er seinem Zorn freien Lauf lässt.

»Wie bald kann Ankor seine Streitkräfte versammeln?«, fragt Tarik Rashidi. »Falls Sethos mit diesem … Vorschlag einverstanden ist?«

»Sobald wir ihm die Nachricht schicken, dass wir uns seinen Wünschen fügen.«

Also müssen wir darauf warten, dass Sethos mit Cy zurückkehrt. Ich beiße mir auf die Unterlippe. Im Raum ist es still. Keiner von uns hält Warten für eine gute Idee. Aber wir brauchen Hemut.

»Wir müssen den Irregehenden Einhalt gebieten«, kontert Tarik. »Wir können nicht auf Sethos' Rückkehr warten. Ich werde eine Nachricht an Cantor schicken, dass er die Majai zusammentrommeln soll. Mit unseren treuen Majai und Königin Emulas Armee sollten wir keine Schwierigkeiten haben, die Irregehenden zu überwältigen.«

Ich trete ungefragt in den Kreis. »Ich wünsche zu sprechen«, sage ich und wende mich an Olna statt an Tarik. Olna erkennt mich immer noch als Prinzessin von Serubel an, auch wenn Tarik meine Meinung zu den Belangen seines Königreichs nicht hören will.

Olna nickt mir zu.

»Wir dürfen nicht vergessen, dass die Irregehenden nicht

böse sind, sondern einfach nur krank«, mahne ich. »Wenn wir sie töten, töten wir Bürger von Theoria. Meiner Ansicht nach wäre es das Klügste, sie festzunehmen und einzusperren, bis Cy zurückkehrt.«

»Da sind wir einer Meinung«, erklärt Tarik. »Es wird darum gehen, zu überwältigen, nicht zu töten. Die Majai sind entsprechend ausgebildet. Ich werde dafür sorgen, dass Königin Emula unser Anliegen versteht.« Er wendet sich wieder an Olna. »Bitte, schickt nach Eurem schnellsten Boten. Es wird Zeit, dass ich mir mein Königreich zurückhole.«

34

TARIK

Es dauert beinahe den ganzen Tag, den Palast wieder zu sichern und zu räumen.

Mehr als siebenhundert Irregehende und Serubelaner wurden von treuen Majai und Wachukkriegern gefangen genommen, ins Lyzeum gebracht und dort eingekerkert und schwer bewacht. Der Palast ist völlig verwüstet, angefangen von groben und beleidigenden Schmierereien an den Wänden bis hin zu verdorbenem Essen auf den Fluren. Hinzu kommt getrocknetes Blut und der Gestank des Todes, der sämtliche Räume durchzieht. Es wird einen ganzen Monat dauern, die richtige Ordnung wiederherzustellen, aber Tarik nimmt das Unterfangen mit Freuden in Angriff.

Seine Tagesgemächer sind geplündert worden, Schriftrollen in Stücke gerissen und auf den Boden geworfen, sein Schreibtisch umgekippt und die meisten Vorhänge zum Balkon heruntergerissen und zertrampelt. Seinem Schlafzimmer ist es nicht besser ergangen. Die Matratze ist zerfetzt, seine Laken hat man in Streifen geschnitten und im Raum aufgehängt, die Stühle auf dem Steinsockel, auf dem sie einst standen, verbrannt. Die kunstvollen Schnitzereien an seinem Bett, dem Bett seines Vaters, sind zerkratzt und unwiederbringlich zerstört worden. Die Latrine ist voller Exkremente, da die Irregehenden sich nicht die Mühe gemacht haben, das fließende Wasser zu benutzen, das eigens diesem Zwecke dient.

Tarik fragt sich, wie es Seporas Gemächern ergangen ist, dort sieht es sicher nicht besser aus. Er hat durch Morg eine Nachricht geschickt, dass sie wieder Zutritt zum Palast hat, nachdem sich alles beruhigt hat und die Übeltäter fort sind. Sie war wütend, dass er ihr befohlen hat, bei Olna zurückzubleiben, bis die Arbeit erledigt war, und hat beteuert, dass ihre Schwertkunst helfen könne. Aber Tarik hatte gesehen, wie sie in dem Hof unter seinem Balkon mit Sethos gekämpft hat.

Und sie ist noch lange nicht bereit, einem irregehenden Majai gegenüberzutreten.

Sie hatte ihn bereits darüber in Kenntnis gesetzt, dass sie unverzüglich ihre Sachen aus ihren Gemächern holen und ins Viertel der Niedriggeborenen umziehen werde. Ihre Entscheidung machte ihn sprachlos, obwohl er wusste, dass es nur eine Frage der Zeit war, bis sie darüber entscheiden würde, wie ihre Zukunft aussehen soll. Er hat versucht, sich Gründe auszudenken, warum sie im Palast bleiben sollte, insbesondere als sein Gast, aber sie wollte nichts davon hören. Ihre Vermählung ist abgesagt. Sie kann nicht als seine Ratgeberin bleiben, da er ihrem Urteil nicht länger traut. Das Einzige, was er ihr anbieten kann, ist, in ihrer Eigenschaft als Prinzessin von Serubel, die nicht auf dem rechtmäßigen Thron sitzen kann, Theorias Gast zu sein. Aber sie ist dagegen, »ein Angebot auszunutzen, das aus Mitleid gemacht wurde«, wie sie sich ausdrückt.

Wie kann sie nur so stur sein?

Natürlich kann er nicht über ihre Sturheit nachdenken, ohne vorher seine eigene auf den Prüfstand zu stellen. Während der Plackerei im Viertel der Niedriggeborenen, seit ihrer Rückkehr aus Pelusia nach Theoria, hat sie sich wieder und wieder für seine Bürger eingesetzt. Als sie offen darum gebeten hat, dass die Irregehenden behandelt und nicht getötet werden sollen, hat ihn das tief berührt. Seine Gründe, warum er sie nicht zu seiner Königin nehmen kann, werden immer schwächer. Er spürt, dass selbst Rashidi seine Entscheidung missbilligt; der alte Mann mag Sepora zwar nicht, aber in letzter Zeit schwingt Bewunderung in seiner Stimme mit, wenn er von ihr spricht. Wenn Rashidi davon überzeugt ist, dass sie eine gute Königin abgeben würde, warum ist Tarik es nicht?

Und – was ist, wenn sie ihn überhaupt nicht mehr will?

Vielleicht ist das der Grund, der ihn schweigen lässt. Vielleicht ist das der Grund, warum er sie nicht noch einmal auf das Thema anspricht. Er hat Angst vor Zurückweisung. *Wie kann ich das zwischen uns wieder in Ordnung bringen?* Gar nicht, denkt er.

Und beim Stolz der Pyramiden, wo ist sie überhaupt? Sie sollte längst da sein. Sie würde doch nicht so unhöflich sein, ihre Sachen ohne einen offiziellen Abschied zu holen? Natürlich wird sie so wütend sein, dass …

Die Erkenntnis trifft ihn so hart, dass sie ihm beinahe den Atem raubt. Sepora ist ohne Zweifel hier.

Und ohne Zweifel ist sie sofort zu den Ställen gegangen, um Nuna zu holen.

35

SEPORA

Ich sinke neben ihr auf die Knie. Sie ist jetzt schon eine ganze Weile tot. Fliegen schwirren um sie herum, Maden wimmeln in ihrem Mund, und das Blut, wo man ihr die Schuppen abgezogen hat, ist in der theorianischen Hitze eingetrocknet und verkrustet. Speere ragen ihr überall aus dem Leib. Sie hat gelitten.

Nicht Nuna.

Nicht meine Nuna.

In ihrem Stall liegen mehrere tote Männer, die den klaffenden Wunden nach zu schließen wahrscheinlich Nunas spitzen Zähnen zum Opfer gefallen sind. Ich wünschte, die Männer würden noch leben, damit ich sie töten kann. Sie müssen in großer Zahl über sie hergefallen sein, nachdem sie ihre Macht gezeigt hat. Das ist die einzige Möglichkeit, eine Verteidigerserpen zu töten.

Ich begrabe das Gesicht in den Händen und stoße einen Schrei aus. Sofort brechen die Tränen wie ein Sturzbach aus mir hervor, den ich nicht aufhalten kann, selbst wenn ich es wollte. Aber warum sollte ich nicht weinen? Nuna verdient meine Tränen, meinen Schmerz. Sie verdient es, weil ich sie ihrem Schicksal überlassen habe. Hat sie sich gefragt, warum ich nicht gekommen bin, um sie zu holen? Denken Serpen auf diesem Niveau? Hatte sie Hunger, als sie starb? Durst?

Es ist gut, dass ich mir diese Fragen stelle, dass ich mich mit ihnen quäle. Dass ich darunter leide, es nicht zu wissen, dass ich überhaupt leide, weil sie gelitten hat. Sie ist allein und ohne Hilfe gestorben.

Da ist so viel Verlust in mir. Vater. Mutter. Meine Königinnenwürde. Tarik selbst. Und jetzt Nuna. Wieviel Verlust kann ein Mensch ertragen, bevor er selbst zum Irregehenden wird? Es ist unerträglich. Es ist unvorstellbar. Mit allem anderen konnte ich fertig werden. Tränen bei Nacht, Kummer über meine Verluste, aber tagsüber nach außen stark. Es war nicht leicht, aber so habe ich es geschafft. Jetzt habe ich keine Kraft mehr.

Nicht Nuna.

»Sepora«, sagt Tarik leise. Ich spüre seine Hand auf der Schulter. Ich hatte ihm gesagt, dass er mich nie wieder anfassen soll. Damals habe ich es ernst gemeint. Er hat mich in so vieler Weise verletzt. Mich gedemütigt, mich verraten.

Aber jetzt, in diesem Augenblick, möchte ich mich in seinen Armen vergraben und mich von ihm trösten lassen. Ich will ihn benutzen, so wie er mich in jener Nacht in Cantors Zelt benutzt hat. Ich will Wärme und Zuneigung und etwas mehr als Verlust.

Ich sehe ihn an, die Knie zu schwach, um zu stehen. »Ich hätte sie holen sollen. Aber du warst so verdammt wachsam, dass ich Cantors Zelt nicht verlassen konnte. Das hier ist deine Schuld.«

»Ja«, stimmt er mir zu meiner Überraschung zu, »es ist meine Schuld. Nicht deine.«

Ich weiß, was er tut. Er versucht, mir die Last der Schuld abzunehmen. Und so sehr ich sie ihm überlassen will, so sehr ich es ihm wirklich zuschreiben will, ich kann es nicht. Nuna war meine Verantwortung. Ich hätte einen Weg finden müssen. Tarik ist nicht allwissend. Er ist nur ein junger König. Ich hätte kommen können.

Ich hätte kommen sollen.

»Hinter dem Palast ist ein Friedhof für viele Generationen königlicher Katzen«, sagt er und hockt sich neben mich. »Wir werden dafür sorgen, dass sie ein angemessenes theorianisches Begräbnis mit allen Ehren bekommt, wenn du es wünschst.«

»Sie ist keine theorianische Katze«, gebe ich zurück, als ich mich im Kopf bereits dafür entscheide, es zuzulassen. Nuna verdient, was sie bekommen kann. Was ich für sie bekommen kann.

»Nein. Sie war furchteinflößender als jede theorianische

Katze. Und sie hat einer serubelanischen Prinzessin gedient. Sie verdient ein angemessenes Lebewohl.«

Meine Unterlippe zittert, als mir weitere Tränen übers Gesicht laufen. »Ich hätte sie holen kommen sollen.«

Er antwortet nicht, sondern hebt mich einfach auf die Arme und trägt mich zur Stalltür. Seine Kraft ist unvorstellbar. Er trägt mich, wie der Wind Staub trägt, oder wie die serubelanische Brise Blätter von einer Winde trägt. Ich habe weder die Energie noch den Willen, gegen ihn anzukämpfen. Ich habe nicht den Wunsch. Stattdessen lege ich ihm die Wange auf die nackte Brust und weine mich daran aus. So trägt er mich zum Palast zurück, während ich schluchze wie ein kleines Kind und er Worte des Trostes murmelt, die nur für meine Ohren bestimmt sind. Viele Menschen kommen, um ihm zu helfen. Rashidi, Morg, Diener.

Aber er schickt sie alle mit einem Nicken weg und trägt mich durch den Palast, während ich mich an ihn klammere und weine. Ich erkenne den Weg, den er nimmt, und als wir sein Schlafgemach betreten, schnappe ich angesichts des Zustands nach Luft. Alles liegt wild durcheinander, als hätte jemand randaliert. Diener eilen hin und her und räumen auf, was sie können. Tariks gewaltiges Bett ist zerstört worden, die Matratzen zerfetzt und vulgäre Szenen in das einst schöne Holz geritzt. Der gewohnte Lavendelduft ist einem hartnäckigen Fäkaliengestank gewichen, in den sich der vertraute Geruch eines Reinigungsmittels mischt, mit dem die Diener die Toilette schrubben.

»Lasst uns bitte allein«, sagt Tarik laut, und einer nach

dem anderen stellen die Männer und Frauen ihre Tätigkeit ein und verlassen das Gemach. Als der letzte Diener die Tür hinter sich schließt, hält Tarik mich immer noch im Arm.

»Die Irregehenden sind nichts als Tiere«, sage ich.

»Sie sind krank«, ruft er mir ins Gedächtnis, während er mich sanft aufs Bett legt. Er lässt sich neben mich gleiten, zieht mich an sich und drückt meinen Kopf wieder an seine Brust. »Ich möchte, dass du weinst, Sepora. Weine, bis alles raus ist. Weine um alles, was du verloren hast.«

»Ich will nicht.«

»Kämpfe ausnahmsweise einmal in deinem Leben nicht gegen mich an. Du musst deine Verluste betrauern. Bitte, Sepora.«

Die Geste ist so zärtlich, dass der letzte Rest Bitterkeit, den ich ihm gegenüber verspüre, vergeht. Ich schmiege mich in seine Arme und gebe der Trauer nach. Ich weine vor allem um Nuna, aber ich weine auch um andere Dinge. Ich weine um den Verlust meines Königreichs, um den Verlust meiner Zukunft mit Tarik, um den Verlust meines Vertrauens zu meiner Mutter. Ich weine sogar um den Verlust meines Vaters, wenn auch nicht um seinen Tod, sondern um die Art, wie er sein Leben gelebt hat. Dass er für all das verantwortlich ist.

Ich weine und schluchze und schreie in der Geborgenheit von Tariks Armen und er hält mich schweigend fest. Gleich werde ich einschlafen. Tarik muss denken, ich sei bereits eingeschlummert, denn er küsst mich auf den Kopf und ich spüre, wie er sich neben mir entspannt.

Vollkommen erschöpft gleite ich in den Schlaf.

Als ich erwache, stelle ich überrascht fest, dass die Sonne noch nicht aufgegangen ist. Neben mir auf dem Bett steht ein Tablett mit Frühstück und einem kleinen Brief von Tarik:

Komm zu mir, wenn du dich gestärkt hast und so weit bist.

Ich nehme den Wasserkelch und trinke ihn leer, dann greife ich nach dem Kelch mit Saft und kippe ihn ebenfalls herunter. Ich habe immer noch Durst, aber ich bin nicht bereit, nach einem Diener zu rufen. Ich bin noch nicht bereit, Tarik gegenüberzutreten. Oder sonst jemandem, was das betrifft. Fast alle im Palast haben mich gestern gesehen, als ich völlig am Ende war. Wer es nicht selbst miterlebt hat, wird inzwischen davon erfahren haben. Von der serubelanischen Prinzessin, die sich nicht so beherrschen konnte, wie es von Menschen königlichen Geblüts erwartet wird.

Ich nehme ein Stück Brot von dem Tablett und mache mich auf den Weg zu Tariks prächtigem Balkon, um mir den Sonnenaufgang anzusehen. Aber als ich einen in dünne Streifen zerrissenen Vorhang beiseiteziehe, lasse ich fast das Brot fallen. Der Balkon ist klatschnass.

Denn in Theoria regnet es.

TEIL 4

36

TARIK

Als Sethos und Cy aus Pelusia zurückkehren, regnet es immer noch. Sie betreten Tariks Tagesgemach nass bis auf die Haut und haben eine Frau bei sich. Tarik kennt sie nicht, doch es ist nicht zu übersehen, dass sie Pelusianerin ist. Sie ist viel älter als Rashidi; sie hat einen weißen Haarschopf und die runzlige Haut hängt ihr lappig von den Knochen. Sie ist so mager, dass Tarik vermutet, sie hat schon lange nicht mehr richtig gegessen.

Wieso bringt Sethos von seinen Missionen ständig jemanden mit?

Sethos begrüßt seinen Bruder mit den Worten: »Der Innenhof ist knöcheltief überflutet. Was hat das zu bedeuten?« Er schüttelt den Kopf, um das Wasser aus den Haaren loszuwerden, so wie Patra, wenn sie mit Baden fertig ist. »Regen ist unerträglich.«

Tarik ist ganz seiner Meinung. Am ersten Tag war es noch neu, etwas, das Theoria seit Jahrhunderten nicht mehr erlebt hat. Jung und Alt ging nach draußen, um sich das Gewitter anzuschauen, schwelgte im Regen, genoss die Abwesenheit der Sonne und sah voller Staunen und Ehrfurcht die Blitze herabzucken.

Jetzt, nach einer Woche, ist der Regen nur noch lästig. Tariks Königreich ist nicht auf tagelangen Regen eingestellt. Die Straßen des Basars sind überflutet, der Palastinnenhof ist unzugänglich, und der Nefari schwillt immer weiter an. An diesem Morgen hat man ihm berichtet, der Fluss sei bis zur Hälfte der Böschung gestiegen. Und er hat festgestellt, dass Patra Angst vor Donner hat.

»Wir ergreifen Maßnahmen, um den Innenhof trockenzulegen«, erklärt Tarik »aber mein Hauptaugenmerk liegt auf dem Übungshof der Majai. Cy, willkommen zurück. Und wen habe ich heute noch die Freude, in meinen Gemächern begrüßen zu dürfen?«

Cy verzieht das Gesicht. »Ich weiß nicht, ob Ihr viel Freude an der Begegnung mit ihr haben werdet, aber das ist Esmelda. Sie ist die beste Heilerin in König Graylins ganzem Königreich.«

Tarik zieht eine Braue hoch. Diesmal hat Sethos sich wirklich selbst übertroffen. Zuerst eine Prinzessin, jetzt eine Meisterheilerin eines verfeindeten Königreichs. Vielleicht ist er doch mehr als nur ein Maul, das er stopfen muss.

»Warum sollte ich nicht ihre Bekanntschaft machen wollen? Wir brauchen jede Hilfe, die wir bekommen können.«

»Sie hat die Stille Seuche überhaupt erst erschaffen«, zischt Sethos und zieht einen Stuhl für sich heran. Er verschränkt die Hände hinterm Kopf. »Also beschränke deine Freude auf ein Minimum.«

Tarik richtet den Blick auf Esmelda. Sie wirkt reumütig.

»Ihr habt die Stille Seuche erschaffen?«, fragt er ungläubig.

Sie nickt. »Es war der Wunsch meines Königs, Hoheit.«

»Wozu um alles in der Welt?«

»Ich hinterfrage meinen König nicht, Hoheit.« Sie faltet mit einer Geste der Endgültigkeit die Hände vor dem Bauch. »Aber ich hegte den Verdacht, dass sie den Untergang Theorias bewirken sollte.«

Cy räuspert sich und zieht einen Stuhl neben den von Sethos, dann bedeutet er Esmelda, Platz zu nehmen. Sethos verdreht die Augen. Esmelda zittert wie ein einrädriger Streitwagen, als sie sich auf dem Stuhl niederlässt. »Vielen Dank, junger Cy.«

»Es war nämlich so, dass Esmelda den Auftrag erhalten hat, eine Krankheit zu erschaffen, die nur Theorianer befällt«, erklärt Cy. »Eines Tages sind König Graylin und Königin Hanlyn zu ihr gekommen und haben sie gefragt, ob etwas Derartiges möglich ist. Sie hatten theorianische Gefangene dabei, die in der Wüste aufgegriffen worden waren. Esmelda hat an ihnen Tests durchgeführt und eine Methode gefunden, wie nur Theorianer an der Seuche erkranken.«

Tariks Eingeweide krampfen sich zusammen. Hanlyn und Graylin hatten das schon länger geplant, als er gedacht hat. »Das war der Grund, warum mein Vater als Erster sterben musste«, sagt er mit gepresster Stimme. »Das erste Opfer musste der König sein. Wie haben sie den Palast infiltriert?« Tariks Gefühle drohen, ihn zu überwältigen, aber er unterdrückt sie, so gut er kann. Diese Frau ist im Wesentlichen die Mörderin seines Vaters. Er darf jetzt nicht die Fassung verlieren, nicht, wenn Sepora so um den Verlust Nunas trauert. Sie braucht ihn. Er hat sie zu oft enttäuscht, um sie jetzt zu enttäuschen.

Außerdem muss er als König und als Sohn stark sein.

Esmelda schüttelt den Kopf. »Ich kenne keine Einzelheiten, Euer Majestät. Und ich bedaure, dass ich etwas mit dem Tod Eures Vaters zu tun hatte.«

Die Wahrheit.

Aber sie ist nicht gut genug. Zu viele seiner Untertanen haben wegen dieser schmächtigen Frau gelitten und sogar ihr Leben verloren. »Warum hast du sie hierhergebracht?«, blafft er Sethos an und lässt einen Teil seines Zorns an ihm aus. Er muss sich beherrschen. »Warum sollten wir eine solche Frau bei uns haben wollen?«

»Sie hat das Heilmittel«, erwidert Sethos gedehnt, unbeeindruckt von der Wut seines Bruders. »Da wir etwas in Eile waren, konnte Cy die einzelnen Schritte nicht so schnell lernen. Also haben wir sie als Trostpreis mitgebracht. Lass sie arbeiten, lass sie töten. Mir ist es gleich.«

»Sie ist wirklich genial«, meldet Cy sich begeistert zu

Wort, bevor er sich wieder fängt. »Für eine Mörderin, meine ich.«

Esmelda leugnet die Anklage nicht. Sie scheint sich auch keine Sorgen um ihr eigenes Wohlergehen zu machen – als Sethos davon sprach, sie zu töten, ist ihr Gesichtsausdruck ernst geblieben. Wahrscheinlich hat sie in den langen Jahren im Dienste Graylins viel gesehen und betrachtet den Tod als Teil des Lebens. Außerdem ist die Frau sehr alt. Der Tod würde für sie wahrscheinlich eine Befreiung sein.

Also würde er sie arbeiten lassen.

»Wir haben die Gefangenen mit Spektorium behandelt«, berichtet er Cy. Er lässt unerwähnt, dass sie es mit Gewalt getan haben, denn Cy war immer ein Befürworter freiwilliger Behandlung. Doch es wird Zeit, dass der junge Heiler lernt, wie man ein Königreich regiert. Wenn Tarik lernen muss, muss Cy es auch. »Es hatte eine starke beruhigende Wirkung. Einige leiden immer noch an Wahnsinn. Bei ihnen scheint das Spektorium nicht zu wirken.«

Esmelda nickt. »Das liegt daran, dass Spektorium nicht als Heilmittel gedacht war. Obwohl es interessant ist, dass es bei der Behandlung hilft.«

»Langweilt jemand anderen mit Euren Interesse«, fährt Sethos die Heilerin an. »Sagt dem König, was er wissen muss.«

Esmelda wirft ihm einen giftigen Blick zu, wendet sich dann aber respektvoll an Tarik. »Das Mittel wird aus der Wurzel der Acutuspflanze gewonnen. Die Wurzel wird zermahlen und gekocht und mit einigen weiteren Zutaten durch den Mund verabreicht. Der Kranke wird sich innerhalb von zwei Tagen erholen.«

Eine Pflanze. Die Stille Seuche kann mit einer bloßen Pflanze besiegt werden. Wenn Tarik nicht mit goldener Farbe bedeckt wäre, würde er sich mit der Hand übers Gesicht streichen. Das ist das Einzige, was er von dem Leben im Viertel der Niedriggeborenen vermisst, die herrliche Erlösung von seiner königlichen Körperfarbe. Er sieht Cy an. »Ich habe noch nie von der Acutuspflanze gehört.«

»Sie wächst auch nicht in Theoria, Euer Hoheit«, sagt Cy. »Aber wir haben aus Pelusia einen Sack voller Samen mitgebracht. Wir werden sie sofort aussäen. Obwohl ich mir nicht sicher bin, wie sie sich bei diesem Wetter entwickeln werden.«

»Ihr werdet sie im Haus ziehen müssen«, wirft Esmelda ein. »Zu Eurem Glück braucht sie nur sehr wenig Licht, aber dafür das Salzwasser aus dem Meer. Ihr werdet dem Gießwasser Salz hinzufügen müssen.«

»Und zu Eurem Glück«, giftet Sethos, »kann ich den von Euch so faszinierten Cy gut leiden. Sonst wärt Ihr längst tot.«

Cy wedelt mit der Hand. »Ja, ja. Sie verdient es, für ihre Verbrechen hingerichtet zu werden. Aber ich empfehle dringendst, dass wir ihre Gesundheit wiederherstellen, bevor sie noch verhungert.«

»Euer König hat sich nicht um Euch gekümmert?«, fragt Tarik.

Esmelda nickt. »Anfangs schon. Aber als Theoria damit

begann, die Patienten mit Spektorium zu behandeln, und die Seuche nicht die gewünschte Wirkung hatte …« Sie zuckt mit den Schultern. Falls sie sich selbst bemitleidet, lässt sie es sich nicht anmerken. Sie lässt sich überhaupt kein Gefühl anmerken.

Wenn sie wegen ihrer Lage nicht beunruhigt ist, warum sollte ich es sein? »Wie lange dauert es, bis der Acutus ausgewachsen ist und wir ihn verwenden können?«

»Es ist eine schnellwachsende Pflanze, Hoheit. Zwei Wochen bei richtiger Pflege, dann haben wir genug Wurzeln, um die ersten Medikamente herzustellen.«

Tarik bedenkt Cy mit einem strengen Blick. »Lasst die Springbrunnen im Palast leeren und sät die Samen dort ein. Bei diesem Wetter werdet Ihr wohl kaum geeignete Pflanzerde finden, daher werdet Ihr zuerst den Schlamm trocknen müssen. Ihr seid persönlich für die Pflege der Samen verantwortlich. Seht zu, dass es so gemacht wird, wie sie es sagt.«

»Und Lady Esmelda?«

»Haltet sie hinter Schloss und Riegel und lasst sie bewachen. Und beim Stolz der Pyramiden, besorgt ihr etwas zu essen.«

Cy nickt. »Wie Ihr wünscht.« Er hilft Esmelda auf und stützt sie, als sie zur Tür gehen. Als sie fort sind, wirft Sethos Tarik einen angewiderten Blick zu. »Du hättest mit der Eroberung des Palastes ruhig warten können, bis ich zurück bin. Ich habe auf einen ordentlichen Kampf gebrannt.«

»Dann hättest du in Pelusia welche anzetteln sollen. Vor allem mit König Graylin.«

Sethos gähnt. »Wo ist Tulle? Ich könnte ein bisschen Trost gebrauchen.«

»Du hast sie immer gehasst, seit wir Kinder waren, Sethos. Was hat sich geändert? Warum muss ich überhaupt fragen?«

»Ich habe sie immer geliebt. Hass und Liebe liegen dicht beieinander, wie du weißt. Es war mir nur nicht klar, bis ich sie wiedergesehen habe.«

Tarik lässt sich die Worte durch den Kopf gehen und findet Wahrheit darin. Leidenschaft kann vermutlich mit vielem verwechselt werden. »Tulle und Sepora besuchen gerade das Viertel der Niedriggeborenen. Ich bin mir sicher, dass sie ein Geheimnis haben, aber Sepora weicht meinen Fragen immer noch aus.«

Sethos grinst. »In dieser Frau hast du deinen Meister gefunden. Und du bist ein Idiot, dass du die Verlobung gelöst hast. Dafür könnte ich dir immer noch eine runterhauen.«

Tarik setzt sich und lehnt sich auf seinem Stuhl zurück. Er wird seine persönlichen Angelegenheiten nicht mit Leuten wie Sethos diskutieren, dessen Mundwerk größer ist als sein Geschick im Umgang mit Frauen. »Da wir gerade von Verlobungen sprechen, ich habe Neuigkeiten für dich. König Ankor hat in deine Heirat mit seiner Tochter eingewilligt.«

»Du scherzt.«

»Ich schwöre.«

»Spiel nicht mit mir, Bruder.«

»Wenn du mir nicht glaubst, frag Tulle. Rashidis Besuch war ein Erfolg.«

»Was könnte seine Meinung geändert haben? Als ich ihn

das letzte Mal gesehen habe, jagte er an der Spitze seiner ganzen Armee hinter mir her.«

Tarik versucht, sein Grinsen zu unterdrücken, scheitert jedoch kläglich. Das wird lustig werden. »Wie sich herausstellt, wirst du von jetzt an der Spitze seiner Armee stehen. Weil du mit Tulle im Eispalast leben wirst.«

Nachdem es vier Wochen lang nur geregnet hat, war die Stadt Anyar überflutet. Der Nefari trat über die Ufer, und Parani schwammen bis zum Basar und griffen Bürger und Händler an, die sich nicht auf dem höheren Gelände am Palast in Sicherheit gebracht hatten. Viele blieben zurück, um ihr Eigentum zu bewachen, und verloren in der großen Flut auf einen Schlag ihr Leben. Wer nicht ertrank, fiel den Parani zum Opfer und erlitt einen viel schlimmeren Tod, als von Wasser ausgelöscht zu werden. Die Wachukkriegerinnen taten ihr Bestes, um mit ihren Brandlingen so viele Parani wie möglich aus dem Wasser zu ziehen, aber die Zahl der Toten stieg weiter an.

Nach acht Wochen Regen steht selbst das Erdgeschoss des Palastes unter Wasser. Im oberen Westflügel wurde behelfsmäßig eine Küche eingerichtet, und die Diener sind gezwungen, sich in den höher gelegenen Schlafkammern zu zweit ein Bett zu teilen. Tarik kann von seinem Balkon aus nur die Dachspitzen des Basars und die kleinen Lichter der Boote sehen, die auf dem Wasser treiben, wo früher Wüste war. Das Geräusch von Regen und Donner ist ihm inzwischen unerträglich.

Tarik wendet sich zu Sepora um, die in einem Stuhl sitzt. Sie zeichnet mit Kajalstift eine Pyramide auf Pergament und streichelt abwesend mit dem nackten Fuß Patras Bauch. Die Katze liegt vor Seporas Stuhl, schnurrt dankbar und schlägt gelegentlich zufrieden mit dem Schwanz.

Er ist jetzt glücklicher denn je darüber, dass Sepora am Ende beschlossen hat, als Gast im Palast zu bleiben, statt in das Viertel der Niedriggeborenen zurückzukehren – das jetzt überflutet und unbewohnbar ist. Er hat sich mit dem Großen Rat und seinen besten Ingenieuren getroffen. Es wurde beschlossen, dass vor dem Palast Pfahlhäuser errichtet werden sollen und dass im Regen gearbeitet werden soll, um sie fertigzustellen. Die meisten Bürger haben sich für diese Möglichkeit entschieden, und Wachuk hat dafür Holz in Hülle und Fülle geliefert.

Wagen sind durch kleine Schiffe und Ruderboote ersetzt worden. Bürger, die in festen Gebäuden lebten, sind auf ihre Dächer umgezogen und haben dort zum Schutz vor dem Regen Zelte aufgeschlagen. Der Handel ist praktisch zum Erliegen gekommen. Die Ernte der Mittelklasse ist zerstört. Die Menschen essen die Parani und andere Fische, die sich in die Stadt wagen.

Es scheint, dass sich die Partnerschaft mit den Parani nicht mehr davon erholen wird.

Tarik schüttelt den Kopf. »Wir haben die Stille Seuche ausgemerzt, nur um von ungewöhnlichem Wetter in die Knie gezwungen zu werden?«

Sepora schaut von ihrer Zeichnung auf. Sie ist in letzter

Zeit besessen von Pyramiden, zeichnet sie und stellt Fragen nach ihrer Erbauung. So genaue Fragen, dass er seine Architektin zurate ziehen musste. Trotzdem ist er dankbar, dass es ihr gelingt, sich auf etwas anderes als ihre Verluste zu konzentrieren. Ja, er hat gewollt, dass sie um ihre Verluste trauert, aber er hat auch gewollt, dass sie sich von ihnen erholt, und nicht nur, weil er auf den richtigen Moment wartet, sie noch einmal zu bitten, ihn zum Gemahl zu nehmen. Er möchte, dass sie sich beruhigt. Er möchte, dass sie sich besser fühlt. Und trotz seiner Lingotfähigkeiten spürt er in ihr immer noch eine große Traurigkeit.

»Es kann nicht ewig dauern«, sagt sie, »und du tust bereits, was du kannst.«

Er nimmt ihr gegenüber Platz und deutet mit dem Kopf auf Patra. »Sie ist unruhig. Ich bin mit ihr die Treppe zwischen dem ersten und dem zweiten Stock rauf- und runtergelaufen, aber sie sehnt sich danach, aus dem Palast rauszukommen.«

»Das tun wir alle. Sethos treibt mich mit seinem Gejammer noch in den Wahnsinn.«

»Sethos hat keinen Grund zu jammern. Er hat eine Frau, die ihm alle Annehmlichkeiten verschafft«, erwidert Tarik trocken. Sethos hat die Nachricht von König Ankors Bedingungen sogar recht gut aufgenommen. Es war überhaupt nicht lustig gewesen, er hatte sich bereitwillig einverstanden erklärt, im Eispalast zu leben, wenn es bedeutete, dass er Tulle heiraten und den Frieden bewahren konnte. Vielleicht wollte er damit wiedergutmachen, dass er beinahe einen Krieg angezettelt hätte. Aber Tarik hat den Verdacht, dass seine neue gute Laune vor allem mit Tulle zu tun hat. Sie hatten darum gebeten, sofort heiraten zu dürfen – das war eine gute Idee gewesen, da Sethos kaum die Hände von ihr lassen konnte –, und haben Sethos' alte Kinderzimmer, eine gemütliche Zimmerflucht im Palast, bezogen. Tarik ist eifersüchtig auf das, was sein Bruder hat.

Er versucht, Sepora nicht anzustarren, während sie zeichnet, fragt sich aber unwillkürlich, wie es wäre, sie zur Frau zu nehmen. Jeden Abend mit ihr ins Bett zu steigen, jeden Morgen neben ihr aufzuwachen, ihr all seine Geheimnisse und Hoffnungen und Wünsche anzuvertrauen.

Aber kann er ihr wirklich vertrauen? Nicht einmal jetzt ist er sich sicher, denn sie verbirgt noch immer etwas vor ihm. Wenn er sie nach ihren Besuchen bei den Niedriggeborenen fragt, beschönigt sie die Wahrheit und gibt stattdessen ausweichende Antworten. Er hat keine Ahnung, was sie im Schilde führt. Einmal hat er sie sogar direkt darauf angesprochen, und sie hat sofort das Thema gewechselt. Diese ständigen Machtproben mit ihr können zermürbend sein.

Zermürbend und gleichzeitig ein Vergnügen.

Ein Klopfen an der Tür reißt ihn aus seinen Gedanken. Kommandant Morg tritt ein. Er verneigt sich vor ihnen. Tarik kann bereits an seinem Gesichtsausdruck erkennen, dass ihm nicht gefallen wird, was Morg zu sagen hat.

»Hoheit, ich habe dringende Neuigkeiten für Euch.«

»Ja, das habe ich vermutet, Morg. Sagt, was Ihr zu sagen habt.«

»Im Hinterland sind Schiffe gesichtet worden, Euer Majestät. Viele Schiffe von gewaltiger Größe. Sie nähern sich Anyar.«

»Schiffe?«, wiederholt Sepora und setzt sich in ihrem Stuhl aufrecht hin. »Schiffe, die für das Meer bestimmt sind?«

Morg nickt. »Ja, Prinzessin. Es sind Dutzende.«

Sie wirft Tarik einen finsteren Blick zu. »Pelusia«, sagt sie, aber er denkt bereits das Gleiche. Er hat darauf gewartet, dass Hanlyn den nächsten Schritt macht, und sich entsprechend vorbereitet. Natürlich war er davon ausgegangen, dass er mit ihr auf trockenem Land Krieg führen würde, aber stattdessen hat die Frau Schiffe mitgebracht. Wie hat sie sich auf ein solches Wetter vorbereiten können?

Tarik hat keine eigenen Schiffe. Er hat keine Schiffsbauer. Natürlich hat er Vertrauen in seine Ingenieure, aber sie haben in dieser Hinsicht keine Erfahrung. Und jetzt haben sie keine Zeit.

»Was denkt Ihr, Kommandant Morg?«

»Es wäre töricht, ihnen mit kleineren Schiffen in der Wüste zu begegnen, Hoheit. Ich sage, wir warten ab und kämpfen hier gegen sie.«

»Damit riskieren wir mehr Schäden an unseren Gebäuden«, ruft Rashidi von der Tür aus. Er kommt zu ihnen herüber, sein Stock klackt beim Gehen auf den Boden. »Wir können unsere Bürger nicht beschützen, wenn um sie herum die Schlacht tobt.«

»Ich hatte gehofft, dass wir die Leute im Lyzeum unterbringen können«, schlägt Morg vor. »Und im Palast.«

Das Lyzeum ist das einzige Gebäude in ganz Anyar, das nicht überflutet ist, aus dem einfachen Grund, weil es auf einem hohen Fundament erbaut wurde, das eine höhere Gelehrsamkeit symbolisieren sollte. Seine Treppe steht fast vollständig unter Wasser, aber die Wohnquartiere sind unversehrt und trocken. Es ist eine Einladung an Familien im ganzen Königreich ergangen, bei Bedarf ins Lyzeum zu ziehen, aber viele wollten lieber bei ihren Häusern bleiben und sie neu aufbauen. Tarik konnte die Entscheidung seines Volkes nachvollziehen; es ist die theorianische Art, durchzuhalten. Aber diesmal müssen sie ihm gehorchen. Er nickt. »Schickt die Frauen und Kinder ins Lyzeum und lasst sie von Majai bewachen. Bringt die Männer in den Palast – und stattet sie mit Waffen aus.«

Tarik geht im Raum auf und ab, seine Gedanken überschlagen sich. »Postiert Schleudern auf jedem Dach.« Die Schleudern können die Segel niederreißen und die Schiffe bewegungsunfähig machen. Morg hat die Zielvorrichtung der Maschinen so fein eingestellt, dass sie den Kopf eines Mannes mit einem einzigen Pfeil vom Rumpf trennen können. »Schickt nach Königin Emula und sagt ihr, dass sie ihre Kriegerinnen und Brandlinge bereit machen soll. Und holt Sethos. Er muss mir jetzt helfen.« Denn er wird um Tulles Unterstützung bitten. Sie ist eine Waffe für sich. Sethos wird es nicht gefallen, sie in die Schlacht ziehen zu lassen. »Wie viel Zeit bleibt uns, bis sie eintreffen?«

Morg runzelt finster die Stirn. »Sie sind unglaublich

schnell. Ihre Segel sind gesetzt, obwohl kein Wind weht, der sie antreibt.«

Eigenartig. Aber Tarik hat keine Zeit, darüber nachzugrübeln. »Bereitet unsere Bürger auf die Schlacht vor, Morg. Schickt einen Boten zu Olna und bittet um jeden Schmied, den sie hat.« Sie melken seit Wochen Gift von den Brandlingen. Zusammen mit dem frischen Spektorium wird es für einen nahezu endlosen Vorrat an Kratorium sorgen.

Sepora heftet den Blick auf ihn. »Wie kann ich helfen?«

»Indem du bleibst, wo du bist. In Sicherheit.«

Und darüber wird er nicht diskutieren.

37

SEPORA

»Verdammt soll er sein, Tarik mitsamt seinen Befehlen«, murmele ich, als eine weitere Kanonenkugel in die Außenmauer des Palastes einschlägt und den Raum erschüttert, in dem ich mit den alten und gebrechlichen Männern von Theoria unser Schicksal abwarte. Ich höre das nahe Kreischen eines Brandlings und frage mich, ob er verletzt worden ist. Und wenn ein Brandling verletzt ist, wie viele Menschen haben dann bereits gelitten und sind gestorben?

»Ich muss da raus.« Ich tigere auf und ab und schlinge mir unentschlossen die Arme um den Leib.

»Hat der König ohne Euch nicht schon genug Sorgen?«, ruft Rashidi von der Treppe, wo er Platz genommen hat.

Ich knurre leise. »Tulle ist dort draußen«, erkläre ich.

»Sethos passt auf sie auf, und Tulle kann sich hervorragend selbst verteidigen.«

»Wollt Ihr damit andeuten, dass ich das nicht kann?«

Rashidi zuckt die Achseln. Ich dachte, ich hätte den alten Ratgeber inzwischen schätzen gelernt, aber ich habe mich geirrt. »Es interessiert mich nicht, ob Ihr es könnt oder nicht. Der Falkenkönig hat Euch befohlen, im Palast zu bleiben.«

Befohlen. Tarik will, dass mir nichts passiert, und ich will das Gleiche für ihn. Wer ist er schon, mir zu sagen, was ich tun oder lassen soll? Ich bin Gast in seinem Palast, nicht seine Dienerin. Ich bin ein Mensch in diesem Krieg. Ein Mensch, der nicht tatenlos dastehen und zusehen kann, ohne etwas zu unternehmen, um den Ausgang der Schlacht auf die eine oder andere Weise zu beeinflussen.

Und so laufe ich mit großen Schritten die Treppe hinauf und schiebe mich eilig an Rashidi vorbei, noch während er die Hand ausstreckt, um mich am Knöchel festzuhalten. Auf dem Treppenabsatz zwischen dem ersten und dem zweiten Stock ist ein Fenster. Es ist gerade groß genug, dass ich hindurchkriechen kann. Regen und Wind schlagen mir entgegen, als ich auf den Fenstersims trete.

Leichen – die meisten von ihnen Theorianer – treiben unten im Wasser. Brandlinge sprenkeln den Himmel und speien Flammen in Richtung der riesigen Segler, aber alles ist zu nass, um Feuer zu fangen. Majai springen von den Dächern auf die Schiffe, während serubelanische und pelusianische Männer aus den Schiffen auf die Dächer springen. Sie sind uns zahlenmäßig um das Doppelte überlegen. Das

Klirren aufeinanderprallender Schwerter, die Todesschreie, die Befehlsrufe, die sich an zwei verschiedene Armeen richten.

In der Ferne sehe ich Tulle auf einem Schiff ihre Flammen werfen, während Sethos die Männer abwehrt, die sie niederstrecken wollen. Auch sie ist nicht in der Lage, irgendetwas in Brand zu stecken, aber sie versengt die Männer, die auf sie zukommen. Ihre Flammen erreichen die Länge einer Serpen – es ist ein unglaublicher Anblick.

Unglaublich und entsetzlich.

Über mir errege ich die Aufmerksamkeit zweier Wachukenfrauen, die auf dem Rücken eines Brandlings am Himmel kreisen. Ich bedeute ihnen, so gut ich kann, dass ich mitfliegen will. Sie gehen auf meine Höhe herunter und die Bogenschützin streckt mir die Hand entgegen.

Ich werde springen müssen.

Hinter mir höre ich Rashidi meinen Namen rufen. Ein Blick zurück zeigt, dass er es endlich auf die oberste Stufe geschafft hat.

Jetzt oder nie.

Ich springe in dem Moment, in dem Rashidi meinen Knöchel packt. Ich stolpere nach vorn und verliere das Gleichgewicht. Die Kriegerin aus Wachuk ergreift meine Hand, während ich in der Luft hänge und Rashidi an mir hängt. *Was habe ich getan?*

»Festhalten, Rashidi!«, schreie ich. Aber Rashidis alte Hände haben schon länger keine Kraft mehr und seine Gelenke schmerzen wegen des Wetters. Seine Finger rutschen von meinem Knöchel zu meinen Zehen, blankes Entsetzen steht ihm in die Augen geschrieben. »Nicht loslassen!«, befehle ich, als er nach unten schaut. Als er den Blick wieder zu mir hebt, sehe ich, dass er eine Entscheidung getroffen hat. »Nein!«

»Gebt auf ihn acht«, sagt er. »Er liebt Euch immer noch.« Dann lässt er los und fällt ins Wasser.

Und taucht nicht wieder auf.

38

TARIK

Die Fremden auf den Schiffen haben etwas Eigenartiges an sich, findet Tarik.

Es sind nicht viele, vielleicht zwei pro Schiff. Sie sind weder Pelusianer noch Serubelaner. Ihre Haut ist dunkler, aber ihr weißes Haar bildet dazu einen starken Kontrast. Sie tragen kunstvolle Bärte und lavendelfarbene Seidenroben, die ihnen regennass an den muskulösen Körpern kleben. Diese Fremden würden hervorragende Kämpfer abgeben, doch sie werden ständig von mindestens drei Männern bewacht und beschützt – und sie tun nichts weiter, als dazustehen und die Hände gen Himmel zu heben.

Gen Himmel? Sind sie Priester, die ihre Götter beschwören, damit sie ihnen in der Schlacht beistehen? Pelusia und

Serubel sind keine Königreiche, die zu unsinniger Götterverehrung neigen. Außerdem ist Königin Hanlyn viel zu praktisch veranlagt und zu einfallsreich, um Priester auszuschicken – vor allem Priester, zu deren Schutz so viele ihrer fähigen Männer abgestellt werden müssen.

Nein, diese Fremden haben eine Aufgabe, und Tarik hat die Absicht herauszufinden, welche es ist.

Er kämpft sich nach oben und klettert auf die Dächer, um besser sehen zu können. Ein Schiff ist nahe genug, um es für eine Weile im Auge behalten zu können, ohne sich dabei allzu sehr in Gefahr zu bringen. Er muss mehrere Männer mit Pfeil und Bogen kampfunfähig schießen, bevor er eine Stelle erreicht, von der aus er einen guten Blick hat.

Einige Minuten lang beobachtet er einen der Fremden und lässt Pfeile fliegen, wenn es nötig ist, um Angreifer abzuwehren. Jedes Mal, wenn der Mann die Hände in die Luft stößt, schlagen um sie herum Blitze ein. Ein Blitz trifft einen Brandling mitten in der Luft, und er stürzt sofort ins Wasser und reißt seine Reiterinnen aus Wachuk mit sich.

Das ist nicht möglich.

Können diese Fremden das Wetter kontrollieren? Er sucht nach Tulle und Sethos und entdeckt sie einige Dächer weiter. Tulle zielt mit ihren Flammen auf die drei Männer, die einen weiteren Fremden beschützen, aber er stößt die Hände gegen die Flammen und schickt sie zurück in ihre Richtung. Sie fällt zu Boden und entgeht nur knapp ihrem eigenen Feuer, während Sethos mehrere Armlängen hinter ihr mit einem pelusianischen Krieger kämpft.

Nachdem der Fremde Tulles Feuerstrahl abgelenkt hat, richtet er die Aufmerksamkeit auf die andere Seite des Schiffes, wo ein Majai gerade in Begriff ist, an Bord zu springen. Als der Fremde ihm die Hände entgegenstreckt, scheint er mitten in der Luft an eine unsichtbare Mauer zu prallen und wird rückwärts ins Wasser geworfen.

Blitze, und jetzt Wind. Das erklärt, wie die Schiffe sich Anyar so schnell mit geblähten Segeln nähern konnten, obwohl in der Stadt nicht genug Wind war, um eine Zeltlasche zu bewegen. Wenn diese Männer Wetterbeschwörer sind, dann muss einer von ihnen Macht über den Regen haben. Und diesem Mann muss man Einhalt gebieten.

Es ist klar, dass Königin Hanlyn hinter der Überschwemmung steckt. Sie muss einen ihrer fremden Verbündeten hierhergeschickt und als Theorianer getarnt haben, um den Himmel zu öffnen und den Regen fallen zu lassen. Sie hat sich als schlauerer Gegner erwiesen, als Eron es sich je hätte erhoffen können.

Tarik muss zu Kommandant Morg, um ihm zu sagen, dass er sich auf die Beschwörer konzentrieren soll. Aber Morg ist nirgendwo zu sehen. In dem Moment stößt ein Brandling zu Tarik herab und verwirbelt mit dem Luftzug des Flügelschlags vor ihm den Regen.

Und zu seinem Entsetzen sitzt Sepora auf dem Rücken der Serpen und macht sich bereit, abzusteigen und zu ihm aufs Dach zu kommen.

Sie ist viel zu hoch, doch sie springt vom Rücken des Tieres, landet neben ihm und rollt mehrere Meter übers

Dach, bevor sie am Rand des Gebäudes wieder auf die Beine kommt. Sie hat jede Vorsicht über Bord geworfen.

»Du solltest doch im Palast bleiben«, sagt er und fasst sie am Arm. Ein Pfeil verfehlt sie beide nur knapp, was ihn noch mehr erzürnt. »Geh zurück, Sepora.«

»Ich gehe nicht zurück«, gibt sie zurück, und beim Stolz der Pyramiden, es ist die Wahrheit. Wenn er sie jetzt wegschickt, wird sie seinem Befehl, sich in den Palast zurückzuziehen, nicht gehorchen. Sie wird sich einfach ins Getümmel stürzen und in der Schlacht umkommen.

»Geh zurück, sonst lasse ich dich von der Halbbrücke werfen, sobald das hier vorbei ist, das schwöre ich dir!«

»Ich kann helfen. Mein Spektorium …«

»Ich kann mich nicht konzentrieren, wenn ich weiß, dass du in Gefahr bist, Sepora, das musst du doch wissen! Es ist wichtig für mich, dass du in Sicherheit bist. Es geht nicht darum, ob du helfen kannst.« Ein weiterer Pfeil zischt an seinem Kopf vorbei. Wenn Sepora zwei Schritte weiter rechts gestanden hätte, wäre sie getroffen worden. Er kann das jetzt nicht ertragen.

»Du darfst dich in Gefahr bringen und ich nicht? Tulle darf ihre Kräfte benutzen, aber du verlangst von mir, dass ich meine nicht nutze?«

Er verschließt die Augen gegen ihre Logik. Logik hat in Angelegenheiten seines Herzens nichts verloren, und das Mädchen, das vor ihm steht, ist sein Herz geworden.

Sie legt ihm die Hand auf den Arm. »Lass mich helfen. Ich bleibe in deiner Nähe. Ich werde nur kämpfen, wenn man mich angreift. Aber sperr mich nicht aus. Nicht jetzt. Nicht so. Nicht, wenn ich nützlich sein kann.«

»Also gut. Sei jederzeit bereit.« Es ist das Schwerste, was er je in seinem Leben gesagt hat. Wie viel kann er noch ertragen?

»Ich muss Kommandant Morg finden«, überschreit er den Tumult um sie herum. »Deine Mutter hat Fremde geschickt, die das Wetter beherrschen können. Sie müssen wir uns als Erstes vornehmen, wenn wir auf ihre Schiffe und irgendwie vorankommen wollen.« Er deutet auf einen der in Seide gewandeten Männer und zeigt ihr, wie er Blitze aus der Luft beschwört.

Sepora stößt einen kleinen Schrei aus, als ein weiterer Brandling getroffen wird und ins Wasser stürzt. »Wir verlieren«, sagt sie. Es ist keine Frage. Aber Tarik zögert nicht mit der Antwort.

»Ja.« Sepora muss das Risiko verstehen, das sie mit ihrer Entscheidung eingeht, außerhalb des Palastes zu bleiben.

»Was ist mit Tulle?«

»Der Windbeschwörer wehrt ihre Kräfte ab.«

»Dann müssen wir sie zum Blitzbeschwörer bringen und ihn von der anderen Seite her ablenken, damit sie die Gelegenheit bekommt, die sie braucht. Je mehr Brandlinge wir verlieren, desto schlechter stehen unsere Überlebenschancen.«

Überleben. Tariks Magen krampft sich zusammen. Viele seiner Männer sind bereits gefallen, und Sepora nimmt den eigenen Tod in Kauf, wenn es sein muss. Warum konnte sie nicht im Palast bleiben, wie er sie gebeten hat? Warum muss sie immer das genaue Gegenteil von dem tun, was er will? Was, wenn er sie heute verliert?

Der Gedanke ist unerträglich und zutiefst bestürzend. Aber er hat keine Zeit, sich um Dinge zu sorgen, die er nicht ändern kann. Er kann sie nur so gut wie möglich beschützen. Also schlingt er sich den Bogen über die Schulter, nimmt ihren Kopf zwischen die Hände und zwingt sie, ihm in die Augen zu sehen. »Du musst Morg für mich finden«, fordert er sie auf. »Kämpfe nur, wenn du dich verteidigen musst. Erzähl Morg von den Beschwörern. Sag ihm, dass er sie um jeden Preis unter Beschuss nehmen soll, falls er es nicht bereits getan hat. Dann werden wir gleichwertige Gegner sein, denke ich.«

Sie nickt. »Das mache ich. Wo hast du ihn das letzte Mal gesehen?«

»Ich habe ihn seit Beginn der Schlacht nicht mehr gesehen.«

Sie wendet sich zum Gehen, dreht sich aber noch einmal zu ihm um, drückt ihm schnell einen Kuss auf die Lippen und tritt zurück. »Passt auf Euch auf, Hoheit.«

»Eine scheinheilige Bitte, meinst du nicht?«, ruft er ihr nach, aber sie ist bereits fort.

Ohne Zeit zu verschwenden, bahnt Tarik sich einen Weg zu Sethos und Tulle hinüber. Er berichtet Sethos von den Beschwörern und bittet Tulle, sich darauf zu konzentrieren, so viele Kämpfer wie möglich zu verbrennen und sich von den Windbeschwörern fernzuhalten, die ihre Flammen im Nu zu ihr zurückschicken können.

»Benachrichtige deine Majai, dass sie mit den Schleudern auf die Beschwörer zielen sollen. Sie werden ja wohl kaum in der Lage sein, Dutzende von Pfeilen auf einmal abzuwehren«, sagt er zu Sethos. »Und wenn doch, werden ihre Aufpasser es bitter zu spüren bekommen.« Wenn der Windbeschwörer sich selbst schützt, wird er die Pfeile dorthin ablenken, wo seine Beschützer stehen. Zumindest hofft Tarik das.

Er will gehen, um die beste Stelle zu suchen, von der aus er sich mit Pfeil und Bogen am Kampf beteiligen kann, aber Sethos hält ihn am Arm fest. »Tarik, schau!« Er deutet auf das Meer, das einst die Wüste war. Am Horizont sind mindestens dreißig Schiffe zu sehen.

Das ist nicht gut. Einer zweiten Angriffswelle kann Theoria nicht standhalten.

»Nein«, sagt Sethos, als würde er seine Gedanken lesen. »Diese Schiffe kommen aus Hemut. Ich würde sie überall erkennen. Ich habe die Häfen durchkämmt, als ich Sepora gesucht habe.«

»Bist du dir sicher?«, fragt Tarik. Hoffnung regt sich in ihm.

»Absolut. Wenn du genau hinschaust, siehst du das Walemblem auf ihren Segeln. Sie kommen eindeutig aus Hemut.«

»Ja«, übertönt Tulle den Donner. »Mein Vater hat Hilfe geschickt!«

Als sei diese Nachricht nicht schon gut genug, hört schlagartig der Regen auf, so plötzlich, wie er vor Wochen begonnen hat. Sepora muss Morg gefunden haben. Und Morg muss eine Möglichkeit gefunden haben, den Regenbeschwörer außer Gefecht zu setzen.

Jetzt, da Hemut von hinten angreift und die Majai die Beschwörer ausschalten, werden sie Hanlyns Streitkräfte ganz sicher besiegen. Vielleicht war das das Einzige, womit Hanlyn nicht gerechnet hat: Theorias Fähigkeit, Bündnisse zu schmieden.

Aber noch ist die Schlacht nicht vorbei. Tarik zielt auf einen Mann auf dem nächsten Schiff. Er visiert das Bein des Mannes an; ihn kampfunfähig zu machen ist besser, als ihn zu töten. Am Ende wird er Frieden mit Serubel und Pelusia anstreben und vielleicht sogar mit diesem neuen, fremden Königreich. Am Ende ist Frieden immer die Lösung.

Bevor er den Pfeil abschießt, klopft ihm jemand auf die Schulter. Als er sich umdreht, steht Rashidi vor ihm. *Befolgt denn niemand mehr meine Befehle?* Er hatte Rashidi angewiesen, auf Sepora aufzupassen – ganz offensichtlich hat sie ihn überlistet. Ist er jetzt gekommen, um sie zu holen? Denkt er wirklich, das sei so einfach?

»Sepora ist bei Kommandant Morg«, erklärt Tarik seinem Freund. »Ihr müsst in den Palast zurückkehren.« Dies ist kein Ort für einen alten Mann wie Rashidi. Er ist nicht gut zu Fuß und versteht nichts von Kriegsführung. Seine Stärke liegt in seiner Zunge und die wird ihm heute wenig nutzen.

»Ist sie nicht«, widerspricht Rashidi, aber seine Stimme klingt verändert. Mit einer raschen Bewegung stürzt er sich auf Tarik, schneller, als Rashidi sich je bewegt hat. Tarik hat den Dolch in seiner Hand nicht gesehen. Er spürt nur den Schmerz, als er ihm in die Eingeweide gestoßen wird und Rashidi die Klinge noch einmal umdreht.

Tarik sackt in die Knie und zieht sich den Dolch aus dem Bauch. Seine Hand ist mit Blut bedeckt. Er schaut seinen ältesten Freund an. »Aber warum?«

Der alte Ratgeber nimmt den Ärmel seiner nassen Robe und wischt sich damit übers Gesicht. Königin Hanlyns Züge erscheinen. Sie lacht leise. »Weil Ihr, selbst wenn Euer Königreich diesen Tag übersteht, nicht überleben werdet. Und ich werde Euer Volk wieder und wieder angreifen, bis von Theoria nichts mehr übrig ist.«

Tarik beugt sich vor und stützt sich auf die Hände. Die Wunde ist tief, und er spürt die Wärme des Blutes, das aus dem Schnitt sickert. Sie hat recht. Er wird nicht überleben.

Sie zieht einen weiteren Dolch aus dem Gürtel, packt ihn mit der Faust am Haar und zieht seinen Kopf hoch, zweifellos, um ihm die Kehle aufzuschlitzen. Gerade als die Klinge seine Haut berührt, bohrt sich ihr die Spitze eines Schwertes durch die Brust. Sie schreit vor Schmerz, als Sethos ihr von hinten einen Tritt versetzt, sodass sie neben Tarik zu Boden stürzt. Er verschwendet keine Zeit, ihr den Rest zu geben, und zieht ihr das Schwert über die Kehle.

Sethos lässt sich neben seinen Bruder sinken und untersucht seine Wunde. »Wir müssen dich zu Cy schaffen. Sofort.«

Es ist das Letzte, woran Tarik sich erinnert.

39

SEPORA

Wach auf.

Das ist alles, was ich denken kann, während ich hier auf dem Stuhl hocke, den ich mir von dem Steinsockel ans Bett herübergezogen habe. Der Krieg hat mit einem Sieg für Theoria geendet. Aber ist es wirklich ein Sieg, wenn das Land seinen Falkenkönig verliert?

Wach auf, Tarik.

Aber der Falkenkönig regt sich nicht. Seit Tagen kommen und gehen die Diener mit Essenstabletts für mich, haben das Gemach gesäubert und mich angefleht, selbst ein wenig zu schlafen. Seit Tagen wechselt Cy Tariks Verband um die Wunde, reinigt sie gründlich und trägt Salbe auf, und er flößt ihm per Injektion eine abscheulich riechende Nahrung ein.

Und seit Tagen führe ich von Tariks Bett aus die Geschäfte Theorias.

Offiziell obliegt diese Pflicht Sethos, dem nächsten in der Thronfolge. Aber das Königreich weiß noch immer nichts davon, dass Tarik unsere Verlobung gelöst hat, und Sethos ist kein Herrschertyp, ganz zu schweigen davon, dass er alle Hände voll damit zu tun hat, seinen neuen Schwiegervater zu beschäftigen, sodass er kurzerhand mir die Führung überlassen hat. Hin und wieder versucht er zu helfen und setzt mich über Regierungsfeinheiten in Kenntnis, mit denen ich nicht vertraut bin, aber davon abgesehen macht er mir Platz und setzt meine Entscheidungen um.

Es ist eine Zeit des Wiederaufbaus in Theoria. Es ist eine Zeit der Veränderung. Und das Königreich braucht seinen König.

Ich sehe auf die Schriftrollen auf meinem Schoß hinab, auf die Korrespondenz von Kommandant Morg, auf Cys Pflegeanleitung für Tarik und auf eine Einladung von Olna, mich mit dem Großen Rat zu treffen. Ich habe sogar einen Marmortisch ans Bett gezerrt, auf dem sich jetzt Schriftrollen türmen, die ich mit eigener Hand geschrieben habe. Es sind Friedensbotschaften an Pelusia, die eine Angriffsdrohung enthalten, die Benachrichtigung Serubels vom Tod meiner Mutter und die Anweisung, auf meine Befehle zu warten, außerdem Gesuche um ein Treffen mit König Hujio von Clima, dem Königreich der Wetterbeschwörer. Letzterer ist es, der mir die größten Sorgen bereitet. Ich weiß, dass Tarik erneut Frieden mit König Graylin anstreben würde, falls das irgendwie möglich wäre, denn es wäre ungünstig, seine Armee so weit nach Norden zu schicken. Doch falls Graylin die Vertragsbedingungen nicht akzeptiert, werde ich den Majai ohne Bedauern den Befehl erteilen, sich dorthin zu begeben. Tatsächlich wäre es wohl das Beste und Wirksamste, wenn die Majai die Vertragsbedingungen selbst überbringen würden.

Aber ich bin mir nicht sicher, ob ich einen Frieden mit den Wetterbeschwörern anstreben soll. Tarik würde sich zweifellos mit ihrem König Hujio treffen wollen, damit seine scharfen Ohren ermitteln können, wie weit dessen Beteiligung an der Schlacht ging. Ich habe die überlebenden Beschwörer durch Lingots befragen lassen, und das Urteil lautete, dass sie aus eigenem Antrieb gehandelt haben, nachdem meine Mutter und König Graylin ihnen große Versprechen gemacht hatten.

Doch wenn es nördlich des Meeres ein ganzes Königreich voller Wetterbeschwörer gibt, wären sowohl Theoria als auch Serubel gut beraten, es sich als Verbündeten zu sichern. Und so habe ich König Hujio in das Wüstenkönigreich eingeladen, um sich mit mir zu treffen, wobei ich allen Widrigkeiten zum Trotz hoffe, dass Tarik aufwachen wird.

Cy sagt, der Falkenkönig habe nur geringe Überlebenschancen, dass ich mich wappnen solle. Im Moment ist seine Atmung flach und nicht annähernd so regelmäßig, wie sie sein sollte. Er hat einfach zu viel Blut verloren. Selbst die Heilerin Esmelda hat ihn untersucht und ist zu dem gleichen Schluss gekommen.

Tarik wird wahrscheinlich sterben.

Und das ist der Grund, warum ich an seiner Seite bleibe. Ich werde ihn in seinen letzten Stunden nicht im Stich lassen. Ich werde ihn nicht wie Nuna seinem Schicksal überlassen. Ich werde ihn nicht allein sterben lassen.

Die Tür zu den Gemächern wird geöffnet und Sethos tritt ein. Er macht ein grimmiges Gesicht. Die Verfassung seines Bruders setzt ihm zu, aber seine Art, damit umzugehen, besteht darin, das Thema zu meiden. Er war nicht da, als sein Vater starb. König Knosi war gerade verschieden, als er aus dem Lyzeum kam. Aber Sethos fällt es schwer, sich von Tariks Schlafgemach fernzuhalten. Er spricht nicht über ihn oder seinen Gesundheitszustand, aber er besucht mich alle paar Stunden, um mir Neuigkeiten zu überbringen, obwohl nichts davon wirklich neu ist. Er neigt dazu, sich zu wiederholen und abwesend vor sich hinzuplappern, während er auf seinen leblosen Bruder im Bett starrt.

»Du siehst dünn aus«, eröffnet Sethos mir, als er sich neben Tarik aufs Bett setzt. »Du isst nicht genug.«

»Ich habe keinen Hunger.«

»Das würde meinem Bruder nicht gefallen.«

»Ich werde mit ihm darüber streiten, wenn er aufwacht.«

Sethos Lippen verziehen sich zu einem Grinsen. »Ja, tu das.«

»Wie stehen die Dinge mit König Ankor? Richte ihm meine Entschuldigung aus, dass ich nicht beim Abendessen war.«

Sethos zuckt die Achseln. »Falls er gekränkt ist, hat er

nichts davon gesagt. Er will nur darüber sprechen, dass ich seine Armee befehligen und die Soldaten so ausbilden soll wie die Majai. Lady Gita wird bald eintreffen. Tulle sagt, sie wird zornig darüber sein, dass wir bereits vermählt sind.«

»Du könntest immer noch eine öffentliche Hochzeitszeremonie abhalten, um die Leute zu beschwichtigen.«

Er verzieht das Gesicht. »Warum sagst du so etwas?«

Unwillkürlich muss ich kichern. Bei einer öffentlichen Zeremonie würde er Körperfarbe und einen Kopfschmuck tragen müssen und stundenlang in einem Festzug durch die Stadt fahren müssen, wie der Königssohn, der er lieber nicht wäre. »Möchte Tulle keine prächtige Feier?«

»Natürlich nicht. Dafür ist sie viel zu praktisch veranlagt.«

»Jede Prinzessin wünscht sich insgeheim eine prächtige Feier, Sethos.«

»Du auch?« Nur dass die Frage nicht von Sethos kommt, sondern von einer heiseren Stimme aus dem Bett hinter ihm.

Tariks Augen sind geöffnet, obwohl seine Lider schwer sind. Er sieht mich an und nickt. Hoffnung überflutet mich, so wie der Nefari Theoria überflutet hat. Es ist nicht gesund, Hoffnung zu verspüren, dass weiß ich. Aber ich werde nicht um den Verlust eines Mannes trauern, der mir in die Augen sieht. Noch nicht.

»Habt ihr geglaubt, ich kann schlafen, wenn ihr zwei so viel Lärm macht?«, fragt Tarik.

Sethos rutscht näher an ihn heran, sein Gesicht vor Aufregung gerötet. Eine Flut von Gefühlen überwältigt mich, die so intensiv sind, dass ich beinahe aufschreie. Seine Augen sind auf. Seine Augen sind auf und er spricht!

»Du hast die halbe Schlacht verschlafen, du Idiot«, sagt Sethos. »Und wenn du dich beschweren willst, dann darüber, wie lächerlich dein Haar gerade aussieht.«

Tarik täuscht einen vernichtenden Blick vor. »Warum bist du bloß mit einem Mund geboren worden?«

Ich stehe auf und mache einige zaghafte Schritte in Richtung Bett, voller Angst, dass ich ihn erdrücken werde, wenn ich ihm zu nahe komme – ich beherrsche den Drang, mich ihm an den Hals zu werfen und zu weinen. Tarik sieht mich stirnrunzelnd an. Ich bebe vor Gefühlen, die in mir toben; ich achte darauf, die Hände vor mir gefaltet zu halten, damit er mein Zittern nicht sieht.

»Sethos hat recht. Du bist dünn geworden«, tadelt Tarik mich.

»Wie fühlst du dich?«

»Ein wenig wie der Tod.«

»So siehst du auch aus«, antwortet Sethos gut gelaunt. »Ich gehe Cy holen.«

»Bring Wasser mit, während du schon mal dabei bist«, bittet Tarik und leckt sich die Lippen. »Meine Lippen sind ausgedörrter als die Wüste. Bevor der Regen kam.«

»Es trocknet bereits wieder«, berichte ich ihm und nehme Sethos' Platz auf dem Bett ein, nachdem er gegangen ist. »Die Menschen kehren zu ihren Häusern zurück und bauen sie wieder auf.«

Tarik streckt die Hand nach mir aus und ich ergreife sie. »Es tut mir leid«, sagt er. »Um deine Mutter.«

Ich hatte noch keine Zeit, darüber nachzudenken, da ich mit der Verwaltung der Belange des Königreichs und der Wiederherstellung der Ordnung in Theoria zu beschäftigt war. Und um die Wahrheit zu sagen, werde ich um sie zu meiner eigenen Zeit trauern müssen. Meine Mutter hat mich verraten, aber ihren Tod habe ich nicht gewollt. Sethos hat aus Liebe zu seinem Bruder gehandelt. Daraus kann ich ihm keinen Vorwurf machen. Aber irgendwie habe ich mir vorgestellt, dass ich mich mit meiner Mutter wieder versöhnen werde, dass ich Gelegenheit bekommen werde, Antworten zu erhalten. Dazu kommt es jetzt nicht mehr. »Danke«, ist alles, was ich sagen kann.

»Erzähl mir, was passiert ist«, bittet er. »Was habe ich verpasst?«

Ich hole tief Luft.

Und beginne mit Rashidis Tod.

40

TARIK

Tarik sitzt mit Patra im Garten und schärft einen neuen Satz Pfeile, als Sepora ihn aufsucht. Es kommt nur noch selten vor, dass sie ihr Haar offen trägt, und er bewundert die Schönheit ihrer Locken, die ihr über die Schultern fallen.

Aber natürlich bewundert er ihre Schönheit ganz allgemein. Sie hat wieder zugenommen und steht jetzt üppig und ernst vor ihm. »Du hast nach mir gefragt?«, sagt sie.

»Du hättest nicht sofort zu kommen brauchen.« Er klopft neben sich auf die Steinbank und drängt sie, sich zu setzen. Doch ihm wird jetzt klar, dass er sie zu früh gerufen hat. Er weiß nicht recht, wie er beginnen soll. Eine Entschuldigung wäre nur ein Anfang. Aber wie soll er sie noch einmal bitten, sich mit ihm zu vermählen, nachdem er ihre Verlobung so grausam gelöst hat? Wie kann er mit bloßen Worten seine Taten wiedergutmachen?

Die Hochzeitsverhandlungen mit ihrem Vater waren leicht gewesen, da er das Arrangement als Angelegenheit des Königreichs behandelt hat. Aber das hier ist eine Angelegenheit des Herzens. Es hat nichts mit dem Königreich zu tun und alles mit der Tatsache, dass er sie liebt und zur Frau haben will. Es betrifft zwei Menschen, nicht zwei Königreiche. Und der Gedanke, sich dieser Verletzlichkeit auszusetzen, macht ihm schreckliche Angst.

Aber keine so große Angst, dass er es nicht tun wird. Denn je eher sie sein ist, desto besser. Er muss sie einfach nur fragen.

In den Tagen seiner Genesung hat sie große Verantwortung übernommen. Sie hat bewiesen, dass ihr das Volk am Herzen liegt und dass sie in der Lage ist, es zu führen. Sein Verstand kämpft nicht länger gegen sein Herz an. Sie hat das Zeug zur Königin.

Und er ist wieder bereit, sein Amt als König auszufüllen. Er hat bereits einen Teil seiner Verpflichtungen übernommen, während der Heilungsprozess voranschreitet, aber es ist Zeit, dass er auf den Thron zurückkehrt. Vielleicht sollte er damit beginnen. »Ich kann dir gar nicht sagen, wie dankbar ich dir für alles bin, was du für Theoria getan hast. Aber ich werde von Tag zu Tag kräftiger. Das Herumliegen langweilt mich. Es wird Zeit, dass ich meine Pflichten wieder aufnehme.«

Sie nickt, einen Anflug von Traurigkeit in den Augen. »Da stimme ich dir zu.«

»König Hujio wird in wenigen Wochen eintreffen. Ich möchte, dass du ihn ebenfalls kennenlernst.«

»Ich fürchte, das ist nicht möglich, Hoheit«, antwortet sie.

»Ich kann dir nicht folgen.«

Sie holt tief Luft. »Du weißt, dass ich viel Zeit im Viertel der Niedriggeborenen verbracht habe. Ich habe mich mit dem Großen Rat getroffen. Wir sind zu dem Schluss gekommen, dass es Zeit ist, nach Hause zu gehen.«

»Nach Hause?«

»Ja, nach Serubel. Da Mutter und Vater tot sind, bin ich die Erbin des Throns. Ich kann Serubel nicht ohne Herrscher lassen. Ich nehme die Mitglieder des Großen Rats als meine Ratgeber mit, mit deiner Erlaubnis natürlich.«

Das ist das Letzte, was er zu hören erwartet hat. Sie hat sich sehr für die Serubelaner eingesetzt, die nach dem Krieg in Theoria zurückgeblieben sind. Sie hat Zelte für sie errichten lassen und sich um sie gekümmert, hat ihnen nach und nach geholfen, heimzukehren. Er hatte es für natürlich gehalten, dass sie sie nach Hause geschickt hat. Sie waren früher einmal ihr Volk gewesen.

Wie sich herausstellt, sind sie es immer noch.

Und warum auch nicht? Sie hat recht; sie hat eine Verantwortung gegenüber ihrem Heimatkönigreich, jetzt, da es ohne Herrscher ist. Sie ist nun die Thronerbin, die rechtmäßige Königin von Serubel. Mit dem Großen Rat an ihrer Seite wird sie sicher eine glänzende Monarchin werden.

»Ich werde König Hujio auf seinem Rückweg nach Clima nach Serubel einladen. Ich denke, es ist nur recht, dass wir unseren eigenen Bündnisvertrag mit ihm schließen, getrennt von Theoria.«

Getrennt von Theoria. Tarik kann nur nicken. Sein Herz kann nur stottern. »Wann brichst du auf?«

Ihre Lippen bilden einen dünnen Strich. »Morgen früh.« Sie hält inne. »Es sei denn, du brauchst mich noch für etwas anderes?«

Ich brauche dich als meine Frau, will er sagen. Aber es wäre gemein, das jetzt von ihr zu verlangen. Es wäre auch dumm; Sepora würde ihn zu Recht zurückweisen. Sie muss jetzt an ihr Königreich denken. »Ich glaube, ich komme klar«, presst er hervor.

Als sie aufsteht, erhebt er sich ebenfalls. »Leb wohl, Falkenkönig.« Sie beugt sich vor, zieht seinen Kopf heran und haucht ihm einen Kuss auf die Stirn. »Und mach mir keinen Ärger.«

Er gibt sich Mühe, sein Lächeln echt aussehen zu lassen, während er ihr nachschaut.

TEIL 5

41

TARIK

König Hujio von Clima ist ganz anders, als Tarik erwartet hat. Tatsächlich erinnert der alte Mann Tarik an seinen Vater, König Knosi. Er hat die Statur eines Kriegers, mit einem kahlgeschorenen Kopf und einem dicken grauen Bart, der früher sicher einmal schwarz war. Er ist ein vernünftiger und kluger Mann.

Selbst Sethos mag ihn. Er ist vielleicht der einzige Mensch, den Sethos gernhat, mit Ausnahme von Tulle.

Tarik kann nicht umhin zu denken, dass Sepora ihn ebenfalls mögen würde.

Tatsächlich kann er nicht umhin, die ganze Zeit an Sepora zu denken.

Aber er weiß, dass alles so ist, wie es sein soll. Zumindest redet er sich das ein, um gegen die Leere in sich anzukämpfen. Die ganze Zeit über hat er sie des Königinnenamtes für unwürdig erachtet, und doch hat sie am Ende alle Opfer gebracht, die eine Königin bringen sollte, um ihrem Volk zu dienen. Sie hat sogar Opfer gebracht, um seinem Volk zu dienen, als sie noch dachten, sie würde dessen Königin werden. Wie dumm er gewesen war. Und jetzt muss er dafür büßen.

»Ihr wirkt heute so in Euch gekehrt, Freund«, bemerkt König Hujio, bevor er einen großzügigen Schluck Wein aus seinem Kelch nimmt. Sie haben einen langen Tag voller Gespräche über Frieden und Handel hinter sich, aber das Essen mit dem König ist immer ein Vergnügen. Er verfügt über einen großen Schatz an Geschichten, und seine Lieblingsgeschichten handeln von der Zeit, als er heimlich als Pirat das große Meer im Norden von Pelusia befuhr und aus der Flotte seines eigenen Vaters Schiffe und Männer stahl. Er spricht auch von seiner toten Königin, einer Piratin mit der Gabe des Cumuli – eines Menschen, der den Wind beherrschen kann. Wie sich herausstellt, ist der König selbst kein Wetterbeschwörer, obwohl sie in Clima keineswegs selten sind, wie er berichtet: Seine Tochter zählt auch dazu. Doch ihr Tun ist gesetzlich verboten, weil die Ausübung ihrer Kräfte alles ziemlich durcheinanderbringen kann.

Aber darüber zuckt der König die Achseln. »Ich würde ihnen ja ihre Freiheit lassen, aber Ihr habt selbst gesehen, was sie mit Theoria gemacht haben. Könnt Ihr Euch vorstellen, wie es wäre, wenn sie sich alle zusammentun würden?«

Er kichert. »Aber ich halte sie mit Reichtum und Titeln bei Laune. Sie haben keinen Grund, sich aufzulehnen.«

Tarik ist sich da nicht so sicher. Nicht, wenn Königin Hanlyn den Angreifern etwas zu bieten hatte, was noch wertvoller war. Er fragt sich, was sie ihnen überhaupt angeboten hat, welche Versprechungen sie gemacht hat und ob sie diese Versprechen gehalten hätte. Ihm gegenüber war sie stets ehrlich gewesen. Sie war immer aufrichtig. Sie war nur sehr gut darin, ihm etwas zu verschweigen und ihm auszuweichen.

Ganz wie ihre Tochter.

Hujio stellt seinen Kelch ab und betrachtet Tarik auf eine Art, die ihm unangenehm ist. Es ist weniger so, dass er ihn anstarrt, sondern dass er Tarik gezielt mustert. Der König hatte eine Idee, das ist ihm klar. Er kann sich auch vorstellen, welche, da Hujio nun schon seit Tagen Andeutungen fallen lässt. Es scheint, dass der climanische König bereit ist, direkt zu fragen.

»Wir haben über Frieden und Handel gesprochen«, beginnt Hujio, »und das ist gut und schön. Aber wenn Ihr unsere Königreiche wirklich vereinen wollt, das nördliche Reich mit dem südlichen Reich, brauchen wir mehr als nur eine Beziehung durch Handel.«

»Wie meint Ihr das?« Aber Tarik weiß, was er meint. Und er weiß, dass der König recht hat. Wenn Rashidi hier wäre, hätte er es bereits selbst vorgeschlagen.

»Ich will sagen, dass Ihr meine Tochter zur Gemahlin nehmen solltet. Eint uns auf diese Weise, kreuzt unsere

Blutlinien, und wir werden immer zu Eurer Verfügung stehen.«

Als Tarik zögert, fährt der König fort: »Oh, macht nicht so ein Gesicht. Meine Tochter ist eine seltene Schönheit mit vielen Verehrern im nördlichen Reich, und nicht nur wegen des Vermögens, das sie in die Ehe einbringt. Sie ist von Geburt an dazu erzogen worden, eine gute Königin zu sein. Sie würde Theoria nicht enttäuschen.«

»Davon bin ich überzeugt.«

»Also dann, wann soll ich nach ihr schicken?«

Tarik greift nach dem Kelch und nimmt einen tiefen Schluck. Er weiß nicht, wie er antworten soll. Nein, das ist nicht wahr. Er weiß schon, was er sagen *sollte* – er weiß bloß nicht, was er sagen *wird*. Vielleicht braucht er mehr Wein. Wein wird seine Hemmungen lösen. »Ich stimme zu, dass eine Vermählung mit Eurer Tochter eine gute Verbindung wäre«, setzt Tarik an. Ja, das ist ein guter Anfang, denkt er. Doch er hält wiederum inne.

König Hujio lehnt sich auf seinem Stuhl zurück und klopft in einem ungeduldigen Rhythmus mit den Fingern auf den Tisch. »Also sollte ich nach ihr schicken.«

Tarik seufzt. »Bevor Ihr nach ihr schickt – es gibt da etwas, was Ihr wissen müsst.«

»Dann heraus damit. Ich fühle mich langsam beleidigt.« Auch wenn er mit einem kleinen Lächeln spricht, ist es doch die Wahrheit. Und warum auch nicht? Tarik weist hier im Wesentlichen ein Bündnis zurück, wenn er nicht besser aufpasst.

»Ich will nicht respektlos sein, noch will ich den guten Namen Eurer Tochter gering achten. Es ist nur so, dass ich … ich bin mir nicht sicher, ob ich einen guten Ehemann abgeben würde. Versteht Ihr, ich …«

»Ihr liebt die serubelanische Königin«, beendet König Hujio für ihn den Satz und begutachtet seine Fingernägel. Er nimmt ein Tischmesser und gräbt etwas unter einem Nagel hervor, wobei er sich nicht einmal die Mühe macht, Tarik anzusehen. »Das weiß doch jeder.«

Tarik reagiert überrascht. »Nun, jeder würde ich nicht sagen.«

Der König bellt ein Lachen. »Eure Diener trinken mit meinen Dienern, die im Palast trinken und außerhalb davon. Das ganze Königreich spricht darüber. Außerdem wollte Königin Hanlyn sie mit Prinz Bahrain verheiraten. Serubel war bereits auf den Fall Eures Angriffs vorbereitet. Hanlyn hat ganz offen von Eurer Zuneigung zu Prinzessin Magar gesprochen und dem Schlag, den es für Eure Ehre bedeuten würde.«

»Und Ihr wart der Meinung, das sei gerecht? Dass ich tatenlos zulassen soll, dass meine künftige Königin mit jemand anderem verheiratet wird?«

Hujio schürzt die Lippen. »Ich kannte Euch nicht, mein Freund. Und es war nicht mein Königreich, das die Verhandlungen führte, noch war es davon in irgendeiner Weise betroffen. Es waren Gerüchte. Gerüchte, die allem Anschein nach der Wahrheit entsprachen.«

Tarik nimmt sich vor, Ptolem danach zu fragen. Es ist

seine Aufgabe, seinem König alles zu berichten, was er über den Thron hört. Irgendwie hat er diese kleine Einzelheit über den Klatsch der Diener ausgelassen. Tarik wäre beinahe rot geworden. Was muss sein Volk von ihm denken? Hält es ihn für schwach, da Sepora am Ende diejenige war, die das Reich verlassen und nach Serubel zurückgekehrt ist? Die öffentlich das Verlöbnis gelöst hat, um ihren eigenen Thron zu besteigen? Sehen sie ihn so, wie Sethos es immer getan hat – einen liebeskranken Gecken, der außerstande war, sie zum Bleiben zu bewegen?

Und wenn sie ihn so sehen, sollte er den Menschen nicht beweisen, dass er immer noch ihr König ist und kluge Entscheidungen trifft, indem er zumindest Hujios Tochter zur Gemahlin nimmt und dieses Bündnis schließt?

»Das ist ein ziemliches Dilemma«, stellt Hujio fest und seine Augen sprühen vor Erheiterung. »Wollt Ihr sagen, dass Ihr mit meiner Tochter keinen Erben zeugen würdet?«

Fast hätte Tarik seinen Wein verprustet, doch sein Gast lacht nur. »Versteht meine Heiterkeit nicht falsch, junger Freund«, sagt er und kratzt sich nachdenklich den Bart. »Dies ist eine ernste Angelegenheit, über die wir sprechen müssen. Erwidert Eure serubelanische Königin Eure Gefühle?«

Tarik weiß, dass er mit einem zukünftigen Schwiegervater kein solches Gespräch führen sollte. Aber er kann nicht widerstehen. Außerdem gewinnt er den Eindruck, dass Hujio nicht eher Ruhe gibt, bis er Antworten hat. Der Mann ist so stur wie Sethos – eine weitere Eigenschaft, die ihn an seinen Vater erinnert. Und da Rashidi tot ist, könnte er jetzt einen väterlichen Rat gebrauchen.

»Ich weiß es nicht«, antwortet Tarik schließlich.

»Es gibt nur eine Möglichkeit, das herauszufinden«, verkündet der König. »Und ich, mein Freund, werde Euch helfen.«

Beim Stolz der Pyramiden, worauf habe ich mich da eingelassen?

42

SEPORA

Olna wirft mir einen neugierigen Blick zu, was bedeutet, dass sie mir gerade eine Frage gestellt hat – und ich überhaupt nicht aufgepasst habe. Ich schaue in die Runde meiner Ratgeber an dem langen Holztisch, die ehemaligen Mitglieder des Großen Rats, die mich mit den meisten der befreiten Sklaven nach Hause zurückbegleitet haben. Sie sehen mich erwartungsvoll an, einige mit Ungeduld, andere mit höflicher Gleichgültigkeit und wieder andere mit einem wissenden Grinsen.

Ich seufze und erröte ein wenig und nicht nur wegen meiner Verlegenheit. Ich zupfe am Kragen meines Gewandes, der mir fast die Luft abschnürt. Ich bin an die serubelanische Kleidung nicht mehr gewöhnt. Fühlte ich mich früher in der knappen theorianischen Mode unsicher, fühle ich mich jetzt von den serubelanischen Kleidern erdrückt. Es bedurfte einiger Gewöhnung, wieder zu Hause zu sein.

»Ich bitte um Verzeihung, Olna. Könntet Ihr das wiederholen?«

Ich sehe Frustration auf Olnas Gesicht aufblitzen, aber sie antwortet freundlich: »Wir sprachen darüber, wen wir als Botschafter für die anderen Königreiche auswählen, Hoheit. Jetzt, da wir uns hier eingerichtet haben, müssen wir anfangen, unsere Beziehungen zu den fünf Königreichen zu stärken.«

Ja, natürlich. Botschafter. Ich habe den Anfang des Gesprächs mitbekommen, es ging darum, aus dem Kreis meiner Ratgeber einen Repräsentanten für jedes Königreich zu ernennen. Da fing ich an, die Tatsache zu bedauern, dass meine Botschafter reisen dürfen, während ich hier in der Burg bleiben muss und vor lauter Warten auf die kleinste Neuigkeit aus anderen Königreichen verrückt werde.

Aus Theoria.

Zumindest wird König Hujio aus Clima bald eintreffen, falls sein Aufenthalt in Theoria gut verläuft. Er wird Nachrichten aus einem völlig neuen Königreich nach Serubel bringen. Ich bin mir ziemlich sicher, dass ich König Hujio aufmerksam zuhören werde. Vielleicht wird sein Besuch mich so begeistern, dass ich mich an der Arbeit des Rats beteiligen will. Vielleicht werde ich ihn auch selbst nach Clima zurückbegleiten, statt einen Botschafter zu schicken. Ich darf nicht vergessen, eine Einladung zu erhaschen …

Es verstreichen einige Augenblicke, bevor mir bewusst wird, dass Olna mir eine weitere Frage gestellt hat. Diesmal ist sie diejenige, die seufzt. »Königin Sepora, wir wollen Euch nicht mit solch profanen Angelegenheiten langweilen. Wir können jederzeit darüber abstimmen und Euch die Sache später zur endgültigen Entscheidung vorlegen.«

Was sie meint, ist, dass ich entlassen bin. Ich weiß, dass ich dagegen protestieren sollte, aus meiner eigenen Ratssitzung geschickt zu werden, aber ich stürze mich auf die Gelegenheit, dem Versammlungssaal zu entfliehen. Ich habe ein schlechtes Gewissen wegen der Erleichterung, die mich überkommt, als ich aufstehe und meinen hochlehnigen Stuhl vom Tisch zurückschiebe. »Ja, ich denke, das ist eine wunderbare Idee.« Ich scheitere kläglich dabei, meine Begeisterung darüber zu verbergen, dass ich gehen darf.

Olna faltet die Hände vor sich auf dem Tisch. »Ich werde Euch später aufsuchen, Hoheit, um über unsere Vereinbarungen Bericht zu erstatten.«

Ich nicke respektvoll, bin aber zur Tür hinaus, bevor der Rat sich mir zu Ehren erheben kann.

Einige Stunden später kommt Olna zu mir. Ich sitze auf der Hauptterrasse der Burg auf einer Steinbank und betrachte den Wasserfall, der mir gegenüber den Berg hinabrauscht. Ich erinnere mich an eine Zeit, als ich mich dort hinunterstürzen wollte, um der Macht meines Vaters zu entfliehen, mich aber nicht dazu überwinden konnte. Bis auf den heutigen Tag weiß ich nicht, ob ich die richtige Entscheidung getroffen habe. Ich habe seither so viele Schwierigkeiten verursacht und so viel verloren, dass es schwer ist, einen nüchternen Blick zu behalten.

Olna nimmt neben mir Platz und stößt mich leicht mit dem Ellbogen an. »Ihr seid in letzter Zeit nicht mehr Ihr selbst, Hoheit. Nicht, seit wir Theoria verlassen haben.«

»Vielleicht ist dies mein neues Ich.«

»Das will ich doch nicht hoffen.«

Mir geht es genauso. Es wäre eine Schande, wenn ich bis an mein Lebensende in der Burg Trübsal blasen würde. Sicher werde ich mich bald zusammenreißen. Sicher war es zu Hause nicht immer so schrecklich langweilig. Natürlich war ich immer beschäftigt, weil ich für Vater schmieden musste. Seit ich diese Pflicht nicht mehr zu erfüllen brauche, weiß ich offenbar nicht, was ich mit mir anfangen soll. Natürlich schmiede ich noch, aber nur, wenn ich Lust dazu habe oder wenn ich Energie brauche. Viele Schmiede aus dem Viertel der Niedriggeborenen sind mit uns nach Serubel zurückgekehrt. Sie schmieden für den Handel mit den anderen Königreichen. Ich bin jetzt so gut wie nutzlos.

»Die Sache mit der Ratssitzung vorhin tut mir leid. Ich war einfach unruhig.«

Sie nickt und tätschelt mir sanft das Bein. »Manche Belange des Königreichs sind interessanter als andere.«

Sie greift in die Tasche ihres Gewandes und zieht eine ungeöffnete Schriftrolle heraus. Sofort erkenne ich das Siegel von Tariks Architektin. »Das ist gerade für Euch angekommen«, sagt sie.

Ich habe auf dieses Schreiben gewartet, doch mir graut davor, es zu öffnen. Es hat mir früher so viel bedeutet. Jetzt verursacht es mir nur Schmerzen. Ich rolle das Pergament auseinander und weiß bereits, was drinstehen wird, was es für mich bedeuten wird. Da steht schlicht:

Unsere Aufgabe ist vollbracht, Hoheit.

Bei den Worten schmerzt mir die Brust. »Ich muss bald nach Theoria zurück«, sage ich Olna. Es ist eine Pflicht, die ich erfüllen muss, ein Fehler, den ich wiedergutmachen muss. Doch wann kann ich es tun? Tarik hat jetzt König Hujio zu Gast, der danach bei mir zu Gast sein wird. Vielleicht sollte ich jetzt aufbrechen und mich mit ihnen beiden treffen.

»Ja«, pflichtet sie mir bei. »Wir stimmen zu.«

Ich sehe sie überrascht an. »Wir?« Der Rat konnte nicht wissen, warum ich vorhabe, nach Theoria zurückzukehren. Wie konnte der Rat etwas zustimmen, von dem er keine Ahnung hat?

»Nachdem Ihr heute die Versammlung verlassen habt, wurde darüber beraten, wie der Rat Euch bei Eurer offensichtlichen … Melancholie helfen kann. Wir haben darüber abgestimmt und waren ohne Ausnahme dafür, Euch zur Botschafterin in Theoria zu machen. Ihr habt dort viele Verbindungen und Beziehungen, die Serubel nutzen könnten.«

»Aber ich kann keine Botschafterin sein«, sage ich, ein wenig frustriert über den Vorschlag. »Ich bin die Königin. Das hat es noch nie gegeben.« Die Arbeit eines Botschafters gilt für Mitglieder der königlichen Familie als unpassend. Was würden die anderen Königreiche denken? Sicher würden sie es als Schwäche ansehen, dass ich nicht genug Ratgeber für die Aufgabe habe, obwohl nichts der Wahrheit ferner sein könnte. Ich habe mehr Ratgeber, als Sethos Stolz hat.

»Vieles, was es vorher noch nie gegeben hat, ist in den vergangenen Monaten geschehen, meint Ihr nicht auch, Hoheit? In den fünf Königreichen gehen Veränderungen vor. Es ist nicht mehr so traditionell wie früher.«

Natürlich hat sie recht. Der Krieg hat die fünf Königreiche für immer verändert. Sie haben sich auf eine nie dagewesene Art vereint. Selbst Pelusia hat sich beeilt, Wiedergutmachung zu leisten. Graylin persönlich hat die Majaisoldaten an seinen Toren willkommen geheißen und einen Friedensvertrag ausgehandelt. Diese Bündnisse bestehen nicht allein aus zerbrechlichen Worten auf einer Vertragsrolle. Sie sind aus Blut, Verlust und Opfern geschmiedet. Und wenn Tarik mit seinen Lingotfähigkeiten in Graylins Entschuldigungen Unaufrichtigkeit gespürt hätte, hätte er dieses Königreich mit Sicherheit dem Erdboden gleichgemacht. Nach der Schlacht, die in Anyar ausgefochten wurde, wird der Falkenkönig nie wieder die Sicherheit seines Volkes aufs Spiel setzen.

Dennoch haben Botschafter all diese Nachrichten übermittelt. Nicht Könige und Königinnen.

»Ja, es hat Veränderungen gegeben. Aber in der Art, wie die Königreiche ihre Beziehungen pflegen?« Ich schüttele zweifelnd den Kopf. »Einer Königin wird gedient, sie dient nicht selbst.« Ich erinnere mich, dass Rashidi Tarik im Viertel der Niedriggeborenen das Gleiche gesagt hat. Olna hat ihm damals zugestimmt. Jetzt schürzt sie die Lippen, als sei sie anderer Meinung.

»Das stimmt, jedenfalls größtenteils«, erwiderte sie. »Aber eine Königin hat auch die Pflicht, ihrem Volk zu dienen. Euer Vater hat sich diese Pflicht nicht zu Herzen genommen. Und so dränge ich Euch, darüber nachzudenken, Hoheit: Wie sehr dient Ihr Serubel als Königin?«

»Ich kann Euch nicht folgen.« Ich bin mir nicht sicher, ob ich mich beleidigt fühlen sollte. Schließlich klingt es so, als deute Olna an, dass ich die Pflichten nicht erfülle, die man von mir erwartet, dass sie meine Art zu herrschen mit der meines Vaters vergleicht. Falls sie wegen der Ratsversammlung am Nachmittag noch verärgert ist, soll sie direkt mit der Sprache herausrücken. Es ist die erste Versammlung, der ich nicht bis zum Ende beigewohnt habe, daher kann ich nicht glauben, dass meine Fähigkeit zu herrschen etwas mit meiner heutigen Abwesenheit zu tun hat.

»Würdet Ihr Serubel als Botschafterin nicht besser dienen?«

»Ich kann keine Botschafterin sein, Olna. Ich bin die Königin.«

Sie lächelt. Es ist eine eigenartige Reaktion auf meinen Frust. »Doch, das könnt Ihr. Wir haben mit Eurem Lehrer Aldon über das serubelanische Recht gesprochen. Er sagt, in der Vergangenheit sei in dem Fall, dass ein König für untauglich erachtet wurde, der Thron seinen Ratgebern überantwortet worden, bis sein Sohn alt genug war, über das Königreich zu herrschen.« Olna sieht, dass ich entsetzt bin, und hebt schnell die Hand. »Wir wollen nicht andeuten, dass Ihr untauglich seid. Wir bewundern Eure Qualität als Königin, Hoheit. Wäret Ihr nicht gewesen, hätte Theoria sich nicht vom Krieg erholt. Aber es gibt in der serubelanischen Geschichte ein Gesetz, das dem Herrscher erlaubt, auf die Krone zu verzichten.«

»Ich habe keinen Erben.«

»Das Gesetz enthält keine Bestimmung, dass die Krone an einen Erben weitergegeben werden muss. Aldon ist sich ziemlich sicher, dass man sie einer Gruppe von Ratgebern übertragen kann – wie es schon früher getan wurde.«

»Der Große Rat«, flüstere ich.

Olna nickt. »Natürlich werden wir, falls dies nicht Euer Wunsch ist, nie wieder darüber sprechen, Hoheit. Aber falls doch, sind wir bereit, die Verantwortung zu übernehmen. Nach dem Gesetz liegt die Entscheidung bei Euch.« Ihre Züge werden weicher. »Versteht Ihr, wenn Ihr beschließt, auf dem Thron zu bleiben, wird man bald von Euch erwarten, dass Ihr Euch vermählt, Hoheit. Aber natürlich würde man von Eurem Gemahl erwarten, dass er in Serubel lebt, da Ihr dort herrscht. Als Botschafterin könntet Ihr heiraten, wen Ihr wollt.«

Ich verstehe, was sie meint. »Der Falkenkönig will mich ohnehin nicht«, sage ich leise. »Das hat er klargestellt, als er unsere Verlobung gelöst hat. Und er würde den Thron Theorias nicht gegen den Thron Serubels eintauschen.«

»Manchmal sehen wir keinen Ausweg aus einem Dilemma. Und manchmal bietet sich der Ausweg von selbst an.«

Sie zieht eine weitere, diesmal geöffnete Schriftrolle aus der Tasche. »Das ist ebenfalls heute gekommen. Wir wollten es heute bei der Versammlung besprechen, aber Ihr schient zu abgelenkt zu sein. Ich dachte, vielleicht solltet Ihr es lesen, wenn Ihr ungestört seid.«

Dann lässt sie mich allein und ihr steifes Gewand raschelt im Wind.

Ich entrolle das Pergament – und lasse es prompt zu Boden fallen.

Tarik soll die Prinzessin von Clima heiraten und ich werde herzlich zu der Feier in drei Wochen eingeladen.

Nur über meinen aufgeblähten, verwesenden Leichnam.

43

TARIK

Als Ptolem verkündet, dass die Botschafterin aus Serubel eingetroffen sei, ist es spät am Abend und Tarik ist der Besucher überdrüssig. Er hat gute Lust, das Treffen bis zum Morgen zu verschieben, wenn er vom Schlaf erfrischt ist. Aber dann ist wieder ein Treffen mit König Hujio angesetzt, außerdem muss er Sethos und Tulle nach Hemut verabschieden. Hinzu kommt, dass es als unhöflich angesehen werden würde, ein Treffen mit einer Botschafterin, die so weit gereist und wahrscheinlich genauso erschöpft ist wie er, bis zum kommenden Nachmittag hinauszuzögern.

Tarik bedeutet Ptolem mit einem Winken, die Besucherin hereinzubitten.

Er beschließt, sie zu begrüßen und sich dann zu entschuldigen, natürlich in Hinblick auf die lange Reise seines Gastes. Das heißt, nachdem er sich nach dem Wohlergehen ihrer Königin erkundigt hat – und so viel über sie in Erfahrung gebracht hat wie möglich, ohne wie der verliebte Junge dazustehen, der er ist.

Die Tür wird geöffnet, und Tarik erhebt sich, um seine Besucherin willkommen zu heißen.

Als Sepora eintritt, klappt ihm der Unterkiefer herunter.

»Seid gegrüßt, Hoheit«, sagt sie, und die Schleppe ihres langen serubelanischen Gewandes schleift hinter ihr über den Boden. »Wie ist das werte Befinden?«

Sie ist so reizend, wie er sie in Erinnerung hat, die Wangen rosig gefärbt, das weiße Haar zu einem Zopf geflochten, der ihr über den Rücken fällt, und ihre weiblichen Formen kaum sichtbar unter diesem elenden Gewand – das ganz klar dazu gedacht ist, jegliche Reize zu verbergen.

Zu seinem Pech weckt es in ihm nur die Sehnsucht, die üppige Figur zu sehen, die er so liebt.

»Ich … ich dachte, ich empfange eine Botschafterin«, sagt er.

Sie nickt. »Ich bin die Botschafterin von Theoria, Hoheit. Darf ich Platz nehmen?«

Die Wahrheit. Die Botschafterin von Theoria? Er wartet darauf, dass noch jemand durch die Tür kommt. Ein Mitglied des Großen Rats vielleicht. Als er bemerkt, dass Sepora ihn mit hochgezogener Augenbraue anschaut, sagt er: »Natürlich. Aber …«

»Ich will Euch zu Eurer bevorstehenden Vermählung gratulieren«, unterbricht sie ihn. »Es freut mich, dass Ihr die richtige Königin gefunden habt.«

Eine Lüge. Und sie weiß ganz genau, dass er es weiß. Aber er wird sich keine Hoffnungen machen. Noch nicht. Und er muss diesem Botschafterunsinn auf den Grund gehen.

»Ich danke Euch«, antwortet er und nimmt ihr gegenüber Platz. »Welchem Umstand verdanke ich das Vergnügen Eures Besuches, Königin Sepora?«

Sie lächelt. »Wie es scheint, bin ich vor meinem Schreiben angekommen. Es ist nämlich so, dass ich nicht länger Königin von Serubel bin. Ich habe per Gesetz erlassen, dass der Große Rat das Königreich regieren wird.«

Beim Stolz der Pyramiden, sie sagt die Wahrheit. Ist in Serubel ein Umbruch geschehen? Und wo ist das verwünschte Schreiben, das ihm davon berichtet? »Ich wusste nicht, dass das möglich ist.«

»Ich auch nicht. Aber die Geschichtsschreibung beweist, dass es so ist. Natürlich wollte ich weiterhin von Nutzen sein, daher werde ich jetzt als Botschafterin für Theoria dienen. Ihr und ich sind oft nicht einer Meinung, aber hinsichtlich unserer Königreiche können wir sicher zu einer Lösung kommen.«

»Ich verstehe«, antwortet er, versteht aber überhaupt nichts. »Wie oft werdet Ihr Theoria besuchen?« Er kann sich die Frage nicht verkneifen. In der Vergangenheit waren serubelanische Botschafter nur unregelmäßig nach Theoria gereist, aber damals waren die Umstände anders. Jetzt, da wahrer Friede zwischen den Königreichen herrscht, würde ein Botschafter vielleicht drei oder vier Mal im Jahr seine Aufwartung machen. Das hieße, dass er für den Rest seines Lebens bis zu viermal im Jahr von ihrer Anwesenheit gequält werden würde. Bei dem Gedanken verfinstert sich sein Gesicht.

»Besuch? Oh nein, Ihr habt mich missverstanden. Ich werde in Theoria leben. Besuchen werde ich Serubel.«

»Ihr werdet hier *leben?*«

»Die trockene theorianische Luft bekommt mir ausgesprochen gut.«

Es ist ein Gemisch aus Wahrheit und Lüge, und er kommt zu dem Schluss, dass es unwichtig ist herauszufinden, was was ist. In jedem Fall ist es nicht der einzige Grund, warum sie beschlossen hat, in seinem Königreich zu leben, und mehr gibt sie nicht preis. Sie hat ein Talent, in Rätseln zu sprechen. Und das ist mehr, als er im Moment ertragen kann. Er setzt den Kopfschmuck ab und fährt sich mit der Hand durchs Haar. »Du wirst die Formlosigkeit entschuldigen müssen«, bemerkt er, »aber du hast mich überrascht.«

»Das kann ich mir vorstellen«, entgegnet sie. Ihre Züge werden weicher. »Da wir gerade von Überraschungen sprechen, ich habe wirklich eine für dich. Aber … wir müssen die Serpen nehmen, um zu ihr zu gelangen. Hast du heute Abend Lust?«

Nein sollte die Antwort lauten, das weiß er ganz genau. Er erinnert sich, wie es ist, mit Sepora auf einer Serpen zu fliegen. Während sie das Tier führt, klammert er sich an ihr fest, als gälte es sein Leben – und sein Körper reagiert auf die Nähe zu ihr. Da er jetzt verlobt ist, ist das überhaupt keine gute Idee. »Gib mir etwas Zeit, die Körperfarbe abzuwaschen, dann treffen wir uns in den Ställen.«

Ich bin ein Idiot, erkennt er, als er auf dem Rücken der Serpen noch näher an sie heranrutscht. *Ein absoluter Idiot.* Wenn es nicht so läuft wie geplant, ist das, was er hier tut, seinem Verlöbnis abträglich.

Sepora riecht nach Kamille und Lavendel, gemischt mit einem Duft, der aus Serubel stammen muss. Zusammengenommen überwältigen sie seine Sinne, und es fällt ihm schwer, sich mit ihr zu unterhalten. Sie scheint es zu spüren, denn nach einer halben Stunde gibt sie den Versuch auf, mit ihm zu sprechen.

Sie gleiten lautlos durch die Luft, aber tiefer als sonst, als suchte sie nach etwas, das sich im Wüstensand ausbreitet. Manchmal fliegen sie über Felsbrocken hinweg, die wie aus dem Nichts aufgetaucht sind und eigenartigerweise in die Richtung deuten, in die sie fliegen.

Es ist befreiend zu fliegen, statt zu Fuß zu gehen oder mit dem Wagen zu fahren. Der Flug ist angenehm, und da ein Ritt auf einer Serpen viel schneller ist als auf einem Pferd, sorgt der Fahrtwind in der Nachtluft für eine schöne Abkühlung. Die Sterne funkeln und geben ein sanftes Licht, wenn der Mond sich hinter Wolken versteckt. Es ist intim, viel intimer, als er von ihr zu erwarten das Recht hat.

Nachdem eine weitere halbe Stunde verstrichen ist,

drückt er ihr die Wange ans Ohr, obwohl er genau weiß, dass es ungehörig ist. Sie schmiegt sich an ihn; er ist sich nicht sicher, ob es ein Reflex oder eine gezielte Verführung ist, aber insgeheim hofft er, dass es Letzteres ist.

»Wie weit ist es noch?«, fragt er. Er war noch nie so weit im Süden, sie sind sogar an der verbrannten Stadt Kyra vorbei. Doch noch während er ihr die Frage stellt, sieht er in der Ferne einen kleinen weißen Lichtpunkt.

»Wir sind fast da«, flüstert sie und verändert ihre Position auf der Serpen, um das Tempo zu beschleunigen.

Als sie näherkommen und das Licht sich als Pyramide entpuppt, schnappt Tarik nach Luft. »Was ist das?«

»Das ist dein Hochzeitsgeschenk«, antwortet sie, ohne sich die Mühe zu machen, die Verbitterung aus ihrem Ton herauszuhalten. »Sethos hat mir von der Pyramide deines Vaters erzählt. Ich habe eine neue für ihn errichten lassen. Er ruht bereits dort.«

»Wie … wie hast du das vor mir geheim gehalten?«, fragt er, als sie weich vor dem großen Bauwerk landen. Er lässt sich von der Serpen gleiten und macht einige vorsichtige Schritte auf das Grabmal zu. Die Pyramide ist anders als jede, die er je gesehen hat. Sie ist viel größer als die alte Pyramide seines Vaters und davor steht eine lebensechte Statue von König Knosi. Tarik verschränkt die Hände hinterm Kopf und betrachtet sie ungläubig. Gefühle ringen miteinander – Traurigkeit, Ehrfurcht, Dankbarkeit – und wetteifern um seine Aufmerksamkeit.

»Ich habe dir doch gesagt, dass man Geheimnisse hüten

kann, wenn man keine direkten Fragen stellt. Und ich hatte viel Hilfe von Freunden.«

Er dreht sich heftig zu ihr um. »Also das war es, was du im Viertel der Niedriggeborenen getan hast. Das ist der Grund, warum du so besessen von Pyramiden warst. Die ganze Zeit über hast du dieses Grabmal hier bauen lassen? Also deshalb die Lügen und das ausweichende Verhalten, das du an den Tag gelegt hast, nachdem wir den Palast zurückerobert haben.«

»Ja«, antwortet sie leise und bedeutet ihm, mit ihr zum Eingang zu gehen. »Du hast mir bereits misstraut. Was hatte ich noch zu verlieren?«

»Du hast diese Pyramide bauen lassen, bevor du wusstest, dass ich mich mit der Prinzessin von Clima vermählen wollte«, sagt er und schaut sie in dem leuchtenden weißen Licht an. »Du kannst sie nicht als Hochzeitsgeschenk gedacht haben.«

»Ich hatte gehofft, es würde ein Geschenk für *unsere* Hochzeit werden.« Sie tritt einen Schritt zurück, als hätte er sie geschlagen. »Ich hatte gehofft, wir könnten alles bereinigen. Aber jetzt sehe ich, dass es nichts zu bereinigen gab.« Sie lächelt schwach. »Du hast deine Pflichten. Theoria wird von einem Bündnis mit Clima profitieren.«

»Sepora …«

»Verzeih mir«, murmelt sie mit erstickter Stimme. »Ich will deine bevorstehende Hochzeit nicht schlechtmachen. Es ist nur so, dass … ich mir den Abend anders vorgestellt habe. Vielleicht sollten wir in den Palast zurückkehren.«

»Sepora, bitte.«

Sie tritt einen weiteren Schritt zurück. Er kann es nicht länger ertragen. »Sepora, ich werde die Prinzessin von Clima nicht heiraten. Nicht, wenn du mir hier und jetzt sagst, dass du mir gehörst.«

»W-was?«

»Ich werde die Verlobung lösen.«

Sie schüttelt den Kopf. »Das kannst du nicht tun! Du wirst einen weiteren Krieg verursachen! Du hast gesehen, wozu die Wetterbeschwörer fähig sind. Wir werden jahrzehntelang kämpfen! Du wirst ...«

»Nein«, unterbricht er sie, überwindet den Abstand zwischen ihnen und ergreift ihre Hand. »Du verstehst nicht. König Hujio hat ein Geschäft mit mir geschlossen. Er hat vorgeschlagen, dass ich dir eine Einladung zu meiner Hochzeit mit seiner Tochter schicke. Wenn du zu mir kommen würdest, würde er mich nicht zwingen, mein Versprechen einzuhalten. Wenn nicht, soll ich sie heiraten. Die Entscheidung liegt bei dir, Sepora. Sie hat immer bei dir gelegen.«

»Spiel nicht mit mir«, sagt sie mit zitternder Stimme.

»Spiel nicht mit *mir,* Sepora. Gehörst du mir oder nicht? Du bist nicht länger Königin von Serubel. Du kannst tun, was du willst, heiraten, wen du willst. Denkst du, die Tatsache wäre mir entgangen, als du mir gesagt hast, dass du keine Königin mehr bist? Ganz bestimmt nicht. Jetzt frage ich dich. Willst du meine Botschafterin sein, Sepora? Oder willst du meine Frau sein?«

Eine Träne rollt ihr die Wange hinab und er wischt sie mit

dem gekrümmten Finger weg. Sepora lacht leise. »Ich war darauf vorbereitet, um dich kämpfen zu müssen. Aber ich brauchte dich nicht einmal zu verführen.«

»Mich verführen?«

»Ich bin mit einer bestimmten Absicht hierhergekommen. Ich wollte dich verführen und dich der Prinzessin wegnehmen. Ich wollte, dass du mich wieder begehrst.«

»Ich habe nie aufgehört, dich zu begehren.«

»Du hast sehr überzeugend das Gegenteil behauptet.«

»Ein Lingot kann lügen.«

»Was ist mit den anderen Königreichen? Sie bereiten sich auf deine königliche Hochzeit in nur zwei Wochen vor.«

Er grinst. »Du bist die Einzige, die eine Einladung erhalten hat, meine Liebste.«

Aber er spürt, wie sich Enttäuschung in ihm breitmacht. »Du hast mir noch keine Antwort gegeben. Warum weichst du mir selbst jetzt aus?« Beim Stolz der Pyramiden, noch in einem solchen Moment spielt sie geistiges Tauziehen mit ihm. Er ist verwirrt und erfreut zugleich.

Sie lacht. Wie hat er dieses Lachen vermisst! »Ich muss üben, mein König. Ich werde den Rest meines Lebens mit dir verbringen. Da darf ich nicht unachtsam werden.«

Ich werde den Rest meines Lebens mit dir verbringen.

Die Wahrheit. Die herrliche, großartige Wahrheit.

EPILOG

SEPORA

Es klopft an der Tür zu unserem Schlafgemach und ich wäre fast unter die Decke von Tariks großem Bett gerutscht. Von unserem großen Bett. Tarik grinst mich an und drückt mir einen Kuss auf die Nase, bevor er mir das Laken bis zum Hals hochzieht, um meine Nacktheit zu verbergen. »Ich erwarte einen Besucher, Liebste.«

»Um diese Uhrzeit?«, frage ich, aber was ich wirklich meine, ist: *In unserer Hochzeitsnacht?*

Tarik sieht mich lächelnd an, bevor er – zu meiner Enttäuschung – den Lendenschurz anlegt und zur Tür geht. »Ich weiß, dass es seltsam scheint, aber ich denke, du wirst dich darüber freuen.«

Dich freuen. Mir fällt im Moment nichts ein, was mich

mehr freuen würde, als wenn er die Person an der Tür wegschicken und wieder zu mir ins Bett kommen würde. Heute Nacht haben wir uns auf eine Weise geliebt, die ich mir nie hätte vorstellen können, eine Weise, die mich jetzt erröten lässt, als er die Tür öffnet und meine Dienerin Cara mit einem kleinen Holzkästchen eintritt. Ich erröte umso mehr, weil Cara unsere Besucherin ist, denn sie kennt mich, seit ich damals nach Theoria gekommen bin – und sie weiß genau, was wir in unserer Hochzeitsnacht getan haben.

Tarik entgeht die Wärme in meinen Wangen nicht und er grinst. Dieser Kerl. Dafür werde ich ihn bestrafen. Ich weiß noch nicht wie, denn er liebt es, wenn ich in Rätseln spreche, um seine Lingotfähigkeiten auf die Probe zu stellen. Vielleicht werde ich für den Rest des Abends gar nicht mit ihm sprechen. Das wird ihm überhaupt nicht gefallen.

Doch er lässt Cara nicht bleiben, sondern nimmt ihr sanft den Kasten ab und drückt ihr die Schulter. »Danke, Cara. Lass uns bitte allein, da meine Braut jeden Moment in Flammen aufgehen kann, solange Du hier bist.«

Zu meinem Entsetzen kichert Cara. Dann dreht sie sich auf dem Sandalenabsatz um, verlässt den Raum und schließt leise die Tür hinter sich. Ich funkele Tarik an, als er zum Bett zurückkommt. »Das wirst du mir büßen«, sage ich honigsüß.

Er lacht. »Ich freue mich schon darauf.«

Behutsam stellt er die schön geschnitzte Schatulle neben mir aufs Bett und schlüpft auf der anderen Seite unter die

Decke. Für eine Weile schauen wir das Kästchen an. Ich weiß, dass Tarik möchte, dass ich danach frage, aber das werde ich nicht tun. Nicht, wenn er bestraft werden muss.

In dem Kasten raschelt es und ich umklammere die Decke fester. Vielleicht sollten wir doch darüber reden. »W-was ist das?«, frage ich schließlich und gebe meiner Neugier und einem kleinen bisschen Angst nach. In dem Kästchen ist etwas Lebendiges, und ich erwarte jeden Moment, dass es herausspringt und ... ich bin mir nicht sicher, was danach passiert.

Tarik beugt sich vor, ergreift eine Locke meines Haares und zwirbelt sie zwischen den Fingern, ohne mich anzusehen. »Dein Hochzeitsgeschenk für mich war ... unglaublich. Ich könnte es niemals übertreffen und es tut mir leid, wenn dieses Geschenk mit deinem nicht mithalten kann. Aber ... ich möchte, dass du das Kästchen öffnest, Sepora. Ich denke, dass du den Inhalt lieben wirst.«

»Das ... ist ein Geschenk?«

»Dein Hochzeitsgeschenk. Es tut mir leid, dass es so spät kommt. Ich habe lange gebraucht, um ... es zu finden.«

Im Kasten raschelt es wieder und ich schrecke zusammen. Irgendwie ist mir das nicht geheuer. Aber Tarik ist ein rücksichtsvoller und freundlicher Mensch. Er würde mir in unserer Hochzeitsnacht keinen grausamen Streich spielen. Trotzdem frage ich: »Beißt es?«

»Mit Sicherheit.«

Hm. Vielleicht habe ich meinen Ehemann vollkommen falsch eingeschätzt.

Er seufzt. »Sepora, mach den verwünschten Kasten auf. Die Spannung bringt mich noch um!«

Ich stoße einen entnervten Atemzug aus. Ein rastloses Etwas in einem Kasten, das mit Sicherheit beißt. Mein Falkenkönig ist kein guter Schenker, befinde ich. Selbst Sethos hat Sinn für Romantik bewiesen, als er Tulle einen Thron aus Gold statt aus Eis zur Hochzeit geschenkt hat.

Aber Tarik kann es offensichtlich kaum erwarten, dass ich sein Geschenk sehe. Und so greife ich nach dem Verschluss und lasse ihn sanft aufschnappen. Der Deckel ist schwerer, als ich erwartet habe, und da bemerke ich erst, dass die Seiten des Kästchens mit kleinen Löchern versehen sind. Das Geschenk soll noch leben, wenn ich den Kasten aufmache. Dann sollte ich mich wohl besser beeilen.

Ich nehme den Deckel ab und spähe hinein, nicht ohne mir vorher das Laken an den Hals zu drücken – erst zum Schutz und dann vor Erstaunen. Auf dem Seidenkissen in dem Kästchen liegt ein Serpenbaby. Eine Verteidigerserpen. Eine Verteidigerserpen, die schmerzlich vertraut aussieht.

Ein Schluchzen entfährt mir. »Tarik. Ich … was hast du getan?«

Mit gekonntem Griff nimmt er das kleine Wesen heraus und hält es mit beiden Händen hoch, damit ich es mir ansehen kann. »Sie ist nicht Nuna«, sagt er leise. »Nuna kann nicht ersetzt werden. Aber dieses Jungtier ist eine Verwandte von ihr. Nuna hatte Geschwister, diese Geschwister hatten Nachkommen, und das hier, meine Liebste, ist Nunas Großnichte.«

Tränen rollen mir übers Gesicht, als er mir das Serpenjunge überreicht. Es ringelt seinen langen Schwanz um mein Handgelenk und klammert sich an mich, als gälte es sein Leben. »Sie sieht genauso aus wie Nuna«, murmele ich, dem leisen Jaulen der kleinen Kreatur hilflos ausgeliefert. »Sie hat sogar die gleiche Farbe.«

Tarik nickt. »Während du versucht hast, die Pyramide meines Vaters nachzubauen, habe ich versucht, deine Verluste zu mildern. Wie es scheint, sind wir keine Feinde gewesen, als wir uns gestritten haben.« Aber ich habe keine Worte für ihn. Ich habe keine Worte für den Mann, der einst meine Nemesis war – für den Mann, der jetzt und auf immer mein Verbündeter ist.

DANKSAGUNG

Das Lesen einer Danksagung in einem Buch sollte so lange dauern wie der Abspann eines Films. Es muss so vielen Menschen auf so vielen Seiten gedankt werden, dass man allein damit ein eigenes Buch füllen könnte. Wenn ihr mir per Twitter oder E-Mail schreibt und sagt, dass ihr mein Buch an einem Tag durchgelesen habt, dann sollt ihr wissen, dass ich euch dafür liebe. Ihr sollt aber auch wissen, dass hinter dem fertigen Buch viel harte Arbeit, Schweiß, Kaffee und Abführmittel stehen, sodass es erstaunlich ist, dass ihr das Buch innerhalb von vierundzwanzig Stunden gelesen habt, während für die Herstellung fast ein Jahr lang viele Menschen ein gemeinsames Opfer gebracht haben. Ich bin nur das öffentliche Gesicht des Ganzen. Die eigentliche Party findet im Hintergrund statt, glaubt mir.

Am Anfang steht eine Agentin, die an meine Arbeit glaubt. Lucy, du hast etwas angenommen, das ich für gut hielt, und hast mich angetrieben, es zu verbessern, und dafür werde ich dir ewig dankbar sein. Du hast aus nichts von mir etwas gemacht. Danke. Meine Lektorinnen Liz und Anna, was kann ich sagen, um euch eure Arbeit zu erleichtern? Um den Wert eurer Arbeit zu steigern? Eure Arbeit ist unbezahlbar, anders kann ich es nicht ausdrücken. Sagt mir, was ich sagen kann, und ich werde es sagen. Fürs Erste wird meine tiefste Dankbarkeit reichen müssen. Das Werbeteam bei Macmillan – wäre es irgendwie möglich, dass ihr alle zu mir nach Florida zieht und wir von daheim aus zusammen arbeiten? Ich würde auch dafür sorgen, dass es sich für euch lohnt. Aber sagt den anderen Autoren nichts davon. Es wird unser kleines Geheimnis sein.

Und Kelsey: Hör auf, am Wochenende E-Mails zu beantworten!

Wenn es meine Kritikerinnen Heather R. und Kaylyn W. nicht gäbe, wäre ich nicht da, wo ich jetzt bin. Ich liebe es, wie ihr zwei mich mit roter Tinte fertigmacht, und kann es gar nicht erwarten, dieses Jahr unseren Red Ink Tank Podcast zu starten. Wir wissen alle, dass ohne eure bissigen Kommentare, die immer auf den Punkt sind, auf meinen Seiten nur wirres Geplapper stehen würde.

Ehe ich hier jetzt wirres Geplapper von mir gebe, muss ich meinen Fans/Lesern/Buchbloggern danken sowie jedem, der eins meiner Bücher zur Hand genommen und es zumindest ein klein bisschen gemocht hat. Ihr seid der Grund, warum ich Danksagungen schreibe. Ihr seid der Grund, warum ich überhaupt schreibe. Und das weiß ich nur zu gut. DANKE.

Ich möchte meiner Freundin Sanjana ein riesiges Dankeschön sagen, das größer als mein Hintern ist. Unsere täglichen Chats, unser Dampfablassen, unser Mutmachen, unser

Streit, unser Verzeihen, unser Lachen und unser Sarkasmus haben meinem Leben eine solche Dimension verliehen, dass du für mich eine der besten Freundinnen bist, die ich je hatte. Ich weiß nicht, was ich ohne dich tun würde. Ich kann kaum glauben, dass wir uns vor vielen Jahren zufällig auf einer Schreibreise begegnet sind und dass wir trotz aller Höhen und Tiefen immer noch befreundet sind. Bis wir uns das nächste Mal treffen, was hoffentlich bald ist.

Für meine Leute bei der Navy Fed: Ihr macht mich ganz. Ihr Spinner.

Und jetzt am Schluss habe ich keine Worte für meine Familie. Ich liebe euch. Für das, was wir waren, was wir jetzt sind, und was auch immer kommen mag.

Anna Banks

Nemesis – Geliebter Feind

ca. 450 Seiten, ISBN 978-3-570-31142-4

Prinzessin Sepora ist auf der Flucht: Ihr Vater will sich mithilfe ihrer einzigartigen Gabe zum Herrscher über alle fünf Königreiche aufschwingen. Um das zu verhindern, taucht sie im verfeindeten Theoria unter, wo sie unfreiwillig als Dienerin am Königshof landet. Prompt verliebt sie sich in den jungen, smarten König Tarik – und steht schon bald vor einer folgenschweren Entscheidung: Ist sie bereit, ihren Gefühlen nachzugeben und Tarik die Wahrheit über ihre Herkunft zu verraten?

30296

www.cbt-buecher.de

Anna Banks

Blue Secrets

Der Kuss des Meeres – Band 1
448 Seiten, ISBN 978-3-570-30879-0

Das Flüstern der Wellen – Band 2
352 Seiten, ISBN 978-3-570-30915-5

Der Ruf des Ozeans – Band 3
ca. 350 Seiten, ISBN 978-3-570-31005-2

30178/3

Anna Banks

Joyride

ca. 320 Seiten, ISBN 978-3-570-31055-7

Die schüchterne Carly und der Draufgänger Arden – Gegensätze, die sich eigentlich so gar nicht anziehen. Dennoch verlieben sie sich Hals über Kopf ineinander – der Beginn einer leidenschaftlichen Love-Story. Und eines gefährlichen Abenteuers. Denn sowohl Carly als auch Arden hüten ein brisantes Familiengeheimnis, dessen Enthüllung zu einem atemberaubenden Wettlauf gegen die Zeit führt ...

30254

www.cbt-buecher.de

Rachel E. Carter

Magic Academy – Das erste Jahr

ca. 350 Seiten, ISBN 978-3-570-31170-7

Die 15-jährige Ryiah kommt mit ihrem Zwillingsbruder an die Akademie. Die berüchtigtste Ausbildungsstätte ihres Reichs, an der nur Schüler mit magischen Kräften aufgenommen werden. Aber es gibt einen Haken. Nur fünfzehn der Neuankömmlinge werden die Ausbildung antreten dürfen. Der Wettkampf um die begehrten Plätze ist hart und die Rivalität groß. Vor allem, als Ry Prinz Darren näher kommt, macht sie sich Feinde … Wird sie trotz aller Widerstände gut genug sein und ihren Platz an der Akademie behaupten?

30323

www.cbt-buecher.de

Rachel E. Carter

Magic Academy – Die Prüfung

496 Seiten, ISBN 978-3-570-31171-4

Nach dem harten Prüfungsjahr an der Akademie darf Ryiah die Ausbildung zur Kriegsmagierin antreten – gemeinsam mit Erzfeindin Priscilla, unter einem Kommandeur, der ihr das Leben zur Hölle macht, und in Gesellschaft von Prinz Darren: abwechselnd ihr größter Rivale und engster Vertrauter. Für den sie mehr als Freundschaft empfindet, obwohl er verlobt ist. Als die Landesgrenzen von Jerar bedroht sind, müssen Ry und ihre Freunde noch vor der Abschlussprüfung zeigen, was in ihnen steckt …

30340

www.cbj-verlag.de